LES ANNALES DU DISQUE-MONDE

PYRAMIDES

W0373961

DU MÊME AUTEUR
CHEZ POCKET

LA FACE OBSCURE DU SOLEIL
STRATE-À-GEMMES

LE DISQUE-MONDE :

1. LA HUITIÈME COULEUR
2. LE HUITIÈME SORTILÈGE
3. LA HUITIÈME FILLE
4. MORTIMER
5. SOURCELLERIE
6. TROIS SŒURCIÈRES
7. PYRAMIDES
8. AU GUET !
9. ÉRIC
10. LES ZINZINS D'OLIVE OUED
11. LE FAUCHEUR
12. MÉCOMPTES DE FÉES
13. LES PETITS DIEUX
14. NOBLIAUX ET SORCIÈRES
15. LE GUET DES ORFÈVRES
16. ACCROS DU ROC
17. LES TRIBULATIONS D'UN MAGE EN AURIENT
18. MASQUARADE
19. PIEDS D'ARGILE
20. LE PÈRE PORCHER
21. VA-T-EN GUERRE
22. LE DERNIER CONTINENT

TERRY PRATCHETT

Le plus grand humoriste anglais depuis P.G. Wodehouse est un auteur de fantasy : est-ce l'effet du hasard ? Terry Pratchett est né en 1948 dans le Buckinghamshire ; nous n'en savons pas davantage sur ses origines, ses études ou sa vie amoureuse. Son hobby, prétend-il, c'est la culture des plantes carnivores, mais ceux qui croient ce qu'il dit s'exposent à un rectificatif : d'après lui ce jardin secret l'intéresse, mais nettement moins qu'on ne l'imagine ; on ne peut pas vraiment le considérer comme accro à ce périlleux passe-temps. Que dire encore de son programme politique ? Il s'engage sur un point crucial : augmentons, dit-il, le nombre des orangs-outans à la surface du globe, et les grands équilibres seront restaurés. Voilà un écrivain qui donnera du fil à retordre à ses biographes !
Sa vocation fut précoce : il publia sa première nouvelle en 1963 — à quinze ans ! — et son premier roman en 1971. Hélas, il fut très tôt pressé par le souci de gagner sa vie : journaliste (jusqu'en 1980) puis publicitaire au Central Electricity Generating Board (1980-1987), il apprit l'écriture sur le tas. D'emblée, il s'affirma comme un grand parodiste : *La face obscure du soleil* (1976) tourne en dérision *L'univers connu* de Larry Niven — avec une touche plus personnelle de chatoiements à la Jack Vance ; *Strata* (1981) ridiculise une fois de plus la hard S.-F. en partant de l'idée — soutenue par Ptolémée — que la Terre est effectivement plate.
Mais le grand tournant est pris en 1983. Pratchett publia alors le premier roman de la série du *Disque-Monde,* qui n'est pas seulement une variation (dans l'ordre des mots) sur *L'Anneau-Monde* de Niven, mais surtout un pastiche héroï-comique (dans l'ordre des choses) de Tolkien et de ses imitateurs. Pourquoi eux ? Parce que, répond notre auteur, « la S.-F., c'est la fantasy... avec des boulons ». Et il le prouve !

SCIENCE-FICTION

Collection dirigée par Bénédicte Lombardo

TERRY PRATCHETT

Les annales du Disque-monde

PYRAMIDES
LE LIVRE DE LA SORTIE

POCKET

Titre original :
PYRAMIDS

Traduit de l'anglais
par Patrick Couton

1re publication : Victor Gollancz Ltd, Londres

Le Code de la propriété intellectuelle n'autorisant, aux termes de l'article L. 122-5 (2° et 3° a), d'une part, que les « copies ou reproductions strictement réservées à l'usage privé du copiste et non destinées à une utilisation collective » et, d'autre part, que les analyses et les courtes citations dans un but d'exemple et d'illustration, « toute représentation ou reproduction intégrale ou partielle faite sans le consentement de l'auteur ou de ses ayants droit ou ayants cause est illicite » (art. L. 122-4).
Cette représentation ou reproduction, par quelque procédé que ce soit, constituerait donc une contrefaçon sanctionnée par les articles L. 335-2 et suivants du Code de la propriété intellectuelle.

© Terry & Lyn Pratchett, 1989
© Librairie l'Atalante, 1996, pour la traduction française

ISBN 978-2-266-09971-4

LIVRE PREMIER

Le livre de la sortie

Des étoiles, rien que des étoiles qui parsèment les ténèbres comme si le Créateur avait mis son pare-brise en miettes et ne s'était pas donné la peine de s'arrêter pour balayer les débris.

Voici l'abîme qui sépare les univers, les profondeurs glaciales de l'espace peuplées seulement d'une ou deux molécules errantes, de quelques comètes égarées et...

... Mais un cercle d'obscurité se déplace légèrement, l'œil rétablit la perspective : ce qu'on prenait pour l'immensité impressionnante du trucmachin interstellaire se révèle un monde dans la nuit et ses étoiles les lumières de ce qu'on appellera charitablement la civilisation.

Car ce monde qui déboule paresseusement n'est autre que le Disque-monde — plat, circulaire, il franchit l'espace sur le dos de quatre éléphants eux-mêmes juchés sur la carapace de la Grande A'Tuin, la seule tortue à figurer sur le diagramme Hertzsprung-Russel, une tortue de quinze mille kilomètres de long, nappée du givre de comètes mortes, grêlée de cratères météoritiques, un soupçon d'albédo dans les yeux. Personne ne connaît la raison de tout ça, mais il y a sûrement du quantique là-dessous.

Nombre de phénomènes bizarres pourraient se produire dans un monde perché sur la carapace d'une telle tortue.

Ils se produisent déjà.

Les étoiles qui défilent sont des feux de camps en plein désert et des lumières de villages perdus dans les hautes forêts de montagne. Les villes sont des traînées de nébuleuses, les cités d'immenses constellations ; la grande conurbation tentaculaire d'Ankh-Morpork, par exemple, luit comme une collision entre deux galaxies.

Mais loin des grands centres habités, là où la mer Circulaire borde le désert, voici une ligne de feu bleu et froid. Des flammes aussi glacées que les pentes de l'enfer rugissent à l'assaut du ciel. Une lumière fantomatique danse à travers le désert.

Les pyramides de l'antique vallée du Jolh embrasent la nuit de leur puissance.

Les flots d'énergie qui montent de leurs sommets paracosmiques vont peut-être, dans des chapitres ultérieurs, éclaircir maints mystères : pourquoi les tortues détestent la philosophie, pourquoi trop de religion ne vaut rien aux chèvres, et à quoi s'occupent réellement les servantes.

Ils vont sûrement nous éclairer sur ce que nos ancêtres penseraient s'ils vivaient aujourd'hui. On s'interroge souvent à ce propos. Approuveraient-ils la société moderne ? se demande-t-on, s'émerveilleraient-ils devant les réalisations actuelles ? Et bien sûr on oublie un détail essentiel. Ce que nos ancêtres penseraient réellement s'ils vivaient aujourd'hui, c'est : « Pourquoi il fait si noir là-dedans ? »

Dans la fraîcheur de l'aube de la vallée fluviale, le grand prêtre Dios ouvrit les yeux. Il ne dormait pas, ces temps-ci. Il ne se rappelait pas quand il avait dormi pour la dernière fois. Le sommeil ressemblait trop à *l'autre chose,* et de toute façon il n'en avait apparemment pas besoin. S'allonger lui suffisait — du moins, s'allonger ici. Les poisons de la fatigue s'estompaient, comme le reste. Pour un temps.

Assez longtemps, en tout cas.

D'un balancement de jambes il se leva du bloc de pierre de la petite chambre. Sans que son cerveau le lui souffle vraiment, sa main saisit inconsciemment le bourdon de sa charge entrelacé de serpents. Il s'arrêta pour tracer une autre marque sur le mur, ramena sa robe autour de lui et descendit d'un pas élégant le passage en pente faible pour sortir à la lumière du jour, tandis que les paroles de l'Invocation du Soleil Nouveau s'ordonnaient déjà dans sa tête. La nuit était oubliée, la journée s'annonçait. Il y avait beaucoup de recommandations et de conseils judicieux à donner, et Dios n'existait que pour servir.

Dios n'avait pas la chambre la plus étonnante du monde. Seulement la chambre la plus étonnante d'où l'on était jamais sorti sur ses jambes.

Le soleil traversa péniblement le ciel.

Bien des gens se demandent pourquoi. Certains pensent qu'un bousier géant le pousse. Cette explication, en tant que telle, pèche un peu sur le plan technique et présente l'autre inconvénient, comme certains événements risquent de le révéler, d'être peut-être la bonne.

Il parvint au coucher sans que rien de particulièrement fâcheux lui soit arrivé[1], et ses rayons déclinants pénétrèrent par hasard par une fenêtre dans la cité d'Ankh-Morpork pour se refléter sur un miroir.

Il s'agissait d'une glace en pied. Tous les assassins ont une glace en pied dans leur chambre : ce serait terriblement insultant pour une victime qu'on la trucide en débraillé.

Teppic s'examina d'un œil critique. La tenue lui avait coûté jusqu'à son dernier sou ; il n'avait pas lésiné sur la soie noire. Elle bruissait au gré de ses mouvements. Pas mal.

En tout cas, sa migraine allait mieux. Il s'était senti quasiment infirme toute la journée ; il avait craint de devoir se lancer dans l'épreuve avec des taches violettes devant les yeux.

Il soupira, ouvrit la boîte noire, sortit ses bagues et se les enfila aux doigts. Une autre boîte renfermait un jeu de couteaux en acier klatchien aux lames noircies à la suie. Il tira divers ustensiles astucieux et compliqués de sacs en velours qu'il laissa tomber dans ses poches. Il glissa deux

1. Comme se faire enfouir dans le sable et servir de pondoir.

tlingas de jet aux longues lames dans des gaines à l'intérieur de ses bottes. Il s'enroula autour de la taille une fine cordelette de soie et un grappin pliant, par-dessus la chemise-cotte de mailles. Il attacha une sarbacane à sa lanière de cuir et se la lâcha dans le dos sous sa cape, puis il empocha un récipient étroit en fer-blanc rempli d'un assortiment de fléchettes aux pointes mouchetées et aux tiges codées en braille pour faciliter leur sélection dans l'obscurité.

Il grimaça, vérifia la lame de sa rapière et se lança le baudrier par-dessus l'épaule droite afin de compenser le poids du sac de munitions de plomb pour sa fronde. À la réflexion, il ouvrit son tiroir à chaussettes et prit une mini-arbalète, une fiole d'huile, un trousseau de rossignols et, tant qu'il y était, un poignard, un sac de chardons divers et plusieurs coups-de-poing.

Il saisit son chapeau et s'assura de la présence du fil à couper le beurre roulé dans la doublure. Il se le mit sur la tête, lui donna une inclinaison désinvolte, se jeta un dernier regard satisfait dans le miroir, pivota sur ses talons et, tout doucement, s'affala par terre.

L'été, à Ankh-Morpork, était fort avancé. Plus qu'avancé, même. Il puait.

Le grand fleuve se réduisait à un suintement comme de la lave entre Ankh, la cité la mieux lotie, et Morpork sur la rive opposée. Morpork était mal lotie, elle. Morpork était jumelée avec une fosse à goudron. Pas grand-chose de mieux à faire pour aggraver son état. Une météorite qui la frapperait de plein fouet, par exemple, passerait pour une réhabilitation de quartier.

La majeure partie du lit du fleuve était une croûte vérolée de vase crevassée. Le soleil ressemblait à un gros gong de cuivre cloué au ciel. La chaleur qui avait tari l'Ankh cuisait la cité au gril le jour et au four la nuit, elle déformait les poutres séculaires, transformait la boue traditionnelle des rues en une poussière ocre voltigeante et suffocante.

Ce n'était pas le climat habituel d'Ankh-Morpork dont les goûts se portaient plutôt vers la brume et le crachin, le froid et les glissades. La ville s'écrasait, la langue pendante, sur les plaines craquantes comme un crapaud sur une brique réfractaire. Et même à cette heure-ci, vers les minuit, la chaleur restait étouffante, elle enveloppait les rues comme dans du velours roussi, elle desséchait l'air et en exprimait le moindre souffle.

Très haut sur la façade nord du bâtiment de la Guilde des Assassins, une fenêtre s'ouvrit avec un léger claquement.

Teppic, qui s'était délesté à contrecœur de certaines de ses armes les plus lourdes, aspira une profonde goulée d'air chaud et mort.

Ça y était.

C'était la grande nuit.

À ce qu'il paraissait, on avait une chance sur deux de réussir, à moins de tomber sur le vieux Méricet comme examinateur, auquel cas on avait aussi vite fait de se trancher la gorge d'entrée de jeu.

Teppic avait Méricet en stratégie et en théorie des poisons tous les jeudis après-midi et il ne s'entendait pas du tout avec lui. Les dortoirs bourdonnaient de rumeurs sur Méricet, sur son palmarès de meurtres, sa technique ahurissante... En son temps il avait battu tous les records. On racontait qu'il avait même tué le patricien d'Ankh-Morpork. Enfin, pas l'actuel. Un des défunts.

Ce serait peut-être Nivor, gros et jovial, amateur de bonne chère, qui enseignait les pièges et traquenards le mardi. Teppic était bon en pièges et avait d'excellents rapports avec le maître. Ou, pourquoi pas ? le Kompt de Yoyo, professeur de langues modernes et de musique. Teppic n'avait de dispositions pour aucune des deux matières, mais le Kompt, édifiscaladeur passionné, appréciait les jeunes gens qui partageaient son goût pour se suspendre d'une main en altitude au-dessus des rues de la ville.

Il passa une jambe par-dessus le rebord de la fenêtre et défit sa cordelette terminée par un grappin. Il accrocha la gouttière deux étages plus haut et se glissa dehors.

Aucun assassin n'empruntait jamais les escaliers.

Afin d'établir un lien avec des événements ultérieurs, il est peut-être temps de signaler que le plus grand mathématicien dans l'histoire du Disque-monde se couchait et prenait tranquillement son dîner.

Il est intéressant de noter que, vu l'espèce singulière à laquelle appartenait ledit mathématicien, le dîner qu'il prenait était en réalité son déjeuner.

Les gongs de la cité tentaculaire d'Ankh-Morpork sonnaient minuit lorsque Teppic rampa le long du parapet ouvragé, le cœur battant, quatre étages au-dessus de la rue des Filigranes.

Une silhouette se découpait dans les derniers reflets du soleil couchant. Teppic marqua une pause près d'une gargouille particulièrement repoussante pour décider de la marche à suivre.

Une rumeur de classe bien ancrée voulait que s'il inhumait son examinateur avant l'épreuve, il était automatiquement reçu. Il dégagea un couteau de jet numéro trois de son étui de cuisse et le soupesa d'un air songeur. Évidemment, toute tentative, tout mouvement déclaré qui échouerait entraînerait le recalage d'office et la perte immédiate de ses privilèges[1].

La silhouette était parfaitement immobile. Les yeux de Teppic panoramiquèrent sur le dédale de cheminées, de gargouilles, de puits de ventilation, de passerelles et d'échelles qui composaient le décor des toits de la ville.

D'accord, songea-t-il. C'est un genre de mannequin. Je suis censé l'attaquer, ce qui veut dire qu'il me surveille d'une autre cachette.

Est-ce que je vais pouvoir le repérer ? Non.

D'un autre côté, il veut peut-être me faire croire que c'est un mannequin. Sauf s'il a aussi prévu ça...

Il s'aperçut qu'il tambourinait des doigts sur la gargouille et s'empressa de se ressaisir. Quelle est la bonne marche à suivre dans ces cas-là ?

1. Celui de respirer, pour commencer.

Une bande de fêtards traversa en titubant une flaque de lumière dans la rue loin en dessous.

Teppic rengaina son couteau et se leva.

« M'sieur, dit-il, je suis ici. »

Une voix sèche près de son oreille, plutôt indistincte, lui répondit :

« Très bien. »

Teppic regarda fixement droit devant lui. Méricet lui apparut sous le nez en essuyant de la poussière grise de sa figure émaciée. Il sortit de sa bouche un bout de tuyau qu'il jeta de côté, puis tira une écritoire à pince de son manteau. Méricet était emmitouflé même par cette chaleur. Le genre de type à geler dans un volcan.

« Ah, fit-il d'une voix lourde de désapprobation. Monsieur Teppic. Bien, bien.

— Belle nuit, m'sieur », dit Teppic. L'examinateur lui lança un regard glacial laissant entendre que les observations sur le temps qu'il faisait valaient automatiquement une mauvaise note, et il inscrivit quelque chose sur son écritoire.

« Nous allons d'abord répondre à quelques questions, dit-il.

— Comme vous voulez, m'sieur.

— Quelle est la longueur maximum autorisée d'un couteau de jet ? » fit sèchement Méricet.

Teppic ferma les yeux. Il avait passé toute la semaine à ne lire que le *Cordat;* il voyait la page maintenant, elle flottait, cruellement tentante, juste sous ses paupières — ils n'interrogent jamais sur les longueurs et les poids, avaient dit les étudiants d'un air entendu, ils s'attendent à ce que tu potasses ça et les distances de jet, mais jamais ils...

Une terreur pure lui démarra le cerveau sans clé de contact et lui embraya la mémoire. La page bondit à portée de lecture.

« La longueur maximum d'un couteau de jet peut être de dix doigts, ou de douze par temps humide, récita-t-il. La distance de jet est...

— Citez-moi trois poisons connus qu'on administre par les oreilles. »

Une brise se leva mais ne rafraîchit pas l'atmosphère pour autant; elle ne fit que déplacer la chaleur.

« Amanite tue-guêpes, pourpre d'Achorion et moisique, m'sieur, fit promptement Teppic.

— Pourquoi pas la spinette ? » cracha Méricet à la vitesse du serpent.

La mâchoire de Teppic s'affaissa. Il pataugea un moment en s'efforçant d'éviter le regard de vrille à quelques pas de lui.

« M... m'sieur, la spinette n'est pas un poison, m'sieur, parvint-il à dire. C'est un antidote très rare à certains venins de serpent, et on l'obtient... » Il se calma un peu, plus sûr de lui : toutes ces heures à parcourir distraitement les vieux dictionnaires finissaient par payer. « On l'obtient du foie de la mangouste gonflable qu'on...

— Que veut dire ce panneau ? demanda Méricet

— ... qu'on ne trouve que dans le... » La voix de Teppic s'éteignit. Il plissa les yeux sur la rune tarabiscotée de la carte que la main de Méricet lui tendait sous le nez, puis il regarda à nouveau droit devant lui, à côté de l'oreille de l'examinateur.

« Je n'en ai pas la moindre idée, m'sieur », dit-il. Du coin de son oreille à lui, il crut entendre une très légère inspiration, un soupçon de grognement satisfait.

« Mais si c'était dans l'autre sens, m'sieur, reprit-il, ce serait le signe des voleurs pour "chiens bruyants dans cette maison". »

Un silence absolu suivit un moment sa réponse. Puis, tout près de son épaule, la voix du vieil assassin demanda : « La corde à tuer est-elle autorisée pour toutes les catégories ?

— M'sieur, le règlement ne prévoit que trois questions, m'sieur, protesta Teppic.

— Ah. Et c'est votre réponse, hein ?

— M'sieur, non, m'sieur. Ce n'était qu'une remarque, m'sieur. M'sieur, la réponse, c'est que toutes les catégories peuvent porter la corde à tuer, mais les assassins de troisième niveau seulement ont le droit de s'en servir comme une des trois options, m'sieur.

— Vous en êtes sûr, hein ?

— M'sieur.

— Vous ne voulez pas réfléchir encore ? » On aurait pu graisser un chariot avec la voix de l'examinateur.

« M'sieur, non, m'sieur.

— Très bien. » Teppic se détendit. Sa tunique lui collait dans le dos, glacée de sueur.

« Maintenant, je veux que vous vous dirigiez d'un pas normal vers la rue des Comptables, dit Méricet d'un ton neutre, en respectant tous les panneaux et ainsi de suite. Je vous retrouverai dans la salle sous la tour du gong au croisement de la ruelle de l'Audit. Et... prenez ceci, s'il vous plaît. »

Il tendit à Teppic une petite enveloppe.

Teppic lui remit un reçu. Puis Méricet s'immergea d'un pas dans la zone d'ombre près d'un tuyau de cheminée et disparut.

Sans plus de cérémonie.

Teppic inspira plusieurs fois profondément et se renversa le contenu de l'enveloppe dans la main. C'était un bon de la Guilde de dix mille piastres d'Ankh-Morpork, établi au porteur, un document impressionnant surmonté du sceau de la Guilde : la double croix et le poignard dans une cape.

Bon, plus moyen de revenir en arrière, maintenant. Il avait accepté l'argent. S'il survivait, il ferait naturellement don de la somme au fonds des veuves et des orphelins de la Guilde, sinon on la lui reprendrait sur son cadavre. Le bon avait l'air un peu écorné, mais Teppic n'y vit aucune tache de sang.

Il vérifia ses couteaux, rajusta son ceinturon, jeta un regard derrière lui et se mit en route au petit trot.

Au moins il avait de la chance. La tradition estudiantine prétendait qu'il n'y avait qu'une demi-douzaine de trajets utilisés pour l'épreuve, et durant les nuits d'été maints étudiants les empruntaient, ceux qui s'attaquaient aux toits, aux tours, aux gouttières et corniches de la cité. L'édifiscalade était un vrai sport acharné inter-maisons ; l'un des rares domaines dans lesquels Teppic se savait bon — il avait été capitaine de l'équipe qui avait battu la maison du Scorpion en finale des jeux du Comité des

Faîtes. Et cette fois il s'agissait d'une des courses les plus faciles.

Il se laissa tomber légèrement par-dessus le bord du toit, atterrit sur une arête, parcourut souplement le bâtiment endormi, franchit un espace étroit et se reçut sur les tuiles du gymnase de la Jeunesse ouvrière cultuelle réformée du dieu ichoreux Bel Shamharoth, monta à petites foulées la faible pente grise, grimpa un mur de trois mètres cinquante sans ralentir et bondit sur le vaste toit plat du temple d'Io l'Aveugle.

Une lune pleine et orange s'accrochait à l'horizon. Une vraie brise soufflait à cette hauteur, pas très fort mais aussi rafraîchissante qu'une douche froide après la chaleur étouffante des rues. Teppic accéléra, goûta la fraîcheur sur sa figure et sauta avec précision du bout du toit sur l'étroite passerelle de planches qui traversait la venelle Montmeurtre.

Et que quelqu'un, contre toute attente, avait retirée.

Dans ces cas-là, on voit sa vie défiler en un éclair devant ses yeux...

Sa tante avait pleuré, en chargeant un peu, s'était dit Teppic, vu que la vieille femme était aussi dure qu'un cou-de-pied d'hippopotame. Son père avait affiché un air sévère et digne — il ne se rappelait pas l'avoir connu autrement — et s'était efforcé de chasser de son esprit les images séduisantes de falaises et de poissons. On avait aligné les serviteurs dans le couloir depuis le pied du grand escalier, les servantes d'un côté, les eunuques et majordomes de l'autre. Les femmes faisaient une petite révérence à son passage, créant un effet de sinusoïde plutôt joli que le plus illustre mathématicien du Disque aurait sûrement apprécié s'il n'avait pas essuyé au même instant une volée de bois vert et des bordées d'injures de la part d'un petit bonhomme vêtu de ce qui ressemblait à une chemise de nuit.

« Mais... — la tante de Teppic se moucha — c'est un *métier,* quand même. »

Son père lui tapota la main. « Ne dis pas d'absurdités, fleur du désert, fit-il, c'est au moins une profession.

— Quelle est la différence ? » pleurnicha-t-elle.

Le vieil homme soupira. « L'argent, à ce que j'ai compris. Ça lui fera du bien de voir le monde, de se faire des amis, de tomber sur des becs, et puis ça l'occupera, ça l'empêchera de mal tourner.

— Mais... l'*assassinat*... Il est si jeune, et il n'a jamais manifesté le moindre penchant... » Elle se tamponna les yeux. « Il ne tient pas ça de notre côté de la famille, ajouta-t-elle d'un ton accusateur. Ton beau-frère...

— L'oncle Vyrt.

— Courir le monde pour tuer des gens !

— Je ne crois pas qu'ils se servent de ce mot-là, dit son père. Je crois qu'ils préfèrent dire "conclure" ou "annuler". Ou "inhumer", à ce que j'ai compris.

— Inhumer ?

— Je crois que c'est comme exhumer, ô montée des eaux, mais c'est *avant* qu'on vous enterre.

— Je trouve ça affreux. » Elle renifla. « Mais j'ai appris par dame Nooni qu'un seul garçon sur quinze réussit l'examen final. Peut-être qu'il vaudrait mieux le laisser se décourager tout seul. »

Le roi Teppicymon XXVII hocha sombrement la tête et alla faire au revoir de la main à son fils. Il était moins sûr que sa sœur des désagréments de l'assassinat ; il pratiquait à contrecœur la politique depuis longtemps ; si l'assassinat était probablement pire que la négociation, se disait-il, il valait assurément mieux que la guerre, ce qui aux yeux de certains passait pour la même chose en plus bruyant. Et il ne faisait aucun doute que le jeune Vyrt avait toujours beaucoup d'argent, qu'à chacune de ses visites au palais il ramenait des cadeaux onéreux, des bronzages exotiques et des histoires palpitantes sur les gens passionnants qu'il avait rencontrés à l'étranger, la plupart du temps fort brièvement.

Il regrettait que Vyrt ne soit pas là pour le conseiller. Sa Majesté avait elle aussi entendu dire qu'un seul étudiant sur quinze finissait réellement assassin. Il se demandait ce qui arrivait aux quatorze autres, mais il ne doutait pas, quand on était un étudiant pauvre dans une école d'assassins, qu'il fallait s'attendre à recevoir davantage que des bouts de craie en guise de savons, et que les repas de la cantine risquaient de ne pas peser lourd sur l'estomac.

Mais tout le monde reconnaissait que l'école d'assassins offrait la meilleure éducation complète du Disque. Un assassin qualifié devait se sentir à l'aise en toute compagnie et savoir jouer d'au moins un instrument de musique. Toute victime d'un diplômé de la Guilde pouvait reposer satisfaite d'avoir été annulée par une personne de goût et de tact.

Et, après tout, qu'y avait-il pour le retenir ici ? Un royaume de trois kilomètres de large sur deux cent cinquante de long, presque entièrement submergé pendant la saison des crues et menacé de chaque côté par des voisins plus puissants qui toléraient son existence uniquement parce qu'elle les empêchait de se livrer une guerre perpétuelle.

Oh, le Jolhimôme[1] avait jadis été un royaume glorieux, à une époque où des arrivistes comme Tsort et Ephèbe n'étaient encore que des bandes de nomades coiffés de torchons. Tout ce qui restait de ces jours de grandeur, c'était le palais excessivement dispendieux, quelques ruines poussiéreuses dans le désert et — le pharaon soupira — les pyramides. Les sempiternelles pyramides.

Ses ancêtres s'étaient passionnés pour les pyramides. Pas le pharaon. Les pyramides avaient mené le pays à la faillite, l'avaient davantage mis à sec que ne l'avait jamais fait le fleuve.

La seule malédiction qu'on avait les moyens de s'offrir sur une tombe ces temps-ci, c'était : « *Caltez!* »

Il n'appréciait qu'un seul genre de pyramides : les toutes petites au fond du jardin, celles qu'on bâtissait à chaque fois que mourait un chat.

Il avait promis à la mère de son fils.

Artela lui manquait. Ç'avait fait tout un ramdam lorsqu'il avait voulu prendre femme hors du royaume, et

1. Lit. : « enfant du Jolh ».

certaines manières étrangères d'Artela l'avaient intrigué et fasciné, même lui. C'était peut-être à elle qu'il devait son étrange dégoût des pyramides ; dans le Jolhimôme, autant se dégoûter de respirer. Mais il avait promis que Pteppic irait à l'école hors du royaume. Elle avait insisté là-dessus. « On n'apprend jamais rien dans ce pays, avait-elle déclaré. On ne fait que se souvenir. »

Si seulement elle s'était souvenue qu'il ne fallait pas nager dans le fleuve...

Il regarda deux serviteurs charger la malle de Teppic sur le carrosse et pour la première fois, pour autant qu'ils se le rappelaient l'un et l'autre, il posa une main paternelle sur l'épaule de son fils.

En fait, il cherchait quelque chose à dire. Nous n'avons jamais vraiment eu le temps d'apprendre à nous connaître, songea-t-il. J'aurais tant pu lui donner. Quelques bonnes corrections n'auraient pas été de trop.

« Hum, fit-il. Eh bien, mon garçon.

— Oui, père ?

— C'est, euh... la première fois que tu pars seul loin de chez nous...

— Non, père. J'ai passé l'été dernier avec le seigneur Fhempta-hem, rappelez-vous.

— Oh, oui ? » Le pharaon se souvint que le palais lui avait paru plus calme à ce moment-là. Il avait mis ça sur le compte des nouvelles tapisseries.

« Bref, reprit-il, tu es un jeune homme, tu as presque treize ans...

— Douze, père, rectifia tranquillement Teppic.

— Tu es sûr ?

— C'était mon anniversaire le mois dernier, père. Vous m'avez offert une bassinoire.

— Ah bon ? Comme c'est curieux. Est-ce que j'ai dit pourquoi ?

— Non, père. » Teppic leva les yeux sur le visage doux, étonné de son père. « Une très bonne bassinoire, le rassura-t-il. Elle me plaît beaucoup.

— Oh. Bien. Hum. » Sa Majesté tapota à nouveau l'épaule de son fils, distraitement, comme on tambourine des doigts sur un bureau pendant qu'on tâche de réfléchir. Une idée parut lui venir.

Les serviteurs avaient fini d'arrimer la malle sur le toit du carrosse et le conducteur tenait patiemment la porte ouverte.

« Quand un jeune homme s'en va dans le monde, commença Sa Majesté d'une voix hésitante, il y a... Enfin, c'est très important qu'il se souvienne... Je veux dire, c'est un monde très vaste, en fin de compte, avec toutes sortes de... Et bien sûr, spécialement à la ville, où il y a beaucoup plus de... » Il marqua un temps, agita vaguement une main en l'air.

Teppic la prit doucement.

« Ne vous inquiétez pas, père, dit-il. Dios, le grand prêtre, m'a expliqué qu'il fallait prendre régulièrement des bains et ne pas devenir aveugle. »

Son père le regarda en battant des paupières.

« Tu ne deviens pas aveugle ? demanda-t-il.

— Apparemment non, père.

— Oh. Bien. Excellent, fit le roi. Excellent, excellent. Ça, c'est une bonne nouvelle.

— Je crois que je ferais mieux de me mettre en route, père. Sinon, je vais manquer la marée. »

Sa Majesté opina et se tâta les vêtements.

« J'avais quelque chose... » marmonna-t-il, puis il trouva ce qu'il cherchait et glissa une petite bourse de cuir dans la poche de Teppic. Il reprit son numéro de l'épaule.

« Un petit quelque chose, murmura-t-il. Pas un mot à ta tante. Oh, tu ne pourrais pas, de toute façon. Elle est allée s'allonger. Un peu trop dur pour elle. »

Il ne restait alors plus à Teppic qu'à sacrifier un poulet à la statue de Kaloteh, le fondateur du Jolhimôme, afin que la main de son ancêtre guide ses pas dans le monde. Ce n'était pourtant qu'un petit poulet, et une fois que Kaloteh en aurait fini avec lui, le roi en ferait son déjeuner.

Le Jolhimôme était vraiment un petit royaume égocentrique. Même ses plaies manquaient de conviction. Tous les royaumes fluviaux qui se respectent subissent de grandes plaies surnaturelles, mais tout ce que le Vieux

Royaume avait pu s'offrir au cours du dernier siècle, c'était la Plaie de la Grenouille[1].

Ce soir-là, alors qu'ils avaient depuis longtemps quitté le delta du Jolh et qu'ils cinglaient sur la mer Circulaire en direction d'Ankh-Morpork, Teppic se souvint de la bourse et en examina le contenu. Affectueusement, mais aussi à sa façon habituelle de voir les choses, son père lui avait fait présent d'un bouchon, d'une demi-boîte de savon pour le cuir, d'une petite pièce de bronze d'origine incertaine et d'une sardine hors d'âge.

Le fait est bien connu, quand on va mourir les sens s'exacerbent aussitôt afin, croit-on, de permettre à l'intéressé de détecter toute issue possible autre que fatale à sa situation délicate.

On le croit à tort. Le phénomène est un exemple classique de transfert. Les sens se concentrent désespérément sur tout ce qui n'est pas le problème immédiat — dans le cas de Teppic une large étendue de pavés à vingt-cinq mètres qui se rapproche — dans l'espoir qu'il va disparaître.

L'ennui, c'est qu'il ne va pas tarder à disparaître, justement.

Quelle qu'en soit la raison, Teppic eut soudain une conscience aiguë de son environnement. Le clair de lune sur les toits. L'odeur de pain frais qui flottait depuis une boulangerie voisine. Le vrombissement d'un hanneton qui lui passa en vitesse près de l'oreille, à la verticale. Les pleurs d'un bébé, au loin, et les aboiements d'un chien. Le souffle léger de l'air qui lui rappelait son manque de consistance et de prises...

Ils avaient été plus de soixante-dix à s'inscrire cette

1. Une grosse grenouille, remarquez, qui s'était fourrée dans les conduits d'aération et avait empêché tout le monde de dormir pendant des semaines.

année-là. Les Assassins n'imposaient pas d'examen de sélection ; il était facile d'entrer à l'école, et facile d'en sortir (le truc, c'était d'en sortir debout). La cour au centre des bâtiments de la Guilde était noire de jeunes garçons qui partageaient deux points communs : des malles monstrueuses sur lesquelles ils se tenaient assis, et des vêtements choisis pour y grandir à l'aise, dans lesquels ils auraient pu tenir à six. Certains optimistes avaient apporté des armes qu'on leur confisqua et qu'on retourna aux parents dans les semaines suivantes.

Teppic les regardait avec attention. Il y avait un avantage indéniable à être l'enfant unique de parents trop absorbés par leurs propres affaires pour se soucier de vous, voire se rappeler votre existence plusieurs jours d'affilée.

Sa mère, d'aussi loin qu'il se souvenait, avait été une femme agréable et aussi égocentrique qu'un gyroscope. Elle aimait les chats. Plus que les vénérer — tout le monde dans le royaume les vénérait —, elle les aimait vraiment. Teppic savait qu'il était traditionnel dans les royaumes fluviaux d'apprécier les chats, mais il devait alors s'agir d'animaux gracieux, majestueux ; ceux de sa mère étaient des maniaques malingres aux yeux jaunes et à la tête aplatie qui crachaient à tout bout de champ.

Son père passait beaucoup de temps à s'inquiéter du royaume ; il se prenait parfois pour une mouette, sans doute un effet de sa mauvaise mémoire. Teppic s'était interrogé sur les circonstances de sa conception, vu que ses parents se trouvaient rarement dans le même système de références, à plus forte raison dans le même état d'esprit.

Mais la chose avait apparemment eu lieu et on l'avait laissé s'élever tout seul à coups d'essais et d'erreurs, à peine gêné et quelquefois plutôt égayé par un défilé de précepteurs. Ceux qu'engageait son père étaient les meilleurs, surtout les jours où il planait davantage qu'à l'ordinaire, et le temps d'un hiver mémorable il avait eu pour professeur un vieux braconnier d'ibis qui s'était aventuré dans les jardins royaux pour récupérer une flèche perdue.

Il avait vécu une période de fuites éperdues devant les

soldats, de randonnées au clair de lune dans les rues mortes de la nécropole et, surtout, il avait découvert le lance-barque, une invention redoutable et compliquée capable, aux risques et périls de ses utilisateurs, de transformer tout un marécage de volatiles innocents en autant de pâtés flottants.

Il avait aussi eu accès à la bibliothèque, y compris aux rayonnages fermés à clé — le braconnier disposait d'autres talents qui lui garantissaient un emploi rémunéré par mauvais temps —, et il y avait passé maintes heures à étudier au calme ; il appréciait particulièrement *le Palais aux volets clos, traduit du khalien par Un Gentilhomme, illustré de Planches coloriées à la main pour l'Amateur éclairé, Édition extrêmement limitée.* L'ouvrage était déroutant mais instructif et, lorsqu'un jeune précepteur un peu efféminé engagé par les prêtres avait voulu l'initier à certaines techniques athlétiques en faveur chez les Pseudopolitains classiques, Teppic avait réfléchi un moment à la proposition avant d'envoyer l'autre au tapis d'un coup de portemanteau.

On n'avait pas éduqué Teppic. L'éducation s'était déposée sur lui comme des pellicules.

Il se mit à pleuvoir, dans le monde hors de sa tête. Encore une expérience nouvelle. Il en avait entendu parler, évidemment, comment l'eau tombait du ciel par petits bouts. Seulement, il ne s'attendait pas à ce qu'il y en ait autant. Il ne pleuvait jamais dans le Jolhimôme.

Les maîtres allaient et venaient parmi les jeunes garçons comme des merles mouillés un peu débraillés, mais il observait un groupe d'étudiants plus âgés nonchalamment adossés près du portique de l'école. Eux aussi portaient du noir, différentes couleurs de noir.

C'était son premier contact avec les couleurs tertiaires, celles qui se trouvent tout au bout du noir, celles qu'on obtient par diffraction du noir avec un prisme octogonal. Elles sont aussi presque impossibles à décrire dans un environnement non-magique, mais à qui voudrait comprendre à quoi elles ressemblent, on conseillerait d'abord de fumer une substance illicite et de bien étudier une aile d'étourneau.

Les anciens examinaient d'un œil critique la nouvelle fournée.

Teppic ne les quittait pas du regard. En dehors des couleurs, leurs vêtements étaient coupés à la mode dernier cri, laquelle penchait ces temps-ci pour les chapeaux larges, les épaules rembourrées, les tailles étroites, les chaussures pointues, et donnait à ses adeptes des allures de clous tirés à quatre épingles.

Voilà ce que je vais devenir, se dit-il.

Mais sûrement mieux habillé, ajouta-t-il.

Il se souvint de l'oncle Vyrt, assis dehors sur les marches qui dominaient le Jolh au cours d'une de ses brèves et mystérieuses visites. « Le satin et le cuir ne valent rien. Pas de bijoux, d'aucune sorte. Tu ne peux rien porter qui brille, qui grince ni qui tinte. Tiens-t'en à la soie et au velours. L'important, ce n'est pas le nombre de gens que tu vas inhumer, mais le nombre de ceux qui n'arriveront pas à t'inhumer, toi. »

Il s'était déplacé à une vitesse imprudente sur les toits ; cette vitesse pouvait maintenant lui servir. Alors qu'il décrivait une orbe au-dessus de la ruelle, il se contorsionna dans le vide, lança les bras en un mouvement désespéré et sentit ses doigts frôler un rebord du bâtiment d'en face. C'était suffisant comme point de pivot ; il se rabattit selon un arc de cercle, percuta les briques croulantes avec une force qui coupa le peu de souffle qui lui restait et glissa le long du mur à pic...

« Petit ! »

Teppic leva les yeux. Un assassin supérieur se tenait près de lui, une écharpe violette d'enseignant par-dessus ses robes. Le premier assassin qu'il rencontrait, en dehors de Vyrt. L'homme était plutôt sympathique. On se l'imaginait bien en train de faire des saucisses.

« C'est à moi que vous parlez ? répondit-il.

— Tu es prié de te lever quand tu t'adresses à un maître, fit la face rose.

— Ah bon ? » Teppic était fasciné. Il se demandait

comment chose pareille était possible. La discipline n'avait jusqu'à présent jamais joué un rôle important dans sa vie. La plupart de ses précepteurs avaient été suffisamment déroutés par la vue du roi parfois perché au sommet d'une porte pour bâcler ce genre de leçons et courir se barricader dans leurs chambres.

« Ah bon, *monsieur* », corrigea le professeur. Il consulta la liste qu'il tenait à la main.

« Tu t'appelles comment, petit ? poursuivit-il.

— Prince Pteppic du Vieux Royaume, le royaume du Soleil, répondit tranquillement Teppic. Je me rends compte que vous ignorez l'étiquette, mais vous ne devriez pas m'appeler monsieur ni me tutoyer, et toucher le sol du front quand vous vous adressez à moi.

— Pateppic, c'est ça ? fit le maître.

— Non. Pteppic.

— Ah. Teppic », dit le maître qui cocha un nom sur sa liste. Il gratifia Teppic d'un sourire généreux.

« Bon, eh bien, Votre Altesse, je suis Grunworth Nivor, votre responsable de “maison”. Vous êtes à la maison de la Vipère. Je sais pertinemment qu'il existe au moins onze royaumes du Soleil sur le Disque, alors avant la fin de la semaine vous me présenterez une courte dissertation détaillée sur leur situation géographique, leur capitale, le siège de leur gouvernement et sur la meilleure manière d'accéder à la chambre à coucher du chef d'État de votre choix. Par ailleurs, il n'existe qu'une seule maison de la Vipère dans le monde. Bien le bonjour, petit. »

Il tourna les talons pour se diriger vers un autre élève tassé sur lui-même.

« Ce n'est pas le mauvais bougre, fit une voix derrière Teppic. N'importe comment, tu trouveras tous les renseignements à la bibliothèque. Je te montrerai, si tu veux. Je m'appelle Chidder. »

Teppic se retourna. Celui qui venait de parler était un garçon d'à peu près son âge et sa taille, dont la tenue noire — du noir ordinaire pour les premières années — avait l'air clouée sur lui par petits bouts. Il tendait une main à laquelle Teppic jeta un coup d'œil poli.

« Oui ? fit-il.

— C'est quoi, ton nom, p'tit mec ? »

Teppic se redressa. Il commençait à en avoir assez de ce traitement. « P'tit mec ? Sachez que le sang des pharaons coule dans mes veines ! »

L'autre garçon le dévisagea, nullement intimidé, la tête penchée de côté, un léger sourire aux lèvres.

« T'aimerais qu'il y reste ? » fit-il.

La boulangerie se trouvait dans la ruelle, et quelques membres du personnel étaient sortis dans le semblant de fraîcheur qui précédait l'aube pour en griller une petite et se soustraire un instant à la chaleur insupportable des fours. Leur bavardage montait en spirales jusqu'à Teppic qui s'agrippait tout là-haut dans l'ombre à un rebord de fenêtre fort à propos, tandis que ses pieds raclaient les briques en quête d'un appui. Ce n'est pas si terrible, se disait-il. Tu as connu pire. La face « moyeu » du palais du Patricien l'hiver dernier, par exemple, quand toutes les gouttières avaient débordé et qu'une glace bien dure recouvrait les murs. Là, c'est un niveau de difficulté 3, guère plus, peut-être 3,2. Le Chiddy et toi, vous avez grimpé des murs de ce genre en guise de balade dans les rues, c'est seulement une question de perspective.

La perspective. Il jeta un coup d'œil en dessous, dans vingt mètres d'infinité. C'est Flocville, mon vieux, secoue-toi. Ou plutôt accroche-toi au mur. Son pied droit trouva une aspérité de mortier usé où ses orteils se plantèrent d'eux-mêmes, sans ordre conscient d'un cerveau désormais trop ébranlé pour manifester davantage qu'un intérêt détaché aux événements.

Il prit une inspiration, se tendit et laissa tomber une main à sa ceinture pour saisir une dague qu'il enfonça entre les briques près de lui avant que la gravité n'ait compris de quoi il retournait. Il marqua une pause, hors d'haleine, attendit que la gravité l'oublie à nouveau, puis il se balança de côté afin de répéter l'opération.

Tout en bas, un boulanger qui racontait une blague grivoise se brossa un peu de mortier de l'oreille. Tandis que ses collègues s'esclaffaient, Teppic se redressa au clair de lune, en équilibre sur deux lames d'acier klatchien, et monta les paumes le long du mur jusqu'à la fenêtre dont le rebord lui avait offert un bref salut.

Elle était fermée, bloquée par une cale. Un bon coup l'ouvrirait sûrement, mais en même temps il perdrait ses appuis et basculerait dans le vide. Teppic soupira et, bougeant avec toute la délicatesse d'un horloger, sortit son diamant de sa bourse avant de tracer lentement et sans heurt un cercle sur le carreau poussiéreux...

« Tu te la portes tout seul, dit Chidder. C'est la règle à l'école. »

Teppic regarda la malle. Pareille idée l'intriguait.

« Chez nous, on a des gens qui s'en chargent, fit-il. Des eunuques, tout ça.

— T'aurais dû en amener un.

— Ils supportent mal les voyages », dit Teppic. En fait, il avait refusé catégoriquement toutes les propositions d'une petite escorte pour l'accompagner, et Dios avait boudé des jours durant. Ce n'était pas ainsi qu'un membre de la famille royale devait sortir dans le monde, avait-il dit. Teppic n'avait pas cédé. Il était à peu près certain que les assassins ne vaquaient pas à leurs affaires flanqués de servantes et précédés d'une fanfare. Aujourd'hui, pourtant, ces propositions ne lui paraissaient plus si ridicules. Il souleva la malle, pour voir, et parvint à se la mettre sur les épaules.

« On est riche chez toi, alors ? » fit Chidder qui marchait sans se presser à côté de lui.

Teppic réfléchit. « Non, pas vraiment, répondit-il. On cultive surtout des melons et de l'ail, des choses comme ça. Et on s'aligne dans les rues pour crier "hourra".

— C'est de tes parents que tu parles ? s'étonna Chidder.

— Oh, eux ? Non, mon père est pharaon. Ma mère était concubine, il me semble.

— Je croyais que c'était une espèce de légume.

— Je ne pense pas. On n'en a jamais vraiment parlé. De toute façon, elle est morte quand j'étais petit.

— Affreux, fit joyeusement Chidder.

— Elle est allée prendre un bain de minuit dans la

gueule d'un crocodile. » Teppic s'efforçait poliment de ne pas avoir l'air vexé par la réaction de l'autre.

« Mon père à moi, il a une maison de commerce, dit Chidder alors qu'ils passaient la porte d'entrée.

— Passionnant », fit respectueusement Teppic. Il se sentait un peu découragé par toutes ces nouvelles expériences et il ajouta : « Je n'y suis jamais allé, mais on dit les habitants de Commerce très agréables. »

Chidder, qui prenait la vie avec calme comme s'il en avait déjà fait le tour, passa les deux heures suivantes à initier Teppic aux divers mystères des dortoirs, des salles de classe et de la plomberie. Il garda la plomberie pour la fin, pour toutes sortes de raisons.

« Vous n'en avez pas ? s'étonna-t-il.

— On a des seaux, des choses comme ça, répondit vaguement Teppic, et des tas de serviteurs.

— Plutôt vieux jeu, ton royaume, non ? »

Teppic opina. « Ce sont les pyramides, dit-il. Tout l'argent passe dedans.

— Des trucs chers, j'imagine.

— Pas vraiment. C'est seulement du caillou. » Teppic soupira. « On a beaucoup de caillou, reprit-il, et beaucoup de sable. Du caillou et du sable. On en est dingues. Si jamais vous avez besoin de caillou et de sable, faut venir chez nous. C'est l'aménagement intérieur qui coûte cher. On se fait encore tirer l'oreille pour payer celle de grand-père, et elle n'était pas très grande. Trois chambres, pas plus. » Teppic se retourna et regarda par la fenêtre ; ils étaient alors revenus dans le dortoir.

« Tout le royaume est endetté, reprit-il d'une voix calme. Je veux dire, même nos dettes sont endettées. C'est pour ça que je suis ici, en fait. Faut qu'un membre de notre maison gagne des sous. Un prince royal ne peut plus jouer les plantes d'ornement. Faut qu'il sorte et qu'il se rende utile dans la communauté. »

Chidder s'accouda sur l'appui de la fenêtre.

« Et vous n'auriez pas pu récupérer des trucs dans les pyramides ? demanda-t-il.

— Ne racontez donc pas de bêtises.

— Pardon. »

Teppic considéra d'un œil morne les silhouettes en contrebas.

« Il y a beaucoup de monde ici, constata-t-il pour changer de sujet. Je ne voyais pas ça si grand. » Il frissonna. « Ni si froid, ajouta-t-il.

— Il y a sans arrêt des abandons, dit Chidder. Ils ne supportent pas le programme. L'important, c'est de savoir à quoi et à qui on a affaire. Tu vois ce type, là-bas ? »

Teppic suivit la direction qu'indiquait le doigt et reconnut un groupe d'étudiants plus âgés adossés contre les piliers de l'entrée.

« Le gros ? La figure comme le bout de votre chaussure ?

— C'est Coupchou. Fais gaffe à lui. S'il t'invite à une collation dans son bureau, n'y va pas.

— Et qui c'est, le gamin avec les cheveux bouclés ? » demanda Teppic. Il désignait un petit garçon, objet des attentions d'une dame âgée qui avait l'air au bout du rouleau. Elle léchait son mouchoir et lui tamponnait la figure pour enlever des taches sales. Lorsqu'elle eut terminé, elle lui rectifia sa cravate.

Chidder tendit le cou. « Oh, un petit nouveau, dit-il. Arthur quelque chose. Il ne peut toujours pas se passer de sa mamie, à ce que je vois. Il ne tiendra pas longtemps.

— Oh, pas sûr, fit Teppic. Nous non plus, on ne peut pas se passer de nos momies, et on tient depuis des milliers d'années. »

Un rond de verre tomba dans le bâtiment silencieux et tinta par terre. Il n'y eut pas d'autre bruit pendant plusieurs minutes. Puis on entendit le glouglou léger d'une burette d'huile. Une ombre qui était allongée naturellement sur la tablette de la fenêtre, véritable morgue pour les mouches à viande, se transforma en un bras qui se déplaçait avec une lenteur végétale vers le loqueteau.

Un raclement métallique, puis toute la fenêtre pivota dans un silence tribologique. Teppic se laissa tomber par-dessus le rebord et disparut dans l'ombre en dessous.

Pendant une ou deux minutes, l'espace poussiéreux

s'emplit de l'absence de bruit intense qu'on produit quand on se déplace avec de grandes précautions. D'autres giclées d'huile, puis un murmure métallique lorsque le verrou d'une trappe donnant sur le toit coulissa doucement.

Teppic s'accorda le temps de reprendre sa respiration, et c'est alors qu'il perçut le bruit. Noyé dans le son blanc, à la limite de l'audible, mais il n'y avait aucun doute. On attendait juste au-dessus de la trappe et on avait posé la main sur un bout de papier pour qu'il ne bruisse pas au vent.

Ses doigts lâchèrent le verrou. Il revint avec une extrême prudence à pas glissés sur le plancher graisseux, longea une paroi de bois grossier et découvrit une porte. Cette fois il ne voulut pas courir de risque : il déboucha sa burette d'huile et fit tomber une goutte de silence sur les charnières.

L'instant suivant, il avait franchi la porte. Un rat, qui maraudait nonchalamment dans le couloir livré aux courants d'air, dut se retenir d'avaler sa langue lorsque Teppic le croisa dans un souffle.

Il y avait une autre porte au bout du couloir, puis un dédale de réserves sentant le renfermé, mais il finit par trouver un escalier. Il estimait avoir parcouru pas loin de trente mètres depuis la trappe. Il n'avait pas vu le moindre conduit de cheminée. Il ne voulait pas d'obstacles sur le toit afin d'ajuster son tir.

Il s'accroupit et sortit son étui à couteaux, dont le velours noir dessinait une forme oblongue plus sombre dans l'obscurité. Il choisit un numéro cinq : pas le couteau à lancer de tout le monde, mais efficace pour qui savait le manier.

Peu après, il passa tout doucement la tête par-dessus le bord du toit, un bras replié derrière la nuque mais prêt à se détendre dans un jeu compliqué de forces dont la combinaison enverrait quelques grammes d'acier voler dans la nuit.

Méricet était assis près de la trappe, il regardait son écritoire. Les yeux de Teppic se portèrent vers la planche rectangulaire de la passerelle méticuleusement rangée contre le parapet à quelques pas.

Il était certain de n'avoir fait aucun bruit. Il aurait juré que l'examinateur avait entendu son regard se poser sur lui.

Le vieil homme leva sa tête chauve.

« Merci, monsieur Teppic, dit-il, vous pouvez continuer. »

Teppic sentit la sueur qui le couvrait se glacer. Il fixa la planche, puis l'examinateur et enfin son couteau.

« Oui, monsieur », fit-il. Ça ne semblait pas suffire, en la circonstance. Il ajouta : « Merci, monsieur. »

Il se souviendrait toujours de sa première nuit au dortoir. La salle était assez longue pour loger les dix-huit garçons de la maison de la Vipère et assez exposée à tous les vents pour accueillir le grand air. Son concepteur avait dû songer au confort, mais pour mieux l'éviter : il avait imaginé un local plus froid dedans que dehors.

« Je croyais qu'on avait des chambres particulières », dit Teppic.

Chidder, qui avait jeté son dévolu sur le lit le moins exposé de tout le réfrigérateur, hocha la tête.

« Plus tard », fit-il. Il s'allongea sur le dos et grimaça. « Est-ce qu'ils affûtent les ressorts, d'après toi ? »

Teppic ne répondit pas. Il trouvait pour tout dire le lit plutôt plus confortable que celui où il dormait chez lui. Ses parents, étant de haute naissance, toléraient naturellement pour leurs enfants des conditions qu'auraient d'emblée rejetées des maringouins indigents.

Il s'étendit sur le matelas peu épais et passa en revue les événements de la journée. Il était inscrit comme assassin, enfin, comme étudiant assassin depuis plus de sept heures, et on ne lui avait même pas encore permis de toucher un couteau. Évidemment, ça s'arrangerait peut-être demain...

Chidder se pencha. « Il est où, Arthur ? » fit-il.

Teppic considéra le lit en face de lui. Un petit sac de vêtements pathétique attendait, soigneusement posé en son milieu, mais aucun signe de son occupant futur.

« Vous croyez qu'il s'est sauvé ? demanda-t-il en scrutant les coins d'ombre alentour.

— Ça se pourrait. Ça arrive souvent, tu sais. Les petits garçons à leurs mamies qui s'en vont de chez eux pour la première fois... »

La porte au bout du dortoir s'ouvrit lentement, et Arthur entra, à reculons, en remorquant un gros bouc peu enclin à le suivre. L'animal résista pas à pas tout au long de l'allée entre les châlits.

Les deux garçons l'observèrent en silence plusieurs minutes tandis qu'il attachait le bouc au pied de son lit et retournait son sac sur les couvertures pour en sortir des bougies noires, un brin d'herbe, un chapelet de crânes et un morceau de craie. La craie en main, la figure rose et radieuse de qui va accomplir ce qu'il sait légitime quoi qu'il advienne, Arthur traça un double cercle autour de son lit avant de se mettre sur ses genoux potelés et de remplir l'intervalle d'une série de symboles occultes, les plus déplaisants que Teppic avait jamais vus. Lorsqu'il en eut terminé à son gré, il plaça les bougies à des points stratégiques et les alluma; elles crachotèrent et dégagèrent une odeur qui coupait l'envie de savoir en quoi elles étaient faites.

Il saisit un couteau court à manche rouge dans le bric-à-brac sur le lit et s'avança vers le bouc...

Un oreiller lui atterrit sur la nuque.

« Dis donc! Espèce de petit salaud de bigot! »

Arthur lâcha le couteau puis éclata en sanglots. Chidder s'assit dans son lit.

« C'est toi, Camembier! dit-il. Je t'ai vu! »

Camembier, un adolescent maigre et rouquin dont la figure n'était qu'une grosse tache de son, lui lança un regard noir.

« Quoi! ça n'est plus possible, lança-t-il. On n'arrive pas à dormir avec tous ces rituels religieux. Je veux dire, de nos jours il n'y a plus que les gamins qui font leurs prières avant de se coucher, on est censés apprendre à devenir des assassins...

— Tu ferais drôlement bien de la fermer, Camembier, s'écria Chidder. Le monde ne s'en porterait pas plus mal si davantage de gens faisaient leurs prières, tu sais. Je reconnais que je ne dis pas les miennes aussi souvent qu'il faudrait... »

Un oreiller l'interrompit au beau milieu d'une phrase. Il bondit hors de sa couche et sauta sur le rouquin en battant l'air des poings.

Alors que le reste du dortoir s'attroupait autour de la bagarre, Teppic se glissa hors de son lit et rejoignit à pas feutrés Arthur qui pleurnichait, assis sur le bord du sien.

Il lui tapota l'épaule d'une main hésitante, geste qu'il savait censé réconforter les gens. « Moi, je ne pleurerais pas pour ça, petit, dit-il d'un ton bourru.

— Mais... mais toutes les runes ont été piétinées, fit Arthur. C'est trop tard, maintenant ! Et ça veut dire que le Grand Orm va venir cette nuit m'arracher les entrailles autour d'un bâton !

— Non ?

— Et me gober les yeux, a dit ma grand-mère !

— Bon sang ! fit Teppic, fasciné. C'est vrai ? » Il était content d'avoir son lit en face de celui d'Arthur, il serait aux premières loges. « C'est quoi, cette religion ?

— On est des ormites-strictement-autorisés », répondit Arthur. Il se moucha. « J'ai remarqué que tu ne pries pas, toi, reprit-il. Tu n'as pas de dieu ?

— Oh, si, fit Teppic d'une voix hésitante, pour ça, j'en ai un.

— Tu n'as pas l'air de vouloir lui parler. »

Teppic secoua la tête. « Je ne peux pas, expliqua-t-il. Pas ici. Il ne m'entendrait pas, vous comprenez.

— Mon dieu à moi, il m'entend partout, dit Arthur avec ferveur.

— Eh bien, le mien a du mal quand on est à l'autre bout de la pièce, fit Teppic. Ça peut être très gênant.

— Tu n'es pas un offlien, dis ? » demanda Arthur. Offler était un dieu crocodile dépourvu d'oreilles.

« Non.

— Tu adores quel dieu, alors ?

— Je n'adore pas exactement, répondit Teppic, mal à l'aise. Je ne dirais pas que j'adore. Enfin, il est bien quand même. C'est mon père, si vous voulez savoir. »

Les yeux bordés de rose d'Arthur s'écarquillèrent.

« Tu es le fils d'un dieu ? chuchota-t-il.

— C'est comme ça quand on est roi, là d'où je viens,

s'empressa de le renseigner Teppic. Il n'a pas grand-chose à faire. Ce sont les prêtres qui dirigent le pays, en réalité. Lui, il veille à ce que le fleuve déborde tous les ans, voyez, et il s'occupe de la Grande Vache de la Voûte Céleste. Enfin, il s'occupait.

— La Grande...

— Ma mère, expliqua Teppic. Tout ça est très embarrassant.

— Est-ce qu'il châtie les gens ?

— Je ne crois pas. Il ne m'a jamais dit. »

Arthur tendit la main vers le pied du lit. Le bouc, dans la confusion, avait brouté sa corde et passé la porte au petit trot en se jurant de laisser tomber la religion à l'avenir.

« Qu'est-ce que je vais prendre ! fit-il. J'imagine que tu ne peux pas demander à ton père d'expliquer au Grand Orm ce qui s'est passé ?

— Il pourrait peut-être, dit Teppic sans certitude. J'allais lui écrire demain, de toute façon.

— Le Grand Orm se trouve normalement dans l'un des enfers, d'où il surveille tout ce qu'on fait. Tout ce que je fais, toujours bien. Il ne reste plus que ma grand-mère et moi maintenant, et ma grand-mère ne fait pas grand-chose d'intéressant à surveiller.

— Je n'oublierai pas de lui dire.

— Tu crois que le Grand Orm va venir cette nuit ?

— Non, je ne crois pas. Je demanderai à mon père de penser à lui dire de ne pas venir. »

À l'autre bout du dortoir, Chidder était agenouillé sur le dos de Camembier et lui cognait la tête avec constance contre le mur.

« Répète, ordonna-t-il. Allez... "Il n'y a pas de mal..."

— "Il n'y a pas de mal quand un gars a le courage..." Tu vas voir, Chidder, sale...

— Je ne t'entends pas, Camembier.

— "... le courage de dire ses prières devant les autres", espèce de pourri.

— Bien. N'oublie pas ça. »

Une fois les lumières éteintes, allongé dans son lit, Teppic réfléchissait à la religion. Un sujet assurément fort complexe.

La vallée du Jolh avait ses propres dieux, des dieux qui n'avaient rien à voir avec le monde extérieur. Elle en avait toujours tiré fierté. Les dieux étaient sages, justes, ils dirigeaient la vie des hommes avec doigté et prévoyance, il n'y avait pas à revenir là-dessus, mais des mystères subsistaient.

Par exemple, il savait que son père faisait lever le soleil, déborder le fleuve et ainsi de suite. C'était la base, la routine des pharaons depuis l'époque de Kaloteh, on n'allait pas remettre ces choses-là en doute. Une question se posait pourtant : est-ce qu'il faisait lever le soleil uniquement dans la Vallée ou partout dans le monde ? La première hypothèse paraissait la plus vraisemblable, à la réflexion, son père ne rajeunissait pas, mais c'était plutôt difficile de croire que le soleil se levait partout sauf dans la Vallée, d'où la conclusion pénible que le soleil se lèverait même si son père oubliait sa tâche, une éventualité tout à fait plausible. Il n'avait jamais vu le pharaon se décarcasser pour obliger le soleil à se lever, il fallait bien le reconnaître. On aurait pu s'attendre au moins à des grognements d'effort aux alentours de l'aube. Son père ne se levait qu'après le petit déjeuner. Tout comme le soleil.

Il lui fallut du temps pour s'endormir. Le lit, malgré ce qu'en disait Chidder, était trop mou, le dortoir trop froid et, pire que tout, le ciel par la fenêtre trop sombre. Chez lui, les embrasements de la nécropole l'auraient illuminé de leurs flammes silencieuses et fantomatiques mais cependant familières et rassurantes, comme si les ancêtres veillaient sur leur vallée. Il n'aimait pas l'obscurité...

La nuit suivante dans le dortoir, l'un des gars originaire d'un peu plus loin sur la côte tenta timidement d'enfermer son voisin de lit dans une cage d'osier qu'il avait confectionnée en cours d'artisanat, puis de le faire griller. La nuit d'après, Snoxall, qui occupait le lit voisin de la porte et venait d'un petit pays perdu quelque part au milieu des forêts, se peinturlura en vert et demanda des volontaires pour qu'il leur enroule les intestins autour d'un arbre. Le jeudi, une petite guerre éclata entre ceux qui vénéraient la Déesse Mère sous son aspect lunaire et ceux qui la vénéraient sous la forme d'une grosse femme aux fesses monstrueuses. Après quoi les maîtres intervinrent pour expliquer que la religion, si elle avait du bon, menait parfois à des excès.

Teppic se disait qu'on ne pardonnait sûrement pas le manque de ponctualité. Mais il faudrait que Méricet l'attende à la tour, non ? Et lui s'y rendait par le chemin le plus direct. Le vieux ne pouvait pas y arriver le premier. Remarquez, il n'aurait pas dû non plus arriver le premier à la passerelle de la ruelle... Il a sûrement enlevé la planche avant mon épreuve orale, puis grimpé sur le toit pendant que j'escaladais le mur, songea Teppic sans en croire un mot.

Il courut le long d'une ligne de faîtes, les sens à l'affût de tuiles retirées ou de fils tendus. Son imagination peuplait le moindre recoin d'ombre de silhouettes aux aguets.

La tour du gong surgit devant lui. Il s'arrêta et la considéra. Il l'avait déjà vue des centaines de fois et l'avait presque aussi souvent escaladée, même si son niveau de difficulté atteignait tout juste 1,8 malgré le dôme de cuivre qui la chapeautait et dont l'ascension offrait un certain intérêt. Un point de repère familier, rien d'autre. Elle n'en était que plus effrayante à présent ; sa forme trapue se dressait en face de lui, menaçante sur le fond grisâtre du ciel.

Il reprit sa marche, plus lentement désormais, s'approcha de la tour en traversant en diagonale le toit faiblement pentu. Il lui vint à l'esprit qu'il avait ses initiales là-haut, sur le dôme, à côté de celles de Chiddy et de centaines d'autres jeunes assassins, et qu'elles y resteraient même s'il mourait cette nuit. Il y trouva un certain réconfort. Quoique pas beaucoup.

Il décrocha sa cordelette et la lança aisément jusqu'au large parapet qui courait sur tout le périmètre de la tour, juste sous le dôme. Il tiraille un peu dessus et entendit le claquement léger du grappin qui trouvait où s'accrocher.

Puis il tira aussi fort qu'il put en prenant appui d'un pied sur une souche de cheminée.

Brusquement, sans un bruit, un pan de parapet coulissa vers l'avant et bascula.

Il y eut un fracas lorsqu'il atterrit sur le toit en dessous avant de glisser sur les tuiles. Puis une autre pause, que ponctua un choc sourd au loin lorsqu'il s'écrasa dans la rue silencieuse. Un chien aboya.

Le calme régnait sur les toits. Là où s'était trouvé Teppic, le vent agitait l'air brûlant.

Au bout de plusieurs minutes, il émergea de l'ombre la plus épaisse d'une souche de cheminée, un sourire étrange et terrible aux lèvres.

Rien de ce que faisait l'examinateur ne pouvait être injuste. Les clients d'un assassin étaient invariablement assez riches pour s'offrir une protection extrêmement ingénieuse, qui allait jusqu'à engager des assassins à leur solde[1]. Méricet ne voulait pas le tuer ; il voulait seulement qu'il se tue tout seul.

Il s'approcha en crabe de la base de la tour et trouva un tuyau d'évacuation. On ne l'avait pas enduit de touglisse, à sa grande surprise, mais ses doigts légers et fureteurs découvrirent les aiguilles empoisonnées peintes en noir, collées sur la face interne du conduit. Il en retira une à l'aide de sa pince à épiler et la renifla.

De la boursoufle distillée. Un produit plutôt onéreux, aux effets étonnants. Il sortit une petite fiole de verre de sa ceinture et ramassa autant d'aiguilles qu'il put, puis il enfila ses gants de protection et, à la vitesse d'un paresseux, entama son ascension.

« Il risque d'arriver, dans l'exercice de vos activités en ville, que vous vous retrouviez face à un collègue, peut-être même l'un de ces messieurs dont vous partagez en ce moment le banc. C'est un cas de figure tout à fait courant et *que faites-vous monsieur Chidder non ne me dites rien je préfère ne pas le savoir vous viendrez me voir après le*

1. On disait que la vie ne valait pas cher à Ankh-Morpork. C'était, bien entendu, archifaux. La vie coûtait souvent les yeux de la tête ; c'est la mort qu'on pouvait avoir pour rien.

cours normal. Libre à chacun de se défendre de son mieux. Il existe cependant d'autres ennemis qui ne vous lâcheront pas d'une semelle, contre lesquels vous êtes tous mal préparés *et qui sont, monsieur Camembier ?* »

Méricet se retourna soudain de son tableau comme un vautour qui vient d'entendre un râle d'agonie et il pointa sa craie sur Camembier qui déglutit avec peine.

« La Guilde des Voleurs, monsieur, parvint-il à dire.

— Au tableau, mon garçon. »

Des rumeurs couraient à voix basse dans les dortoirs sur les sanctions que Méricet avait infligées par le passé aux élèves négligents, des sanctions toujours mal définies mais horribles. La classe se détendit. Méricet se concentrait généralement sur une seule victime à la fois, tout ce qui leur restait à faire maintenant, c'était de prendre l'air intéressé et de jouir du spectacle. Cramoisi jusqu'aux oreilles, Camembier se leva et s'avança dans l'allée entre les pupitres.

Le maître l'examina, la mine songeuse.

« Bien, voilà, dit-il, nous avons ici monsieur Camembier G., en maraude sur les toits instables. Notez les oreilles résolues. Le port assuré des genoux. »

La classe gloussa respectueusement. Camembier se fendit d'un sourire idiot et roula des yeux.

« Mais qui sont ces silhouettes sinistres qui ne le lâchent pas d'une semelle, hein ? Puisque vous trouvez ça drôle, monsieur Teppic, auriez-vous la bonté de donner la réponse à monsieur Camembier ? »

Teppic se figea au beau milieu d'un rire.

Le regard acéré de Méricet le transperça. On dirait Dios, le grand prêtre, songea Teppic. Même Père a peur de Dios.

Il savait ce qu'il aurait dû faire, mais pas question. Il aurait dû faire dans sa culotte.

« La préparation insuffisante, dit-il. La négligence. Le manque de concentration. Le mauvais entretien des outils. Oh, et l'excès de confiance en soi, monsieur. »

Méricet soutint son regard un moment, mais Teppic s'était entraîné sur les chats du palais.

Le professeur finit par esquisser un sourire bref qui

n'avait absolument aucun lien de parenté avec l'humour, puis il lança la craie en l'air, la rattrapa et dit :

« Monsieur Teppic a tout à fait raison. Surtout pour l'excès de confiance en soi. »

Une saillie conduisait à une fenêtre ouverte, comme une invite. Il y avait de l'huile sur la saillie, et Teppic consacra plusieurs minutes à visser de petits crampons dans les fissures de la maçonnerie avant d'aller plus loin.

Il se suspendit facilement près de la fenêtre et entreprit de retirer de sa ceinture un ensemble de courtes tiges de métal. Elles étaient filetées à leurs extrémités, et après quelques secondes d'un travail diligent il obtint une canne de près d'un mètre au bout de laquelle il fixa un petit miroir.

Son dispositif ne lui révéla rien dans la pénombre de la pièce. Il ramena la canne et fit un nouvel essai, cette fois en y attachant sa capuche rembourrée de ses gants pour donner l'illusion d'une tête prudente qui se découpe dans l'encadrement de la fenêtre. Il s'attendait à ce qu'elle écope d'une fléchette ou d'un carreau d'arbalète, mais personne ne la prit pour cible.

Il avait froid maintenant, malgré la chaleur de la nuit. Le velours noir avait belle allure, mais c'est tout ce qu'on pouvait en dire. La tension et la fatigue l'avaient mis en nage, il baignait dans plusieurs litres d'eau.

Il s'avança.

Un mince fil noir était tendu sur l'appui de la fenêtre, et une lame en dents de scie vissée au châssis à guillotine relevé. Ce fut l'affaire d'un instant de bloquer le châssis avec d'autres tiges puis de couper le fil ; la fenêtre descendit de quelques millimètres. Il sourit dans le noir.

Un balayage avec une canne plus longue à l'intérieur de la pièce lui apprit qu'il y avait un plancher, apparemment vide de tout obstacle. Il y avait aussi un fil à hauteur de poitrine. Il ramena la canne, adapta un petit crochet à son extrémité, la retendit, accrocha le fil et tira.

Un carreau d'arbalète s'enfonça dans le vieux plâtre avec un claquement sourd.

Un morceau d'argile au bout de la même canne poussée doucement sur le plancher révéla plusieurs chardons métalliques. Teppic les ramena et les examina avec intérêt. Ils étaient en cuivre. S'il avait employé le coup de l'aimant, la méthode habituelle, il ne les aurait pas trouvés.

Il réfléchit un moment. Il avait dans son sac des jardinières à enfiler par-dessus ses chaussures. C'étaient des accessoires abominables pour se déplacer discrètement, mais il se les passa quand même aux pieds. (Les jardinières sont des galoches renforcées de métal. Elles prennent soin de vos plantes. Vieille blague d'assassin.)

Méricet était un adepte des poisons, après tout. De la boursoufle ! S'il en avait enduit les chardons, Teppic risquait de tapisser les murs. Plus la peine de l'enterrer, suffirait de refaire la décoration par-dessus[1].

Les règles. Méricet allait devoir suivre les règles. Le maître ne pouvait pas le tuer comme ça sans prévenir. Il s'arrangerait pour qu'il se tue tout seul, par négligence ou excès de confiance en soi.

Il se laissa tomber souplement dans la chambre et attendit que ses yeux s'habituent à l'obscurité. Quelques balayages de canne ne détectèrent plus de fils ; il y eut un craquement par terre lorsqu'une jardinière écrasa un chardon.

« Prenez votre temps, monsieur Teppic. »

Méricet se tenait debout dans un angle. Teppic entendit le faible grattement de son crayon lorsqu'il prit une note. Il s'efforça d'oublier le bonhomme. Il s'efforça de réfléchir.

Une silhouette était allongée sur un lit. Une couverture la masquait entièrement.

C'était la dernière épreuve. La chambre où tout se décidait. L'épreuve dont les diplômés ne parlaient jamais. Les recalés n'étaient plus là pour poser des questions.

1. On extrait la boursoufle du poisson-globe pélagien, *Singularis minutia gigantica,* qui se protège de ses ennemis en se gonflant pour atteindre un nombre incalculable de fois sa taille normale. Absorbée par un humain, elle a pour effet de dilater instantanément chaque cellule du corps environ deux mille fois. L'issue est invariablement fatale, et très bruyante.

Des choix défilèrent dans la tête de Teppic. En un pareil moment, se dit-il, des conseils divins ne seraient pas de trop. Où êtes-vous, papa ?

Il envia ses camarades d'école qui croyaient en des dieux intangibles séjournant très, très loin au sommet d'une montagne quelconque. On pouvait vraiment croire en de telles divinités. Mais on avait beaucoup de mal à croire en un dieu qu'on voyait tous les matins au petit déjeuner.

Il décrocha son arbalète dont il vissa les éléments graissés. Ce n'était pas l'arme adéquate, mais il était à court de couteaux et avait les lèvres trop sèches pour la sarbacane.

Des petits bruits secs lui parvinrent depuis l'angle de la chambre. Méricet se tapotait négligemment les dents avec son crayon.

Il s'agissait peut-être d'un mannequin, là-dessous. Comment savoir ? Non, c'était forcément une personne réelle. Il connaissait les rumeurs qui couraient. Et s'il essayait les tiges... ?

Il fit non de la tête, leva l'arbalète et visa soigneusement.

« Quand vous voudrez, monsieur Teppic. »

C'était le grand moment.

C'était là que les maîtres voyaient si les élèves pouvaient tuer.

C'était à ça qu'il ne voulait pas penser.

Il savait qu'il ne pouvait pas.

Tous les octedis après-midi ils avaient cours d'opportunisme politique avec Dame T'malia, l'une des rares femmes à occuper de hautes fonctions à la Guilde. Tout autour de la mer Circulaire on savait que pour vivre vieux, il fallait entre autres ne pas se mettre à table avec Sa Seigneurie. Ses bijoux d'une seule main renfermaient assez de poison pour inhumer une petite ville. Elle était merveilleusement belle, mais d'une beauté calculée, tributaire de trois heures de labeur acharné tous les matins et de toute une équipe de peintres, manucures, plâtriers, corsetiers et tailleurs talentueux. Lorsqu'elle marchait, on entendait le faible couinement de baleines de corset à l'agonie.

Les élèves apprenaient. Pendant qu'elle donnait son cours, ils ne la quittaient pas des yeux. Enfin, pas elle mais ses doigts.

« Donc, disait-elle, considérons la situation avant la création de la Guilde. Dans cette cité, comme à vrai dire dans beaucoup d'autres, la civilisation se nourrit et profite de l'interaction dynamique des intérêts entre de nombreux cartels aussi vastes que puissants.

» Avant la création de la Guilde, toute tentative de développement parmi ces consortiums amenait invariablement des discussions regrettables qui finissaient très mal. Ces discussions étaient très néfastes à la bonne marche de la communauté. Comprenez, je vous prie, que là où règne la mésentente, le commerce dépérit.

» Et pourtant, et pourtant. » Elle s'étreignit la poitrine. On entendit un gémissement de galion tirant des bords contre la tempête.

« À l'évidence, il fallait trouver un moyen radical mais responsable de régler des différends inconciliables, poursuivit-elle, alors on a jeté les bases de la Guilde. Quel *bonheur...* — son brusque éclat de voix tira dans un sursaut coupable plusieurs dizaines de jeunes gens de leurs rêveries intimes — ont dû éprouver les contemporains de ces temps anciens, quand des hommes aux intentions hautement morales ont entrepris de forger l'instrument politique ultime en dehors de la guerre. Quelle *chance* vous avez aujourd'hui d'étudier pour une guilde qui exige tant en matière de tenue, de maintien, de manières, de talents cachés, mais qui vous offre un pouvoir dont seuls les dieux avaient autrefois l'apanage. En vérité, le monde vous ouvre son lit, vous tend les draps, oserai-je dire... »

Chidder traduisit une bonne partie de son discours derrière les écuries pendant la pause-déjeuner.

« Je sais ce que ça veut dire : "finir très mal", lança Camembier d'un air hautain. Ça veut dire inhumer à la hache.

— Alors là, sûrement pas, répliqua Chidder.

— Qu'est-ce que t'en sais, toi ?

— Ma famille est dans le commerce depuis des années.

— Huh. Le commerce. »

Chidder ne s'étendait jamais sur le type de commerce auquel se livrait sa famille. Il s'agissait en gros de transporter des marchandises et de pourvoir à des besoins, mais il restait toujours vague sur les marchandises et les besoins en question.

Après avoir balancé son poing dans la figure de Camembier il expliqua doctement ce que sous-entendait « finir très mal » : non seulement on inhumait la victime, de préférence d'une façon expéditive, mais ses associés et ses employés partageaient son sort, de même que les locaux commerciaux, le bâtiment et une grande partie du voisinage. Ainsi toutes ses relations savaient que l'homme avait été assez imprudent pour se faire des ennemis capables de se mettre très en colère et de manquer de retenue.

« Bon sang, lâcha Arthur.

— Oh, ça, ce n'est rien, ajouta Chidder. Une nuit du Porcher, mon grand-père et son service comptable ont participé à une réunion au sommet avec ceux du quartier Moyeu, et quinze corps n'ont jamais été retrouvés. Regrettable, ces pratiques-là. Ça fait du tort au monde des affaires.

— Au monde des affaires en général, ou seulement à certains éléments qui font la planche sur le ventre dans le fleuve ? lança Teppic.

— C'est ça, le truc. Valait mieux le système de la Guilde, répondit Chidder en secouant la tête. Tu comprends. C'est propre. C'est pour ça que mon père m'a demandé d'entrer à la Guilde. Je veux dire, il faut faire marcher la boutique par les temps qui courent, on ne peut pas consacrer tout son temps aux relations publiques. »

L'extrémité de l'arbalète fut prise de tremblements.

Il aimait tout le reste à l'école : l'escalade, l'éducation musicale, la culture générale. C'était de devoir finir par tuer ses semblables qui le travaillait. Il n'avait jamais tué personne.

Voilà, se dit-il. C'est maintenant que tout le monde voit si tu en es capable, y compris toi-même.

Si je me trompe maintenant, je suis mort.

Dans son coin, Méricet se mit à fredonner un petit air démoralisant.

La Guilde avait un prix à payer pour son statut officiel. Elle veillait à ce qu'il n'y ait pas d'assassins négligents, hésitants ou, si l'on peut dire, meurtrièrement inefficaces. On ne connaissait pas de recalés à l'examen.

Il y en avait, pourtant. Seulement, on ne les voyait jamais. Ç'en était peut-être un, sous la couverture, peut-être même Chidder, ou Snoxall, ou n'importe lequel des copains. Ils passaient tous l'épreuve ce soir. Peut-être que s'il échouait on le fourrerait là-dessous...

Teppic s'efforça de distinguer la forme allongée.

« Ahem », toussa l'examinateur.

Il avait la gorge sèche. La panique montait en lui comme un dîner de poivrot.

Ses dents insistaient pour claquer. Son épine dorsale se glaçait, ses vêtements n'étaient plus que des haillons bons pour l'essorage. Le monde se ralentit.

Non. Pas question de faire ça. La brusque décision le frappa comme une brique dans une ruelle sombre et le surprit presque autant. Il ne détestait pas la Guilde, non, pas plus qu'il n'en voulait spécialement à Méricet, mais ce n'étaient pas des façons de mettre des gens à l'épreuve. Ça n'était pas bien, là.

Il décida de rater son examen. Qu'est-ce que le vieux maître pourrait y faire, dans cette chambre ?

Et il le raterait avec élégance.

Il se tourna face à Méricet, fixa tranquillement l'examinateur droit dans les yeux, tendit la main armée de l'arbalète dans une vague direction sur sa droite et pressa la détente.

Il y eut un bruit sec de corde métallique.

Il y eut un tintement lorsque le carreau ricocha sur un clou dans l'appui de la fenêtre. Méricet se baissa brusquement quand il lui vrombit au-dessus de la tête. Le trait frappa un support de torche fixé au mur et passa près de la figure blême de Teppic en ronronnant comme un chat enragé.

Il y eut un choc sourd lorsqu'il se ficha dans la couverture, puis le silence.

« Merci, monsieur Teppic. Si vous voulez bien m'accorder encore un instant. »

Le vieil assassin s'absorba dans l'étude de son écritoire en remuant des lèvres.

Il saisit le crayon qui pendouillait en dessous par un bout de ficelle effilochée et inscrivit quelques notes sur un morceau de papier rose.

« Je ne vous demanderai pas de me le prendre des mains, dit-il, pour des tas de raisons. Je vais le déposer sur la table près de la porte. »

Il eut un sourire pas franchement sympathique : un sourire pincé, desséché, dont toute la chaleur s'était évaporée depuis longtemps : un sourire de cadavre de deux ans au bas mot sous le soleil brûlant du désert. Mais au moins, on sentait qu'il faisait un effort.

Teppic n'avait pas bougé. « Je suis reçu ? demanda-t-il.

— Il semble que ce soit le cas.

— Mais...

— Vous n'ignorez pas, j'en suis sûr, que nous n'avons pas le droit de discuter de l'examen avec les élèves. Je peux néanmoins vous dire que personnellement je n'approuve pas ces techniques modernes qui en mettent plein la vue. Bonjour chez vous. » Et Méricet sortit d'un air digne.

Teppic trottina jusqu'à la table poussiéreuse près de la porte et baissa les yeux, horrifié, sur le papier. Par pure habitude, il tira une paire de pinces à épiler de son sac pour le saisir.

Il était authentique. Il portait le sceau de la Guilde et le gribouillis en pattes de mouche qui ne pouvait être que la signature de Méricet ; il l'avait vue assez souvent, en général au bas des feuilles de contrôle, accompagnée de commentaires du genre : *3/10. Passez me voir.*

À pas feutrés, il s'approcha de la forme sur le lit et souleva la couverture.

Il était presque une heure du matin. Ankh-Morpork commençait seulement à s'animer.

Si c'étaient les ténèbres là-haut sur les toits, dans le monde aérien des voleurs et des assassins, tout en bas la vie de la cité envahissait les rues comme une marée.

Teppic fendait la cohue, l'air hébété. Tout autre qui aurait affiché pareille mine ahurie se serait vu proposer une visite guidée du lit du fleuve, mais il portait la tenue noire des assassins, aussi la foule s'écartait-elle automatiquement devant lui pour se refermer derrière. Même les pickpockets l'évitaient. On ne savait jamais sur quoi on risquait de poser la main. Il franchit d'un air absent les portes de la Guilde et s'assit sur un siège de marbre noir, le menton sur le poing.

Sa vie s'arrêtait là, voilà. Il n'avait pas réfléchi à ce qui se passerait après l'examen. Il n'avait pas osé envisager un après.

On lui tapa sur l'épaule. Au moment où il se retournait, Chidder prit place à côté de lui et sortit sans un mot un bout de papier rose.

« Fastoche, dit-il.

— Tu es reçu aussi ? » fit Teppic.

Chidder eut un large sourire. « Pas de problème, dit-il. Je suis tombé sur Nivor. Pas de problème. Il m'a quand même donné un peu de souci avec le dérapage en côte. Et toi ?

— Hmm ? Oh. Non. » Teppic s'efforça de se secouer. « Pas de souci, dit-il.

— Tu as des nouvelles des autres ?

— Non. »

Chidder se renversa en arrière. « Camembier va l'avoir, dit-il avec hauteur, et le petit Arthur. Pour les autres, je ne crois pas. On leur donne vingt minutes, qu'est-ce que tu en dis ? »

Teppic tourna vers lui une figure au supplice. « Chiddy, je...

— Quoi ?

— Au dernier moment, j'...

— Quoi donc ? »

Teppic contempla les pavés. « Rien, répondit-il.

— Tu as de la veine, toi... Tu t'es bien baladé au grand air sur les toits. Moi, je me suis payé les égouts et, après, la garde-robe dans la tour des Merciers. Il a fallu que je me change en rentrant.

— Tu as eu un mannequin, toi ? demanda Teppic.

— Bon sang, pas toi ?

— Mais ils nous ont fait croire que ç'allait être vrai ! gémit Teppic.

— Tu as cru que c'était vrai, non ?

— Si !

— Ben alors. Et tu es reçu. Pas de problème.

— Mais tu ne t'es pas demandé qui ça pouvait être sous la couverture, qui c'était et pourquoi... ?

— J'avais surtout peur de rater mon coup, reconnut Chidder. Puis je me suis dit... ben... c'est pas mes oignons.

— Mais moi, je... » Teppic se tut. Que pouvait-il faire ? S'expliquer ? D'une certaine façon, ça ne paraissait pas une très bonne idée.

Son ami lui flanqua une claque dans le dos.

« Ne t'en fais donc pas ! dit-il. On l'a eu ! »

Et Chidder brandit son pouce pressé contre l'index et le majeur de la main droite, selon l'antique salut des assassins.

Un pouce pressé contre deux doigts, et la silhouette maigre de Crucialle, le professeur principal, dressée au-dessus des élèves apeurés.

« Nous ne sommes pas des meurtriers », dit-il. Il avait la voix douce ; le professeur ne l'élevait jamais, mais il avait une façon de lui donner la hauteur et l'effet qui lui permettaient de se faire entendre dans un ouragan.

« Nous n'*exécutons* pas. Nous ne massacrons pas. Jamais, soyez-en sûr, jamais nous ne torturons. Nous ne donnons pas dans le crime passionnel, vengeur ni gratuit. Nous ne le faisons pas pour tirer plaisir de l'inhumation, pour satisfaire quelque besoin secret, pour y gagner de menus avantages, pas plus que pour défendre une cause ni une croyance ; je vous le dis, messieurs, toutes ces raisons sont suspectes au dernier degré. Regardez le visage de l'homme qui veut vous tuer au nom d'une croyance, et vos narines vont flairer l'odeur de l'abomination. Écoutez un discours prônant la guerre sainte, et, je vous l'assure, vos oreilles vont entendre les bruissements des écailles du Mal et le frottement de sa queue monstrueuse par-dessus la pureté du langage.

» Non, nous le faisons pour l'argent.

» Et, parce qu'il nous faut surtout connaître la valeur d'une vie humaine, nous le faisons pour très cher.

» Il existe peu de motifs aussi louables, aussi dépourvus d'hypocrisie.

» *Nil mortifi sine lucre.* Rappelez-vous. On ne tue pas sans être payé. »

Il marqua une pause.

« Et donnez toujours un reçu », ajouta-t-il.

« Alors, tout va bien », fit Chidder. Teppic hocha tristement la tête. Voilà ce qui était agréable chez Chidder. Il avait cette faculté enviable de ne pas prendre ce qu'il faisait au sérieux.

Une silhouette s'avança prudemment par les portes ouvertes[1]. La lumière de la torche dans la loge du concierge se refléta sur des cheveux blonds et bouclés.

« Vous l'avez eu tous les deux, alors », fit Arthur en brandissant négligemment le bout de papier.

Arthur avait beaucoup changé en sept ans. Le peu d'enthousiasme du Grand Orm à exercer sur lui une vengeance organique pour son manque de piété l'avait guéri de sa propension à courir partout, la tête cachée sous son habit. Sa petite taille lui donnait un avantage naturel dans les secteurs professionnels qui impliquaient des espaces réduits. Son aptitude innée à canaliser sa violence s'était révélée le jour où Coupchou et quelques copains avaient trouvé marrante l'idée de lancer en l'air les bizuts dans une couverture et qu'ils avaient commencé par Arthur ; au bout de dix secondes il avait fallu les efforts conjugués de

1. Les portes de la Guilde des Assassins ne ferment jamais. C'est, dit-on, parce que la Mort tient toujours boutique ouverte, mais en réalité c'est parce que les gonds ont rouillé des siècles plus tôt et que personne ne s'est soucié d'y remédier.

tous les gars du dortoir pour le retenir et lui arracher les restes d'une chaise d'entre les doigts. On avait appris par la suite qu'il était le fils de feu Johan Ludorum, l'un des plus grands assassins de l'histoire de la Guilde. Les fils d'assassins défunts bénéficiaient toujours de la gratuité des études. Oui, la corporation manifestait parfois une vocation sociale.

Il ne faisait de doute à personne qu'Arthur serait reçu. Il avait suivi des cours supplémentaires et obtenu le droit de se servir de poisons particulièrement raffinés. Il allait probablement rester afin de parfaire son éducation.

Ils attendirent jusqu'à ce que les gongs de la cité sonnent deux heures. L'horlogerie morporkienne n'était pas une technologie de grande précision, et de toute façon la plupart des communautés locales avaient leur propre idée sur la composition d'une heure, aussi les carillons continuèrent-ils de rebondir sur les toits pendant cinq minutes.

Lorsqu'il devint évident que le consensus urbain optait en faveur des deux heures largement passées, les trois amis cessèrent de se regarder les chaussures en silence.

« Bon, eh ben voilà, fit Chidder.

— Pauvre vieux Camembier, dit Arthur. C'est affreux, quand on y pense.

— Oui, il me devait deux ou trois sous, convint Chidder. Venez. Je nous ai préparé quelque chose. »

Le roi Teppicymon XXVII sortit du lit et se colla les mains sur les oreilles pour étouffer le rugissement de la mer. Quel vacarme ce soir !

Il l'entendait toujours plus fort quand il ne se sentait pas dans son assiette. Il lui fallait se distraire. Il pouvait faire venir Ptorothée, sa servante favorite. Elle était spéciale. Son chant lui redonnait le moral. La vie semblait tellement plus belle quand elle s'arrêtait.

Sinon, il y avait le lever du soleil. Toujours réconfortant, le lever du soleil. C'était agréable de s'asseoir enveloppé dans une couverture sur le toit le plus haut du palais, pour regarder la brume monter du fleuve tandis que le flux doré se répandait sur le pays. On ressentait la douce satisfaction du travail bien fait. Même si on ne savait pas vraiment comment on s'y était pris...

Il se leva, enfila ses pantoufles puis sortit à pas feutrés de sa chambre pour suivre le large couloir qui menait à l'immense escalier en colimaçon puis au toit. Quelques chandelles à mèche de jonc éclairaient les statues des autres dieux locaux, découpaient sur les murs les ombres mouvantes de créatures à tête de chien, à corps de poisson, aux bras d'araignée. Il les connaissait depuis tout gamin. Sans eux ses cauchemars d'enfant seraient restés sans consistance.

La mer. Il ne l'avait vue qu'une fois, quand il était petit. Il ne s'en rappelait pas grand-chose, en dehors de son immensité. Et du bruit. Et des mouettes.

Les mouettes le travaillaient. Elles avaient l'air d'avoir tout compris, les mouettes. Il aurait bien aimé revenir sous cette forme-là, un jour, mais on n'avait évidemment pas le choix quand on était pharaon. On ne revenait jamais. On ne partait pas vraiment, d'ailleurs.

« Ben... c'est quoi ? demanda Teppic.

— Goûtez, fit Chidder, allez-y, goûtez. C'est l'occasion ou jamais.

— C'est dommage d'abîmer tout ça, dit courageusement Arthur en baissant les yeux sur la composition délicate dans son assiette. C'est quoi, tous les petits trucs rouges ?

— Rien que des radis, répondit Chidder avec agacement. Ce n'est pas ça, l'important. Allez-y, essayez. »

Teppic avança la petite fourchette de bois et embrocha un morceau de poisson blanc de l'épaisseur d'une feuille de papier. Le chef qui avait préparé le spongi ne le quittait pas des yeux avec l'air de qui fête son premier anniversaire à un bambin. Comme tout le restaurant, s'aperçut-il.

Il mâcha prudemment. C'était salé et légèrement caoutchouteux, avec un arrière-goût d'eau de vidange.

« C'est bon ? » demanda anxieusement Chidder. Plusieurs dîneurs voisins se mirent à applaudir.

« Ça change, concéda Teppic tout en mâchant. C'est quoi ?

— Du poisson-globe pélagien, répondit Chidder.

» N'aie pas peur, s'empressa-t-il d'ajouter lorsque Teppic reposa sa fourchette d'un air éloquent, c'est sans danger quand on enlève tout l'estomac, le foie et l'appareil digestif, voilà pourquoi ça coûte les yeux de la tête, il ne peut pas y avoir de chef de deuxième ordre pour préparer ce plat, on écrit des poèmes dessus, c'est le plus cher du monde, rien que la bouchée que tu as essayée...

— C'est ça, oui, une bouchée décès », marmonna Teppic en se ressaisissant. On avait quand même dû préparer le poisson correctement, sinon il décorerait maintenant les murs sous forme de papier peint. Il donna des petits coups méfiants aux racines découpées en tranches qui garnissaient le reste de l'assiette.

« Et ces trucs-là, ça fait quoi ? demanda-t-il.

— Ben, si on ne les prépare pas exactement comme il faut pendant six semaines, ça provoque des réactions catastrophiques sur les acides gastriques, répondit Chidder. Excuse-moi. Je m'étais dit qu'on devait fêter l'examen avec le repas le plus cher qu'on pouvait s'offrir.

— Je vois. Du poisson-frites pour les vrais hommes.

— Ils n'auraient pas du vinaigre, des fois ? fit Arthur, la bouche pleine. Et avec un peu de purée de pois, ça descendrait tout seul. »

Mais le vin était bon. Quoique pas sensationnel. Pas un grand cru. Mais il expliquait pourquoi il avait eu mal de tête toute la journée.

Il avait eu la « bois de gueule ». Son ami avait acheté quatre bouteilles d'un vin blanc par ailleurs tout à fait ordinaire. Ce qui le rendait si précieux, c'est que le raisin dont il était tiré n'avait pas encore été planté[1].

1. Le vin rebrousse-temps provient d'un raisin appartenant à cette variété florale — la rétroannuelle — qui ne pousse que sur les terrains à haute teneur magique. Les plantes classiques poussent après qu'on a planté les graines ; avec les rétroannuelles c'est l'inverse. Le vin rétroannuel provoque l'ébriété tout à fait normalement, mais le travail du système digestif sur ses molécules entraîne une réaction inhabituelle qui a pour effet de renvoyer la gueule de bois subséquente en arrière dans le temps jusqu'à un point situé quelques heures avant la consommation. D'où le dicton : qui n'a pas bu boira.

La lumière se déplace lentement, paresseusement sur le Disque. Elle n'est pas pressée d'aller quelque part. Pourquoi s'embêter ? À la vitesse de la lumière, c'est partout pareil.

Le roi Teppicymon XXVII regarda le globe doré s'élever au-dessus du bord du monde. Un vol de grues décolla du fleuve embrumé.

Il avait été consciencieux, se dit-il. Personne ne lui avait jamais expliqué comment faire lever le soleil, déborder le fleuve et pousser le blé. Comment aurait-on pu ? C'était lui le dieu, après tout. Il devait bien le savoir. Mais il n'en savait rien, aussi avait-il passé sa vie à espérer comme un malade que tout marcherait sans anicroche, et apparemment ça suffisait. L'ennui, pourtant, c'était que si ça ne marchait pas, il ne saurait pas pourquoi. Il faisait régulièrement le même cauchemar : Dios, le grand prêtre, le secouait et le réveillait un matin, seulement ce n'était pas un matin, évidemment, toutes les chandelles du palais brûlaient, une foule en colère marmonnait dehors à la seule lumière des étoiles, et tout le monde le regardait, l'air d'attendre...

Et tout ce qu'il trouvait à dire, c'était : « Excusez-moi. »

Ça le terrifiait. Il voyait déjà la glace se former sur le fleuve, un givre éternel franger les palmiers et détacher les feuilles (qui s'écraseraient en miettes sur le sol gelé) et les oiseaux tomber sans vie du ciel.

Une ombre s'étendit sur lui. Ses yeux brouillés par les larmes se portèrent vers un horizon vide et gris, sa bouche s'ouvrit d'horreur.

Il se mit debout, se débarrassa d'un mouvement brusque de la couverture et leva les deux mains en un geste suppliant. Mais le soleil avait disparu. Il était le dieu, c'était son boulot, le seul qu'il avait à faire ici-bas, et il avait laissé tomber son peuple.

Il entendit alors dans sa tête la colère de la foule, un grondement puissant qui lui emplit peu à peu les oreilles jusqu'à ce que son rythme devienne insistant et familier, jusqu'à ce qu'il ne l'oppresse plus mais le sorte de sa réserve pour l'entraîner dans ce désert bleu et salé où le soleil brille en permanence et des formes aux lignes pures tournoient dans le ciel.

Le pharaon se dressa sur les orteils, rejeta la tête en arrière, étendit les ailes. Et s'élança.

Alors qu'il montait en flèche dans le ciel, il fut surpris d'entendre un bruit sourd dans son dos. Et le soleil sortit de derrière les nuages.

Plus tard, le pharaon se sentit terriblement gêné par l'incident.

Les trois nouveaux assassins avançaient lentement en zigzag dans la rue, sans cesse sur le point de s'écrouler sans jamais y parvenir ; ils essayaient de chanter *Le bourdon du mage a un nœud au bout* en harmonie ou du moins dans le même ton.

« *L'est tout rond et l'est grand, y pèse trois livres avec le...* chanta Chidder. Merde, dans quoi j'ai marché ?

— Quéqu'un sait ousqu'on est ? fit Arthur.

— On... on allait vers la Guilde, répondit Teppic, seul'ment on a dû s'tromper d'chemin, c'est l'fleuve, par là. Je l'sens bien. »

La prudence traversa l'armure d'alcool d'Arthur.

« Y a p't-être des invidi... des induvi... des individus dangereux qui rôdent dans l'coin à c't'heure de la nuit, se risqua-t-il à dire.

— Ouaip, fit Chidder avec satisfaction, même que c'est nous. J'ai un papier qui l'prouve. J'ai passé l'exam' et tout. J'voudrais bien voir ça, qu'on s'en prenne à nous.

— 'rfaitement, approuva Teppic qui s'appuya sur lui comme sur un vague support. On va les tailler en trucbidule, ces chaipasquoi-là.

— 'rfaitement ! »

Ils débouchèrent en titubant devant le pont d'Airain.

Pour tout dire, des individus dangereux rôdaient effectivement dans l'ombre qui précède l'aube, et pour l'heure ils se trouvaient à une vingtaine de pas derrière eux.

Le système complexe des guildes criminelles n'avait

pas véritablement fait d'Ankh-Morpork une ville plus sûre, il en avait seulement rationalisé et régularisé efficacement les dangers. Les guildes majeures assuraient l'ordre avec plus de rigueur et sûrement plus de bonheur que n'en avait jamais connu le vieux Guet, et il est vrai que tout aigrefin pris par la Guilde des Voleurs à exercer en franc-tireur et sans permis se retrouvait bientôt en détention préventive pour complément d'enquête administrative, les genoux cloués ensemble[1]. Il y avait pourtant toujours quelques esprits indépendants qui se risquaient à gagner une vie précaire en marge de l'illégalité, et cinq hommes de ce genre se rapprochaient prudemment du trio pour lui proposer la promotion de la semaine : une gorge tranchée plus vol et sépulture dans la vase fluviale de leur choix.

Normalement, les passants s'écartent du chemin des assassins parce qu'ils sentent d'instinct que tuer pour de très grosses sommes d'argent déplaît aux dieux (lesquels préfèrent dans l'ensemble qu'on tue pour de toutes petites sommes voire pour rien) et engendre un orgueil démesuré, qui est le châtiment divin. Les dieux croient beaucoup à la justice, pour autant qu'elle s'applique aux humains en tout cas, et ils sont connus pour la rendre avec tant d'enthousiasme que des gens à des kilomètres de distance sont changés en salières.

Quoi qu'il en soit, la tenue noire des assassins ne fait pas peur à tout le monde, et dans certains milieux on trouve que ça vous pose un homme d'en zigouiller un. Comme écraser un œuf six fois vainqueur au jeu des œufs durs.

En gros, donc, les trois amis qui titubaient maintenant sur les planches désertes du pont d'Airain étaient des assassins ivres morts et les hommes qui les suivaient voulaient que ce soit l'inverse.

Chidder entra dans un des hippopotames héraldiques de bois[2] qui bordaient le pont côté mer, rebondit et s'affala sur le parapet.

1. Lorsque la Guilde des Voleurs appela à une grève générale au cours de l'année du Paresseux Engageant, le nombre des délits doubla.

2. L'une des deux* légendes à circuler sur la fondation d'Ankh-

« Vais vomir, lâcha-t-il.

— Vomis donc, dit Arthur, l'fleuve est là pour ça. »

Teppic soupira. Il aimait beaucoup les cours d'eau dont la vocation, d'après lui, était d'entretenir des nénuphars en surface et des crocodiles en dessous, et l'Ankh le déprimait toujours : un nénuphar posé dessus ne ferait que s'y dissoudre. Le fleuve drainait les immenses plaines limoneuses depuis les montagnes du Bélier, et on le qualifiait de liquide lors de sa traversée d'Ankh-Morpork (un million d'âmes) uniquement parce qu'il se déplaçait plus vite que les terrains riverains ; à vrai dire, vomir dedans revenait sans doute à l'assainir un peu.

Il contempla le mince filet qui dégoulinait entre les piliers centraux puis leva les yeux vers l'horizon gris.

« J'sens l'soleil qui monte, annonça-t-il.

— Je m'souviens pas avoir mangé d'ça », marmonna Chidder.

Teppic recula, et un couteau fendit l'air au ras de son nez pour se ficher dans l'arrière-train de l'hippopotame à côté de lui.

Cinq silhouettes surgirent de la brume. Les trois assassins se regroupèrent instinctivement.

« Si vous vous approchez d'moi, vous allez drôl'ment l'regretter, gémit Chidder en s'étreignant le ventre. La note de nettoyage sera salée.

— Tiens, tiens, qu'est-ce qu'on a là ? » fit le chef des intervenants. C'est le genre de réplique qu'on lance dans ces cas-là.

Morpork raconte que les deux frères orphelins fondateurs de la ville furent en réalité trouvés et allaités par un hippopotame (lit. *orijeple,* bien que certains historiens soutiennent qu'il s'agit là d'une traduction inexacte de *orejaple,* un genre de meuble-bar à façade vitrée). Huit hippopotames héraldiques bordent le pont, face à la mer. On prétend que si jamais un danger vient à menacer la cité, ils prendront la fuite.

* L'autre légende, que n'évoquent guère les autochtones, veut qu'en un temps encore plus reculé un groupe de sages survécut à une inondation envoyée par les dieux en construisant un immense bateau à bord duquel ils embarquèrent un couple de tous les animaux qui vivaient alors sur le Disque. Au bout de quelques semaines le poids de tout le fumier accumulé commençait à enfoncer le bateau dans l'eau, aussi — prétend toujours la légende — ils le passèrent par-dessus bord et le nommèrent Ankh-Morpork.

« La Guilde des Voleurs, c'est ça ? fit Arthur.

— Non, répondit le chef, on est la petite minorité insignifiante qui fait une mauvaise réputation au reste de la profession. Donnez-nous vos objets de valeurs et vos armes, s'il vous plaît. Ça n'changera rien à votre sort, remarquez. Mais dépouiller les cadavres, on trouve ça désagréable et dégradant.

— On pourrait les bousculer, dit Teppic d'une voix mal assurée.

— M'regarde pas, fit Arthur, j'arriverais pas à trouver mon cul avec un atlas.

— Vous allez vraiment le regretter quand je vais dégobiller », dit Chidder.

Teppic n'avait pas oublié les couteaux de jet qui lui garnissaient les manches, mais il savait aussi que les chances d'en saisir un assez vite pour être encore en vie au moment de le lancer se comptaient sur les doigts de la main.

En de telles circonstances, le réconfort religieux revêt une grande importance.

Il se tourna en direction du soleil qui se dégageait des paquets de nuages de l'aube.

Un tout petit point noir en marquait le centre.

Feu le roi Teppicymon XXVII ouvrit les yeux.

« Je volais, murmura-t-il. Je me sentais des ailes, je m'en souviens. Qu'est-ce que je fais ici ? »

Il essaya de se lever. Il eut une brève impression de pesanteur qui s'évanouit brusquement, si bien qu'il se mit debout presque sans effort. Il baissa la tête pour comprendre.

« Oh, crénom », fit-il.

La culture du royaume fluvial avait beaucoup à dire sur le trépas et ses lendemains. En revanche, elle n'avait pas grand-chose à raconter sur la vie, elle la tenait pour une sorte de prélude importun au grand événement, dont il fallait se débarrasser aussi poliment que possible, aussi le pharaon parvint-il très vite à la conclusion qu'il était mort. La vue de son corps mutilé sur le sable en dessous de lui y était pour beaucoup.

Tout lui paraissait gris. Le paysage avait un air fantomatique, comme s'il pouvait marcher directement au travers. Évidemment, se dit-il, je peux sûrement.

Il se frotta ce qui ressemblait à ses mains. Bon, voilà. C'est maintenant que ça devient intéressant ; c'est maintenant que je commence à vivre vraiment.

Dans son dos une voix lança : « BONJOUR. »

Le roi se retourna.

« Salut, dit-il. Vous devez être...

— LA MORT », fit la Mort.

Le roi eut l'air surpris.

« Je croyais que la Mort se présentait sous la forme d'un scarabée géant à trois têtes », dit-il.

La Mort haussa les épaules. « BAH. MAINTENANT, VOUS SAVEZ.

— C'est quoi, cette chose que vous tenez à la main ?

— ÇA ? C'EST UNE FAUX.

— Drôle d'outil, non ? fit le roi. Je croyais que la Mort tenait le Fléau de la Miséricorde et la Faucille de la Justice. »

La Mort donna l'impression de réfléchir.

« DANS QUOI ? demanda-t-il[1].

— Pardon ?

— NOUS PARLONS BIEN TOUJOURS D'UN SCARABÉE GÉANT ?

— Ah. Dans ses mandibules, j'imagine. Mais je crois qu'il a des bras sur une des fresques du palais. » Le roi hésita. « Ça paraît plutôt ridicule, tout compte fait, maintenant qu'on en parle. Je veux dire, un scarabée géant avec des bras. Et une tête d'ibis, si je me souviens bien. »

La Mort soupira. Ce n'était pas une créature du Temps, donc le passé et l'avenir ne faisaient qu'un pour lui, mais à une certaine époque il avait fait l'effort d'apparaître sous la forme qu'attendait le client. Un effort qui avait tourné court car il s'avérait trop souvent impossible de savoir ce qu'attendait le client tant qu'il n'était pas mort. Puisque de toute façon personne ne s'attendait vraiment à mourir, autant se faire plaisir, s'était-il alors dit, et depuis

1. On ne reviendra pas là-dessus. *(N.d.T.)*

ce jour il s'en tenait à la robe noire classique à capuchon qui restait de bon goût, connue de tous et acceptée partout comme la meilleure des cartes de crédit.

« Bon, reprit le pharaon, je pense que nous ferions mieux d'y aller.

— Où ça ?

— Vous ne savez pas ?

— Je suis ici uniquement pour vérifier que vous mourez à l'heure prévue. Ce qui se passe ensuite, c'est vous que ça regarde.

— Ah bon... » Le roi se gratta machinalement le menton. « Faut sans doute que j'attende qu'ils aient fini les préparatifs et tout ce qui s'ensuit. Qu'ils m'aient momifié. Et bâti une saloperie de pyramide. Hum. Faut vraiment que je reste ici à attendre tout ça ?

— Je le pense. » La Mort cliqueta des doigts, et un magnifique cheval blanc s'arrêta de brouter la verdure du jardin pour venir vers lui au petit trot.

« Oh. Bon, je crois que je regarderai ailleurs. Ils enlèvent d'abord toutes les parties molles à l'intérieur, vous savez. » Une expression vaguement inquiète lui passa sur la figure. Ce qu'il trouvait parfaitement sensé de son vivant paraissait un tantinet suspect maintenant qu'il était mort.

« C'est pour conserver le corps, qu'il puisse recommencer une vie dans l'autre monde, ajouta-t-il d'une voix légèrement perplexe. Ensuite, on vous enroule dans des bandelettes. Ça, au moins, ça semble logique. »

Il se frotta le nez. « Mais après, on vous laisse à manger et à boire dans la pyramide. Vraiment bizarre.

— Où sont les organes internes à ce moment-là ?

— C'est ça le plus drôle, n'est-ce pas ? Ils sont dans une urne de la chambre voisine, répondit le roi, une ombre de doute dans la voix. On a même rentré une saloperie de char grand modèle dans la pyramide de papa. »

Son front se plissa davantage. « En bois massif, qu'il était, dit-il à moitié pour lui-même, et tout recouvert de feuille d'or. Avec quatre bœufs en bois pour le tirer. Et après, on a balancé une saloperie de gros bloc de pierre sur la porte... »

Il essaya de réfléchir et s'aperçut avec étonnement que c'était facile. De nouvelles idées lui venaient en tête à flots limpides et glacés. Des idées sur le jeu de la lumière à la surface des rochers, le bleu intense du ciel, les possibilités multiples du monde qui s'étendait à perte de vue tout autour de lui. À présent qu'il n'avait plus de corps pour l'importuner avec des exigences pressantes, il découvrait un monde riche en surprises. L'une des premières, hélas, fut de s'apercevoir que la plupart de ses convictions étaient désormais aussi solides et sûres que du gaz des marais. Et aussi, maintenant qu'il était complètement équipé pour apprécier ce monde, qu'on allait l'ensevelir dans une pyramide.

Quand on meurt, ce qu'on perd en premier, c'est la vie. Ensuite, ce sont les illusions.

« JE VOIS QUE VOUS AVEZ BESOIN DE RÉFLÉCHIR À TOUT ÇA, dit la Mort en se mettant en selle. ET MAINTENANT, SI VOUS VOULEZ BIEN M'EXCUSER...

— Attendez un instant...

— OUI ?

— Quand je... suis tombé, j'aurais juré que je volais.

— LA PART DE DIVIN QUI ÉTAIT EN VOUS VOLAIT, NATURELLEMENT. VOUS ÊTES À PRÉSENT COMPLÈTEMENT MORTEL.

— Mortel ?

— CROYEZ-MOI. CES CHOSES-LÀ, JE CONNAIS.

— Oh. Écoutez, il y a quelques questions que je voudrais vous poser...

— IL Y EN A TOUJOURS. JE REGRETTE. »

La Mort donna du talon sur les flancs de son cheval et disparut.

Le roi ne bougea pas tandis que des serviteurs arrivaient en hâte le long du mur du palais, ralentissaient en s'approchant du cadavre et marchaient avec prudence.

« Vous allez bien, ô maître enluminé du soleil ? risqua l'un d'eux.

— *Non, pas du tout* », répondit sèchement le roi. Il voyait certaines de ses hypothèses de base sur l'univers sérieusement battues en brèche, et ça ne met jamais de bonne humeur. « *Je suis comme qui dirait mort en ce moment. Étonnant, non ?* ajouta-t-il, amer.

— Vous nous entendez, ô porteur divin du matin ? s'enquit l'autre serviteur qui se rapprocha encore sur la pointe des pieds.

— *Je suis seulement tombé de trente mètres sur la tête, qu'est-ce que vous croyez ?* brailla le roi.

— Je n'ai pas l'impression qu'il nous entende, Jahmet, dit le premier.

— *Écoutez,* fit le roi dont l'insistance n'avait d'égale que l'impuissance totale des serviteurs à l'entendre, *il faut trouver mon fils et lui dire de laisser tomber ces histoires de pyramides, j'ai besoin de réfléchir un peu à la question, il y a un ou deux détails qui me semblent contradictoires dans tous ces aménagements de la vie future...*

— Et si je criais ? fit Jahmet.

— Je ne crois pas que tu pourrais crier assez fort. Je crois qu'il est mort. »

Jahmet baissa les yeux sur le cadavre qui se rigidifiait.

« Bordel de merde, fit-il enfin. Eh ben, pour demain, autant dire que c'est foutu. »

Le soleil, ignorant qu'il donnait sa représentation d'adieu, continuait de voguer doucement au-dessus du bord du monde. Plus vite que n'aurait dû voler un oiseau, une mouette s'en détacha pour fondre sur Ankh-Morpork, sur le pont d'Airain, sur huit silhouettes immobiles, sur un visage levé...

Les mouettes étaient plutôt communes à Ankh. Mais lorsqu'elle survola le groupe, celle-ci poussa un long cri guttural qui fit lâcher leur couteau à trois des voleurs. Aucun animal à plumes n'aurait pu produire un son pareil. On sentait des griffes dans ce cri-là.

L'oiseau tournoya en un cercle serré, voltigea et se percha sur un hippopotame de bois bien pratique, d'où il fusilla le groupe de ses yeux rouges et furieux.

Le voleur en chef détourna son regard fasciné du volatile au moment même où Arthur confiait sur le ton de la plaisanterie : « Ça, c'est un couteau d'jet numéro deux. J'ai eu 96 sur 100 au lancer d'couteau. C'est l'quel, l'œil qui vous sert pas ? »

Le chef le dévisagea. En ce qui concernait les deux autres jeunes assassins, remarqua-t-il, le premier fixait toujours la mouette, et le second était occupé à vomir bruyamment par-dessus le parapet.

« Tu es tout seul, dit-il. Nous, on est cinq

— Mais bientôt, vous serez plus que quatre », répliqua Arthur.

En bougeant lentement, comme dans un nuage, Teppic tendit la main vers l'oiseau. Avec une mouette normale il y aurait perdu un pouce, mais le volatile sauta dessus en arborant la mine avantageuse du maître de retour dans sa bonne vieille plantation.

Ce qui parut susciter chez les voleurs un malaise croissant. Le sourire d'Arthur n'arrangeait pas les choses non plus.

« Bel oiseau », commenta le chef du ton bêtement joyeux de qui se fait beaucoup de souci. Teppic caressait d'un air rêveur la tête ronde.

« J'crois que vous feriez bien d'vous tirer », dit Arthur tandis que la mouette se déplaçait de côté sur le poignet de Teppic. Ses pattes palmées solidement agrippées, les ailes déployées pour garder son équilibre, elle aurait dû paraître comique, mais elle donnait une impression de puissance cachée, comme s'il s'agissait d'un aigle sous une fausse identité. Lorsqu'elle ouvrit le bec pour exhiber une ridicule langue violette d'oiseau, on sentit que cette mouette-ci représentait autre chose qu'un simple danger pour les sandwiches à la tomate de la plage.

« Elle est magique ? demanda un voleur qu'on fit taire en vitesse.

— Bon, ben, on va s'en aller, alors, dit le chef, on s'excuse pour le malentendu... »

Teppic lui adressa un sourire chaleureux et aveugle.

Puis ils perçurent tous le petit bruit insistant. Six paires d'yeux pivotèrent et se baissèrent ; Chidder, lui, était déjà en position.

En dessous, s'écoulant, sinistre, à travers la boue déshydratée, l'Ankh montait.

Dios, premier ministre et grand prêtre parmi les grands

prêtres, n'était pas religieux de nature. Ce n'était pas une qualité souhaitable chez un grand prêtre, elle troublait le jugement, dérangeait l'esprit. Qu'il se mette à croire, et toute l'affaire tournait à la farce.

Non pas qu'il eût des griefs contre la foi. Les gens avaient besoin de croire aux dieux, ne serait-ce que parce qu'il est difficile de croire aux gens. Les dieux avaient leur utilité. Il leur demandait seulement de rester dans leur coin et de le laisser travailler.

Remarquez, il avait par bonheur le physique de l'emploi. Quand vos gènes s'arrangent pour vous doter d'une haute taille, d'un crâne chauve et d'un nez à labourer les cailloux, c'est sûrement qu'ils ont une petite idée derrière la tête.

Il se méfiait instinctivement des individus à qui la religion venait facilement. C'étaient à son sens des instables enclins à errer dans le désert pour y trouver des révélations — comme si les dieux allaient s'abaisser à de telles bêtises. Et ils n'arrivaient jamais à rien. Ils se figuraient bientôt que les rituels n'étaient pas importants. Qu'on pouvait s'adresser directement aux dieux. Avec une certitude assez rigide et inflexible pour servir d'axe de rotation au monde, Dios savait que les dieux du Jolhimôme appréciaient les rituels autant que n'importe qui. Après tout, un dieu ennemi des rituels serait comme un poisson ennemi de l'eau.

Il s'assit sur les marches du trône, son bourdon sur les genoux, et transmit les ordres du roi. Qu'ils n'émanent pas véritablement d'un roi ne gênait en rien. Dios était grand prêtre depuis, disons, plus d'années qu'il ne voulait se rappeler, il savait assez précisément quels ordres donnerait un pharaon avisé, et il les donna.

De toute façon, la Face du Soleil siégeait sur le trône, et c'était ça l'important. Il s'agissait d'un masque en or massif qui enveloppait toute la tête et que devait porter se souverain régnant dans toutes les manifestations publiques ; l'esprit sacrilège lui trouvait un air gentiment constipé. Depuis des millénaires il symbolisait la royauté du Jolhimôme. Il empêchait en outre de différencier les rois.

Ça aussi, c'était très symbolique, mais de quoi ? personne ne s'en souvenait.

Il y avait des tas d'exemples du même genre dans le Vieux Royaume. Le bourdon sur ses genoux, tenez, avec ses serpents symboliques entrelacés symboliquement autour d'un bâton à chameaux allégorique. Le peuple croyait qu'il conférait aux grands prêtres un pouvoir sur les dieux et les morts, mais c'était sans doute une métaphore, c'est-à-dire un mensonge.

Dios changea de position. « A-t-on introduit le roi dans la Chambre pour Sortir ? » dit-il.

Le cercle des grands prêtres inférieurs opina.

« Aneth l'embaumeur s'occupe de lui en ce moment même, ô Dios.

— Très bien. Et a-t-on donné des instructions à l'entrepreneur de pyramides ? »

Hoot Koomi, grand prêtre de Khefin, le dieu à double face des portails, s'avança.

« J'ai pris la liberté d'y pourvoir, ô Dios », ronronna-t-il.

Dios tapota des doigts sur son bourdon. « Oui, fit-il. Je n'en doute pas. »

Le gros de la prêtrise s'attendait à ce que Koomi succède à Dios si celui-ci venait à mourir, bien qu'espérer son décès n'ait jamais donné de résultat. La seule opinion divergente, c'était celle de Dios lui-même qui, s'il avait eu des amis, leur aurait sûrement révélé certaines conditions préalables, à savoir que la chose se produirait le jour où ils verraient des lunes bleues, des cochons volants et lui, Dios, en enfer. Il aurait probablement ajouté que la seule différence entre Koomi et un crocodile sacré, c'était l'honnêteté foncière du crocodile dans ses objectifs.

« Très bien, ajouta-t-il.

— Si je puis me permettre, Votre Seigneurie ? » fit Koomi. Les figures des autres prêtres affichèrent une superbe expression neutre et sans risque sous le regard fulminant de Dios.

« Oui, Koomi ?

— Le prince, ô Dios. L'a-t-on fait appeler ?

— Non.

— Alors, comment saura-t-il ?
— Il le saura, répliqua Dios d'un ton ferme.
— De quelle façon ?
— Il le saura. Maintenant, vous pouvez tous disposer. Allez-vous-en. Occupez-vous donc de vos dieux ! »

Ils détalèrent, et Dios resta tout seul sur les marches. C'était sa place attitrée depuis si longtemps qu'il avait usé la maçonnerie et s'adaptait exactement dans le creux.

Bien entendu que le prince saurait. C'était dans l'ordre des choses. Mais au fond de lui-même, dans les sillons tracés par des années de rituels et d'étroite observance, Dios décela une certaine inquiétude. Elle n'avait pas sa place là. L'inquiétude, c'était bon pour les autres. Il n'était pas monté si haut en laissant le doute s'installer. Oui, il avait la vague idée, tout au fond de lui, la vague certitude que ce nouveau roi amènerait des ennuis.

Bah. Le jeune homme apprendrait vite. Ils apprenaient tous.

Il changea de position et grimaça. Les douleurs revenaient, et il ne pouvait pas les laisser faire. Elles le gênaient dans l'accomplissement de son devoir, et son devoir était un dépôt sacré.

Il lui faudrait retourner à la nécropole. Ce soir.

« Il n'est pas lui-même, tu le vois bien.
— Il est qui, alors ? » fit Chidder.

Ils pataugeaient tant bien que mal dans la rue, non pas d'une démarche de poivrot cette fois, plutôt de celle qu'adoptent deux personnes qui pilotent pour trois. Teppic avançait, mais son pas ne leur inspirait aucune confiance, on aurait dit son cerveau hors du coup.

Autour d'eux des portes s'ouvraient à la volée, des jurons fusaient, on entendait le raclement de meubles qu'on traînait jusqu'aux chambres du premier étage.

« L'a dû y avoir une sacrée tempête dans les montagnes, dit Arthur. On ne voit jamais de crues pareilles même au printemps.
— Peut-être qu'on devrait lui brûler des plumes sous le nez, suggéra Chidder.

— Des plumes de cette saleté de mouette, alors, grogna Arthur.

— Quelle mouette ?

— Tu l'as vue.

— Ben, et après ?

— Tu l'as bien vue, non ? » L'incertitude tremblota d'une flamme noire dans les yeux d'Arthur. La mouette avait disparu dans toute cette agitation.

« J'avais la tête ailleurs, fit Chidder d'un air gêné. C'est sûrement les gaufrettes à la menthe qu'on nous a servies avec le café. Je les ai trouvées un peu rassises.

— Plutôt affreux, cet oiseau, dit Arthur. Écoute, on le pose quelque part pendant que je vide l'eau de mes chaussures, ça va ? »

Il y avait une boulangerie à proximité, portes grandes ouvertes pour que les nouvelles fournées de pain refroidissent dans l'air du petit matin. Ils appuyèrent Teppic contre le mur.

« Il a l'air d'un gars qu'a reçu un coup sur le crâne, dit Chidder. Ils ne lui ont pas tapé dessus, hein ? »

Arthur fit non de la tête. Teppic avait la figure figée dans un sourire béat. Ce que fixaient ses yeux n'occupait pas l'éventail des dimensions habituelles.

« On devrait le ramener à la Guilde et le faire voir à l'infirmerie... »

Il s'interrompit. Derrière lui montait un bruissement étrange. Les pains sautaient doucement sur leurs plaques. Deux ou trois tombèrent par terre où ils tournoyèrent comme des scarabées renversés sur le dos.

Puis leurs croûtes s'ouvrirent en craquant comme des coquilles d'œufs pour produire des centaines de pousses vertes.

En l'espace de quelques secondes les plaques se transformèrent en récoltes sur pied de blé tendre ondoyant dont les épis commencèrent bientôt à se gonfler et à se courber. Chidder et Arthur les traversèrent, le visage impassible, comme s'ils concouraient au cent mètres de marche nonchalante, Teppic solidement maintenu entre eux deux.

« C'est lui qui fait tout ça ?

— J'ai l'impression que... »

Arthur se retourna, au cas où des boulangers en colère sortis de leur fournil seraient tombés sur un étalage aussi provocateur d'aliment archicomplet, et il s'arrêta si brusquement que les deux autres pivotèrent autour de lui comme un gouvernail.

Ils considérèrent la rue d'un air songeur.

« Pas un truc qu'on voit tous les jours, ça, lâcha enfin Chidder.

— Tu veux parler de l'herbe et des autres machins qui poussent partout où il met les pieds ?

— Oui. »

Leurs regards se croisèrent. Comme un seul homme, ils les baissèrent sur les chaussures de Teppic. Il baignait déjà jusqu'aux chevilles dans la verdure dont l'impatience lézardait les pavés centenaires.

Sans un mot, ils lui empoignèrent les coudes et le soulevèrent.

« L'infirmerie, dit Arthur.

— L'infirmerie », approuva Chidder.

Mais tous deux savaient déjà que l'état de leur ami allait exiger davantage qu'un cataplasme.

Le docteur se carra sur son siège.

« Plutôt simple, dit-il en réfléchissant vite. Un cas de *mortis portalis broquettatum* avec complications.

— Qu'est-ce que ça veut dire ? demanda Chidder.

— En termes de profane, renifla le docteur, il est aussi mort qu'un clou de porte.

— C'est quoi, les complications ? »

Le docteur prit un air faux jeton. « Il respire toujours, dit-il. Écoutez, il a le pouls qui bat la charge et une fièvre à cuire des œufs. » Il hésita, conscient d'avoir donné une explication trop évidente, trop facile à saisir ; la médecine restait un art récent sur le Disque, et elle n'arriverait à rien si tout le monde la comprenait.

« *Pyrocerebrum ovarium culinaris,* ajouta-t-il après avoir imaginé la formule dans sa tête.

— Alors, qu'est-ce que vous pouvez y faire ? demanda Arthur.

— Rien. Il est mort. Tous les examens médicaux le prouvent. Donc, euh... enterrez-le, mais bien au frais, et dites-lui de repasser me voir la semaine prochaine. Dans la journée, de préférence.

— Mais il respire toujours !

— De simples actes réflexes qui peuvent facilement troubler le béotien », répondit le docteur avec désinvolture.

Chidder soupira. Il se disait que la Guilde, qui tout compte fait avait une expérience sans égale des couteaux affûtés et de la composition complexe des organes, s'y entendait mieux en premiers diagnostics que les docteurs. La Guilde tuait peut-être, mais au moins elle ne s'attendait pas à ce qu'on lui en témoigne de la reconnaissance.

Teppic ouvrit les yeux.

« Faut que je retourne chez moi, dit-il.

— Mort, hein ? » fit Chidder.

Le docteur fit honneur à la profession. « Il n'est pas rare, dit-il vaillamment, qu'après la mort un cadavre produise des bruits pénibles susceptibles de bouleverser la famille et... »

Teppic se redressa droit comme un i.

« De même que des spasmes musculaires dans le corps qui se rigidifie risquent dans certaines circonstances... » commença le docteur, mais le cœur n'y était plus. Puis il lui vint une idée.

« C'est une affection rare et mystérieuse, reprit-il, qui se propage beaucoup en ce moment. Elle est due à un... à une... à quelque chose de si petit qu'on n'a aucun moyen de le déceler », termina-t-il, la figure fendue d'un sourire d'autosatisfaction. Elle était bonne, celle-là. Il faudrait qu'il s'en souvienne.

« Merci beaucoup, dit Chidder qui ouvrit la porte pour le faire sortir. La prochaine fois qu'on se sentira en pleine forme, on vous appellera sans faute.

— C'est sûrement un cirrus, fit l'homme de l'art qu'on poussait gentiment mais fermement dehors. Il a attrapé un cirrus, il y en a beaucoup... »

La porte se ferma à la volée.

Teppic balança ses jambes hors du lit et s'étreignit la tête.

« Faut que je retourne chez moi, répéta-t-il.

— Pourquoi ? voulut savoir Arthur.

— Sais pas. Le royaume me réclame.

— Tu n'y avais pas l'air bien accepté... » commença Arthur. Teppic balaya l'argument d'un geste des mains.

« Écoutez, dit-il, s'il vous plaît, pas de réflexions sur les bons et mauvais côtés de ma décision. Je ne veux pas m'entendre dire qu'il faut que je reste. Tout ça, je m'en fiche. Je vais retourner dans le royaume le plus vite possible. Et ce n'est pas parce que je *dois* y retourner. J'y retourne, un point c'est tout. Et toi, tu peux m'aider, Chiddy.

— Comment ?

— Ton père possède un bateau très rapide pour sa contrebande, dit Teppic d'un ton uni. Il va me le prêter, moyennant un examen favorable d'éventuelles relations commerciales. Si on part dans moins d'une heure, on aura tout le temps de faire le trajet.

— Mon père est un commerçant honnête !

— À d'autres. L'année dernière, soixante-dix pour cent de ses revenus résultaient du commerce frauduleux des articles suivants... — les yeux de Teppic se perdirent dans le vague — Trafic de gullanes et de leuchars, quatre-vingt-dix pour cent. Contrebande nocturne de...

— Bon, à trente pour cent honnête, reconnut Chidder, ce qui est nettement au-dessus de la moyenne des gens. Tu ferais mieux de me dire comment tu es courant de tout ça. Et très vite.

— Je... je n'en sais rien, avoua Teppic. Pendant que je... dormais, j'ai eu l'impression de tout connaître. Tout sur tout. Je crois que mon père est mort.

— Oh, fit Chidder. Mince, alors. Condoléances.

— Oh, non. Tu n'y es pas. C'est ce qu'il aurait voulu. Je crois qu'il attendait ça plus ou moins avec impatience. Dans notre famille, tu vois, c'est à la mort qu'on commence vraiment à profiter de la vie. J'espère qu'il en profite un peu. »

Pour tout dire, assis sur un bloc de pierre de réserve dans la salle rituelle de préparation, le pharaon regardait son corps auquel on retirait délicatement les parties molles avant de les déposer dans les vases canopes spéciaux.

Ce n'est pas un spectacle auquel on assiste souvent, ou alors on est mal placé pour trouver ça intéressant.

Il était contrarié. Il avait beau ne plus habiter officiellement son corps, il y était quand même attaché par une espèce de lien mystérieux, et on a du mal à se réjouir du spectacle de deux artisans plongés jusqu'aux coudes dans ses entrailles.

On ne trouve pas les blagues drôles non plus. Pas quand on en est comme qui dirait la victime.

« Écoutez, maître Aneth, dit Gern, un jeune homme rondouillard à la face rougeaude — le nouvel apprenti, avait appris le roi. Vous m'écoutez... là... attention, attention... écoutez ça : ce boulot, ça remue les tripes, mais qu'est-ce qu'on se boyaute ! Vous pigez ? Remue les tripes ? On se boyaute ? Vous comprenez ?

— Contente-toi de les mettre dans l'urne, mon gars, fit Aneth d'un ton las. Et puisqu'on en parle, je n'ai pas beaucoup apprécié ton numéro de ventriloque non plus.

— Excusez-moi, maître.

— Et passe-moi donc un crochet à cervelle numéro trois pendant que tu es à l'autre bout, tu veux ?

— Tout de suite, maître.

— Et ne me fais pas bouger. L'opération est délicate.

— Bien sûr. »

Le roi tendit le cou.

Gern reprit son travail de farfouillage à son autre bout. Soudain il poussa tout bas un long sifflement.

« Regardez-moi la couleur de ce truc-là ! On le croirait pas, hein ? C'est à cause de ce qu'ils mangent, maître ? »

Aneth soupira. « Range-le dans l'urne, Gern.

— D'accord, maître. Maître ?

— Oui, mon gars ?

— Il est dans quel organe, le dieu, maître ? »

Aneth louchait dans la narine royale, il essayait de se concentrer.

« Cette question est réglée avant qu'on ne le descende chez nous, répondit-il avec patience.

— Je me demandais, parce qu'il y a pas d'urne pour ça, vous comprenez.

— Non. C'est normal. Ce serait une urne plutôt bizarre, Gern. »

Gern eut l'air vaguement déçu. « Oh, fit-il, alors il est tout à fait ordinaire, hein ?

— D'un point de vue strictement organique, répondit Aneth d'une voix légèrement assourdie.

— Ma m'man a dit qu'il était plutôt bien comme roi. Vous en pensez quoi, vous ? »

Aneth s'interrompit dans son travail, un pot à la main, et parut réfléchir pour la première fois à la conversation. « Je ne pense jamais à ça avant qu'on me les amène, dit-il. J'imagine qu'il valait mieux que beaucoup d'autres. Belle paire de poumons. Des reins impeccables. De bons gros sinus, c'est toujours ce que je demande à un roi. » Il baissa les yeux et rendit son verdict de professionnel : « Un vrai plaisir de travailler avec lui.

— Ma m'man a dit qu'il avait le cœur sur la main », fit Gern. Le roi, qui planait d'un air sombre dans l'angle de la salle, secoua tristement la tête. Non, songea-t-il. Dans la troisième urne, étagère du haut.

Aneth s'essuya les mains à un chiffon et soupira. Trente-cinq ans de pratique funéraire l'avaient peut-être doté d'un geste précis, d'une certaine philosophie et d'un profond intérêt pour le végétarisme, mais également de la faculté d'entendre au-delà de l'audible. Parce qu'il fut quasiment sûr que quelqu'un d'autre soupira aussi, tout près de son oreille.

Mélancolique, le roi gagna l'autre bout du local et contempla le liquide terne dans la cuve de préparation.

Marrant, ça. Quand il vivait, tout avait l'air si judicieux, si évident. Maintenant qu'il était mort, il avait l'impression de beaucoup d'efforts inutiles.

La contrariété le gagnait. Il regarda Aneth et son apprenti ranger leur matériel, brûler quelques résines rituelles, le soulever — enfin, son cadavre —, le porter respectueusement à travers la salle et le laisser glisser en douceur dans l'étreinte visqueuse du conservateur.

Teppicymon XXVII contempla dans les profondeurs

fuligineuses son propre corps qui reposait tristement au fond, comme le dernier cornichon d'un bocal de vinaigre.

Il leva les yeux sur les sacs dans l'angle de la salle. Des sacs pleins de paille. Pas la peine qu'on lui explique ce qu'on allait en faire.

Le bateau ne voguait pas. Il *s'insinuait* dans l'eau, dansait d'une vague à l'autre sur les pointes de ses douze rames, se propageait comme une nappe de pétrole, planait comme un oiseau. Il était d'un noir mat et fuselé comme un requin.

Il n'y avait pas de tambour pour donner le rythme. Le bâtiment économisait ainsi le poids d'un homme. De toute façon, il lui aurait fallu la batterie complète, caisse claire comprise.

Teppic se tenait assis entre les rangées des rameurs silencieux, dans le couloir étroit qui servait d'ordinaire de cale pour les marchandises. Valait mieux ne pas se demander lesquelles. Le navire avait l'air conçu pour les transporter en toutes petites quantités, très vite et sans se faire remarquer; probable même que la Guilde des Contrebandiers ignorait son existence. Le commerce était plus intéressant qu'il n'avait cru. Ils trouvèrent le delta avec une facilité louche — combien de fois l'ombre chuchotante du bateau avait-elle remonté le fleuve en douce? il se le demandait —, et par-dessus les parfums exotiques de la mystérieuse cargaison précédente il reconnut ceux du pays. Crotte de crocodile. Pollen de roseau. Fleur de nénuphar. Absence de plomberie. Relent de lion et remugle d'hippopotame.

Le rameur en chef lui tapota doucement l'épaule, lui fit signe de se lever et le maintint lorsqu'il enjamba le bordage pour débarquer dans quatre-vingts centimètres d'eau. Le temps que le jeune homme patauge jusqu'à la rive, le bateau avait viré de bord et n'était plus qu'un soupçon d'ombre en aval.

Parce qu'il était d'un naturel curieux, Teppic se demanda où le navire allait se cacher dans la journée, vu son allure de bâtiment conçu pour ne se déplacer qu'à la faveur de l'obscurité ; il resterait sûrement tapi quelque part dans les marais de grands roseaux du delta.

Et parce qu'il était maintenant roi, il prit note mentalement d'envoyer désormais régulièrement des patrouilles dans les marais. Un roi se devait de savoir.

Il s'arrêta, jusqu'aux chevilles dans la vase du fleuve. Il avait *tout su.*

Arthur avait divagué à propos de mouettes, de fleuves et de pains qui germaient, ce qui laissait supposer qu'il avait trop bu. Teppic, lui, se rappelait seulement s'être réveillé avec une impression de perte terrible, alors que sa mémoire ne retenait plus rien et laissait s'échapper ses nouvelles richesses. C'était comme les idées fulgurantes de perspicacité qui lui venaient en rêve et disparaissaient au réveil. Il avait tout su, mais dès qu'il voulait retrouver ce dont il s'agissait, sa tête se vidait comme un seau percé.

Mais il en avait gardé une sensation nouvelle. Avant, sa vie allait l'amble, au gré des circonstances. Maintenant elle passait la vitesse supérieure et suivait des rails luisants. Il n'avait peut-être pas les dispositions pour faire un assassin, mais il savait pouvoir être roi.

Ses pieds foulèrent la terre ferme. Le bateau l'avait déposé un peu en aval du palais et, bleus au clair de lune, les embrasements des pyramides sur l'autre rive emplissaient la nuit de leur éclat familier.

Les demeures des heureux défunts existaient dans toutes les tailles, mais pas dans toutes les formes, bien entendu. Beaucoup se concentraient autour de la ville, comme si les morts appréciaient la compagnie.

Et même les plus anciennes restaient intactes. Personne n'avait emprunté la moindre pierre pour bâtir des maisons ou paver des routes. Teppic s'en sentait obscurément fier. Personne n'avait descellé les portes ni fait un tour à l'intérieur pour voir si les morts n'avaient pas de vieux trésors dont ils ne se servaient plus. Et tous les jours sans exception, on laissait à manger dans les petites antichambres ; les intendants des morts occupaient une grande partie du palais.

Parfois la nourriture disparaissait, parfois non. Les

prêtres, pourtant, restaient très clairs sur ce point. Que la nourriture ait été consommée ou non, *c'étaient les morts qui l'avaient mangée.* Ça devait les satisfaire ; ils ne se plaignaient jamais, ne revenaient jamais pour du rab.

Veillez sur les morts, disaient les prêtres, et les morts veilleront sur vous. Après tout, ils sont majoritaires.

Teppic écarta les roseaux. Il rectifia sa tenue, nettoya un peu de boue de sa manche et se mit en route vers le palais.

Devant lui, sombre sur le fond flamboyant, se dressait la grande statue de Kaloteh. Sept mille ans plus tôt, Kaloteh avait conduit son peuple hors de... (Teppic ne se rappelait pas, mais de quelque part où il ne se plaisait pas, sans doute, et pour des raisons parfaitement légitimes ; c'était en de tels moments qu'il regrettait de ne pas mieux s'y connaître en histoire.) Puis il avait prié dans le désert, et les dieux du coin lui avaient montré le Vieux Royaume. Or donc, il en avait foulé le sol et en avait pris possession ; ce serait là que vivrait toujours sa semence. Quelque chose comme ça, en tout cas. Il devait y avoir davantage de « or donc » et quelques « en vérité », avec du lait et du miel par-dessus le marché. Mais la vue de ce gros visage patriarcal, de ce bras tendu, de ce menton à casser des cailloux, de cette fierté auréolée de lumière, cette vue lui dit ce qu'il savait déjà.

Il était chez lui et n'en repartirait jamais.

Le soleil entreprit de se lever.

Le plus grand mathématicien vivant du Disque, et d'ailleurs le dernier du Vieux Royaume, s'étira dans son écurie et compta les brins de paille de sa litière. Ensuite il estima le nombre de clous dans le mur. Puis il passa quelques minutes à prouver qu'un champ de résonance automorphique possède un nombre semi-infini d'idéaux premiers incertains. Après quoi, pour passer le temps, il remangea son petit déjeuner.

LIVRE II

Le livre des morts

Deux semaines s'écoulèrent. Les rituels et les cérémonies accomplis en temps voulu maintinrent le monde sous le ciel et le cours des étoiles. C'est fou ce que les rituels et les cérémonies arrivent à faire.

Le nouveau roi s'examina dans le miroir et fronça les sourcils. « Il est en quoi ? demanda-t-il. C'est un peu brouillé.

— En bronze, sire. En bronze poli, répondit Dios qui lui tendit le Fléau de la Clémence.

— À Ankh-Morpork, on avait des miroirs en verre par-dessus un fond d'argent. Ils étaient très bien.

— Oui, sire. Ici, nous avons du bronze, sire.

— Faut vraiment que je porte ce masque d'or ?

— La Face du Soleil, sire. Transmis du fond des âges. Oui, sire. Dans toutes les manifestations publiques, sire. »

Teppic l'étudia à travers les fentes des yeux. C'était à coup sûr un beau visage. Il souriait légèrement. Il se souvint de son père qui un jour avait oublié de l'ôter avant de passer à la nourrisserie ; Teppic avait hurlé à en culbuter les murs.

« Il est plutôt lourd.

— Le poids des siècles, fit Dios qui lui passa la Faucille de Justice en obsidienne.

— Vous êtes prêtre depuis longtemps, Dios ?

— Des années, sire, depuis tout eunuque. Maintenant...

— Père disait que vous étiez déjà prêtre du temps de papy. Vous devez être très vieux.

— Bien conservé, sire. Les dieux ont été charitables avec moi, fit Dios contre toute évidence. Et maintenant, sire, si nous pouvions également tenir ceci...

— C'est quoi ?

— Le Rayon de Miel de la Multiplication, sire. Très important. »

Teppic jongla pour le mettre en place. « J'imagine que vous avez vu beaucoup de changements », dit-il poliment.

Une expression douloureuse passa sur la figure du vieux prêtre, mais à toute vitesse, l'air pressée de disparaître. « Non, sire, répondit-il d'une voix douce, j'ai eu beaucoup de chance.

— Oh. C'est quoi, ça ?

— La Gerbe de l'Abondance, sire. Chargée de sens, très symbolique.

— Si vous pouviez me la coincer sous le bras, alors... Vous avez déjà entendu parler de plomberie, Dios ? »

Le prêtre claqua des doigts à l'adresse d'un des assistants. « Non, sire, répondit-il, et il se pencha en avant. Voici la Guêpe de la Sagesse. Je vous la mets là, d'accord ?

— C'est comme les seaux, mais ça... euh... ça sent moins.

— Ce doit être horrible, sire. L'odeur chasse les mauvaises influences, à ce que j'ai toujours compris. Ceci, sire, c'est la Gourde des Eaux du Ciel. Si nous pouvions relever notre menton...

— Tout ça, c'est indispensable, hein ? fit Teppic d'une voix indistincte.

— C'est traditionnel, sire. Si nous pouvions nous arranger un peu, sire... voici le Trident des Eaux de la Terre ; je crois que nous pourrons passer ce doigt-là autour. Il va falloir songer à notre mariage, sire.

— Je ne suis pas sûr que nous formions un beau couple, Dios. »

Le grand prêtre sourit du bout des lèvres. « Sa Majesté aime plaisanter, sire, dit-il avec courtoisie. Mais il est indispensable de vous marier.

— Toutes les filles que je connais sont à Ankh-Morpork, je le crains », répliqua Teppic d'un ton léger, sachant au fond de lui que cette assertion vague se rapportait à madame Ducol, sa femme de chambre en classe de première, et à l'une des filles de salle, entichée de lui, qui le gâtait toujours en sauce. (Mais — et le sang lui battit dans les veines à ce souvenir — il y avait eu le bal des Assassins annuel et, vu qu'on formait les jeunes élèves à évoluer librement dans la société, qu'on les tenait pour de bons danseurs, que la soie noire bien coupée et les jambes fuselées attiraient un certain type de femmes mûres, ils avaient passé la nuit à virevolter de baubonnes et gaillardes en pavonettes au pas glissé, jusqu'à ce que l'atmosphère se charge de musc et de désir. Chidder, dont la bonne figure franche et les manières insouciantes faisaient mouche à tous les coups, avait pris l'habitude de rentrer se coucher très tard durant les jours suivants et de s'endormir en cours...)

« Elles ne conviendraient pas, sire. Il nous faut une épouse au fait des observances. Bien entendu, votre tante est libre, sire. »

Il y eut un bruit de chutes. Dios soupira et fit signe aux assistants de ramasser les objets.

« Si nous pouvions reprendre, sire ? Voici le Chou de la Croissance Végétative...

— Pardon, fit Teppic, je ne vous ai pas entendu dire que je devrais me marier avec ma tante, quand même ?

— Si, sire. Le mariage entre membres de la famille est une noble tradition de notre lignage.

— Mais ma tante, c'est ma tante ? »

Dios roula des yeux. Il n'avait cessé de donner des conseils au défunt roi sur l'éducation de son fils, mais l'homme était têtu, têtu. Maintenant, il allait devoir rattraper le coup à la volée. Les dieux le mettaient à l'épreuve, se dit-il. Il fallait des dizaines d'années pour façonner un monarque, et lui ne disposait que de semaines pour y arriver.

« Oui, sire, dit-il avec patience. Bien sûr. Et elle est aussi votre oncle, votre cousin et votre père.

— Attendez. Mon père... »

Le prêtre leva une main apaisante. « Un détail technique, dit-il. Votre arrière-arrière-grand-mère s'est un jour décrétée roi pour des convenances politiques et je ne crois pas qu'on ait jamais abrogé l'édit.

— Mais c'était une femme quand même ? »

Dios eut l'air scandalisé. « Oh, non, sire. Un homme. C'est elle-même qui l'a décrété.

— Mais écoutez, la tante d'un gars...

— Je sais, sire. Je comprends bien.

— Bon, merci, fit Teppic.

— C'est grand dommage que nous n'ayons pas de sœur.

— Une sœur !

— Ça ne se fait pas de couper le sang divin, sire. Le soleil pourrait ne pas apprécier. Maintenant, sire, voici l'Omoplate de l'Hygiène. Je vous la mets où ? »

Le roi Teppicymon XXVII contemplait son corps qu'on bourrait de paille. Il était bien content de ne plus éprouver la faim ces temps-ci. Sûrement qu'il n'aurait plus jamais voulu manger du poulet.

« Beau travail de couture, maître.

— Ne bouge donc pas ton doigt, Gern.

— Ma mère coud comme ça. Elle a un tablier avec des coutures pareilles, ma m'man, poursuivit Gern sur le ton de la conversation.

— Ne bouge pas, je t'ai dit.

— Avec plein de poules et de canards dessus », ajouta obligeamment l'apprenti.

Aneth se concentra sur son travail en cours. De la belle ouvrage, il voulait bien le reconnaître. La Guilde des Embaumeurs et Professions Assimilées lui avait déjà décerné des médailles.

« Vous devez vous sentir drôlement fier, dit Gern.

— Quoi ?

— Ben, ma m'man, elle prétend que le roi continue de vivre, comme qui dirait, après qu'on l'a empaillé et recousu. Comme qui dirait dans l'autre monde. Avec vos points sur le ventre. »

Et dedans, plusieurs sacs de paille et deux seaux de

goudron, songea tristement l'ombre du roi. Et l'emballage du déjeuner de Gern, mais il n'en voulait pas au gamin qui avait seulement oublié où il l'avait posé. L'éternité avec l'emballage du déjeuner d'un autre comme organe vital. Gern avait aussi oublié une moitié de saucisse.

Il avait fini par s'attacher à l'embaumeur et même à son apprenti. Il avait aussi toujours l'air attaché à son corps — en tout cas, il se sentait mal à l'aise dès qu'il s'en éloignait de quelques centaines de mètres —, aussi au cours des deux derniers jours avait-il beaucoup appris sur les deux hommes.

Vraiment drôle. Il avait passé toute sa vie dans le Royaume à ne parler qu'à quelques prêtres et consorts. Il savait objectivement qu'il existait d'autres gens par ailleurs — des serviteurs, des jardiniers, etc. —, mais ils lui apparaissaient comme des taches informes dans son existence. Lui se tenait au sommet, ensuite il y avait sa famille, puis les prêtres et les nobles évidemment, et enfin les taches. De sacrées belles taches, bien sûr, parmi les plus belles du monde, toute une collection de taches aussi loyales qu'un roi pouvait rêver d'en gouverner. Mais des taches quand même.

Aujourd'hui pourtant, il se passionnait littéralement pour les détails quotidiens des timides espoirs de promotion que nourrissait Aneth au sein de la Guilde, et pour le feuilleton des avances maladroites que Gern tentait en direction de Glwenda, la fille du cultivateur d'ail voisin. Il entendait avec un étonnement fasciné s'élaborer un monde aussi riche en distinctions subtiles de rang et de condition sociale que celui qu'il venait tout juste de quitter ; c'était terrible de penser qu'il ne saurait peut-être jamais si Gern allait surmonter l'opposition du fermier et gagner le cœur de sa belle, ni si les efforts d'Aneth sur son ouvrage présent — sur *lui* — allaient lui permettre d'aspirer au rang de Grand Variant à Quatre-vingt-dix Degrés de la Loge du Natron de la Guilde des Embaumeurs et Professions Assimilées.

Comme si la mort était un appareil optique incroyable, capable de transformer même une goutte d'eau en une ruche de vie d'une grande complexité.

Il se découvrit une furieuse envie d'inculquer à Aneth les rudiments de la politique ou d'enseigner à Gern les bienfaits de la propreté et d'une tenue correcte. Il essaya plusieurs fois. Ils sentirent sa présence, pas de doute là-dessus. Mais ils mirent ça sur le compte des courants d'air.

Pour l'instant il regardait Aneth gagner à pas feutrés la grande table de bandelettes et revenir avec un épais nuancier qu'il tint d'un air pensif près de ce que même le roi acceptait désormais de considérer comme son cadavre.

« Le lin, je pense, finit-il par décider. C'est sa couleur, pas d'erreur. »

Gern pencha la tête de côté.

« Le chanvre, ça lui irait bien, fit-il. Ou peut-être le calicot.

— Pas le calicot. Sûrement pas le calicot. Sur lui ça fait trop grand.

— Il va y moisir longtemps, là-dedans. À l'usage il s'y ferait, vous comprenez. »

Aneth grogna. « L'usage ? L'usage ? Ne viens pas me parler d'usage et de calicot. Il va se passer quoi, si on pille la tombe dans mille ans et qu'il est dans du calicot, à ton avis ? Il titubera jusqu'au milieu du couloir, il étranglera peut-être un des profanateurs, je te l'accorde, mais aussitôt les bandelettes se déferont toutes seules, non ? Les coudes se troueront en un rien de temps, je ne m'en remettrai pas.

— Mais vous serez mort, maître !

— Mort ? Quel rapport ? » Aneth feuilleta les échantillons. « Non, ce sera le chanvre. Beaucoup d'élasticité, le chanvre. Bonne résistance aussi. Il pourra tituber à toute vitesse dans les couloirs en cas de besoin. »

Le roi soupira. Il aurait préféré quelque chose de léger en taffetas.

« Et va fermer la porte, ajouta Aneth. Il commence à faire frais ici. »

« Le moment est maintenant venu, dit le grand prêtre, d'aller voir feu notre père. » Il s'autorisa un petit sourire. « Je suis sûr qu'il attend notre visite avec impatience. »

Teppic réfléchit. Ce n'était pas une visite que lui-même attendait avec impatience, mais au moins pendant ce temps-là on oublierait de le marier à des parents. Il baissa la main en un geste qu'il espéra royal pour caresser un des chats du palais. Là encore il s'était trompé. La bestiole la renifla, loucha sous l'effort de la concentration, puis elle lui mordit les doigts.

« Les chats sont sacrés, protesta Dios, choqué par les mots que proféra Teppic.

— Les chats qui ont des longues pattes, le poil argenté et l'air dédaigneux, peut-être, fit Teppic en se massant la main. Je ne connais pas cette espèce-là. Je suis sûr que les chats sacrés ne laissent pas traîner des ibis morts sous les lits. Et je suis sûr que les chats sacrés qui vivent au milieu d'une mer de sable ne viennent pas à l'intérieur du palais se soulager dans les sandales du roi, Dios.

— Un chat, c'est un chat, répliqua distraitement Dios avant d'ajouter : Si nous voulons bien nous suivre. » Il invita du geste Teppic à se diriger vers un porche au loin.

Teppic le suivit à pas lents. Il était rentré au pays depuis ce qui lui semblait des lustres, et ça n'allait toujours pas. L'air était trop sec. Les vêtements ne ressemblaient à rien. Il faisait trop chaud. Même les bâtiments ne collaient pas. Les piliers, par exemple. Là-bas, chez l... à la Guilde, les piliers étaient gracieux, cannelés, ornés au sommet de petites grappes de raisin en pierre et autres. Ici, c'étaient des tas en forme de poire dont toute la pierre avait coulé en bas.

Une demi-douzaine de serviteurs marchaient en file dans son sillage, portant les insignes de la royauté.

Il s'efforça de copier la démarche de Dios et découvrit que les mouvements lui revenaient. On tourne le torse de ce côté-ci, puis la tête de ce côté-là, on tend les bras à 45° par rapport au corps, paumes vers le sol, et après on essaye d'avancer.

Le bourdon du grand prêtre résonnait en écho à mesure qu'il frappait les dalles.

« Nous allons trouver notre père quelque peu changé depuis la dernière fois que nous l'avons vu, j'en ai peur, fit Dios sur le ton de la conversation tandis qu'ils passaient de leur démarche ondulante devant la fresque de la reine Khaphut acceptant le tribut des Royaumes du Monde.

— Ben, oui, dit Teppic, surpris par le ton. Il est mort, non ?

— À cause de ça, aussi », reconnut Dios, et Teppic comprit que le grand prêtre ne pensait pas à un détail aussi trivial que la condition physique actuelle du roi.

Il succombait à une admiration horrifiée. Dios n'avait rien de franchement cruel ni d'inhumain, non, mais il ne voyait dans la mort qu'une transition agaçante dans la routine éternelle de l'existence. Le fait que les gens meurent n'était qu'un désagrément, comme lorsqu'on rend visite à des amis et qu'ils sont sortis.

C'est un monde étrange, songea le jeune homme. Grouillant d'ombres, mais qui ne change jamais. Et j'en fais partie.

« Qui c'est ? » demanda-t-il, le doigt pointé vers une fresque particulièrement imposante représentant un homme de haute taille affublé d'une coiffure comme une cheminée et d'une barbe comme une corde, qui roulait en char sur les corps de tout un tas d'autres gens beaucoup plus petits.

« Son nom se trouve dans le cartouche en dessous, répondit Dios d'un air compassé.

— Quoi ?

— Le petit encadrement elliptique, sire. »

Teppic examina de près les hiéroglyphes serrés.

« "Aigle maigre, œil, trait ondulé, homme avec un bâton, oiseau assis, trait ondulé" », lut-il. Dios grimaça.

« Je crois qu'il va falloir davantage nous consacrer à l'étude des langues modernes, dit-il en se ressaisissant un peu. Il s'appelle Pta-ka-ba. Il est roi quand l'empire du Djel s'étend de la mer Circulaire à l'océan du Bord, quand presque la moitié du continent nous paye son tribut. »

Teppic comprit ce qu'il y avait d'étrange dans la façon de s'exprimer du grand prêtre : quitte à malmener sa phrase, il refusait de parler au passé. Il désigna une autre fresque.

« Et elle ? demanda-t-il.

— C'est la reine Khat-leon-ra-pta, répondit Dios. Elle s'empare du royaume d'Howonda en cachette. C'est l'époque du Second Empire.

— Mais elle est morte ?

— À ce qu'il me semble », fit le grand prêtre après une très légère pause. Oui. Dios était bel et bien fâché avec le passé.

« J'ai appris sept langues, dit Teppic, sachant pertinemment que les notes obtenues dans trois d'entre elles resteraient au secret dans les registres de la Guilde.

« Vraiment, sire ?

— Oh, oui. Morporkien, vanglemesht, éphèbe, laotatien et... plusieurs autres...

— Ah. »

Dios hocha la tête, sourit et continua d'avancer dans le couloir. Il boitait un peu mais gardait un pas aussi régulier que le tic-tac des siècles. « Les contrées barbares. »

Teppic examina son père. Les embaumeurs avaient fait du bon travail. Ils attendaient qu'il les félicite.

Une partie de lui restée à Ankh-Morpork disait : c'est un corps mort enveloppé dans des bandelettes, ils ne s'imaginent tout de même pas que ça va arranger son état ? À Ankh, vous mourez, on vous enterre, ou alors on vous brûle, quand on ne vous jette pas aux corbeaux. Ici, ça veut dire que vous êtes un peu moins actif et qu'on vous donne ce qu'il y a de mieux à manger. C'est ridicule, comment gouverner un royaume comme ça ? Ils ont l'air de croire qu'être mort c'est comme être sourd, il suffit de parler un peu plus fort.

Mais une deuxième voix, plus ancienne, disait : nous gouvernons un royaume comme ça depuis sept mille ans. Le cultivateur de melons le plus humble appartient à un lignage qui relègue les rois des autres pays au rang des éphémères. Nous possédions le continent avant de le revendre pour payer les pyramides. Nous refusons même de prendre en considération les autres pays âgés de moins de trois mille ans. Le système a l'air de fonctionner.

« Salut, père », fit-il.

L'ombre de Teppicymon XXVII, qui l'observait attentivement, s'empressa de traverser la salle.

« *Tu as bonne mine!* dit-il. *Je suis content de te voir! Attends, j'ai quelque chose d'urgent à te dire. Écoute-moi bien, s'il te plaît, c'est au sujet de la mort...*

— Il dit qu'il est ravi de vous voir, fit Dios.

— Vous l'entendez? s'étonna Teppic. Je n'ai rien entendu, moi.

— Les morts, naturellement, parlent par l'intermédiaire des prêtres. C'est la coutume, sire.

— Mais il m'entend, pas vrai?

— Bien entendu.

— *J'ai réfléchi à cette histoire de pyramide... Écoute, je me demande si c'est bien nécessaire.* »

Teppic se pencha plus près. « Tantine vous transmet ses amitiés », fit-il très fort.

Puis, après réflexion : « Enfin, ma tante à moi, pas la vôtre. » J'espère, ajouta-t-il pour lui-même.

« *Dis ? Dis ? Tu m'entends ?*

— Il vous envoie ses salutations depuis le monde de l'au-delà, fit Dios.

— *Bon, oui, admettons, mais ÉCOUTE, je ne veux pas que tu t'embêtes à bâtir...*

— Nous allons vous bâtir une pyramide merveilleuse, père. Vous allez vraiment l'adorer. Il y aura des gens pour s'occuper de vous et tout. » Teppic lança un coup d'œil à Dios pour être rassuré. « Ça va lui plaire, hein?

— *Je n'en VEUX PAS!* hurla le roi. *J'ai toute une éternité de choses intéressantes encore à voir. Je vous interdis de me fourrer dans une pyramide!*

— Il dit que c'est tout à fait indiqué et que vous êtes un fils respectueux, transmit Dios.

— *Est-ce que vous me voyez ? Combien j'ai de doigts, là ? Vous croyez que c'est drôle, vous, de passer le reste de sa mort sous un million de tonnes de cailloux, de se regarder tomber en miettes ? C'est ça, votre idée d'une existence dorée ?*

— Il y a beaucoup de courants d'air par ici, sire, fit Dios. Nous devrions peut-être poursuivre.

— *De toute façon, vous n'avez pas les moyens!*

— Et nous y mettrons vos fresques et vos statues préférées. Ça va vous plaire, sûrement, dit Teppic d'une voix désespérée. Toutes vos petites affaires autour de vous.

» Ça va lui plaire, hein ? demanda-t-il à Dios tandis qu'ils revenaient vers la salle du trône. Seulement, je ne sais pas, j'ai comme l'impression qu'il n'est pas très content.

— Je vous assure, sire, fit Dios, c'est son plus cher désir. »

Dans la salle d'embaumement, le roi Teppicymon XXVII essaya de taper sur l'épaule de Gern, sans effet. Il renonça et s'assit à côté de lui-même. « *Reste comme tu es, mon garçon*, dit-il d'un ton amer. *N'aie jamais de descendants.* »

Puis il y eut la Grande Pyramide proprement dite.

Les dalles de marbre retentissaient sous les pas de Teppic qui tournait autour de la maquette. Il se demandait un peu ce qu'on était censé faire dans ces cas-là. Mais les rois, se disait-il, affrontaient souvent ce genre de situation ; il restait toujours le bon vieux recours qui consistait à manifester de l'intérêt.

« Bien, bien, dit-il. Vous êtes dans les pyramides depuis longtemps ? »

Ptaclusp, architecte et bâtisseur de pyramides à la tâche, s'inclina très bas.

« Depuis toujours, ô lumière de midi.

— Ce doit être passionnant », fit Teppic. Ptaclusp jeta un regard en coin au grand prêtre qui hocha la tête.

« Ç'a ses bons côtés, ô source des eaux », hasarda-t-il. Il n'avait pas l'habitude que des rois s'adressent à lui comme à un être humain. Il sentait confusément que ça ne se faisait pas.

Teppic agita une main en direction de la maquette sur son podium.

« Oui, fit-il d'un ton hésitant. Bon. Bien. Quatre murs et un sommet pointu. Très, très bien. Superbe. Rien à dire, vraiment. » Le silence lui répondit, de plus en plus lourd. Il se jeta à l'eau.

« Au poil, reprit-il. Je veux dire, il n'y a pas à se tromper. C'est... une... pyramide. Et quelle pyramide ! Ça oui. »

Ce n'était pas encore assez, apparemment. Il chercha autre chose. « On l'admirera dans les siècles à venir et on dira... on dira... ça, c'est de la pyramide. Hum. »

Il toussa. « Les flancs ont une belle pente, croassa-t-il. » Mais... » ajouta-t-il.

Deux paires d'yeux pivotèrent vers les siens.

« Hum », fit-il.

Dios leva un sourcil.

« Sire ?

— Je crois me rappeler qu'une fois mon père a dit... vous savez... qu'à sa mort il aimerait bien... enfin, pour ses obsèques... il préférait la mer. »

Il n'y eut pas l'étouffement scandalisé auquel il s'attendait. « Il voulait parler du delta. La terre est très meuble dans le delta, dit Ptaclusp. Ça prendrait des mois pour trouver un empattement correct. Ensuite, il y a le risque de s'enfoncer. Et l'humidité. Pas bon, ça, l'humidité à l'intérieur d'une pyramide.

— Non, fit un Teppic en sueur sous le regard inflexible de Dios, à mon avis, ce qu'il voulait dire, vous savez, c'est qu'on l'immerge *dans* la mer. »

Le front de Ptaclusp se plissa. « Difficile, ça, reconnut-il d'un air songeur. Une idée intéressante. J'imagine qu'on pourrait en construire une petite, un million de tonnes, pas plus, et la faire flotter sur des pontons, quelque chose comme ça...

— Non, répéta Teppic qui s'efforçait de ne pas rire, à mon avis, ce qu'il voulait dire, c'est des obsèques *sans*...

— Teppicymon XXVII veut dire qu'il aimerait des obsèques sans délai, le coupa Dios d'une voix comme de la soie graisseuse. Et il ne fait aucun doute qu'il tiendrait à honorer ce que vous construirez de mieux, architecte.

— Non, je suis sûr que vous avez mal compris », dit Teppic.

Le visage de Dios se figea. Celui de Ptaclusp prit l'expression cireuse de qui a soudain une absence. Il se mit à fixer les dalles de marbre comme s'il était vital pour lui d'en mémoriser les moindres détails.

« Mal compris ? fit Dios.

— Sans vouloir vous offenser. Je suis sûr que vos intentions sont bonnes. C'est seulement que... ben... il semblait très clair là-dessus à l'époque et...

— Mes intentions sont bonnes ? » fit Dios en goûtant chaque mot comme si c'était un raisin acide. Ptaclusp toussa. Il en avait terminé avec les dalles. Il attaqua le plafond.

Dios prit une profonde inspiration. « Sire, dit-il, nous sommes depuis toujours des bâtisseurs de pyramides. Tous nos rois sont ensevelis dans des pyramides. C'est ainsi que nous faisons les choses, sire. C'est ainsi qu'elles sont faites.

— Oui, mais...

— Il n'y a pas à discuter. Qui souhaiterait autre chose ? Une pyramide scellée par toutes sortes de stratagèmes contre les profanations du temps... — la soie huileuse de sa voix s'était muée en une armure aussi dure que l'acier, aussi méprisante que des piques... — protégée pour l'éternité contre les insultes des bouleversements extérieurs. »

Teppic baissa les yeux sur les phalanges du grand prêtre. Elles étaient blanches, les os tendaient la peau comme s'ils voulaient sortir à toute force.

Son regard remonta le bras revêtu de gris jusqu'au visage du vieillard. Grands dieux, songea-t-il, c'est vrai, on dirait bien qu'ils en ont eu marre d'attendre sa mort et qu'ils l'ont malgré tout mis à mariner dans la saumure. Puis ses yeux croisèrent ceux du prêtre ; il crut entendre un claquement métallique.

Il eut l'impression d'un souffle qui lui décollait lentement la chair des os. Il eut l'impression de ne pas compter davantage qu'une éphémère. Une éphémère nécessaire, sûrement, une éphémère qui exigeait des égards, mais un insecte quand même avec tous les droits afférents. Et autant de libre arbitre, sous la furie de ce regard, qu'un bout de papyrus dans un ouragan.

« La volonté du roi est qu'on l'ensevelisse dans une pyramide, assura Dios d'une voix qu'avait dû prendre le Créateur pour ébaucher la lune et les étoiles.

— Euh, dit Teppic.

— La plus belle des pyramides pour le roi », fit Dios.

Teppic céda.

« Oh, dit-il. Bon. Bien. Oui. Ce qu'il y a de mieux, évidemment. »

Ptaclusp rayonna de soulagement, sortit sa tablette de cire d'un geste large et dénicha un style dans les replis de sa perruque. L'important, il le savait, c'était de conclure l'affaire sur-le-champ. Laisser traîner dans une situation pareille, c'était un coup à se retrouver avec une commande d'un million et demi de calcaire qui reste sur les bras.

« Alors ce sera le modèle standard, dirons-nous, ô irrigation du désert ? »

Teppic tourna la tête vers Dios ; le grand prêtre, immobile, dardait son regard noir sur rien de précis, comme s'il soumettait les bulldogs de l'entropie par la seule force de sa volonté.

« Je pense à quelque chose de plus important, hasarda-t-il, au désespoir.

— Le modèle Présidence, alors, dit Ptaclusp. Un modèle exclusif, ô base de la colonne éternelle. Dure une perpétualité. Et notre promotion de l'éon, ce sont diverses dimensions à sens paracosmique incluses dans le matériau pour le même prix. »

Il regarda Teppic, l'air d'attendre.

« Oui. Oui. Ce sera très bien », fit Teppic.

Dios prit une profonde inspiration. « Le roi exige bien davantage, dit-il.

— Ah bon ? fit Teppic, indécis.

— En effet, sire. C'est votre désir exprès qu'on érige pour votre père le plus grand des monuments », répondit le prêtre d'une voix doucereuse. C'était une épreuve de force, Teppic le savait ; il n'en connaissait pas les règles, ne savait comment riposter, et il allait perdre.

« Ah bon ? Oh. Oui. Je le suppose, c'est vrai. Oui.

— Une pyramide sans égale le long du Jolh, poursuivit Dios. Voilà l'ordre du roi. C'est bien le moins.

— Oui, oui, quelque chose dans ce goût-là. Euh. Deux fois la taille habituelle, fit désespérément Teppic qui eut la brève satisfaction de voir Dios momentanément déconcerté.

— Sire ? fit le prêtre.

— C'est bien le moins », lui renvoya Teppic.

Dios ouvrit la bouche pour protester, remarqua l'expression de Teppic et la referma.

Ptaclusp gribouillait activement et sa pomme d'Adam jouait au yoyo. Une commande pareille n'arrivait qu'une fois dans une vie professionnelle.

« Je verrais bien un très beau marbre noir à l'extérieur, dit-il sans lever les yeux. Je pense qu'il nous en reste juste assez dans la carrière. Ô roi des sphères célestes, ajouta-t-il à la hâte.

— Très bien », fit Teppic.

Ptaclusp prit une nouvelle tablette. « Dirons-nous la pierre de faîte rehaussée d'électrum ? Ça revient moins cher de le prévoir dès le début, ça évite de mettre de l'argent ordinaire et de se dire après : si j'avais su...

— De l'électrum, oui.

— Et l'aménagement habituel ?

— Quoi ?

— La chambre funéraire, j'entends, et l'antichambre. Je vous recommande la version Memphis, très chic, disponible avec une très grande salle du trésor assortie, si pratique pour toutes les petites choses dont on ne peut pas se séparer. » Ptaclusp retourna la tablette et se remit à gribouiller. « Et bien sûr une suite semblable pour la reine, j'imagine ? ô roi qui vivra éternellement.

— Hein ? Oh, oui. Oui. J'imagine aussi, répondit Teppic en jetant un coup d'œil à Dios. Tout. Vous savez mieux que moi.

— Maintenant, les labyrinthes, fit Ptaclusp en s'efforçant de garder une voix ferme. Très en vogue cette ère-ci. Très important, votre labyrinthe, ça ne sert à rien de se décider à faire installer un labyrinthe après le passage des pilleurs. Sans doute que je suis vieux jeu, mais moi, je propose toujours le Labrys. Comme on dit, ils arriveront peut-être à entrer, d'accord, mais jamais à ressortir. Ça coûte un peu plus cher, mais l'argent n'est qu'un détail en un moment pareil. Ô maître des eaux. »

Un détail qui nous manque, le mit en garde une voix au fond de son crâne. Il l'ignora. Il était dans les griffes du destin.

« Oui, dit-il en se redressant. Le Labrys. Vous m'en mettrez deux. »

Le style de Ptaclusp courut sur la tablette.

« Pour lui et pour elle, ô pierre des pierres, croassa-t-il. Très pratique, très fonctionnel. Avec un assortiment de nos pièges disponibles ? On peut vous proposer des assommoirs, des trappes, des glissières, des boules qui roulent, des lances qui s'abattent, des flèches...

— Oui, oui, dit Teppic. Nous les prenons. Nous les prenons tous. Sans exception. »

L'architecte prit une profonde inspiration.

« Et bien entendu il vous faudra toutes les stèles, avenues et sphinx cérémoniels habituels... commença-t-il.

— Des tas, fit Teppic. Nous vous laissons le soin de décider. »

Ptaclusp s'épongea le front.

« Bien, dit-il. Merveilleux. » Il se moucha. « Votre père, si je puis me permettre, ô répandeur de la semence, a beaucoup de chance d'avoir un fils aussi dévoué. Je peux ajouter...

— Vous pouvez partir, fit Dios. Et nous vous demanderons de commencer les travaux au plus vite.

— Sans délai, je vous assure, dit Ptaclusp. Euh... »

Il avait l'air aux prises avec un gros problème philosophique.

« Oui ? fit Dios avec froideur.

— C'est, euh... Il y a la question de euh... Ce qui ne veut pas dire que euh... Évidemment, notre plus ancien client, un client estimé, mais le fait est que euh... Absolument aucun doute sur la solvabilité euh... Ne voudrais laisser entendre en aucune façon que euh... »

Dios posa sur lui un regard fixe qui aurait forcé un sphinx à battre des paupières et à détourner les yeux.

« Vous souhaitez ajouter quelque chose ? demanda-t-il. Le temps de Sa Majesté est extrêmement compté. »

Ptaclusp remua les lèvres en silence et aboutit à la conclusion prévue. Même les dieux étaient réduits à marmonner timidement devant Dios. Et les serpents gravés sur son bourdon avaient eux aussi l'air de le regarder.

« Euh. Non, non. Pardon. Je... euh... je réfléchissais tout haut. J'y vais, alors, d'accord ? Beaucoup de travail m'attend. Hum. » Il s'inclina profondément.

Il était à mi-chemin de la porte voûtée lorsque Dios ajouta : « Achèvement de l'ouvrage dans trois mois. À temps pour la crue[1].

— *Quoi ?*

— Vous vous adressez au 1398e monarque », répliqua Dios d'un ton glacial.

Ptaclusp déglutit. « Pardon, murmura-t-il. Je voulais dire : *Quoi ?* ô grand roi. Mais rien que pour haler les blocs, ça prendra déjà, euh... » Les lèvres de l'architecte tremblaient tandis qu'il essayait d'opposer diverses objections qui, dans son imagination, percutaient de plein fouet le regard fixe de Dios. « Tsort ne s'est pas bâti en un jour, marmonna-t-il.

— Nous ne croyons pas avoir défini le cahier des charges de ce chantier », fit Dios. Il adressa un sourire à Ptaclusp. D'une certaine façon, c'était pire que tout le reste. « Bien entendu, nous paierons le surcoût.

— Mais vous n'avez jamais pay... commença Ptaclusp avant de s'affaisser.

— Les pénalités pour tout retard de livraison seront évidemment terribles. La clause traditionnelle. »

L'architecte n'eut pas le cran de discuter. « Évidemment, dit-il, totalement vaincu. C'est un honneur. Si Vos Éminences veulent bien m'excuser. Il reste encore quelques heures de jour. »

Teppic hocha la tête.

« Merci, fit l'architecte. Que vos reins soient féconds. Sauf votre respect, seigneur Dios. »

Ils l'entendirent dévaler les marches dehors.

1. Comme beaucoup de civilisations fluviales, le Royaume refuse d'entendre parler de fadaises comme l'été, le printemps et l'hiver, et il établit carrément son calendrier sur le grand battement de cœur du Jolh ; d'où les trois saisons : semailles, crue et détrempe. Solution logique, simple et pratique, que seuls désapprouvent les chorales de quartiers*.

* Parce qu'on se sent idiot quand on chante : « Les filles sont jolies, dès que la crue est là ».

« Ce sera magnifique. Trop grand, mais... magnifique », fit Dios. Il contempla entre les piliers le panorama de la nécropole sur l'autre rive du Jolh.

« Magnifique », répéta-t-il. Il grimaça une fois de plus à cause de la douleur qui l'élançait dans la jambe. Ah. Il allait lui falloir traverser encore le fleuve ce soir, sûrement. Il avait été bête de sans cesse remettre depuis des jours. Mais il serait impensable de ne pas pouvoir servir le royaume convenablement...

« Quelque chose ne va pas, Dios ? demanda Teppic.

— Sire ?

— Vous avez l'air un peu pâle, je trouve. »

Une ombre de panique voltigea sur la face ridée de Dios. Il se redressa.

« Je vous assure, sire, je suis en excellente santé. En excellente santé, sire !

— Vous ne croyez pas que vous exagérez, dites ? »

Cette fois il n'y avait pas à se tromper sur l'expression de terreur.

« Que j'exagère quoi, sire ?

— Vous vous agitez tout le temps, Dios. Le premier debout, le dernier couché. Vous devriez y aller doucement.

— Je n'existe que pour servir, sire, dit Dios d'une voix ferme. Je n'existe que pour servir. »

Teppic le rejoignit sur le balcon. Le soleil du début de soirée rougeoyait sur une chaîne montagneuse artificielle. C'était le seul massif central ; les pyramides s'étendaient depuis le delta jusqu'à la deuxième cataracte tout en amont, là où le Jolh disparaissait dans les montagnes. Et les pyramides occupaient les meilleures terres, près du fleuve. Même les fermiers auraient trouvé sacrilège de suggérer un autre site.

Certaines pyramides étaient petites, formées de blocs grossièrement taillés qui trouvaient moyen de leur donner l'air beaucoup plus vieux que les montagnes séparant la vallée du plein désert. Après tout, les montagnes avaient toujours été là. Des mots comme « jeune » ou « vieux » ne les concernaient pas. Mais ces premières pyramides avaient été bâties par des êtres humains, petites poches d'eau pensante maintenues un temps très court dans de fragiles structures de calcium, des êtres humains qui avaient mis des rochers en morceaux avant de les rassembler péniblement sous une forme plus esthétique. Elles étaient vraiment vieilles.

Au fil des millénaires, les modes avaient évolué. Les dernières pyramides étaient lisses et pointues, ou écrasées et recouvertes de mica. Même les plus pentues, se dit Teppic, ne devaient pas dépasser le degré 1 sur n'importe quelle échelle d'édifiscaladeur, mais certaines stèles et certains temples blottis au pied des pyramides comme des remorqueurs autour des cuirassés de l'éternité méritaient qu'on s'y intéresse.

Des cuirassés de l'éternité, songea-t-il, qui cinglaient lourdement dans les brumes du temps et dont tous les passagers voyageaient en première classe...

Quelques étoiles avaient été libérées tôt. Teppic les observa. Peut-être, se dit-il, la vie existe-t-elle ailleurs. Sur les étoiles, peut-être. S'il est vrai qu'il existe des milliards d'univers serrés les uns contre les autres, séparés par l'épaisseur d'une pensée, alors il doit exister des gens ailleurs.

Mais où qu'ils soient, quand bien même ils y mettraient leur meilleure volonté, quand bien même ils feraient des efforts méritoires, ils n'ont aucune chance d'être aussi crassement crétins que nous. Je veux dire, dans notre cas, c'est le fruit d'un travail constant. On nous a donné une petite parcelle de bêtise pour commencer, mais durant des centaines de milliers d'années nous l'avons vraiment fait fructifier.

Il se tourna vers Dios, convaincu qu'il fallait réparer une partie des dégâts.

« On sent leur âge qui se dégage d'elles, n'est-ce pas ? demanda-t-il sur le ton de la conversation.

— Pardon, sire ?

— Les pyramides, Dios. Elles sont si vieilles. »

Dios lança un vague coup d'œil de l'autre côté du fleuve. « Ah bon ? fit-il. Oui, j'imagine qu'elles sont vieilles.

— Vous en aurez une ?

— Une pyramide ? Sire, j'en ai déjà une. Il a plu à un de vos ancêtres de m'en prévoir une.

— Un grand honneur, sûrement », dit Teppic. Dios hocha gracieusement la tête. Les cabines de luxe de l'éternité étaient d'ordinaire réservées à la couronne.

« Elle est évidemment toute petite. Toute simple. Mais elle suffira à mes besoins réduits.

— Ah oui ? fit Teppic en bâillant. C'est bien. Et maintenant, si vous n'y voyez pas d'inconvénient, je crois que je vais aller me coucher. La journée a été longue. »

Dios s'inclina comme s'il était articulé à mi-corps. Teppic avait remarqué chez le grand prêtre au moins cinquante façons bien précises de saluer, et toutes exprimaient des nuances subtiles. Celle-ci ressemblait à la n° 3 : « Je suis votre humble serviteur ».

« Et aussi très bonne, si je puis me permettre, sire. »

Teppic ne sut que répondre. « Vous avez trouvé ? fit-il.

— L'effet des nuages à l'aube était très réussi.

— Ah bon ? Oh. Est-ce que je dois faire quelque chose pour le coucher du soleil ?

— Votre Majesté aime plaisanter. Les couchers du soleil se font tout seuls, sire. Haha.

— Haha », s'esclaffa Teppic en écho.

Dios fit craquer ses doigts. « C'est pour le lever du soleil qu'il faut le tour de main », dit-il.

Les parchemins effrités de Knout enseignaient que la grosse orange du soleil se faisait manger tous les soirs par la déesse du ciel Kouah, qui gardait un pépin à temps pour qu'un soleil frais pousse le lendemain matin. Et Dios savait qu'il en était ainsi.

Le Livre pour rester en enfer affirmait, lui, que le soleil, c'était l'Œil de Yay qui traversait péniblement le ciel tous les jours dans sa recherche interminable de ses ongles de doigts de pieds[1]. Et Dios savait qu'il en était ainsi.

Les rituels secrets du Miroir Fumant soutenaient que le

1. Littéralement : « *dhar-ret-kar-mon* » ou « rognure d'orteil ». Mais certains érudits jugent que ce devrait être « *dar-rhet-kare-mhun* », littéralement : « décapant à air chaud ».

soleil était en réalité un trou circulaire dans la bulle de savon bleue et tournoyante de la déesse Nesh, un trou qui donnait sur le véritable monde embrasé au-delà, et que les étoiles étaient d'autres trous par où tombait la pluie. Et Dios savait, là encore, qu'il en était ainsi.

Un mythe populaire prétendait faire du soleil une boule de feu qui tournait tous les jours autour du monde, lequel franchissait le vide infini sur le dos d'une gigantesque tortue. Et Dios savait encore qu'il en était ainsi, même s'il en éprouvait un certain malaise.

Et Dios savait que Net était le dieu suprême, que Fon l'était aussi, de même que Hast, Set, Bin, Sot, Io, Dhek et Bherk ; que Herpetine Triskel seul régissait le monde des morts, ainsi que Syncope, Silur le dieu à tête de poisson-chat et Orexis-Nupt.

Dios était le plus grand prêtre d'une religion nationale qui fermentait, se développait, bouillonnait depuis plus de sept mille ans et qui ne rejetait jamais un dieu au cas où il pourrait lui servir. Il savait qu'une multitude de choses mutuellement contradictoires étaient toutes vraies. Sinon le rituel et la croyance ne seraient plus rien, auquel cas le monde n'existerait pas. Ce genre de réflexions chez les prêtres du Jolh risquait de leur donner tout un tas d'idées qui pousseraient un mécanicien quantique à baisser les bras et à rendre sa boîte à outils.

Le bourdon de Dios résonnait sur les dalles alors qu'il claudiquait tout seul dans l'obscurité le long de passages peu fréquentés pour déboucher sur une petite jetée. Après avoir détaché la barque qui y était amarrée, le grand prêtre grimpa péniblement à bord, rentra les avirons et se poussa dans les eaux turbides et sombres du Jolh.

Ses pieds et ses mains étaient trop froids. Quelle bêtise, quelle bêtise. Il n'aurait pas dû autant tarder.

La barque entra en ballottant doucement dans le courant tandis que la nuit noire s'étendait sur la vallée. Sur l'autre rive, conformément aux lois anciennes, les pyramides commencèrent à illuminer le ciel.

Les lumières brûlèrent aussi très tard dans la maison de Ptaclusp Associés, Entrepreneurs Nécropolitains des

Dynasties. Le père et ses deux fils jumeaux étaient penchés au-dessus de l'immense table de cire à dessin et discutaient.

« Ce n'est pas comme s'ils payaient, fit Ptaclusp IIa. Je veux dire, ce n'est pas seulement parce qu'ils ne peuvent pas, on dirait que ça ne leur vient même pas à l'idée. Au moins, des dynasties comme Tsort payent à cent ans d'échéance, ou à peu près. Pourquoi tu n'as pas...

— Nous bâtissons des pyramides le long du Jolh depuis trois millénaires, le coupa sèchement son père, et nous n'y avons pas perdu, hein ? Non, nous n'y avons pas perdu. Parce que les autres royaumes ont les yeux sur le Jolh ; ils se disent : voilà une famille qui s'y entend en pyramides, des spécialistes ; ils se disent : on veut pareil que ces gens-là, s'il vous plaît, et même davantage. En tout cas, c'est une vraie royauté, ajouta-t-il, pas comme certaines qu'on voit aujourd'hui et dont on n'entendra plus parler dans un millénaire. Ce sont des demi-dieux, en plus. Faut pas s'attendre à ce qu'une vraie royauté participe aux frais. C'est en partie à ça qu'on reconnaît une vraie royauté : elle n'a pas d'argent.

— Difficile de faire plus royal que nos rois, alors. Faudrait un nouveau mot, dit IIa. Et nous, on est presque aussi royaux, si tu veux aller par là.

— Tu ne comprends rien aux affaires, mon fils. Tu crois que ça se limite à de la comptabilité. Eh ben, non.

— *C'est une question de masse. Et de puissance massique.* »

Ils jetèrent tous les deux un regard noir à Ptaclusp IIb ; assis, il fixait les croquis. Il tournait et retournait son style dans ses mains tremblantes d'une excitation qu'il avait du mal à cacher.

« Il faudra utiliser du granit en bas des pentes, se disait-il à lui-même, le calcaire ne tiendrait pas le choc. Surtout avec le flux d'énergie. Qui sera... hou-là, drôlement important. Je veux dire, on ne parle plus de lames de rasoir, là. Ce truc pourrait affûter un rouleau à pâtisserie. »

Ptaclusp roula les yeux. Il commençait tout juste sa dynastie — une génération seulement — et déjà les ennuis débarquaient. Un fils comptable dans l'âme, l'autre entiché de ces techniques cosmiques nouveau genre. Il n'existait rien de tout ça dans son jeune temps, seulement l'architecture. On traçait les plans puis on embauchait dix mille gars à une fois et demi leur salaire et double gratte le week-end. Ils n'avaient qu'à empiler les blocs. Le cosmique, on s'en passait.

Des descendants ! Les dieux avaient trouvé malin de lui donner un fils qui facturait l'air qu'on respirait pour dire bonjour, et un autre qui vénérait la géométrie et restait debout toute la nuit pour dessiner des aqueducs. On se saignait aux quatre veines pour les envoyer dans les meilleures écoles, et en guise de remerciements ils s'instruisaient.

« De quoi tu parles ? fit-il sèchement.

— La décharge, à elle seule... » IIb approcha son abaque et fit cliqueter les boules de terre cuite le long des tringles. « Disons deux fois la hauteur du modèle Présidence, ce qui nous donne une masse de... plus des cotes codées à caractère occulte, au cas où... On n'aurait pas pu faire tout ça il y a même cent ans, vous comprenez, pas avec les techniques primitives dont on disposait alors... » Son doigt ne fut plus qu'une traînée sur les boules.

IIa grogna et saisit son propre abaque.

« Calcaire à deux talents la tonne... Usure des outils... Coût de la maçonnerie... Surestarie... Casse... Oh là là... Frais généraux... Marbre noir au prix moyen du marché... »

Ptaclusp soupira. Deux abaques qui cliquetaient en tandem à longueur de journée : l'un changeait le monde et l'autre se lamentait sur le coût. Ils étaient devenus quoi, les deux morceaux de bois et le fil à plomb ?

Les dernières boules claquèrent contre les butées.

« Un bond quantique dans la pyramidologie, fit IIb qui se carra sur son siège, un sourire messianique sur la figure.

— Un bon cantique, c'est toi qui le dis, moi je ne le trouve pas si bon que ça, ton cant... commença IIa.

— Un bond quantique, le corrigea IIb en savourant l'expression avant de l'épeler.

— Alors, un *bond quantique* dans la faillite, oui, fit IIa. Pour ça aussi, faudrait inventer un mot nouveau.

— Ça vaudrait le coup comme article pilote, même à perte, dit IIb.

— Tu l'as dit. Quand il s'agit d'aller à notre perte, il n'y a pas meilleurs pilotes que nous, fit amèrement IIa.

— Elle rayonnera littéralement ! Dans un millénaire on la regardera encore et on se dira : ce Ptaclusp, il s'y connaissait en pyramides.

— On l'appellera la Folie Ptaclusp, tu veux dire ! »

Les deux frères étaient maintenant debout, leurs nez à quelques centimètres l'un de l'autre.

« L'ennui avec *toi*, frérot, c'est que tu connais le prix de tout et la valeur de rien !

— L'ennui avec *toi*, c'est... c'est... c'est que tu ne les connais pas !

— L'humanité doit toujours chercher à s'élever !

— Oui, sur des bases financières saines, par Kaloteh !

— La quête du savoir...

— La quête de la marge... »

Ptaclusp les laissa à leur prise de bec et s'absorba, immobile, dans la contemplation de la cour où, à la lueur des torches, le personnel procédait à un inventaire fiévreux.

C'était une petite affaire lorsque son père la lui avait léguée : une simple cour remplie de blocs de pierre et de quelques sphinx, obélisques, stèles et autres articles en réserve, plus une grosse pile de factures impayées, pour la plupart adressées au palais, lesquelles portaient respectueusement à sa connaissance que sauf erreur ou omission de notre part notre honorée en date de neuf cents ans plus tôt restait due et qu'une prompte régularisation nous obligerait. Mais c'était le bon temps, alors. Il n'y avait que lui, cinq mille ouvriers et madame Ptaclusp qui tenait les livres.

Il faut faire de la pyramide, disait papa. Tout le bénéfice, on le récupère sur les mastabas, les petites tombes familiales, les obélisques commémoratifs et plus généralement les ouvrages courants de nécropole, mais si on ne fait pas de la pyramide, on ne fait rien. Le cultivateur d'ail le plus misérable qui cherche un article coquet, durable, peut-être piqueté d'éclats de marbre vert mais entrant dans le cadre d'un budget, ne s'adresserait pas à un entrepreneur sans pyramide à son actif.

Aussi avait-il fait de la pyramide, et de la bonne, pas comme celles qu'on voyait aujourd'hui : nombre erroné de faces, des murs à travers lesquels on passait le pied... Oui, ils avaient réussi à prendre de plus en plus de parts de marché.

Construire la plus grande pyramide de tous les temps...

En trois mois...

Avec des pénalités terribles en cas de retard de livraison. Dios n'avait pas donné de détails, mais Ptaclusp connaissait le bonhomme, il y aurait sûrement des crocodiles. Des pénalités terribles, ça oui...

Il contempla la lumière tremblotante qui baignait les longues avenues de statues, entre autres celle de Bitos, le dieu à tête de vautour des invités surprise, achetée au cas où des années plus tôt pour un client qui avait fait la fine bouche sur son bec et l'avait rapportée, impossible à refourguer depuis, même à prix sacrifié.

La plus grande pyramide de tous les temps...

Et quand vous vous êtes bien foulé la rate pour assurer à la noblesse son billet d'accès à l'éternité, est-ce qu'on vous laisse seulement utiliser votre savoir-faire à votre profit, comme vous bâtir une pyramidette coquette pour vous et madame Ptaclusp afin d'arriver sans encombre dans l'au-delà ? Bien sûr que non. Même papa n'avait eu droit qu'à un mastaba, malgré tout l'un des plus beaux de la vallée, fallait reconnaître, dont le marbre veiné de rouge avait été commandé tout là-bas dans les terres d'Howonda, le pays des vermeils ; après ça, des tas de gens avaient commandé le même, les affaires avaient prospéré, papa aurait été content...

La plus grande pyramide de tous les temps...

Et on ne se rappellerait jamais qui se trouvait dessous.

Aucune importance qu'on la surnomme la Folie Ptaclusp ou la Gloire Ptaclusp. Elle porterait le nom de *Ptaclusp.*

Il émergea de son océan de réflexions pour entendre ses fils qui se chamaillaient toujours.

Si c'était là sa postérité, tant pis, il allait risquer le coup avec des blocs de calcaire de six cents tonnes. Au moins, eux se tenaient tranquilles.

« La ferme, vous deux », dit-il.

Ils s'arrêtèrent et s'assirent en grommelant.

« Je me suis décidé », fit-il.

IIb gribouilla par à-coups avec son style. IIa tapota son abaque.

« On va la faire, dit Ptaclusp qui sortit à grands pas. Et le fils qui n'aime pas ça, on le jettera dans les ténèbres extérieures, royaume des pleurs et des grincements de dents », lança-t-il par-dessus son épaule.

Les deux frères, seuls dans la salle, échangèrent un regard fulminant.

IIa finit par demander : « Et d'abord, qu'est-ce que ça veut dire : “quantique” ? »

IIb haussa les épaules. « Ça veut dire qu'il faut ajouter un autre zéro, répondit-il.

— Oh, fit IIa, c'est tout ? »

Tout au long de la vallée du Jolh les pyramides s'embrasaient silencieusement dans la nuit, elles libéraient l'énergie accumulée dans la journée.

De grandes flammes muettes jaillissaient de leur pierre de faîte et dansaient vers le ciel, déchiquetées comme des éclairs, froides comme la glace.

Sur des centaines de kilomètres le désert scintillait à la lueur des constellations des morts, l'aurore antique. Mais dans la vallée du Jolh les lumières suivaient le fleuve en un seul ruban solide de feu.

C'était par terre, il y avait un oreiller à un bout. Ce devait être un lit.

Teppic s'aperçut qu'il en doutait tandis qu'il se tournait et se retournait dans l'espoir de trouver une partie du matelas qui ne refuserait pas un arrangement à l'amiable. C'est ridicule, se disait-il, j'ai grandi sur des lits de ce genre. Et sur des oreillers taillés dans la pierre. Je suis né dans ce palais, c'est mon héritage, je dois être prêt à l'accepter...

Il faut que je me fasse venir un lit potable et un oreiller de plumes d'Ankh, dès demain matin. Moi, le roi, j'ai dit et que ce soit fait.

Il se retourna encore et sa tête heurta l'oreiller avec un bruit sourd.

Et de la plomberie. Ça, c'était une idée formidable. Incroyable ce qu'on pouvait faire avec un trou dans le sol.

Oui, de la plomberie. Et des bons dieux de portes. Teppic ne s'habituait décidément pas à la présence de plusieurs serviteurs en permanence à sa disposition, si bien que se livrer à des ablutions avant d'aller se coucher devenait extrêmement gênant. Et le peuple, aussi. Il faudrait qu'il fasse la connaissance du peuple. C'était une erreur de rester caché dans les palais.

Et comment dormir avec le ciel au-dessus du fleuve qui éclairait comme un feu d'artifice ?

La fatigue finit par entraîner de haute lutte son corps dans une zone entre éveil et sommeil, et des images délirantes lui défilèrent devant les yeux.

Il y avait la honte de ses ancêtres lorsque les archéologues futurs traduisaient les fresques encore à peindre de son règne : « Tortillement, aigle constipé, trait ondulé, derrière d'hippopotame, tortillement : Et dans l'année du Cycle de Cephnet le Dieu Soleil Teppic fit Installer de la Plomberie et Méprisa les Oreillers de ses Ancêtres. »

Il rêva de Kaloteh — immense, barbu, il parlait à coups d'éclairs et de tonnerre, appelait la colère des cieux sur son descendant qui trahissait le noble passé.

Dios flotta dans son champ de vision pour lui expliquer que, par suite d'un édit datant de plusieurs millénaires, il était essentiel qu'il épouse un chat.

Des dieux à têtes variées se disputaient son attention pour lui commenter certains aspects du statut divin, tandis qu'en arrière-plan une voix s'efforçait de se faire entendre et braillait confusément son refus d'être enterrée sous un tas de cailloux. Mais il n'eut pas le temps de se concentrer là-dessus parce qu'il vit sept vaches grasses et sept vaches maigres dont une jouait du trombone.

Mais ça, c'était un vieux rêve qui le visitait presque toutes les nuits...

Puis il vit un homme qui décochait des flèches sur une tortue...

Puis il marcha dans le désert et découvrit une toute petite pyramide, haute de quelques centimètres seulement. Un vent se leva et balaya le sable, mais il ne s'agissait pas d'un vent, c'était la pyramide qui émergeait, et le sable dévalait ses faces luisantes...

Puis elle grandit, grandit, plus haute que le monde, tellement grande que le monde finit par n'être plus qu'un point minuscule en son centre.

Puis dans ce même centre un phénomène très étrange se produisit.

Puis la pyramide rapetissa, garda le monde en elle et disparut...

Évidemment, quand on est pharaon, on fait des rêves sibyllins hors du commun.

Un autre jour se leva, avec la permission du roi, lequel était couché en boule sur son lit, la tête sur ses vêtements roulés en guise d'oreiller. Ici et là dans le dédale de pierre du palais, les serviteurs du royaume commencèrent à se réveiller.

La barque de Dios fendit doucement le courant et vint heurter la jetée. Le grand prêtre grimpa sur l'appontement et se dépêcha de gagner le palais ; il escalada les marches trois par trois en se frottant les mains à la pensée de la journée nouvelle qui l'attendait, marquée par les heures et les rituels immuables. Tant à organiser, tant à accomplir...

Le sculpteur en chef et facteur de sarcophages replia son mètre.

« Vous avez fait du bon travail, maître Aneth », dit-il.

Aneth approuva de la tête. La fausse modestie n'avait pas cours entre artisans.

Le sculpteur lui donna un coup de coude. « Quelle équipe, hein ? Vous les conservez, et moi, je les emballe. »

Aneth approuva encore, mais un peu plus lentement. Le sculpteur baissa les yeux sur l'ovale de cire qu'il tenait dans ses mains.

« Je ne peux pas dire que le masque mortuaire me plaise beaucoup, remarquez », dit-il.

Gern, qui s'échinait à la table d'angle sur un des chats défunts de la reine dont on lui avait permis de s'occuper tout seul, leva une tête horrifiée.

« J'l'ai fait comme il faut, fit-il d'un ton boudeur.

— C'est bien ça l'ennui, dit le sculpteur.

— Je sais, fit tristement Aneth, c'est le nez, c'est ça.

— Plutôt le menton, je dirais.

— Et le menton.

— Oui.

— Oui. »

Ils considérèrent dans un silence mélancolique le visage de cire du pharaon. Le pharaon fit de même.

« *Je le trouve très bien, moi, mon menton.*

— Vous pourriez lui mettre une barbe, dit enfin Aneth. Ça cacherait le plus gros, une barbe.

— Il reste encore le nez.

— Vous pourriez le raccourcir d'un centimètre. Et faire quelque chose pour les pommettes.

— Oui.

— Oui. »

Gern était épouvanté. « C'est du visage de feu notre roi que vous parlez, dit-il. Vous pouvez pas faire ça ! Et puis tout le monde s'en apercevrait. » Il hésita. « Non ? »

Les deux artisans échangèrent un regard.

« Gern, fit Aneth d'un ton patient, tout le monde s'en apercevra sûrement. Mais personne ne dira rien. Ils s'attendent à ce que... euh... on arrange les choses.

— Après tout, lança joyeusement le sculpteur en chef, on les voit mal venir nous dire : “Ce n'est pas ressemblant, en réalité il avait une figure de poulet myope”, hein ?

— *Merci beaucoup. Alors là, merci beaucoup, je dois dire.* » Le pharaon alla s'asseoir près du chat. Apparemment, on ne témoignait de respect envers les morts que lorsqu'on les croyait à l'écoute.

« J'imagine, fit l'apprenti, pas très sûr de lui, qu'il devait avoir l'air moche à côté des fresques.

— Comme tu dis, oui », répliqua Aneth d'un ton éloquent.

La grosse figure boutonneuse et honnête de Gern se métamorphosa lentement, comme un paysage crevassé que survoleraient des nuages. L'idée lui vint qu'il touchait au chapitre de l'initiation aux secrets séculaires de la profession.

« Vous voulez dire que même les peintres, ils modifient... » commença-t-il.

Aneth lui fit les gros yeux.

« On ne discute pas de ça », le coupa-t-il.

Gern s'efforça de prendre une expression digne et sérieuse.

« Oh, fit-il. Oui. Je comprends, maître. »

Le sculpteur lui donna une claque dans le dos.

« Tu es un garçon intelligent, Gern. Tu piges vite. Après tout, ça n'est déjà pas marrant d'être moche de son vivant. Alors imagine l'horreur dans l'autre monde. »

Le roi Teppicymon XXVII secoua la tête. Faut déjà qu'on se ressemble tous dans la vie, songea-t-il, et maintenant ils s'arrangent pour qu'on soit pareils dans la mort. Quel royaume ! Il baissa les yeux et vit l'âme du chat défunt qui procédait à sa toilette. De son vivant, il les détestait, ces bêtes-là, mais celle-ci lui paraissait aujourd'hui franchement sympathique. Il tapota prudemment sa tête plate. Le chat ronronna un moment puis tenta de lui arracher le dos de la main. Il se donnait vraiment du mal pour rien, pour la peau.

Il prit conscience avec une horreur grandissante que le trio discutait à présent de pyramide. De *sa* pyramide. Ce serait la plus grande de tous les temps. Elle se dresserait sur un bout de terrain en pente douce et très fertile, un des meilleurs emplacements de la nécropole. Auprès d'elle, même la plus grande pyramide actuelle allait ressembler à ce qu'un gamin peut bâtir dans un bac à sable. Elle serait entourée de jardins de marbre et d'obélisques en granit. Ce serait le mémorial le plus grandiose jamais édifié par un fils en l'honneur de son père.

Le roi défunt gémit.

Ptaclusp gémit.

C'était mieux du temps de son père. On n'avait besoin que d'une foultitude de rouleurs de billes de bois et de vingt ans, un système bien pratique qui arrangeait tout le monde en saison de crue, quand tous les champs étaient submergés. Aujourd'hui, suffisait d'un petit futé armé d'un morceau de craie et des bonnes incantations.

Remarquez, c'était impressionnant pour qui aimait ce genre-là.

Ptaclusp IIb fit le tour du gros bloc de pierre, peaufinant une équation par-ci, soulignant une inscription hermétique par-là. Il leva les yeux et adressa un bref signe de tête à son père.

Ptaclusp se hâta de rejoindre le roi, debout avec sa suite sur la falaise qui surplombait la carrière et dont le masque doré reflétait le soleil. Une visite royale, pour couronner le tout...

« Nous sommes prêts, si vous n'y voyez pas d'inconvénient, ô arc du ciel », dit-il, soudain pris de suées, espérant contre toute attente que...

Oh, dieux. Le roi allait encore le *mettre-à-l'aise.*

Il lança un regard implorant au grand prêtre qui, d'une grimace imperceptible, lui fit comprendre qu'il n'avait pas de solution à proposer. C'était trop, il n'était pas le seul à se plaindre de ce traitement. Pas plus tard qu'hier, Aneth, le maître embaumeur, avait dû *parler-de-sa-famille* pendant une demi-heure éprouvante, ça n'était pas normal, le peuple s'attendait à ce que le roi reste dans son palais, c'était trop...

Le souverain s'approcha d'un pas nonchalant destiné à faire sentir au maître bâtisseur qu'on était entre amis. Oh, non, songea Ptaclusp, il va *se-souvenir-de-mon-nom.*

« Je dois dire que nous avons beaucoup avancé en neuf semaines, c'est un excellent début. Euh... Ptaclusp, n'est-ce pas ? » fit le roi.

Ptaclusp déglutit. Il n'y avait rien à faire, maintenant.

« Oui, ô main sur les eaux, dit-il. Ô source de...

— Je crois que “Votre Majesté” ou “sire”, ça suffira », dit Teppic.

Ptaclusp paniqua et jeta un regard affolé à Dios qui grimaça mais hocha encore la tête.

« Le roi souhaite que vous lui parliez... — une expression de douleur passa sur son visage — sans cérémonie. À la manière des barba... des pays étrangers.

— Vous devez vous estimer très heureux d’avoir deux fils aussi talentueux et travailleurs, dit Teppic en regardant le spectacle animé de la carrière en dessous.

— Je... je n’y manquerai pas, ô... sire », marmonna Ptaclusp qui prit les paroles royales pour un ordre. Pourquoi les rois ne donnaient-ils pas des ordres à leur entourage comme dans le temps ? On savait à quoi s’en tenir, alors, ils ne s’amusaient pas à être charmants ni à vous traiter quasiment d’égal à égal, comme si vous pouviez vous aussi faire lever le soleil.

« Ce doit être un métier passionnant, poursuivit Teppic.

— C’est comme voudra Votre Sire, dit Ptaclusp. Si Votre Majesté voulait bien permettre...

— Et comment tout ceci marche, exactement ?

— Votre Sire ? fit Ptaclusp, épouvanté.

— Vous faites voler les blocs, c’est ça ?

— Oui, ô sire.

— Très intéressant. Vous vous y prenez comment ? »

Ptaclusp faillit se mordre la lèvre jusqu’au sang. Trahir les secrets de la profession ? Il était horrifié. Contre toute attente, Dios lui vint en aide.

« Au moyen de certains signes et sceaux secrets, sire, dit-il, sur les origines desquels il n’est pas sage de s’informer. C’est la science des... — il marqua un temps — des modernes.

— C’est tellement plus rapide que le système du hissage, je trouve, fit Teppic.

— Un système qui avait un certain panache, sire, dit Dios. Maintenant, si je puis vous suggérer...

— Oh. Oui. Poursuivez, je vous en prie. »

Ptaclusp s’épongea le front et courut au bord de la carrière.

Il agita un chiffon.

Toute chose se définit par un nom. Changez le nom, et vous changez la chose. Bien sûr, c'est beaucoup plus compliqué que ça, mais paracosmiquement parlant, tout est dit...

Ptaclusp IIb donna un petit coup de son bourdon sur la pierre.

L'air chaud frissonna au-dessus du bloc qui, dans un léger nuage de poussière, décolla doucement jusqu'à flotter à quelque distance du sol, retenu par des amarres.

Ce fut tout. Teppic s'était attendu à un grondement de tonnerre, au moins à un semblant de flamme. Mais déjà les ouvriers s'attroupaient autour d'un autre bloc, et deux hommes remorquaient le premier vers le site plus bas.

« Très impressionnant, dit-il tristement.

— En effet, sire, fit Dios. Et maintenant, nous devons rentrer au palais. Il va bientôt nous falloir procéder à la cérémonie de la Troisième Heure.

— Oui, oui, d'accord, jeta sèchement Teppic. Bravo, Ptaclusp. Bon travail, continuez comme ça. »

Ptaclusp s'inclina comme une bascule, tout émoustillé d'émotion et de confusion.

« Très bien, Votre Sire, dit-il avant de se décider à y aller carrément. Votre Sire me permet-elle de lui montrer nos derniers plans ?

— Le roi a déjà approuvé les plans, fit Dios. Et, vous m'excuserez si je me trompe, la construction de la pyramide a l'air bien avancée.

— Oui, oui, mais une idée nous est venue... Cette avenue, ici, vous voyez, qui débouche sur l'entrée, quel emplacement, on s'est dit, pour une statue de, par exemple, Bitos, le dieu à tête de vautour des invités surprise, pratiquement à prix coûtant... »

Dios jeta un coup d'œil sur les croquis.

« C'est censé représenter des ailes, ça ? demanda-t-il.

— Même pas à prix coûtant, même pas, je vais vous dire ce que je vais faire... fit Ptaclusp au désespoir.

— C'est un nez, ça ? demanda Dios.

— Plutôt un bec, plutôt un bec. Regardez, ô prêtre, comment...

— Je ne crois pas, moi. Non. Je ne crois vraiment pas. » Dios fit du regard le tour de la carrière à la recherche de Teppic, grogna, fourra les croquis dans les mains de l'entrepreneur et se mit à courir.

Teppic avait descendu le sentier d'un pas de flâneur jusqu'aux chariots qui attendaient ; il observait mélancoliquement l'agitation autour de lui et s'arrêta pour suivre le travail d'un groupe d'ouvriers qui taillaient une pierre d'angle. Ils se figèrent lorsqu'ils sentirent son regard sur eux et restèrent sans bouger à le contempler d'un air soumis.

« Bien, bien, fit Teppic en examinant la pierre quand bien même on aurait pu graver toutes ses connaissances en maçonnerie sur un grain de sable. Un morceau de pierre superbe. »

Il se tourna vers l'homme le plus près dont la bouche s'ouvrit toute grande.

« Vous êtes tailleur de pierre, c'est ça ? lui dit-il. Un métier sûrement très intéressant. »

Les yeux de l'homme s'exorbitèrent. Il laissa tomber son burin. « Eurk », répondit-il.

À cent mètres de là les robes de Dios lui claquaient autour des jambes tandis qu'il dévalait lourdement le sentier. Il les empoigna et poursuivit son galop dans un claquement de sandales.

« Vous vous appelez comment ? demanda Teppic.

— Aaaargle, répondit l'homme terrifié.

— Ah, tout à fait charmant, dit Teppic qui saisit la main docile de l'ouvrier et la serra.

— Sire ! brailla Dios. Non ! »

Et le tailleur de pierre pivota et détala ; il se tenait la main droite par le poignet, se débattait contre la douleur en hurlant...

Teppic agrippa les bras du trône et fusilla le grand prêtre du regard.

« Mais c'est un geste d'amitié, rien d'autre. Là d'où je viens...

— Là d'où vous venez, c'est ici ! tonna Dios.

— Quand même, bon sang, la couper ? C'est trop cruel ! »

Dios s'avança. Sa voix avait maintenant retrouvé ses intonations doucereuses normales.

« Cruel, sire ? Mais l'opération se fera avec toute la précision et les précautions nécessaires, on donnera des drogues à l'homme pour atténuer la douleur. Il vivra certainement.

— Mais pourquoi ?

— Je vous ai expliqué, sire. Il ne peut plus se servir de sa main sans la profaner. Il le sait bien, c'est un homme dévot. Vous voyez, sire, vous êtes un dieu, sire.

— Mais vous me touchez, vous. Et les serviteurs aussi !

— Moi, je suis un prêtre, sire, répondit doucement Dios. Et les serviteurs ont des dérogations spéciales. »

Teppic se mordit la lèvre.

« C'est barbare », dit-il.

Dios garda un visage impassible.

« On ne le fera pas, dit Teppic. Je suis le roi. Je l'interdis, vous comprenez ? »

Dios s'inclina. Teppic reconnut le n° 49 : mépris horrifié.

« Il en sera certainement fait selon votre désir, ô fontaine de toute sagesse. Mais, bien entendu, l'homme risque de prendre lui-même l'affaire en main, si vous me passez l'expression.

— Comment ça ? fit sèchement Teppic.

— Sire, si ses collègues ne l'en avaient pas empêché, il s'en serait chargé tout seul. Au burin, si j'ai bien compris. »

Teppic le regarda fixement et songea : Je suis un étranger en terre familière.

« Je vois », dit-il enfin.

Il réfléchit un peu plus.

« Alors, il... il faut l'opérer avec tous les soins nécessaires, et lui donner ensuite une pension, vous voyez ?

— Comme vous voulez, sire.

— Et une pension correcte, hein !

— Bien sûr, sire. Une prime de départ, sire. Vous avez le cœur sur la main, sire, fit Dios, impassible.

— Et on pourrait peut-être lui trouver un petit boulot facile dans le palais ?

— Comme tailleur de pierre manchot, sire ? » Le sourcil gauche de Dios s'arqua d'un poil.

« Comme n'importe quoi, Dios.

— Certainement, sire. Comme vous voulez. Je vous promets de voir si nous ne sommes pas à court de main-d'œuvre dans certains services en ce moment. »

Teppic lui lança un regard noir. « Je suis le roi, vous savez, dit-il sévèrement.

— Une chose que je garde à l'esprit à toute heure de la journée, sire.

— Dios ? fit Teppic alors que le grand prêtre s'en allait.

— Sire ?

— J'ai commandé un lit de plumes à Ankh-Morpork il y a quelques semaines. Vous ne sauriez pas ce qu'il est devenu, des fois ? »

Dios agita les mains d'un geste éloquent.

« Je crois, sire, que les pirates sont très actifs au large des côtes khaliennes.

— C'est sûrement aussi de la faute des pirates si je ne vois pas arriver l'expert de la Guilde des Plombiers et des Cagoinsandriers ? lança Teppic avec aigreur[1].

— Sûrement, sire. Ou peut-être des bandits, sire.

— Ou alors un oiseau géant à deux têtes qui lui a plongé dessus et l'a emporté.

— Tout est possible, sire, fit le prêtre dont la figure exprimait la plus grande politesse.

— Vous pouvez disposer, Dios.

— Sire. Puis-je vous rappeler, sire, que les émissaires de Tsort et d'Éphèbe ont une audience à la cinquième heure ?

1. Cagoinsandrier : terrassier et nettoyeur de fosses d'aisance. Une profession débordée de travail à Ankh-Morpork, où le niveau hydrostatique voisine généralement celui du sol, et qui inspire un profond respect. En tout cas on change de trottoir au passage d'un cagoinsandrier.

— Oui. Vous pouvez disposer. »

Teppic se retrouva seul, du moins aussi seul que d'habitude, à savoir qu'il n'y avait que lui en dehors de deux agitateurs d'éventails, d'un majordome, de deux gardes howondiens gigantesques près de la porte et de deux servantes.

Ah, oui. Les servantes. Il ne faisait pas encore vraiment bon ménage avec les servantes. C'était sûrement Dios qui les avait choisies, vu qu'il avait l'air de tout superviser dans le palais, et il avait fait preuve d'un bon goût surprenant en matière, par exemple, de peau, de poitrine et de jambes olivâtres. Les vêtements qu'elles portaient à elles deux auraient couvert une petite soucoupe. Et c'était étrange, parce que ça n'avait d'autre effet que de les transformer en deux jolis meubles ambulants, aussi asexués que les piliers du palais. Teppic soupira au souvenir des femmes d'Ankh-Morpork qui pouvaient s'habiller de la tête aux pieds dans le brocart et faire quand même rougir toute une classe de potaches jusqu'à la racine des cheveux.

Il baissa la main vers le compotier de fruits. L'une des filles la lui saisit aussitôt, la repoussa doucement et prit un grain de raisin.

« S'il vous plaît, ne le pelez pas, dit Teppic. La peau, c'est le meilleur. Pleine de vitamines et de minéraux nourrissants. Mais à mon avis vous n'en avez pas encore entendu parler, sûrement, c'est tout récent comme invention, ajouta-t-il surtout pour lui-même. Je veux dire, ç'a moins de sept mille ans », acheva-t-il avec humeur.

Tant pis pour le temps qui passe, songea-t-il tristement. Il passe peut-être partout ailleurs, mais pas ici. Ici il s'entasse, comme de la neige. On dirait que les pyramides nous ralentissent, comme ces choses dont on se sert sur les bateaux, les trucmachins, là, les ancres. Demain, chez nous, c'est comme hier : du réchauffé.

Elle pela quand même le grain de raisin tandis que s'amoncelaient les flocons de secondes.

Sur le site de la Grande Pyramide les énormes blocs de pierre planaient jusqu'à leurs places respectives, comme une explosion à l'envers. Leur flot s'écoulait depuis la carrière jusqu'au site, traversait silencieusement le paysage au-dessus d'épaisses ombres rectangulaires.

« Je dois te rendre justice, avoua Ptaclusp à son fils tandis qu'ils se tenaient côte à côte dans la tour d'observation. C'est incroyable. Un jour, les gens se demanderont comment on a fait.

— Toutes ces histoires de rouleaux et de fouets, c'est dépassé, dit IIb. Tu peux oublier tout ça. » Le jeune architecte sourit, mais on devinait un soupçon de folie dans son rictus.

C'était effectivement incroyable. Plus incroyable qu'il n'aurait fallu. Il n'arrivait pas à s'ôter de l'idée que la pyramide...

Il se secoua mentalement. Il devrait avoir honte de nourrir des pensées pareilles. On risquait de tomber dans la superstition si on ne se méfiait pas, dans ce métier.

Toutes choses forment naturellement une pyramide — enfin, un cône, en tout cas. Il en avait fait l'expérience le matin même. Le grain, le sel, le sable... mais pas l'eau, là, il avait fait fausse route. Et une pyramide n'était rien d'autre qu'un cône bien net, voilà, un cône qui aurait décidé d'être un peu mieux ordonné.

Peut-être avait-il un brin forcé sur les mesures paracosmiques ?

Son père lui donna une claque dans le dos.

« Bravo, répéta-t-il. Tu sais, on dirait presque qu'elle se construit toute seule ! »

IIb glapit et se mordit le poignet, une manie d'enfant qui lui revenait toujours quand il était nerveux. Ptaclusp ne remarqua rien car à cet instant un contremaître courait vers le pied de la tour en agitant sa règle d'apparat.

Ptaclusp se pencha.

« Quoi donc ? demanda-t-il.

— J'ai dit : venez tout de suite, s'il vous plaît, ô maître ! »

Sur la pyramide proprement dite, sur le chantier à mi-hauteur environ du futur sommet, là où s'accomplissait une partie du travail minutieux sur les chambres intérieures, le mot « impressionnant » ne convenait plus. Celui de « terrifiant » faisait mieux l'affaire.

Des blocs s'entassaient dans le ciel en un lent ballet géant, passaient et repassaient, leurs cornacs se lançaient des cris ainsi qu'aux aiguilleurs malchanceux en dessous sur la pyramide, qui s'efforçaient de brailler des directives par-dessus le vacarme ambiant.

Ptaclusp se précipita dans le groupe d'ouvriers rassemblés au centre. Ici, au moins, il y avait le silence. Un silence de mort.

« Très bien, très bien, dit-il. Qu'est-ce qui se p... Oh. »

Ptaclusp IIb regarda par-dessus l'épaule paternelle et se fourra le poignet dans la bouche.

La chose était ridée. Elle était ancienne. Visiblement, c'était jadis une chose vivante. Elle gisait sur le bloc comme un pruneau obscène.

« C'était mon déjeuner, dit le chef plâtrier. Merde, c'était mon déjeuner. Je me faisais un vrai plaisir de la manger, cette pomme.

— Ça ne peut quand même pas déjà commencer, murmura IIb. Elle ne peut pas déjà former des nœuds temporels ; je veux dire, comment elle sait qu'elle va former une pyramide ?

— J'ai baissé la main pour la prendre et j'ai senti comme... comme une impression très désagréable, se plaignait le plâtrier.

— Et c'est un nœud négatif, en plus, poursuivit IIb. On ne devrait pas en rencontrer du tout.

— Il est toujours là ? demanda Ptaclusp qui ajouta : Dis-moi que oui.

— Si d'autres blocs ont été mis en place, il n'est plus là, répondit son fils en jetant des regards déments autour de lui. Si le centre massique change, tu vois, les nœuds se dispersent. »

Ptaclusp tira le jeune homme à l'écart. « Qu'est-ce que tu me chantes, maintenant ? chuchota-t-il en montant sur ses grands chameaux [1].

— Faudrait mettre comme un couvercle dessus, marmonna IIb. Étouffer le temps qui est enfermé dedans. Comme ça, plus de problème...

1. On monte moins souvent sur ses grands chevaux dans un environnement désertique.

— Comment veux-tu la couvrir ? Elle n'est même pas finie, rétorqua Ptaclusp. Qu'est-ce que tu es allé faire ? Les pyramides ne commencent pas à accumuler d'énergie avant d'être finies. Avant d'être des pyramides, tu vois ? L'énergie pyramidique, tu vois ? Ça vient du mot pyramide. C'est pour ça qu'on l'appelle énergie pyramidique.

— Doit y avoir un rapport avec la masse, quelque chose comme ça, hasarda l'architecte, et avec la vitesse d'édification. Le temps est pris au piège dans le matériau. Je veux dire, en théorie, on peut tomber sur de petits nœuds pendant la construction, mais tellement faibles qu'on ne les remarque pas ; si on se trouvait au milieu, peut-être qu'on vieillirait ou rajeunirait de quelques heures, ou qu'on... se mit-il à bafouiller.

— Je me souviens, quand on a construit la tombe de Kheneth XIV, le peintre de fresques disait qu'il avait eu deux heures de travail dans la chambre de la reine ; pour nous, il y avait passé trois jours et on l'a condamné à une amende, fit lentement Ptaclusp. Ç'a fait un drôle de chambard à la Guilde, je me rappelle.

— Tu as déjà raconté ça, dit IIb.

— Raconté quoi ?

— L'histoire du peintre de fresques. Tout à l'heure.

— Non, je ne l'ai pas racontée. Tu n'as pas pu déjà l'entendre.

— J'aurais pourtant juré... En tout cas, c'est pire que ton histoire. Et ça va sûrement recommencer.

— Faut s'attendre à en rencontrer d'autres ?

— Oui, fit IIb. Normalement, on ne devrait pas obtenir de nœuds négatifs, pourtant c'est ce qui va se passer, on dirait. Faut s'attendre à des accélérations, à des inversions et même sûrement à des répétitions en boucle. Faut s'attendre, j'en ai peur, à toutes sortes d'anomalies temporelles. On ferait mieux d'éloigner les ouvriers.

— J'imagine que tu ne peux pas trouver un moyen de les faire travailler en temps accéléré et de les payer en temps ralenti ? demanda Ptaclusp. C'est juste une idée. Ton frère ne va pas manquer de te le suggérer.

— Non ! Empêche-les tous d'approcher ! On va mettre les blocs en place et refermer la pyramide !

— D'accord, d'accord. Je réfléchissais tout haut, c'est tout. Comme si on n'avait pas assez de problèmes comme ça... »

Ptaclusp se précipita dans le groupe d'ouvriers rassemblés au centre. Ici, au moins, il y avait le silence. Un silence de mort.

« Très bien, très bien, dit-il. Qu'est-ce qui se p... Oh. »

Ptaclusp IIb regarda par-dessus l'épaule paternelle et se fourra le poignet dans la bouche.

La chose était ridée. Elle était ancienne. Visiblement, c'était jadis une chose vivante. Elle gisait sur le bloc comme un pruneau obscène.

« C'était mon déjeuner, dit le chef plâtrier. Merde, c'était mon déjeuner. Je me faisais un vrai plaisir de la manger, cette pomme. »

Ptaclusp hésita. Tout ça lui paraissait familier. Il avait déjà eu cette impression. Une forte impression de rejà vu[1], en somme.

Il croisa le regard horrifié de son fils. Ensemble, redoutant ce qu'ils allaient découvrir, ils se retournèrent lentement.

Ils se virent, debout derrière eux, qui se chamaillaient à propos de quelque chose que IIb jurait avoir déjà entendu.

Il l'a bel et bien déjà entendu, comprit Ptaclusp avec effroi. C'est moi, là-bas. J'ai l'air très différent, vu de l'extérieur. Et c'est moi, ici aussi. Encore. Pareillement.

C'est une boucle. Comme dans une rivière un tout petit tourbillon, seulement c'est dans le cours du temps. Et j'en ai tout bonnement fait deux fois le tour.

L'autre Ptaclusp leva les yeux vers lui.

Il y eut de longues secondes atroces de tension temporelle, un bruit de souris qui souffle dans du bubble-gum, puis la boucle se cassa et la silhouette s'évanouit.

« Je sais d'où ça vient, marmonna confusément IIb à cause de son poignet. Je sais que la pyramide n'est pas terminée, mais elle le sera, alors les effets en sont, comme qui dirait, renvoyés en arrière, papa, faudrait tout arrêter tout de suite, elle est bien trop grande, je me suis trompé...

1. Lit. : On y reviendra plus tard.

— Tais-toi. Est-ce que tu peux calculer où les nœuds vont se former ? fit Ptaclusp. Et viens plus près, tous les gars te regardent. Ressaisis-toi, fiston. »

IIb posa instinctivement la main sur son abaque de ceinture.

« Ben, oui, sans doute, répondit-il. C'est juste une question de répartition de masses et...

— Bien, le coupa l'entrepreneur d'un ton ferme. Tu t'y mets illico. Et après, tu demanderas à tous les contremaîtres de venir me voir. »

L'œil de Ptaclusp brillait d'un éclat comme du mica. Sa mâchoire était carrée comme un bloc de granit. C'est peut-être la pyramide qui me dope comme ça, se disait-il, je réfléchis vite, je le sais.

« Et demande à ton frère de venir aussi », ajouta-t-il.

C'est bien l'effet de la pyramide. Je me souviens d'une idée que je vais avoir.

Mieux vaut ne pas trop réfléchir là-dessus. Soyons pratique.

Il promena le regard sur le chantier à demi terminé. Les dieux savaient qu'on ne pourrait pas l'achever dans les délais, songea-t-il. Maintenant, rien ne nous y oblige. On peut y passer autant de temps qu'on veut !

« Ça va ? demanda IIb. Papa, ça va ?

— Est-ce que c'était une de tes boucles temporelles ? » fit Ptaclusp d'un air rêveur. Quelle idée géniale ! Personne n'offrirait de meilleures conditions qu'eux, ils gagneraient des primes pour livrer leurs commandes aux dates fixées, et ils pourraient y passer tout le temps qu'ils voudraient !

« Non ! Papa, faudrait qu'on...

— Mais tu es sûr de pouvoir calculer où ces boucles vont se produire, hein ?

— Oui, je pense, mais...

— Parfait. » Ptaclusp tremblait d'émotion. Peut-être qu'il faudrait davantage payer la main-d'œuvre, mais ça valait le coup, et IIa allait sûrement imaginer un système, la finance, c'était presque aussi efficace que la magie. Faudrait que les ouvriers acceptent. Mais après tout, ils se plaignaient de travailler avec des indépendants, ils se plaignaient de travailler avec des Howondiens, ils se plaignaient de travailler avec tout le monde en dehors des membres de la Guilde à jour de leurs cotisations. Ils auraient donc du mal à se plaindre de travailler avec des doubles d'eux-mêmes.

IIb recula et agrippa son abaque pour se rassurer.

« Papa, dit-il avec prudence, à quoi tu penses ? »

Ptaclusp lui fit un sourire radieux. « Au double emploi », dit-il.

La politique était plus intéressante. Teppic sentait que dans ce domaine, au moins, il pouvait apporter sa contribution.

Le Jolhimôme était ancien. Il était respecté. Mais il était également petit et, côté glaive — le seul qui avait l'air de compter désormais —, n'avait aucun pouvoir. Il n'en avait pas toujours été ainsi, comme le rappelait Dios. Jadis il avait régné sur le monde par la seule force de sa noblesse, quasiment sans recourir à l'armée permanente de vingt-cinq mille hommes dont il disposait en ces temps glorieux.

Aujourd'hui il exerçait un pouvoir plus subtil en tant qu'État comprimé entre les empires immenses et entreprenants de Tsort et d'Éphèbe, l'un et l'autre menace et bouclier à la fois. Depuis plus de mille ans les rois riverains du Jolh, avec une extrême diplomatie, des manières exquises et le jeu de jambes d'un mille-pattes sous poussée d'adrénaline, maintenaient la paix tout au long du bord rétrograde du continent. Le simple fait d'exister depuis sept millénaires peut être une arme formidable pour peu qu'on sache l'utiliser.

« Vous voulez dire qu'on est un territoire neutre ? fit Teppic.

— Tsort a la même culture du désert que nous, dit Dios en joignant ses mains en clocher. Nous l'avons aidé à se constituer au fil des ans. Quant à Éphèbe... — il renifla — ils professent des croyances très étranges.

— Comment ça ?

— Ils croient que le monde est soumis à la géométrie, sire. Tout ne serait que lignes, angles et chiffres. Ce genre de choses, sire... — Dios fronça les sourcils — peut donner des idées très malsaines.

— Ah, fit Teppic, décidé à en apprendre davantage sur les idées malsaines dès que possible. Alors on est secrètement du côté de Tsort, hein ?

— Non. Il est important qu'Éphèbe reste fort.

— Mais on a plus de choses en commun avec Tsort, non ?

— C'est ce que nous les laissons croire, sire.

— Mais ils ont bien une culture du désert ? »

Dios sourit. « Je crains qu'ils ne prennent pas les pyramides au sérieux, sire. »

Teppic réfléchit à tout ça.

« On est de quel côté, alors ?

— Du nôtre, sire. Il y a toujours un moyen. Souvenez-vous, sire, que votre famille en était déjà à sa troisième dynastie quand nos voisins cherchaient encore à comprendre, sire, comment on fait les bébés. »

La délégation de Tsort avait effectivement l'air d'avoir étudié la culture du Jolhimôme avec assiduité, voire frénésie. Il était également clair qu'ils ne l'avaient pas encore bien assimilée ; ils s'étaient contentés d'emprunter tout un tas de détails qui leur paraissaient utiles puis les avaient réunis subtilement de travers. Par exemple, ils pratiquaient tous la marche-aux-trois-torsions qui figurait sur les frises et dont la cour du Jolhimôme ne se servait qu'en certaines occasions. De temps en temps des grimaces leur déformaient la figure quand leurs vertèbres protestaient.

Ils portaient aussi les khranines du matin et les bracelets de la Sortie, ainsi que le kilt de Toudmehm avec — pas étonnant si même les servantes en charge des éventails souriaient en cachette — des jambières assorties [1] !

Jusqu'à Teppic qui dut se dépêcher de tousser. En fin de compte, songea-t-il, ils ne savent pas ce qu'ils font. Ce sont de vrais enfants.

1. Une traduction s'impose. Si un ambassadeur étranger se présentait au palais de l'Élysée affublé (dans un désir flagrant de flatterie) d'un béret basque, d'un estramaçon, d'une tunique de mousquetaire, de braies et d'une barbe à l'impériale, il ferait à peu près la même impression.

Et cette réflexion fut suivie d'une autre qui ajouta : Ces enfants pourraient nous rayer de la carte en l'espace d'une heure.

Juste derrière les synapses des deux premières réflexions en surgit une troisième qui rétorqua : Ce ne sont que des vêtements, bon sang, tu ne vas pas prendre ça au sérieux ?

Les délégués d'Éphèbe étaient plus raisonnablement vêtus de toges blanches. Ils avaient une certaine ressemblance entre eux, comme si quelque part dans leur pays opérait une petite emboutisseuse qui produisait de petits hommes chauves à barbe blanche frisée.

Les deux groupes s'arrêtèrent devant le trône et s'inclinèrent.

« Salut, fit Teppic.

— Sa Grandeur le roi Teppicymon XXVIII, Seigneur des Cieux, Conducteur du Char du Soleil, Timonier de la Barque du Soleil, Gardien de la Connaissance Secrète, Seigneur de l'Horizon, Garant de la Tradition, le Fléau de la Clémence, Celui-qui-est-de-haute-naissance, la Roi-qui-ne-meurt-jamais, vous souhaite la bienvenue et vous ordonne de partager le vin avec lui, déclama Dios qui claqua des mains pour appeler un majordome.

— Oh, oui, dit Teppic. Asseyez-vous donc, vous voulez bien ?

— Sa Grandeur le roi Teppicymon XXVIII, Seigneur des Cieux, Conducteur du Char du Soleil, Timonier de la Barque du Soleil, Gardien de la Connaissance Secrète, Seigneur de l'Horizon, Garant de la Tradition, le Fléau de la Clémence, Celui-qui-est-de-haute-naissance, le Roi-qui-ne-meurt-jamais vous ordonne de vous asseoir », fit Dios.

Teppic se creusa la cervelle en quête d'un discours de circonstance. Il en avait entendu des tas à Ankh-Morpork. Ce devaient être les mêmes partout dans le monde.

« Je suis sûr que nous allons...

— Sa Grandeur le roi Teppicymon XXVIII, Seigneur des Cieux, Conducteur du Char du Soleil, Timonier de la Barque du Soleil, Gardien de la Connaissance Secrète, Seigneur de l'Horizon, Garant de la Tradition, le Fléau de la Clémence, Celui-qui-est-de-haute-naissance, le Roi-qui-ne-meurt-jamais vous enjoint d'écouter ! tonna Dios.

— ... longue histoire d'amitié...

— Oyez la sagesse de Sa Grandeur le roi Teppicymon XXVIII, Seigneur des Cieux, Conducteur du Char du Soleil, Timonier de la Barque du Soleil, Gardien de la Connaissance Secrète, Seigneur de l'Horizon, Garant de la Tradition, le Fléau de la Clémence, Celui-qui-est-de-haute-naissance, le Roi-qui-ne-meurt-jamais ! »

L'écho de sa voix mourut.

« Est-ce que je pourrais vous parler un moment, Dios ? »

Le grand prêtre se pencha.

« C'est indispensable, tout ça ? » souffla Teppic.

Les traits aquilins de Dios prirent la fixité minérale de qui se débat avec un concept inhabituel.

« Évidemment, sire. C'est traditionnel, dit-il enfin.

— Je croyais que je devais discuter avec ces gens. Vous savez, des frontières, du commerce et ainsi de suite. J'y ai beaucoup réfléchi et j'ai plusieurs idées. Je veux dire, je risque d'avoir un peu de mal si vous n'arrêtez pas de crier. »

Dios lui adressa un sourire poli.

« Oh, non, sire. Tout est arrangé, sire. Je les ai vus ce matin.

— Je suis censé faire quoi, alors ? »

Dios fit de la main un vague mouvement circulaire.

« Ce que vous voulez, sire. Il est normal de leur sourire un peu et de les mettre à l'aise.

— C'est tout ?

— Sa Majesté pourrait leur demander s'ils sont contents de leur état de diplomates, sire », répondit Dios. Il opposa au regard fulminant de Teppic deux yeux aussi inexpressifs que des miroirs.

« Je suis le roi, siffla Teppic.

— Assurément, sire. Mieux vaut éviter de souiller votre fonction avec de vulgaires questions d'État rébarbatives, sire. Demain, sire, vous siégez à la cour suprême de justice. Une fonction qui convient parfaitement à un monarque, sire.

— Ah. Oui. »

Une affaire plutôt compliquée. Teppic l'écouta attentivement : un présumé vol de bétail qu'aggravaient les lois agro-oignonières du Jolhimôme. Il devrait toujours en être ainsi, songea-t-il. Personne d'autre ne peut déterminer à qui appartient ce foutu bœuf, c'est le genre de tâche qui revient au roi. Maintenant, voyons, il y a cinq ans, lui a vendu le bœuf à lui, mais en définitive...

Son regard passa de la figure inquiète d'un fermier à l'autre. Tous deux se pressaient leur chapeau de paille effrangé contre la poitrine et tous deux affichaient l'expression figée d'hommes simples qui, pour leur querelle de clocher, finissaient aujourd'hui dans une grande salle dallée de marbre, en présence de leur dieu sur son trône. Teppic ne doutait pas une seconde que chacun abandonnerait joyeusement ses droits sur la malheureuse bête pour se trouver à dix kilomètres de là.

C'est un bœuf adulte, songeait-il, grand temps de l'abattre, même s'il est à lui, il s'est engraissé pendant des années sur le terrain du voisin, la moitié chacun, ce serait équitable, ils ne sont pas près d'oublier ce jugement...

Il leva la Faucille de la Justice.

« Sa Grandeur le roi Teppicymon XXVIII, Seigneur des Cieux, Conducteur du Char du Soleil, Timonier de la Barque du Soleil, Gardien de la Connaissance Secrète, Seigneur de l'Horizon, Garant de la Tradition, le Fléau de la Clémence, Celui-qui-est-de-haute-naissance, le Roi-qui-ne-meurt-jamais va rendre son jugement ! Tremblez devant la justice de Sa Grandeur le roi Tep... »

Teppic coupa Dios au beau milieu de sa litanie.

« Après avoir écouté les deux parties, dit-il d'une voix ferme que son masque amplifiait légèrement, et leurs arguments contradictoires nous ayant fait forte impression, il nous semble juste d'abattre sans délai l'animal en question et de le partager en toute équité entre le plaignant et le défendeur. »

Il se renversa sur son trône. Ils vont m'appeler Teppic le Sage, se dit-il. Le peuple raffole de ce genre de truc.

Les fermiers le fixèrent longuement de leurs yeux vides. Puis, comme montés sur des plateaux tournants, ils pivotèrent et regardèrent du côté de Dios, assis à sa place sur les marches parmi d'autres prêtres de rang inférieur.

Dios se leva, lissa sa robe toute simple et tendit son bourdon.

« Oyez la sagesse interprétée de Sa Grandeur le roi Teppicymon XXVIII, Seigneur des Cieux, Conducteur du Char du Soleil, Timonier de la Barque du Soleil, Gardien de la Connaissance Secrète, Seigneur de l'Horizon, Garant de la Tradition, le Fléau de la Clémence, Celui-qui-est-de-haute-naissance, le Roi-qui-ne-mourra-jamais, embraya-t-il. De par notre jugement divin, la bête en litige est la propriété de Rhumusphut. De par notre jugement divin, la bête sera sacrifiée sur l'autel du Parvis des Dieux en remerciement des attentions de Notre Divine Personne. Toujours de par notre jugement, Rhumusphut et Ktoffle travailleront trois jours de plus dans les champs du roi en paiement dudit jugement. »

Dios redressa la tête jusqu'à ce que son regard tombe, dans le prolongement de son nez effrayant, sur le masque de Teppic. Il leva les mains.

« Immense est la sagesse de Sa Grandeur le roi Teppicymon XXVIII, Seigneur des Cieux, Conducteur du Char du Soleil, Timonier de la Barque du Soleil, Gardien de la Connaissance Secrète, Seigneur de l'Horizon, Garant de la Tradition, le Fléau de la Clémence, Celui-qui-est-de-haute-naissance, le Roi-qui-ne-meurt-jamais ! »

Les fermiers firent une petite révérence de gratitude horrifiée et se retirèrent à reculons de la présence du roi, encadrés par les gardes.

« Dios, lança Teppic d'une voix calme.

— Sire ?

— Je peux avoir votre attention un moment, s'il vous plaît ?

— Sire ? répéta Dios qui se matérialisa près du trône.

— Je n'ai pas pu m'empêcher de remarquer, Dios, excusez-moi si je me trompe, certaines fioritures dans votre traduction. »

Le prêtre eut l'air surpris.

« Nullement, sire. J'ai été très précis dans la retransmission de votre décision, j'ai seulement peaufiné les détails conformément aux usages et à la tradition.

— Comment ça ? La foutue bête appartenait réellement aux deux fermiers !

— Mais Rhumusphut est connu pour son assiduité dans ses dévotions, sire, il ne manque pas une occasion de louer et de magnifier les dieux, tandis que Ktoffle est connu pour nourrir des idées farfelues.

— Où est le rapport avec la justice ?

— Partout, sire, répondit Dios avec douceur.

— Mais maintenant aucun des deux n'a le bœuf !

— Tout à fait, sire. Mais Ktoffle ne l'a pas parce qu'il ne le mérite pas, tandis que Rhumusphut, par son sacrifice, s'assure une plus grande considération dans l'autre monde.

— Et vous allez manger du bœuf ce soir, j'imagine », dit Teppic.

La phrase porta ; Teppic aurait tout aussi bien pu empoigner le trône pour en flanquer un coup au prêtre. Dios fit un pas en arrière, atterré, les yeux un instant comme deux flaques de douleur. Lorsqu'il parla, on sentit une certaine irritation dans sa voix.

« Je ne mange pas de viande, sire, dit-il. La viande dilue et ternit l'âme. Puis-je citer l'affaire suivante, sire ? »

Teppic hocha la tête. « Très bien. »

Il s'agissait cette fois d'un litige à propos du loyer d'un terrain de cent mètres carrés en bordure du fleuve. Teppic écouta attentivement. La bonne terre cultivable était très prisée dans le Jolhimôme, vu que les pyramides en occupaient la majeure partie. L'affaire était sérieuse.

D'autant plus sérieuse que le métayer du terrain était au dire de tous travailleur et consciencieux, alors que le propriétaire était manifestement riche et insupportable[1].

1. Les jeunes assassins, souvent très pauvres, ont des idées bien arrêtées sur la moralité de la fortune jusqu'au jour où ils deviennent de vieux assassins, souvent très riches, qui se disent finalement que l'injustice a ses bons côtés.

Hélas, de quelque bout qu'on prenne les faits, il était aussi dans son droit.

Teppic réfléchit profondément puis loucha vers Dios. Le prêtre lui répondit d'un hochement de tête.

« Il me semble... commença Teppic aussi vite qu'il put mais pas encore assez.

— Oyez le jugement de Sa Grandeur le roi Teppicymon XXVIII, Seigneur des Cieux, Conducteur du Char du Soleil, Timonier de la Barque du Soleil, Gardien de la Connaissance Secrète, Seigneur de l'Horizon, Garant de la Tradition, le Fléau de la Clémence, Celui-qui-est-de-haute-naissance, le Roi-qui-ne-meurt-jamais !

— Il me semble... il nous semble, répéta Teppic, compte tenu de tous les faits qui ne relèvent pas de la mauvaise foi pure et simple, que la décision équitable dans l'affaire présente... » Il marqua un temps. Non, se dit-il, ce n'est pas comme ça que parle un roi divin.

« Le propriétaire a été pesé dans la balance et il a été trouvé léger, tonna-t-il par la fente buccale de son masque. Nous nous prononçons en faveur du métayer. »

Comme un seul homme la cour se tourna vers Dios, lequel consulta à voix basse les autres prêtres puis se mit debout.

« Entendez à présent l'interprétation de la décision de Sa Grandeur le roi Teppicymon XXVIII, Seigneur des Cieux, Conducteur du Char du Soleil, Timonier de la Barque du Soleil, Gardien de la Connaissance Secrète, Seigneur de l'Horizon, Garant de la Tradition, le Fléau de la Clémence, Celui-qui-est-de-haute-naissance, le Roi-qui-ne-meurt-jamais ! Ptorne le fermier devra payer sans délai dix-huit *toons* d'arriérés au prince Imtebos ! Le prince Imtebos devra payer sans délai douze *toons* à la caisse d'offrandes aux dieux du fleuve ! Vive le roi ! Affaire suivante ! »

Teppic fit à nouveau signe à Dios d'approcher.

« Ma présence est vraiment indispensable ? demanda-t-il dans un chuchotement chauffé à blanc.

— S'il vous plaît, restez calme, sire. Sans vous, comment le peuple saurait-il que justice a été rendue ?

— Mais vous déformez tout ce que je dis !

— Non, sire. Sire, vous exprimez le jugement de l'homme. Moi, j'interprète le jugement du roi.

— Je vois, fit sombrement Teppic. Alors, à partir de maintenant... »

Il fut interrompu par du remue-ménage dans le couloir. À l'évidence, il y avait un prisonnier dehors qui n'avait aucune confiance dans la justice du roi, et le roi ne l'en blâmait pas. Lui non plus n'en était pas satisfait.

Il s'agissait en réalité d'une jeune femme brune qui se débattait entre les bras de deux gardes auxquels elle flanquait le genre de coups de poing et de talon qu'aucun homme ne donnerait sans rougir. Elle ne portait pas non plus le costume idéal pour un tel exercice. Il était à peine adéquat pour se prélasser sur une couche et peler des grains de raisin.

Elle vit Teppic et, à la grande joie intérieure du jeune roi, elle lui lança un regard fulminant de haine pure. L'après-midi durant on avait pris Teppic pour une statue handicapée mentale, aussi était-il ravi de tomber enfin sur quelqu'un disposé à lui témoigner de l'intérêt.

Il ignorait ce qu'elle avait commis, mais à en juger par les gnons qu'elle faisait pleuvoir sur les gardes, il y avait fort à parier qu'elle n'y était pas allée de main morte.

Dios se pencha au niveau des trous auriculaires du masque.

« Elle s'appelle Ptorothée, dit-il. Une servante de votre père. Elle a refusé de prendre la potion.

— Quelle potion ? demanda Teppic.

— La coutume veut que le roi défunt emmène avec lui des serviteurs dans l'autre monde, sire. »

Teppic hocha sombrement la tête. C'était un privilège jalousement gardé, la seule façon pour un serviteur sans le sou de s'assurer l'immortalité. Il se rappela les funérailles de son grand-père et les protestations discrètes des serviteurs personnels du vieil homme. Son père en avait eu le cafard pendant des jours.

« D'accord, mais ce n'est pas obligatoire.

— C'est vrai, sire, ce n'est pas obligatoire.

— Père avait des tas de serviteurs.

— J'ai cru comprendre que c'était sa servante favorite, sire.

— Alors, qu'est-ce qu'elle a fait de mal, exactement ? »

Dios soupira, comme lorsqu'on donne des explications à un gamin très attardé.

« Elle a refusé de prendre la potion, sire.

— Excusez-moi. Il me semble vous avoir entendu dire que ce n'était pas obligatoire, Dios.

— En effet, sire. Ce n'est pas obligatoire, sire. C'est un acte parfaitement volontaire. Laissé au libre arbitre. Et elle l'a refusé, sire.

— Ah. Encore un de ces fameux cas », fit Teppic. Le Jolhimôme était bâti sur ce genre de contradictions. Chercher à les comprendre menait à la folie. Si un de ses ancêtres avait décrété l'inversion du jour et de la nuit, les gens circuleraient à tâtons en pleine lumière.

Il se pencha en avant.

« Approchez, jeune dame », dit-il.

Elle regarda Dios.

« Sa Grandeur le Roi Teppicymon XXVIII...

— On est obligés d'entendre ça à chaque fois ?

— Oui, sire... Seigneur des Cieux, Conducteur du Char du Soleil, Timonier de la Barque du Soleil, Gardien de la Connaissance Secrète, Seigneur de l'Horizon, Garant de la Tradition, le Fléau de la Clémence, Celui-qui-est-de-haute-naissance, le Roi-qui-ne-meurt-jamais, t'ordonne d'exposer ton crime ! »

La fille se dégagea d'une secousse des mains des gardes et fit face à Teppic ; elle tremblait de terreur.

« Il m'a dit qu'il ne voulait pas qu'on l'enterre dans une pyramide, lança-t-elle. Il a dit que l'idée de millions de tonnes au-dessus de la tête lui donnait des cauchemars. Je ne veux pas mourir déjà !

— Tu refuses de prendre le poison de bon cœur ? demanda Dios.

— Oui !

— Mais, mon enfant, fit Dios, le roi devra quand même te mettre à mort. Il vaut sûrement mieux partir honorablement vers une vie digne de ce nom dans l'au-delà, non ?

— Je ne veux pas être servante dans l'au-delà ! »

Des murmures d'horreur s'élevèrent du groupe de prêtres. Dios hocha la tête.

« Alors le Mangeur d'Âmes t'emportera, dit-il. Sire, nous attendons votre jugement. »

Teppic s'aperçut qu'il ne quittait pas la fille des yeux. Il y avait chez elle un air familier obsédant qu'il n'arrivait pas à bien définir.

« Laissez-la partir, dit-il.

— Sa Grandeur le roi Teppicymon XXVIII, Seigneur des Cieux, Conducteur du Char du Soleil, Timonier de la Barque du Soleil, Gardien de la Connaissance Secrète, Seigneur de l'Horizon, Garant de la Tradition, le Fléau de la Clémence, Celui-qui-est-de-haute-naissance, le Roi-qui-ne-meurt-jamais, a parlé ! Demain à l'aube tu seras jetée aux crocodiles du fleuve. Grande est la sagesse du roi ! »

Ptorothée se retourna et lança un regard noir à Teppic. Il ne dit mot. Il n'osait pas, par peur de ce qu'on risquait d'en faire.

Elle s'en alla calmement, ce qui était pire que des pleurnichements ou des cris.

« C'était la dernière affaire, sire, annonça Dios.

— Je vais me retirer dans mes appartements, dit Teppic avec froideur. J'ai beaucoup à réfléchir.

— Alors je vais vous faire porter votre dîner, dit le prêtre. Du poulet rôti.

— J'ai horreur du poulet. »

Dios sourit. « Non, sire. Le mercredi, le roi apprécie toujours le poulet, sire. »

Les pyramides s'embrasaient. La lumière qu'elles jetaient sur le paysage était curieusement tamisée, granuleuse, presque grise, mais au-dessus du chaperon de chaque tombe une flamme zigzaguante crépitait à l'assaut du ciel.

Un léger tintement de métal sur la pierre tira en sursaut Ptorothée de son sommeil léger et intermittent. Aussitôt sur le qui-vive, elle se leva tout doucement et se glissa vers la fenêtre.

À la différence des vraies fenêtres de cellules, d'ordinaire larges, ouvertes à tous les vents et dont il suffit de retirer quelques barreaux de fer gênants pour assurer l'évasion des prisonniers, cette fenêtre-ci se résumait à une fente de vingt centimètres. Sept millénaires avaient appris aux rois des bords du Jolh que les cellules devaient être conçues pour garder les prisonniers à l'intérieur. Il n'existait qu'une façon de sortir par cette fente : en pièces détachées.

Mais une ombre se découpa devant la lumière des pyramides et une voix fit : « Psst. »

Ptorothée s'aplatit contre le mur et tendit un bras en l'air pour essayer d'atteindre la fente.

« Qui êtes-vous ?

— Je viens vous aider. Oh, merde. Ils appellent ça une fenêtre ? Attention, je fais descendre une corde. »

Une épaisse cordelette de soie, nouée à intervalles réguliers, tomba près de son épaule. Elle la fixa des yeux une ou deux secondes, puis se débarrassa d'un mouvement du pied de ses chaussures à bouts recourbés et grimpa.

La tête de l'autre côté de la fente était à demi dissimulée sous une capuche noire, mais la jeune femme devina une expression inquiète.

« Ne perdez pas courage, dit la tête.

— Je ne perdais pas courage. J'essayais de dormir un peu.

— Oh. Vous me pardonnerez, j'en suis sûr. Bon, je vais m'en aller et vous laisser, d'accord ?

— Mais demain matin je vais me réveiller, et là, je vais perdre courage. Vous vous tenez sur quoi, démon ?

— Vous savez ce que c'est, un crampon ?

— Non.

— Ben, il y en a deux. »

Ils se regardèrent en silence.

« Très bien, dit enfin la tête. Va falloir que je fasse le tour et que j'entre par la porte. Restez là. » Sur ce, elle disparut vers le haut.

Ptorothée se laissa redescendre sur les pierres froides du sol. Entrer par la porte ! Elle se demanda comment il allait réussir à faire ça. Les humains avaient besoin de l'ouvrir d'abord.

Elle s'accroupit dans l'angle le plus reculé de la cellule et fixa le petit rectangle de bois.

De longues minutes s'écoulèrent. Un moment elle crut entendre un tout petit bruit, comme un hoquet.

Un peu plus tard elle perçut un léger claquement métallique, à peine audible tellement il était faible.

D'autres minutes s'enroulèrent sur la bobine de l'éternité, puis le silence dans le couloir, absence de bruit jusque-là, devint peu à peu celui de quelqu'un qui n'en fait pas.

Elle songea : il est juste de l'autre côté de la porte.

Suivit une pause pendant laquelle Teppic huila tous les verrous et charnières, si bien qu'à l'instant de l'assaut final la porte s'ouvrit en chuintant dans un silence poignant.

« Dites ? » lança une voix dans l'obscurité.

Ptorothée se tassa davantage dans l'angle.

« Écoutez, je suis venu vous sauver. »

À présent elle distinguait une ombre plus noire à la lumière irrégulière des pyramides. L'ombre s'avança avec un manque d'assurance plutôt inattendu chez un démon.

« Vous venez ou quoi ? fit l'ombre. J'ai juste assommé les gardes, ils n'y sont pour rien, mais le temps presse.

— On doit me jeter aux crocodiles demain matin, chuchota Ptorothée. C'est le roi lui-même qui l'a décrété.

— Il a sûrement fait une erreur. »

Les yeux de Ptorothée s'écarquillèrent d'horreur incrédule.

« Le Mangeur d'Âmes va m'emporter ! dit-elle.

— Vous en avez envie ? »

Ptorothée hésita.

« Bon, alors », fit le démon qui saisit sa main docile. Il la sortit de la cellule, et elle faillit trébucher sur le corps prostré d'un garde.

« Il y a qui dans les autres cellules ? demanda-t-il en désignant la rangée de portes le long du couloir.

« Je ne sais pas, répondit Ptorothée.

— On va voir, d'accord ? »

Le démon approcha un petit bidon des verrous et des

charnières de la porte suivante et l'ouvrit d'une poussée. La lumière qui passait par la fenêtre étroite éclaira un homme entre deux âges assis par terre en tailleur.

« Je viens vous sauver », dit le démon.

L'homme leva les yeux sur lui.

« Me sauver ? fit-il.

— Oui. Pourquoi vous êtes ici ? »

L'homme baissa la tête. « J'ai blasphémé contre le roi.

— Comment vous avez fait ?

— Je me suis fait tomber un caillou sur le pied. Maintenant, on va m'arracher la langue. »

La silhouette sombre opina du chef, compatissante.

« Un prêtre vous a entendu, c'est ça ?

— Non. Je suis allé le dire à un prêtre. On ne peut pas laisser ce genre de propos impuni », fit l'homme d'un air vertueux.

On est vraiment les meilleurs, songea Teppic. De simples animaux n'arriveraient pas à réagir comme ça. Il n'y a que les humains pour être aussi bêtes. « Je crois qu'on devrait parler de tout ça dehors, dit-il. Pourquoi vous ne viendriez pas avec moi ? »

L'homme recula et lui jeta un regard fulminant.

« Vous voulez que je m'*enfuie* ?

— Ça me paraît une bonne idée, pas à vous ? »

L'homme le fixa droit dans les yeux ; ses lèvres remuaient en silence. Puis il parut prendre une décision.

« Gardes ! » s'égosilla-t-il.

Le cri rebondit en écho dans le palais endormi. Son soi-disant sauveur le considéra d'un œil incrédule.

« Cinglés, lança Teppic. Vous êtes tous cinglés. »

Il sortit de la cellule et attrapa la main de Ptorothée qu'il entraîna sans attendre dans la pénombre des couloirs. Derrière eux, le prisonnier profita au maximum de sa langue tant qu'il en disposait encore pour brailler un flot de malédictions.

« Vous m'emmenez où ? » demanda Ptorothée tandis qu'ils passaient un angle d'un pas vif et débouchaient dans une cour fermée entourée de piliers.

Teppic hésita. Il n'avait guère réfléchi à la suite des événements. « Pourquoi est-ce qu'ils s'embêtent à verrouiller les portes ? fit-il en considérant les piliers, je voudrais bien savoir... Je suis surpris : vous n'êtes pas retournée dans votre cellule pendant que j'étais dans l'autre.

— Je... je ne veux pas mourir, dit-elle calmement.

— Je vous comprends.

— Il ne faut pas dire ça ! C'est mal de ne pas vouloir mourir ! »

Teppic jeta un regard au toit autour de la cour et déroula son grappin.

« Je crois que je devrais quand même retourner dans ma cellule, fit Ptorothée sans esquisser le moindre mouvement de ce côté-là. C'est déjà mal de penser à désobéir au roi.

— Oh ? Et qu'est-ce qui arrive, dans ce cas-là ?

— Quelque chose de désagréable, répondit-elle vaguement.

— Vous voulez dire pire que d'être jeté aux crocodiles ou de se faire emporter par le Mangeur d'Âmes ? demanda Teppic dont le grappin accrocha solidement un rebord caché sur le toit plat.

« Une question intéressante, fit Ptorothée qui remporta le prix Teppic de la clairvoyance.

— Qui vaut la peine qu'on y réfléchisse, hein ? » Le jeune homme éprouva la cordelette en s'y suspendant de tout son poids.

« Ce que vous dites, c'est : si le pire doit arriver de toute façon, autant ne plus s'en faire, poursuivit Ptorothée. Si le Mangeur d'Âmes doit de toute façon me prendre, autant éviter les crocodiles, c'est ça ?

— Montez la première. J'ai l'impression qu'on vient.

— Qui êtes-vous ? »

Teppic fouilla dans son petit sac. Il était revenu dans le Jolhimôme un éon plus tôt sans rien d'autre que les vêtements qu'il portait, mais c'étaient ceux dans lesquels il avait passé son examen. Il équilibra dans sa paume un couteau de jet numéro 2 dont l'acier étincela à la lueur des pyramides. Sans doute le seul acier du pays ; n'allez pas croire que le Jolhimôme n'avait jamais entendu parler du fer, mais si le cuivre était bien assez bon pour votre arrière-arrière-arrière-arrière-grand-père, il l'était aussi pour vous.

Non, les gardes ne méritaient pas le couteau. Ils n'avaient rien fait de mal.

Sa main se referma sur la petite aumônière de chardons. Des modèles réduits, pas plus de deux centimètres par piquant. Les chardons ne tuaient pas les gens, ils les ralentissaient un peu. Il suffisait d'un ou deux dans la plante des pieds pour générer une extrême lenteur et d'extrêmes précautions chez n'importe quel poursuivant en dehors de l'enragé en phase terminale.

Il en répandit plusieurs à l'entrée du couloir, revint en courant à la cordelette et se hissa en quelques tractions rapides. Il atteignit le toit au moment où les gardes de tête passaient au galop sous le linteau. Il attendit que s'élève le premier juron, puis il ramena la cordelette et se dépêcha de rattraper la fille.

« Ils vont nous prendre, dit-elle.

— Je ne crois pas.

— Et après, le roi va nous faire jeter aux crocodiles.

— Oh, non, je ne... » Teppic s'arrêta. C'était une idée fascinante.

« Ça se pourrait, se risqua-t-il. On n'est jamais sûr de rien.

— Alors, on fait quoi, maintenant ? »

Teppic regarda longuement de l'autre côté du fleuve, là où les pyramides s'embrasaient. La Grande Pyramide était toujours en construction, à la lueur des torches ; un essaim de blocs, tout petits au loin, planait à proximité du sommet. Le nombre d'ouvriers que Ptaclusp affectait au chantier était étonnant.

Ça va donner une de ces lumières, songea-t-il. On la verra jusqu'à Ankh.

« Elles sont horribles, hein ? fit Ptorothée dans son dos.

— Vous croyez ?

— Elles flanquent la chair de poule. L'ancien roi les détestait, vous savez. D'après lui, elles clouaient le royaume dans le passé.

— Il a dit pourquoi ?

— Non. Il les détestait, voilà tout. Un brave bonhomme. Très gentil. Pas comme le nouveau. » Elle se moucha et remit son mouchoir à sa place, une place pas très adaptée, dans son soutien-gorge à paillettes.

« Euh... qu'est-ce que vous aviez à faire, exactement ? En tant que servante, j'entends ? » demanda Teppic en passant en revue le panorama des toits pour dissimuler son embarras.

Elle gloussa. « Vous n'êtes pas de chez nous, hein ?

— Non. Pas vraiment.

— Je devais discuter avec lui, surtout. Ou seulement l'écouter. Il savait bien parler, mais il disait sans arrêt que personne ne faisait jamais vraiment attention à ce qu'il racontait.

— Oui, compatit Teppic. Et c'était tout, rien d'autre ? »

Elle le regarda fixement puis gloussa encore. « Oh, ça ? Non, il était très gentil. Ça ne m'aurait pas gênée, remarquez, j'ai reçu la formation pour. J'ai même été un peu déçue, à vrai dire. Les femmes de ma famille servent les rois depuis des siècles, vous savez.

— Ah bon ? parvint-il à dire.

— Je ne sais pas si vous avez déjà vu ce livre qui s'appelle *le Palais aux...*

— ... *volets clos,* termina machinalement Teppic.

— Il me semblait bien qu'un gentilhomme comme vous le connaîtrait, dit Ptorothée en lui donnant un coup de coude. C'est une espèce de manuel. Bref, mon arrière-arrière-grand-mère a posé pour la plupart des illustrations. Pas récemment, ajouta-t-elle au cas où il n'aurait pas bien compris. Je veux dire, ce ne serait pas très ragoûtant, elle est morte depuis vingt-cinq ans. Quand elle était plus jeune. Je lui ressemble beaucoup, à ce qu'on dit.

— Aargh, convint Teppic.

— Elle était célèbre. Elle arrivait à se passer les pieds derrière la tête, vous savez. Moi aussi. J'ai obtenu mon échelon trois.

— Aargh ?

— Le vieux roi m'a dit un jour que les dieux donnaient aux gens le sens de l'humour pour se rattraper de leur avoir donné la sexualité. Je crois qu'il était un peu contrarié à ce moment-là.

— Aargh. » On ne voyait que le blanc des yeux de Teppic.

« Vous ne dites pas grand-chose, hein ? »

La brise nocturne soufflait vers lui le parfum de la jeune femme. Il avait l'impression d'encaisser des coups de bélier.

« Faut trouver un endroit où vous cacher, dit-il en se concentrant sur chaque mot. Vous n'avez pas des parents, quelqu'un ?... » Il s'efforça d'oublier qu'elle avait l'air de rayonner dans la lumière sans ombre ; sans grand succès.

« Ben, ma mère travaille toujours quelque part dans le palais, dit Ptorothée. Mais je ne crois pas qu'elle m'aiderait beaucoup.

— Faut vous emmener loin d'ici, dit Teppic avec ferveur. Si vous trouvez un moyen de vous cacher aujourd'hui, n'importe lequel, moi, je peux voler des chevaux ou un bateau, n'importe quoi. Après vous pourrez aller à Tsort ou Éphèbe, n'importe où.

— À l'étranger, vous voulez dire ? Je n'aimerais pas ça, je crois.

— Vous préférez l'autre monde ?

— Ah. Présenté comme ça, évidemment... » Elle lui prit le bras. « Pourquoi vous m'avez sauvée ?

— Hein ? Parce qu'il vaut mieux vivre qu'être mort, je pense.

— J'ai étudié jusqu'au numéro 46, le congrès des Cinq Fourmis Favorables, dit Ptorothée. Si vous avez du yaourt, on pourrait...

— NON ! Je veux dire : non. Pas ici. Pas maintenant. On nous recherche sûrement, il fait presque jour.

— Pas besoin de brailler comme ça ! Je voulais me montrer gentille, c'est tout.

— Oui. Bon. Merci. » Teppic se détacha d'elle et plongea désespérément les yeux par-dessus un parapet dans un des nombreux puits de lumière dans le toit du palais.

« Ça mène à l'atelier des embaumeurs, dit-il. Doit y avoir des tas de cachettes là-dedans. » Il déroula de nouveau la cordelette.

Plusieurs salles donnaient sur l'ouverture. Teppic en trouva une aux murs bordés d'établis et au sol jonché de copeaux de bois ; une porte menait à une autre salle pleine de sarcophages, chacun surmonté du même visage doré de poupée qu'il avait fini par connaître et détester. Il donna de petits coups sur quelques-uns et souleva le couvercle du plus proche.

« Personne, dit-il. Vous allez bien vous reposer, là-dedans. Je peux laisser le couvercle entrouvert pour que vous ayez de l'air.

— Vous ne vous figurez tout de même pas que je vais prendre un risque pareil ? Et si vous ne revenez pas ?

— Je reviendrai ce soir. Et... et je vais tâcher de vous apporter à manger et à boire à un moment de la journée. »

Elle se mit sur la pointe des pieds et les bracelets de ses chevilles tintinnabulèrent jusqu'au tréfonds de la libido de Teppic. Il baissa malgré lui les yeux et vit que tous ses ongles d'orteils étaient peints. Il se souvint de Camembier quand il leur avait un jour raconté derrière les écuries à l'heure du déjeuner que les filles qui se peignaient les ongles de pieds étaient... euh, il ne se rappelait pas bien quoi, mais ça leur avait paru incroyable à l'époque.

« Ç'a l'air très dur, dit-elle.

— Quoi ?

— Si je dois me coucher dedans, il me faut des coussins.

— Je vais mettre des copeaux, voilà ! fit Teppic. Mais dépêchez-vous ! S'il vous plaît !

— D'accord. Mais vous allez revenir, hein ? Promis ?

— Oui, oui ! Promis. »

Il cala un éclat de bois sur le sarcophage de façon à ménager un trou d'aération, remit avec effort le couvercle en place et s'enfuit à toutes jambes. Le spectre du roi le regarda partir.

Le soleil se leva. À mesure que sa lumière se répandait dans la vallée fertile du Jolh les embrasements des pyramides pâlissaient, danseurs fantomatiques sur fond de ciel clair. Un bruit les accompagnait désormais. Il avait toujours été présent, bien trop aigu pour les oreilles mortelles, et il redescendait maintenant depuis les ultrasons...

KKKkkkkkkhhhéééé...

Le siMement tombait du ciel, mince son filé, comme si

on raclait un archet de violon à la surface à vif du cerveau.

... kkkhhéééééé...

Ou qu'on frottait l'ongle sur un nerf à nu, disaient certains. On aurait pu régler sa montre dessus, auraient-ils ajouté, s'ils avaient su ce qu'était une montre.

... kéééé...

Le sifflement descendait dans le grave tandis que la lumière solaire balayait les pierres, passant du miaulement du chat au grondement du chien.

... éé... éé... éé...

Les embrasements s'éteignirent....

ops.

« Belle matinée, sire. Vous avez bien dormi, j'espère ? »

Teppic agita une main en direction de Dios mais ne répondit rien. Le barbier procédait à la Cérémonie Pour Sortir Rasé.

Le barbier tremblait. Jusqu'à récemment, il était tailleur de pierre manchot au chômage. Puis le terrible grand prêtre l'avait convoqué pour le nommer d'office barbier royal. Du coup, il devait toucher le pharaon, mais il n'y avait pas de problème car les prêtres avaient tout arrangé et ce n'était plus la peine de l'amputer davantage. Dans l'ensemble, c'était mieux qu'il n'avait cru et un grand honneur de mettre en quelque sorte la dernière main à la toilette du roi.

« Rien ne vous a dérangé ? » fit le grand prêtre. Ses yeux balayèrent la chambre d'un faisceau soupçonneux ; on se serait attendu à ce que des filets de pierre fondue dégoulinent le long des murs.

« Non, rrr...

— Si vous vouliez bien ne pas bouger, ô celui-qui-ne-meurt-jamais, fit le barbier du ton de qui est assuré d'avoir droit à une visite guidée du système digestif d'un crocodile s'il entaille une oreille.

— Vous n'avez pas entendu de bruits bizarres, sire ? » insista Dios. Il recula brusquement afin de jeter un coup d'œil derrière le paravent de plumes de paon doré de l'autre côté de la chambre.

« Non, rrr...

— Votre Majesté a les traits un peu tirés ce matin, sire », fit Dios. Il s'assit sur la banquette ornée d'un guépard sculpté à chaque bout. S'asseoir en présence du roi, en dehors des cérémonies, n'était pas chose autorisée. Mais en l'occurrence ça lui permettait de lorgner sous le lit bas de Teppic.

Dios était déconcerté. Quant à Teppic, malgré les courbatures et le manque de sommeil, il se sentait curieusement débordant d'allégresse. Il s'essuya le menton.

« C'est le lit, fit-il. Je vous en ai déjà parlé, je crois. Les matelas, vous savez. C'est rempli de plumes. Si vous ne voyez pas ce dont il s'agit, demandez donc aux pirates de Khali. La moitié d'entre eux doivent maintenant dormir sur de la plume d'oie.

— Sa Majesté aime bien blaguer », dit Dios.

Teppic savait qu'il ne devait pas insister, mais il le fit quand même.

« Quelque chose ne va pas, Dios ? demanda-t-il.

— Un infidèle s'est introduit par effraction dans le palais cette nuit. La fille Ptorothée a disparu.

— C'est très ennuyeux.

— Oui, sire.

— Sans doute un soupirant, un galant, quelqu'un comme ça. »

Le visage de Dios resta de marbre. « Possible, sire.

— Les crocodiles sacrés vont avoir faim, alors. » Mais pas longtemps, songea Teppic. Il suffisait de gagner l'extrémité de n'importe quelle petite jetée de la berge et de laisser son ombre tomber sur le fleuve pour que l'eau jaune boueuse se change, comme par magie, en carapaces jaunes boueuses. Ils ressemblaient à de gros troncs mouillés, à la seule différence que les troncs ne s'ouvrent pas à un bout pour vous arracher la jambe. Les crocodiles sacrés du Jolh tenaient lieu de broyeur d'ordures, de patrouille fluviale et à l'occasion de morgue du royaume.

Difficile de les qualifier tout bonnement de gros. Il suffisait qu'un des mâles gigantesques se mette en travers du courant pour endiguer le fleuve.

Le barbier sortit sur la pointe des pieds. Deux serviteurs entrèrent de même.

« J'ai anticipé la réaction naturelle de Votre Majesté, sire », poursuivit Dios. On aurait cru entendre tomber des gouttes d'eau dans de profondes cavernes calcaires.

« Fort bien, fit Teppic en examinant les vêtements prévus pour la journée. C'était quoi, déjà ?

— Une fouille minutieuse du palais, chambre par chambre.

— Absolument. Continuez, Dios. »

J'ai gardé un visage ouvert, se dit-il. Pas un muscle n'a bougé. Je le sais. Il peut lire en moi comme sur une stèle. Moi, je peux lui faire baisser les yeux.

« Merci, sire.

— J'imagine qu'ils sont à des kilomètres maintenant. Quels qu'ils soient. Ce n'était qu'une servante, non ?

— Il est impensable qu'on passe outre vos jugements ! Personne dans le royaume n'oserait ! Ils le paieront de leur âme ! Nous allons les traquer, sire ! Les traquer et les anéantir ! »

Les serviteurs se tapirent derrière Teppic. Il ne s'agissait pas là d'une colère banale mais d'un vrai courroux. D'un bon vieux courroux de derrière les fagots. Il bouillait. À faire déborder de pleines casseroles de soupe au lait.

« Vous vous sentez bien, Dios ? »

Le prêtre s'était tourné vers l'autre côté du fleuve. La Grande Pyramide était presque terminée. Sa vue parut le calmer, ou du moins fixer son esprit sur un autre sujet.

« Oui, sire, répondit-il. Merci. » Il respira profondément. « Demain, sire, vous aurez le plaisir d'assister à la pose du sommet de la pyramide. Un événement capital. Bien entendu, il faudra attendre avant que les chambres intérieures soient achevées.

— Bien. Bien. Et ce matin, je crois que j'aimerais rendre visite à mon père.

— Je suis sûr que feu le roi sera enchanté de vous voir, sire. Et vous désirez que je vous accompagne.

— Oh. »

C'est un fait aussi immuable que la Troisième Loi des Séries d'Emmerdes : rien ne vaut un bon grand vizir. Son penchant à ricaner et comploter fait sans doute partie des spécificités de la fonction.

On range les grands prêtres plus ou moins dans le même sac. Ils sont en butte à des préjugés ; à peine coiffés de leur drôle de chapeau, croit-on, ils donnent des ordres curieux comme attacher des princesses sur des rochers à l'intention des monstres marins de passage et jeter des bébés à la mer.

Il s'agit là d'une vile calomnie. Tout au long de l'histoire du Disque la plupart des grands prêtres ont été des hommes sérieux, pieux et consciencieux, qui ont fait leur possible pour interpréter le désir des dieux, parfois en éviscérant ou en écorchant vifs des centaines de gens en une journée pour être sûrs d'en avoir bien saisi le sens.

Le cercueil du roi Teppicymon XXVII était solennellement exposé. Travaillé en foryphe, smaradgin, skelse et delphinite, incrusté de jade rose et de filoche, abondamment fumé et parfumé aux résines et senteurs rares...

Il faisait grosse impression mais, se disait le roi, pas au point de donner envie de mourir. Il cessa de s'y intéresser et traversa la cour sans se presser.

Un nouvel acteur était entré en scène dans le drame de sa mort.

Grinjer, le fabricant de modèles réduits.

Il s'était toujours posé des questions sur les modèles réduits. Même le fermier le plus pauvre comptait se faire enterrer avec un échantillonnage de têtes de bétail miniatures qui, sans qu'on sache comment, deviendraient réelles dans l'au-delà. Plus d'un se contentaient d'une vache façon porte-toasts dans ce monde afin de se payer un troupeau pure race dans l'autre. Les nobles et les rois s'offraient la panoplie complète en réduction : chars, maisons, bateaux et tout ce qui était trop gros ou gênant pour entrer dans un tombeau. Une fois de l'autre côté, chaque babiole se transformait en l'article original.

Le roi se renfrogna. De son vivant il savait que c'était vrai. N'en avait jamais douté une seconde...

Grinjer, la langue pointant à la commissure des lèvres, plaçait délicatement à l'aide de pinces une toute petite rame sur une réplique parfaite d'une trirème fluviale à l'échelle 1/80e. Toutes les surfaces planes dans son coin d'atelier disparaissaient sous des animaux et des objets miniatures ; certaines de ses plus belles réalisations pendaient par des fils au plafond.

Le roi savait déjà, par des conversations entendues au hasard, que Grinjer avait vingt-six ans, qu'il ne trouvait aucun frein à la propagation inexorable de son acné et qu'il avait sa mère chez lui. Où, le soir, il fabriquait des modèles réduits. Au fond de son cerveau en duffel-coat il espérait trouver un jour une fille gentille qui comprendrait l'intérêt primordial de reproduire scrupuleusement chaque détail d'un char à bœufs de cérémonie à six roues, qui lui tiendrait son pot de glu et serait toujours disposée à lui prêter un pouce obligeant chaque fois qu'une maquette aurait besoin d'une pression solide le temps que la colle sèche.

Il eut conscience de sonneries de trompettes et d'une effervescence dans son dos. Il les ignora. La mode était à l'agitation, ces temps-ci. Pour ce qu'il en savait, ça ne concernait jamais que des broutilles. Les gens ne savaient pas décider de leurs priorités. Lui, ça faisait deux mois qu'il attendait quelques grammes de gomme senestrine, et personne n'avait l'air de s'en soucier. Il rajusta son monocle qui lui faisait un peu mal et inséra un aviron de queue dans son encoche.

Quelqu'un se tenait près de lui. Eh bien, autant qu'il se rende utile...

« Vous pourriez poser le doigt ici ? fit-il sans un regard. Une petite minute, le temps que la colle prenne. »

Il eut l'impression d'une chute soudaine de la température ambiante. Il leva les yeux sur un masque d'or souriant. Derrière lui, le teint de Dios virait, de l'avis de Grinjer, du n° 13 (chair pâle) au n° 37 (pourpre coucher de soleil, brillant).

« Oh, fit-il.

— Excellent, dit Teppic. C'est quoi ? »

Grinjer le regarda en clignant des yeux. Puis regarda de la même façon le bateau.

« C'est une trirème fluviale khalienne de vingt-cinq mètres à pont de lanciers en queue de poisson avec éperon de proue », expliqua-t-il machinalement.

Il eut le sentiment qu'on attendait davantage de lui. Il chercha quelque chose de pertinent à dire.

« Elle est composée de plus de cinq cents pièces, ajouta-t-il. Chaque planche du pont taillée séparément, regardez.

— Très intéressant, fit Teppic. Bon, je ne veux pas vous retenir. Continuez de bien travailler.

— La voile se déferle vraiment. Tenez, si on tire sur ce fil, la... »

Le masque n'était plus là. Dios avait pris sa place. Le grand prêtre lança à Grinjer un bref regard noir signifiant qu'il allait en entendre parler sous peu, puis il rejoignit en hâte le roi. Imité par le fantôme de Teppicymon XXVII.

Les yeux de Teppic pivotèrent derrière le masque. La grande porte qui donnait sur la salle des cercueils était ouverte. Il distinguait justement celui où se cachait Ptorothée ; la cale de bois était toujours sous le couvercle.

« Mais notre père est par ici. Sire », fit Dios. Il se déplaçait aussi silencieusement qu'un fantôme.

« Oh. Oui. » Teppic hésita puis traversa le local jusqu'au grand sarcophage posé sur ses tréteaux. Il le contempla un moment. Le visage doré sur le couvercle ressemblait à n'importe quel autre masque.

« Une ressemblance frappante, sire, suggéra Dios.

— Ou-uui, fit Teppic. Je pense. Il a l'air nettement plus heureux. Je pense.

— *Bonjour, mon fils* », lança le roi. Il savait que personne ne l'entendait, mais il aimait bien parler aux gens quand même. C'était mieux que parler tout seul. Il aurait tout le temps qu'il fallait pour ça.

« Je crois qu'il rend hommage à ses vertus, ô commandant des cieux, dit le sculpteur en chef.

— *J'ai l'air d'une poupée de cire constipée.* »

Teppic pencha la tête de côté.

« Oui, dit-il, pas très sûr. Oui. Euh. Beau travail. »

Il se tourna à demi pour regarder encore par la porte.

Dios fit un signe de tête aux deux gardes de chaque côté du couloir.

« Si vous voulez bien m'excuser, sire, dit-il avec courtoisie.

— Hmm ?

— Les gardes vont poursuivre leur fouille.

— Bien sûr. Oh... »

Dios fonça sur le cercueil de Ptorothée, flanqué des gardes. Il empoigna le couvercle et le repoussa. « Dites donc ! fit-il. Qu'est-ce que je vois là ? »

Aneth et Gern le rejoignirent. Ils regardèrent à l'intérieur.

« Des copeaux de bois », répondit Aneth.

Gern renifla. « Ça sent bon, remarquez. »

Les doigts de Dios tambourinèrent sur le couvercle. Teppic ne l'avait encore jamais vu dans l'embarras. Le prêtre se mit à tapoter les parois du cercueil, comme s'il cherchait des panneaux secrets.

Il referma soigneusement le couvercle et posa un regard dénué d'expression sur Teppic qui, pour la première fois, était ravi que le masque lui cache la figure.

« *Elle n'est plus là-dedans,* dit le roi défunt. *Elle s'est absentée pour un besoin naturel quand les hommes sont allés prendre leur petit déjeuner.* »

Elle a dû sortir du cercueil, songea Teppic. Où est-elle maintenant ?

Dios inspecta soigneusement la salle du regard puis, après s'être déplacés de part et d'autre comme une aiguille de boussole, ses yeux se fixèrent sur le cercueil du roi. Un grand cercueil. Spacieux.

C'était forcément la solution.

Il traversa la salle en deux enjambées et l'ouvrit avec effort.

« *Surtout, inutile de frapper,* grommela le roi. *Je suis forcément là.* »

Teppic risqua un coup d'œil. La momie royale était bien seule.

« Vous êtes sûr que vous vous sentez bien, Dios ?

— Oui, sire. On n'est jamais trop prudent, sire. Visiblement, ils ne sont pas ici, sire.

— Un peu d'air frais ne vous ferait pas de mal, on dirait. » Teppic se réprimanda pour sa réflexion mais il n'avait pu se retenir. L'embarras de Dios était un spectacle qui inspirait à la fois la peur et le respect, vaguement déconcertant, même ; on craignait instinctivement pour la stabilité des choses.

« Oui, sire. Merci, sire.

— Asseyez-vous, on va vous apporter un verre d'eau. Ensuite nous irons inspecter la pyramide. »

Dios s'assit.

On entendit un affreux petit craquement.

« *Il s'est assis sur le bateau,* dit le roi. *C'est bien la première fois qu'il est drôle.* »

La pyramide donnait une dimension nouvelle à l'adjectif « massif ». Elle courbait le paysage alentour. Teppic avait l'impression que son seul poids déformait l'environnement, étirait le royaume comme une boule de plomb sur une feuille de caoutchouc.

Une idée ridicule, il le savait. Aussi grande fût-elle, la pyramide était minuscule comparée à, disons, une montagne.

Mais grande, très grande, comparée à tout le reste. De toute façon, une montagne c'est grand par définition, le tissu de l'univers s'est fait à cette idée. La pyramide, elle, était un édifice, beaucoup plus grande que n'aurait dû l'être un ouvrage humain.

Elle était aussi très froide. Le marbre noir de ses flancs étincelait, tout blanc de givre sous le soleil cuisant de l'après-midi. Teppic fut assez bête pour y toucher et il y laissa un morceau de peau.

« C'est gelé !

— Elle emmagasine déjà, ô souffle du fleuve, expliqua un Ptaclusp en sueur. C'est le chaispasquoi, là, l'effet de démarcation.

— Je note que vous avez cessé le travail sur les chambres funéraires, fit Dios.

— Les hommes... la température... l'effet de démarcation... un peu trop risqué... marmonna Ptaclusp. Hum. »

Teppic les regarda l'un après l'autre.

« Qu'est-ce qui se passe ? demanda-t-il. Des ennuis ?

— Hum, fit Ptaclusp.

— Vous êtes en avance sur le calendrier. Excellent travail, dit Teppic. Vous n'avez pas lésiné sur la main-d'œuvre.

— Euh. Non. Pas là-dessus. »

Suivit un silence uniquement troublé par les bruits lointains des hommes au travail et le léger grésillement de l'air au contact de la pyramide.

« Tout ira bien une fois qu'on aura posé le sommet, réussit enfin à dire le bâtisseur de pyramides. Dès qu'elle se mettra à s'embraser comme il faut, pas de problème. Hum. »

Il désigna la pierre de faîte en électrum. Elle était étonnamment réduite, pas plus d'une trentaine de centimètres, et elle attendait sur deux tréteaux.

« On devrait pouvoir la coiffer demain, dit Ptaclusp. Nous ferez-vous l'honneur, sire, d'assister à la cérémonie du chapeautage ? » Dans sa nervosité il saisit le bord de sa robe et se mit à le triturer. « On servira des rafraîchissements, bafouilla-t-il. Et vous pourrez garder la truelle d'argent. Tout le monde crie hourra et jette des chapeaux en l'air.

— Certainement, fit Dios. Ce sera un honneur.

— Et pour nous aussi, Votre Sire, ajouta Ptaclusp en loyal sujet.

— Je voulais dire : un honneur pour vous », répliqua le grand prêtre. Il se tourna vers la vaste esplanade entre la base de la pyramide et le fleuve, bordée de statues et de stèles commémorant les hauts faits du roi Teppicymon[1], et il pointa le doigt.

« Et vous pouvez m'enlever ça », ajouta-t-il.

Ptaclusp lui lança un regard d'innocence éperdue.

1. Les graveurs durent faire appel à toute leur imagination. Le défunt avait eu de grandes qualités, parmi lesquelles les hauts faits brillaient par leur absence. Le décompte était simple. Nombre d'ennemis réduits en poussière sous les roues de son char : O. Nombre de trônes foulés aux pieds sous ses sandales : O. Nombre de fois où il avait chevauché le monde en colosse : O. D'un autre côté, règnes de terreur : O. Nombre de fois où son trône avait été foulé aux pieds sous les sandales ennemies : O. Pauvres opprimés : O. Croisades hasardeuses et ruineuses : O. Sa vie se résumait à une victoire par match nul.

« Cette statue, reprit Dios. C'est d'elle que je parle.

— Oh. Ah. Ben, on s'est dit qu'une fois que vous l'auriez vue, vous comprenez, sous le bon éclairage... Et comme Bitos, le dieu à tête de vautour, est très...

— Elle s'en va, le coupa Dios.

— Vous avez raison, Votre Révérence », se soumit Ptaclusp d'un ton misérable. C'était pour l'heure le cadet de ses soucis, mais il commençait surtout à se dire que la statue ne voulait pas le lâcher.

Dios se pencha plus près.

« Vous n'auriez pas vu une jeune femme sur le chantier, des fois ? demanda-t-il.

— Aucune femme sur le chantier, monseigneur, répondit Ptaclusp. Ça porte malheur.

— Celle-là porte une tenue provocante, précisa le grand prêtre.

— Non, pas de femme.

— Le palais n'est pas loin, vous voyez. Il doit y avoir des tas de cachettes par ici », poursuivit Dios avec insistance.

Ptaclusp déglutit. Pour ça, il était au courant, oui. Il ne savait pas ce qui l'avait pris...

« Je vous assure, Votre Révérence », dit-il.

Dios le regarda avec mauvaise humeur puis se tourna vers Teppic, qui n'était plus là.

« S'il vous plaît, demandez-lui de ne pas serrer de mains », lança l'entrepreneur tandis que Dios se hâtait vers l'éclat du soleil sur l'or au loin. Le roi n'avait toujours pas l'air de se faire à l'idée que les gens du peuple ne voulaient surtout pas d'un homme comme eux. Les ouvriers qui ne s'écartaient pas de son chemin à temps se cachaient vite les mains dans le dos.

Tout seul désormais, Ptaclusp s'éventa et se rendit en titubant dans l'ombre de sa tente.

Où l'attendaient Ptaclusp IIa, Ptaclusp IIa, Ptaclusp IIa et Ptaclusp IIa. L'architecte se sentait toujours mal à l'aise en présence de comptables, alors quatre d'un coup, pensez, surtout quatre fois le même. Trois Ptaclusp IIb étaient aussi présents ; les deux autres, peut-être même trois maintenant, se trouvaient sur le chantier.

Il agita les mains, conciliateur. « D'accord, d'accord, fit-il. C'est quoi, les problèmes d'aujourd'hui ? »

L'un des IIa tira une pile de tablettes de cire jusque devant lui.

« As-tu une idée, père, commença-t-il de ce ton acéré comme une lame de rasoir qu'emploient les comptables en préambule à une nouvelle inattendue et très onéreuse, de ce qu'est le calcul différentiel ?

— Tu vas me le dire, fit Ptaclusp en s'affaissant sur un tabouret.

— C'est ce que j'ai dû inventer pour traiter la masse salariale, père, dit un autre IIa.

— Je croyais que c'était l'algèbre ? s'étonna Ptaclusp.

— Ça, c'était la semaine dernière, fit un troisième IIa. Maintenant c'est le calcul différentiel. Il a fallu que je me repasse quatre fois en boucle pour travailler dessus, et il y en a trois autres qui s'attaquent à... — il jeta un coup d'œil à ses frères — la comptabilité quantique.

— Pour faire quoi ? demanda son père d'un air las.

— Pour la semaine prochaine. » Le chef comptable posa un regard noir sur la tablette du dessus. « Par exemple, dit-il, tu connais Rthur, le peintre de fresques ?

— Qu'est-ce qui lui arrive ?

— Il a... ou plutôt *ils ont* facturé deux ans de travail.

— Oh.

— Ils ont dit qu'ils ont fait ça mardi. À cause du temps qui est fractal dans la nature, ils ont dit.

— Ils ont dit ça ? fit Ptaclusp.

— C'est incroyable ce qu'ils apprennent », lança un des comptables en même temps qu'un regard noir aux architectes paracosmiques.

Ptaclusp hésita. « Ils sont combien ?

— Va savoir. On est sûr qu'il y en avait au moins cinquante-trois. Après, il approchait le seuil critique. On l'a certainement beaucoup vu dans le coin. » Deux IIa se carrèrent sur leur siège et se mirent les doigts en clocher, toujours un mauvais signe chez qui va aborder la question financière. « Le problème, poursuivit l'un d'eux, c'est qu'après l'enthousiasme du début, beaucoup d'ouvriers se sont officieusement reproduits en boucle pour pouvoir rester chez eux et s'envoyer au travail à leur place.

— Mais c'est idiot, protesta faiblement Ptaclusp. Ce ne sont pas d'autres mais eux-mêmes qu'ils envoient travailler.

— Ça n'a jamais arrêté personne, père. Combien de gars se sont arrêtés de boire comme des trous à l'âge de vingt ans pour empêcher un inconnu de mourir d'une cirrhose du foie à quarante ? »

Il y eut un silence tandis qu'ils s'efforçaient de réfléchir à ce qu'ils venaient d'entendre.

« Un inconnu... ? fit Ptaclusp d'une voix incertaine.

— Je veux dire : eux-mêmes, quand ils seront plus vieux, lâcha sèchement IIa. C'était de la philosophie, ajouta-t-il.

— Un maçon s'est tabassé hier, dit un des IIb d'un air sombre. Il s'est battu avec lui-même à propos de sa femme. Maintenant il devient fou parce qu'il ne sait pas s'il a affaire à une ancienne version de lui-même ou à un gars qu'il n'est pas encore. Il a peur que l'autre le surprenne. Mais il y a pire. Papa, on paye quarante mille ouvriers, et on n'en emploie que deux mille.

— Ça va nous mettre en faillite, c'est ce que tu vas me dire, fit Ptaclusp. Je sais. Tout est de ma faute. Je voulais seulement un patrimoine à vous transmettre, vous comprenez. Je ne m'attendais pas à tout ça. C'était trop facile, au début. »

L'un des IIa s'éclaircit la gorge.

« Ce n'est pas... euh... si catastrophique, dit-il calmement.

— Comment ça ? »

Le comptable posa une douzaine de pièces de cuivre sur la table.

« Ben, euh... fit-il. Vous comprenez, euh... Il m'est venu à l'idée, étant donné tous ces déplacements dans le temps, qu'il n'y a pas que les gens à pouvoir revenir en boucle, et, euh... regardez, vous voyez ces pièces ? »

Une pièce disparut.

« Ce sont toutes la même pièce, hein ? fit un de ses frères.

— Ben oui, répondit le IIa, très gêné parce qu'intervenir dans le cours divin du flux monétaire était contraire à sa religion. La même pièce à cinq minutes d'intervalle.

— Et tu te sers de cette combine pour payer le personnel ? fit Ptaclusp d'un ton las.

— Ce n'est pas une combine ! Je leur donne l'argent, répondit IIa d'un air guindé. Ce qui lui arrive après, je n'en suis pas responsable, hein ?

— Ça ne me plaît pas, dit son père.

— Ne t'inquiète pas. Au bout du compte, tout finit par s'équilibrer, dit un IIa. Chacun reçoit ce qui lui revient.

— Oui. C'est bien ce qui me fait peur.

— C'est juste une façon de laisser ton argent travailler pour toi, dit un autre fils. C'est sûrement quantique.

— Ah, très bien, fit Ptaclusp d'une voix faible.

— On va mettre le chapeau en place ce soir, ne te fais pas de souci, dit un IIb. Quand la pyramide se sera embrasée et qu'elle aura déchargé sa puissance, on pourra tous souffler.

— J'ai dit au roi qu'on allait faire ça demain. »

Les Ptaclusp IIb pâlirent à l'unisson. Malgré la chaleur, la tente parut soudain beaucoup plus froide.

« Ce soir, père, rectifia l'un d'eux. Tu veux sûrement dire ce soir ?

— Demain, répéta fermement Ptaclusp. J'ai prévu un vélum et des figurants qui jetteront des fleurs de lotus. Il y aura un orchestre. Des tocsins, des trompettes et des coups de cymbales. Des discours, et après un thé-collation avec de la viande. C'est toujours comme ça qu'on s'y est pris. Ça nous amène de nouveaux clients. Ils aiment bien se faire une idée sur place.

— Père, tu as vu tout ce qu'elle absorbe... Tu as vu le gel...

— Qu'elle absorbe donc ce qu'elle veut. Nous, les Ptaclusp, on ne s'amuse pas à chapeauter les pyramides comme on pose la dernière brique à un mur de jardin. On ne bâcle pas un boulot en pleine nuit comme des chaispasquoi. Les gens attendent une cérémonie.

— Mais...

— Je n'écoute plus. J'ai trop écouté tous ces trucs modernes. Demain. J'ai commandé la plaque de bronze, les rideaux de velours et tout. »

Un IIa haussa les épaules. « Ça n'avance à rien de discuter avec lui. Je suis de trois heures plus tard. Je me souviens de cette réunion. On n'a pas pu le faire changer d'avis.

— Moi, je suis de deux heures plus tard, dit un de ses clones. Je me souviens aussi que tu as dit ça. »

Au-delà des parois de la tente, la pyramide grésillait sous l'effet du temps accumulé.

Il n'y a rien de mystérieux dans le pouvoir des pyramides.

Les pyramides sont des barrages dans le cours du temps. Si la grande masse de pierre est correctement conçue et orientée, correctement bâtie aux bonnes mesures paracosmiques, son potentiel temporel peut être détourné pour accélérer ou renverser le temps à l'intérieur d'un espace restreint, de la même façon qu'on fait pomper de l'eau à un bélier hydraulique *contre le courant*.

Les premiers bâtisseurs, évidemment vieux et sages, connaissaient parfaitement cette particularité, et le but dans une pyramide correctement construite, c'était d'obtenir un temps absolument nul dans la chambre centrale afin que le roi défunt vive bel et bien éternellement — ou du moins ne meure jamais vraiment. Le temps qui aurait dû passer dans la chambre s'emmagasinait dans l'ensemble de la pyramide, et on le laissait se décharger dans un embrasement toutes les vingt-quatre heures.

Au bout de quelques éons le principe était oublié, et on a cru obtenir le même résultat par a) un rituel, b) la conservation des gens et c) le rangement de leurs organes mous dans des pots.

Ce système fonctionne rarement.

On a ainsi perdu l'art de syntoniser les pyramides, et tout le savoir s'est réduit à une poignée de règles mal assimilées et de souvenirs brumeux. Les anciens étaient bien trop sages pour bâtir de très grosses pyramides. Elles risquent de provoquer des phénomènes étranges auprès desquels les simples fluctuations du temps paraissent ridicules.

À propos, contrairement à la croyance populaire, les pyramides n'affûtent pas les lames de rasoir. Elles se contentent de les ramener à l'époque où elles n'étaient pas émoussées. Il y a sûrement du quantique là-dessous.

Allongé sur les strates de son lit, Teppic écoutait de toutes ses oreilles.

Il y avait deux gardes devant la porte, plus deux autres dehors sur le balcon et — la prévoyance de Dios l'impressionnait — encore un sur le toit. Il les entendait qui s'efforçaient de ne pas faire de bruit.

Il n'avait guère eu le loisir de protester. Si des infidèles vêtus de noir s'introduisaient dans le palais, il fallait protéger la personne royale. Irréfutable.

Il glissa de son matelas en dur, s'approcha sans bruit dans la pénombre de la statue de Salebê le dieu à tête de chat dressée dans un coin, en fit tourner la tête et sortit son costume d'assassin. Il s'habilla rapidement en maudissant l'absence de miroir, puis traversa la chambre à pas de loup pour se cacher derrière un pilier.

Le seul problème, dans l'immédiat, c'était de ne pas rire. La fonction de garde dans le Jolhimôme ne présentait pas de gros risques. Dans un royaume dépourvu du moindre soupçon de rébellion intérieure et que ses deux voisins pouvaient l'un comme l'autre écraser instantanément par la force des armes, il n'y avait pas vraiment lieu de sélectionner des guerriers ardents et belliqueux. D'ailleurs, la dernière chose que souhaitaient les prêtres, c'était des soldats zélés. Les soldats zélés sans perspective de combat ne tardent pas à s'ennuyer et à nourrir des pensées dangereuses, par exemple qu'ils seraient mieux à même de diriger le pays.

Le job intéressait donc des hommes gros et solides, capables de rester debout parfaitement immobiles des heures durant sans en avoir marre, des hommes à la corpulence bovine et à l'intellect à l'avenant. Un excellent contrôle de la vessie était également souhaitable.

Teppic passa sur le balcon.

Il avait appris comment ne pas se déplacer furtivement. Depuis des millions d'années l'humanité se faisait dévorer par des créatures habiles à se déplacer furtivement, aussi était-elle désormais rompue à déceler les mouvements discrets. Ne pas faire de bruit ne suffisait pas non plus : les petites plages de silence éveillent toujours les soupçons. L'astuce, c'était de se couler dans la nuit avec calme et assurance, tout comme l'air qu'on respire.

Un garde se tenait de faction à l'extérieur de la chambre. Teppic le dépassa comme une ombre et grimpa doucement le long du mur. Ledit mur s'ornait d'un bas-relief intriqué consacré aux triomphes des monarques passés ; ce fut donc la famille de Teppic qui lui fit la courte échelle.

La brise soufflait du désert quand il balança ses jambes par-dessus le parapet et traversa silencieusement le toit encore chaud sous ses semelles. L'atmosphère avait une odeur de plat fraîchement cuisiné et vaguement épicé.

C'était une impression étrange que de franchir en catimini le toit de son propre palais en s'efforçant d'éviter ses propres gardes, lancé dans une aventure en complète violation de ses propres décrets, conscient qu'en cas de capture on se ferait soi-même jeter en pâture aux crocodiles sacrés. Après tout, n'avait-il pas déclaré qu'il se montrerait impitoyable s'il se faisait prendre ?

Par certains côtés, ça ajoutait un peu de piment.

Il goûtait une espèce de liberté, là, sur les toits, la seule possible pour un roi de la Vallée. La liberté ? les paysans sans terre du delta en avaient plus que lui, se disait-il, même si une petite voix séditieuse indigne d'un monarque lui rétorquait : oui, celle de contracter toutes les maladies de leur choix, de crever de faim à volonté et de mourir des fièvres les plus horribles qu'ils pouvaient imaginer. Mais une espèce de liberté quand même.

Un léger bruit dans l'épais silence de la nuit l'attira vers le côté orienté « bord » du toit. Le Jolh s'étalait au clair de lune, large et huileux.

Au milieu du fleuve, une barque revenait de la rive opposée, de la nécropole. Il n'y avait pas à se tromper sur la silhouette qui tirait sur les avirons. Les lueurs des embrasements se réfléchissaient sur son crâne chauve.

Un de ces quatre, songea Teppic, je vais le suivre. Je saurai ce qu'il fabrique là-bas.

À condition que ce soit en plein jour, évidemment.

En plein jour, la nécropole n'était que lugubre, comme si tout l'univers avait fermé boutique pour l'après-midi. Il l'avait pourtant explorée, avait erré dans ses rues et venelles qui trouvaient moyen de rester silencieuses et poussiéreuses quel que soit le temps de l'autre côté du fleuve, sur la berge *vivante.* On avait toujours l'impression d'une absence de souffle, rien d'étonnant après tout. En général, les assassins aiment la nuit, mais la nuit de la nécropole, c'était autre chose. Plus exactement la même chose mais en beaucoup plus prononcé. Par ailleurs, c'était la seule ville de tout le Disque à n'offrir aucun débouché à un assassin.

Il atteignit l'ouverture qui donnait sur la cour des embaumeurs et il y plongea les yeux. Un instant plus tard il atterrit légèrement et se glissa dans la salle des cercueils.

« *Salut, mon garçon.* »

Teppic souleva le couvercle du cercueil. Toujours vide.

« *Elle est dans un autre, au fond, dit le roi. N'a jamais eu beaucoup le sens de l'orientation.* »

Le palais était très vaste. Teppic avait déjà du mal à s'y diriger en plein jour. Il pesa ses chances de mener à bien des recherches dans le noir complet.

« *C'est de famille, tu sais. Ton grand-père avait dû faire inscrire "droite" et "gauche" sur ses sandales, c'est dire. Toi, tu as de la chance, tu tiens de ta mère de ce point de vue-là.* »

Curieuse fille. Elle ne parlait pas, elle jacassait. Elle avait l'air incapable de garder la même idée en tête plus d'une dizaine de secondes. On aurait dit son cerveau directement relié à la bouche : dès qu'une pensée lui venait, il lui fallait l'exprimer à voix haute. Auprès des dames qu'il avait connues dans des soirées à Ankh, qui prenaient plaisir à divertir les jeunes assassins, à les nourrir de mets rares et délicats, à les entretenir de sujets profonds et raffinés tandis que leurs yeux pétillaient et que leurs lèvres se mettaient à briller... auprès d'elles, donc, elle était aussi vide que... que... disons qu'un récipient vide. Et cependant, il s'apercevait qu'il tenait à tout prix à la retrouver. Son manque d'exigences lui était comme une drogue. Le souvenir de sa poitrine n'avait pas grand-chose à voir dans l'affaire.

« *Je suis bien content que tu sois revenu pour elle, fit distraitement le roi. C'est ta sœur, tu sais. Enfin, ta demi-sœur. Des fois, je regrette de n'avoir pas épousé sa mère, mais elle n'était pas de sang royal, tu comprends. Une femme très douée, sa mère.* »

Teppic tendit l'oreille. Là, encore : le bruit faible d'une respiration, perceptible uniquement à cause du silence profond de la nuit. Il s'approcha peu à peu du fond de la salle, écouta encore et souleva le couvercle d'un cercueil.

Ptorothée y était pelotonnée, endormie, la tête sur un bras.

Il appuya délicatement le couvercle contre le mur et toucha les cheveux de la jeune femme. Elle marmonna quelques mots dans son sommeil et prit une position plus confortable.

« Euh, je crois qu'il vaudrait mieux vous réveiller », chuchota-t-il.

Elle changea à nouveau de position et grommela quelque chose comme « wstfgl ».

Teppic hésita. Pas plus ses professeurs que Dios ne l'avaient préparé à ça. Il connaissait au moins soixante-dix manières différentes de tuer une personne endormie, mais aucune de la réveiller d'abord.

Il la poussa doucement du doigt sur la portion de peau qu'il jugea la moins embarrassante. Elle ouvrit les yeux.

« Oh, fit-elle. C'est vous. » Et elle bâilla.

« Je suis venu vous chercher. Vous avez dormi toute la journée.

— J'ai entendu parler, dit-elle en s'étirant d'une façon qui poussa Teppic à détourner aussitôt le regard. C'était ce prêtre, celui avec la figure d'un aigle chauve. Il est vraiment affreux.

— Oui, hein ? reconnut Teppic, extrêmement soulagé de l'entendre dire.

— Alors je me suis tenue tranquille. Et il y avait aussi le roi. Le nouveau.

— Oh, il est venu ici, hein ? » dit faiblement Teppic. L'amertume dans la voix de la jeune femme lui faisait l'effet d'un poignard n° 4 dans le cœur.

« Toutes les filles le trouvent vraiment bizarre, ajouta-t-elle tandis qu'il l'aidait à sortir du cercueil. Vous pouvez me toucher, vous savez. Je ne suis pas en porcelaine. »

Il lui soutint le bras et se sentit le besoin pressant d'un bain glacé et d'une course à fond de train autour des toits.

« Vous êtes un assassin, n'est-ce pas ? poursuivit-elle. Je m'en suis souvenue après votre départ. Un assassin des pays étrangers. Tout ce noir. Vous êtes venu tuer le roi ?

— J'aimerais bien, répondit Teppic. Il commence drôlement à me porter sur le système. Dites, vous pourriez ôter vos bracelets ?

— Pourquoi ?

— Ils font un de ces potins quand vous marchez... » Même les boucles d'oreilles de Ptorothée donnaient l'impression de sonner les heures dès qu'elle bougeait la tête.

« Je ne veux pas, dit-elle. Je me sens toute nue sans.

— Vous l'êtes déjà presque avec, souffla Teppic. S'il vous plaît !

— *Elle sait jouer du tympanon*, fit le fantôme de Teppicymon XXVII sans raison particulière. *Pas très bien, remarque. Elle en est à la page cinq des* Petites Pièces pour tout petits doigts. »

Teppic se glissa jusqu'au couloir qui menait hors de la salle d'embaumement et tendit l'oreille. Le silence régnait dans le palais, uniquement troublé par une respiration oppressée et quelques tintements dans son dos lorsque Ptorothée se dépouilla de sa bijouterie. Il recula à pas feutrés. « S'il vous plaît, grouillez-vous, dit-il, on n'a pas beaucoup de... »

Ptorothée pleurait.

« Euh... fit Teppic. Euh...

— Certains de ces bracelets, c'étaient des cadeaux de ma mémé, renifla-t-elle. L'ancien roi m'en a donné aussi. Ces boucles d'oreilles sont dans ma famille depuis très, très longtemps. Qu'est-ce que vous diriez, vous, à ma place ?

— *Tu vois, ses bijoux, ce ne sont pas seulement des colifichets qu'elle porte*, dit le fantôme de Teppicymon XXVII. *C'est aussi une partie d'elle-même.* » Ma parole, ajouta-t-il à part lui, c'est sûrement de la Perspicacité. Pourquoi est-ce tellement plus facile de réfléchir quand on est mort ?

« Je n'en porte pas, répondit Teppic.

— Vous avez toutes vos dagues et vos machins.

— Ben, j'en ai besoin pour mon travail.

— Ah, vous voyez.

— Écoutez, vous n'êtes pas forcée de les laisser ici, vous n'avez qu'à les mettre dans mon sac. Mais faut y aller. Je vous en prie !

— *Au revoir* », fit tristement le fantôme qui les regarda partir en catimini vers la cour. Il revint en flottant jusqu'à son cadavre. Il aurait pu espérer mieux comme compagnie.

La brise avait forci lorsqu'ils atteignirent le toit. Elle était aussi plus chaude et plus sèche.

De l'autre côté du fleuve, une ou deux des plus anciennes pyramides déchargeaient déjà leurs feux dans le ciel, mais faibles et comme déplacés.

« Ça me démange, déclara Ptorothée. Qu'est-ce qui ne va pas ?

— On dirait qu'on est bons pour un orage », répondit Teppic en contemplant la Grande Pyramide en face. Sa noirceur s'était accrue, si bien qu'elle découpait un triangle plus sombre dans la nuit. Des silhouettes couraient autour de sa base comme des fous qui regardent brûler leur asile.

« C'est quoi, un orage ?

— Très difficile à décrire, fit-il d'une voix préoccupée. Vous arrivez à voir ce qu'ils font, là-bas ? »

Ptorothée plissa les yeux en direction de la rive opposée.

« Ils s'activent beaucoup, dit-elle.

— Pour moi, ça ressemble davantage à de la panique. »

Quelques autres pyramides s'embrasèrent, mais au lieu de rugir à la verticale, les flammes tremblotèrent et fouettèrent d'avant en arrière, poussées par des vents impalpables.

Teppic se secoua. « Venez, dit-il. Faut vous faire partir d'ici. »

« J'avais dit qu'il fallait la chapeauter dans la soirée, brailla Ptaclusp IIb par-dessus les hurlements de la pyramide. Je ne peux plus faire flotter cette pierre jusqu'au sommet, maintenant, les turbulences là-haut doivent être terribles ! »

La glace de la journée s'évaporait en bouillant du marbre noir déjà chaud au toucher. Il fixa, éperdu, la pierre de faîte sur son berceau, puis son frère, toujours en chemise de nuit.

« Où est père ? demanda-t-il.

— J'ai envoyé un de nos doubles le réveiller, répondit IIb.

— Qui ?

— Un des tiens, en fait.

— Oh. » IIb fixa encore la pierre de faîte. « Elle n'est pas si lourde, dit-il. À deux, on pourrait la monter là-haut. » Il lança un regard interrogateur à son frère.

« Tu n'es pas fou ? Demande à des ouvriers de s'en charger.

— Ils se sont tous enfuis... »

En aval, une autre pyramide tenta de s'embraser, crachota, puis éjecta une flamme hurlante et déchiquetée qui se cintra dans le ciel avant d'atterrir près du sommet de la Grande Pyramide elle-même.

« Ça gêne les autres maintenant ! s'écria IIb. Allez ! Faut qu'on l'aide à se décharger, c'est la seule solution ! »

Sur les flancs de la pyramide, à un tiers de sa hauteur, un zigzag bleu crépita, décrivit un arc de cercle et s'écrasa sur un sphinx. L'air au-dessus se mit à bouillonner.

Les deux frères suspendirent la pierre de faîte entre eux et titubèrent jusqu'à l'échafaudage tandis que la poussière leur tourbillonnait autour et dessinait des formes étranges.

« Tu n'entends rien ? fit IIb lorsqu'ils accédèrent en chancelant à la première plate-forme.

— Quoi, tu veux dire le tissu du temps et de l'espace qu'on passe dans l'essoreuse ? » répliqua IIa.

L'architecte jeta à son frère un regard un tantinet admiratif. La remarque était inhabituelle pour un comptable. Puis son visage reprit son expression de légère terreur.

« Non, pas ça, répondit-il.

— Alors le bruit de l'air qui endure des tortures horribles ?

— Non, pas ça non plus, fit IIb, vaguement ennuyé. Je parle du grincement. »

Trois autres pyramides crachèrent leurs jets de feu qui traversèrent en grésillant les nuages agités dans le ciel pour s'épancher dans le marbre noir au-dessus des deux hommes.

« Je n'entends rien qui ressemble à ça, dit IIa.

— Je crois que ça vient de la pyramide.

— Eh ben, tu n'as qu'à te coller l'oreille dessus si ça te chante, mais moi, pas question. »

L'échafaudage tanguait dans la tourmente pendant qu'ils montaient prudemment une autre échelle et que la lourde pierre de faîte oscillait entre eux.

« J'ai dit qu'il ne fallait pas le faire, marmonna le comptable alors que la pierre lui glissait doucement sur les orteils. On n'aurait pas dû construire ça.

— Tu veux bien la fermer et soulever ton côté ? »

Et ainsi, une échelle branlante après l'autre, les frères Ptaclusp II gravirent lentement, avec force chamailleries, les flancs de la Grande Pyramide, tandis que les tombes secondaires le long du Jolh s'embrasaient les unes après les autres et que le ciel se striait des lignes grésillantes du temps.

Ce fut à peu près à cet instant que le plus grand mathématicien du Disque, couché dans la flatulence douillette de sa stalle sous le palais, cessa de ruminer et s'aperçut qu'il se passait quelque chose d'anormal avec les nombres. Avec tous les nombres.

Le chameau laissa tomber le long de son nez son regard sur Teppic. Son expression laissait clairement entendre que de tous les méharistes qu'il aimerait le moins se coltiner, le jeune homme arrivait en tête de liste. N'importe comment, les chameaux regardent tout le monde de cette façon-là. Ils ont une approche très démocratique de l'espèce humaine. Ils en détestent tous les membres sans distinction de rang ni de confession.

Celui-ci avait l'air de mâcher du savon.

Teppic parcourut de ses yeux affolés l'alignement de stalles enténébrées des écuries royales qui avaient autrefois hébergé une centaine de chameaux. Il aurait donné le monde pour un cheval et un continent pour un poney. Mais les écuries n'abritaient plus aujourd'hui qu'une poignée de chars de guerre pourrissants, reliques des gloires passées, un éléphant d'âge respectable dont la présence restait un mystère, et ce dromadaire. Il faisait l'effet d'un animal totalement incapable. Il commençait à s'user aux genoux.

« Bon, voilà, dit-il à Ptorothée. Je ne vais pas me risquer à traverser le fleuve de nuit. Je préfère essayer de vous faire passer la frontière.

— Elle est bien sanglée, cette selle ? demanda Ptorothée. Ça me paraît drôlement bizarre.

— Elle est sanglée sur une bête drôlement bizarre aussi. Comment on s'y prend pour grimper là-haut ?

— J'ai déjà vu faire les méharistes, répliqua-t-elle. Je crois qu'ils leur tapent très fort dessus avec un gros bâton. »

Le chameau s'agenouilla et leur lança un regard suffisant.

Teppic haussa les épaules, ouvrit d'une traction les portes sur le monde extérieur et contempla les figures de cinq gardes.

Il recula. Ils avancèrent. Trois d'entre eux étreignaient l'arc massif du Jolh, capable d'expédier une flèche à travers un battant de portail ou de vous convertir un hippopotame au pas de charge en brochette ambulante de trois tonnes. Les gardes n'avaient jamais eu l'occasion de le tester sur des congénères humains mais on les sentait prêts à considérer la question.

Le capitaine des gardes tapa sur l'épaule d'un de ses hommes. « Va prévenir le grand prêtre », ordonna-t-il.

Il lança un regard mauvais à Teppic.

« Dépose toutes tes armes, fit-il.

— Quoi ? *Toutes ?*

— Oui. Toutes.

— Ça risque de prendre du temps, dit prudemment le jeune homme.

— Et laisse tes mains là où je peux les voir, ajouta le capitaine.

— Là, on se heurte à une impasse », hasarda Teppic. Son regard passa les soldats en revue. Il connaissait diverses méthodes de combat à mains nues, mais dans aucune il n'était question d'un adversaire prêt à vous décocher une flèche en travers du corps au moindre geste. Il pouvait pourtant sûrement plonger de côté, et une fois à l'abri des stalles de chameaux il attendrait le bon moment...

Ce qui laisserait Ptorothée exposée. Et puis il n'allait tout de même pas s'amuser à combattre ses propres gardes. Une conduite inadmissible, même pour un roi.

Il y eut un mouvement derrière les gardes et Dios flotta dans son champ de vision, silencieux et inéluctable comme une éclipse de lune. Il tenait une torche allumée qui jetait des reflets délirants sur son crâne chauve.

« Ah, fit-il. On a capturé les infidèles. Bravo. » Il fit un signe de tête à l'intention du capitaine. « Jetez-les aux crocodiles.

— Dios ? dit Teppic alors que deux gardes baissaient leurs arcs et fonçaient sur lui.

— Tu as parlé ?

— Vous savez qui je suis, mon vieux. Ne faites pas l'imbécile. »

Le grand prêtre leva sa torche.

« Tu as un avantage sur moi, mon garçon, dit-il. Métaphoriquement parlant.

— Je ne trouve pas ça drôle. Je vous ordonne de leur dire qui je suis.

— Comme tu veux. Cet *assassin*, fit Dios dont la voix coupait et calcinait comme une lance thermique, a tué le roi.

— Mais c'est moi, le roi, bon sang ! Comment je pourrais me tuer moi-même ?

— Nous ne sommes pas stupides. Ces hommes savent que le roi ne rôde pas dans le palais la nuit et qu'il ne s'acoquine pas avec des criminelles condamnées. Tout ce qui nous reste à découvrir, c'est comment tu t'es débarrassé du corps. »

Ses yeux fixaient le visage de Teppic, et Teppic comprit que le grand prêtre était en vérité complètement fou. Il s'agissait dans son cas d'une démence rare frappant ceux qui sont restés si longtemps eux-mêmes que les habitudes saines se sont gravées dans le cerveau. Je me demande quel âge il a réellement, songea-t-il.

« Ces assassins sont des créatures rusées, déclara Dios. Méfiez-vous de lui. »

Il y eut un fracas à côté du prêtre. Ptorothée avait tenté de lancer sur lui un aiguillon pour chameau et l'avait raté.

Lorsqu'on voulut reporter les yeux sur Teppic, il avait disparu. Les gardes qui le flanquaient s'employaient à s'écrouler lentement par terre en gémissant.

Dios sourit.

« Emparez-vous de la femme », cracha-t-il. Le capitaine se précipita et empoigna Ptorothée qui n'avait pas cherché à s'enfuir. Le prêtre se pencha et ramassa l'aiguillon.

« Il y a davantage de gardes dehors, dit-il. Je suis sûr que tu en es conscient. Il est dans ton intérêt de sortir de ta cachette.

— Pourquoi donc ? » demanda Teppic depuis les ténèbres. Il farfouilla dans sa chaussure, en quête de sa sarbacane.

« Tu seras alors jeté aux crocodiles sacrés, sur ordre du roi.

— Une agréable perspective, hein? lança Teppic qui vissait fiévreusement des éléments ensemble.

— Ce serait assurément préférable à beaucoup d'autres issues », fit Dios.

Dans l'obscurité, Teppic fit courir ses doigts sur les petits nœuds codés des fléchettes. La plupart des poisons vraiment spectaculaires avaient dû s'évaporer ou se dissoudre en un produit inoffensif, mais il restait quantité de potions moins violentes conçues pour ne rien donner de plus à leurs clients qu'une bonne nuit de sommeil. Un assassin se devait d'éviter d'éventuels gardes du corps vigilants pour s'approcher du futur inhumé. On estimait cependant très incorrect de les inhumer aussi.

« Vous pourriez nous laisser partir, dit Teppic. J'imagine que c'est ce que vous voulez, n'est-ce pas ? Que je m'en aille sans jamais revenir ? Ça me convient tout à fait. »

Dios hésita. « Tu es censé dire : “Et laissez partir la fille”.

— Oh, oui. Et ça aussi.

— Non, je manquerais à mon devoir envers le roi.

— Bon sang, Dios, vous savez bien que c'est moi, le roi !

— Non. Je garde un souvenir très net du roi. Ce n'est pas toi », dit le prêtre.

Teppic jeta un coup d'œil par-dessus le bord de la stalle du chameau. Le chameau, lui, jeta un coup d'œil par-dessus son épaule.

C'est alors que le monde devint fou.

D'accord, encore plus fou.

Toutes les pyramides flamboyaient à présent, elles emplissaient le ciel de leur lumière fuligineuse lorsque les frères Ptaclusp atteignirent à grand-peine la principale plate-forme de travail.

IIa s'écroula sur le plancher, la respiration sifflante comme un soufflet de forge fatigué. À quelques pas de lui, le flanc en pente était chaud au toucher, et il ne faisait maintenant aucun doute dans son esprit que la pyramide grinçait bel et bien, tel un grand bateau à voiles pris dans la tempête. Il s'était beaucoup moins intéressé à la mécanique concrète qu'au prix de revient des pyramides, mais il avait la quasi-certitude que le bruit était aussi anormal que II et II font V.

Son frère avança la main pour toucher la pierre mais la retira lorsque de petites étincelles lui fusèrent autour des doigts.

« On sent la chaleur, dit-il. C'est incroyable !

— Pourquoi ?

— Chauffer une masse pareille. Je veux dire, rien que le tonnage...

— Je n'aime pas ça, Deux-bé, chevrota IIa. On n'a qu'à laisser le chapeau ici, d'accord ? Je suis sûr que ça ira, et demain matin on enverra une équipe, ils sauront bien ce qui... »

Ses paroles furent couvertes par le crépitement d'un nouvel embrasement qui zébra le ciel et percuta la colonne d'air dansante à vingt mètres au-dessus de leurs têtes. Il empoigna un bout de l'échafaudage.

« Bordel de merde, fit-il. Moi, je me tire.

— Attends un peu. Écoute bien, qu'est-ce qui grince ? La pierre, ça ne grince pas.

— Tout le putain d'échafaudage remue, espèce de crétin ! » IIa fixa son frère, les yeux exorbités. « Dis-moi que c'est l'échafaudage, implora-t-il.

— Non, cette fois j'en suis sûr. Ça vient de l'intérieur. »

Ils se regardèrent l'un l'autre, puis tournèrent les yeux vers l'échelle branlante qui menait au sommet... enfin, là où devait se trouver le sommet.

« Viens ! fit IIb. Elle ne peut pas se décharger, elle cherche un moyen de libérer... »

Il y eut un bruit aussi puissant qu'un gémissement de continents.

Teppic le sentit. Il sentit sa peau trop étriquée de plusieurs tailles. Il sentit qu'on le tenait par les oreilles et qu'on cherchait à lui dévisser la tête.

Il vit le capitaine de la garde s'affaisser à genoux en se démenant pour retirer son casque, et il bondit par-dessus la stalle.

Ou plutôt il essaya de bondir par-dessus. Tout allait de travers, et il atterrit lourdement sur un sol qui avait l'air d'hésiter à devenir mur ou non. Il réussit à se mettre debout, fut entraîné de côté et se mit à danser maladroitement à travers l'écurie pour conserver son équilibre.

Les écuries s'étiraient et se tassaient comme une image dans un miroir déformant. Il était allé en voir un à Ankh ; ses deux amis et lui avaient risqué une petite pièce chacun pour visiter le Centre Itinérant à Vous Couper le Souffle du docteur Maboul. Mais on le savait, ce n'était qu'une glace tordue qui transformait les têtes en saucisses et les jambes en ballons. Teppic aurait apprécié pouvoir s'accrocher à la même certitude que les phénomènes présents avaient une explication tout aussi anodine. Il fallait sûrement un miroir tremblotant pour retrouver un environnement normal.

Il courut sur des jambes en caramel mou vers Ptorothée et le grand prêtre, alors que le monde se dilatait et se comprimait autour de lui, et il eut le plaisir fugitif de voir la fille se tortiller dans l'étreinte de Dios et lui flanquer un joli gnon sur l'oreille.

Il se déplaçait comme dans un rêve, les distances changeaient comme si la réalité était élastique. Un autre pas l'envoya percuter le prêtre et la jeune femme à la façon d'un boulet de canon. Il attrapa le bras de Ptorothée, revint en titubant jusqu'à la stalle où le chameau continuait de ruminer et d'observer la scène avec ce qu'un camélidé peut offrir de plus proche d'un vague intérêt, et il lui saisit le licou.

Personne n'avait l'air désireux de les arrêter lorsqu'ils franchirent la porte en se soutenant mutuellement et sortirent dans la nuit folle.

« C'est plus facile quand on ferme les yeux », dit Ptorothée.

Teppic essaya. Ça marchait. Une portion de cour dans laquelle ses yeux voyaient un rectangle palpitant dont les côtés vibraient comme des cordes d'arc devint... eh bien, rien d'autre qu'une simple cour sous ses pieds.

« Bon sang, drôlement malin, fit-il. Comment vous avez pensé à ça ?

— Je ferme toujours les yeux quand j'ai la trouille, répondit Ptorothée.

— Un bon plan.

— Qu'est-ce qui se passe ?

— Je ne sais pas. Je ne veux pas le savoir. Je crois que ce serait une sacrée bonne idée de filer d'ici. Comment on fait s'agenouiller un chameau, vous avez dit ? J'ai tout un tas de trucs pointus. »

Le chameau, qui comprenait assez bien le langage humain dès qu'il s'agissait de menaces, s'agenouilla de bonne grâce. Ils embarquèrent tant bien que mal à bord du vaisseau du désert et le paysage se remit à tanguer lorsque l'animal se redressa d'une secousse.

Le chameau savait, lui, parfaitement ce qui se passait. Trois estomacs et un système digestif façon distillerie industrielle laissent beaucoup de temps pour se consacrer à la réflexion.

Ce n'est pas pour rien que les hautes études mathématiques ont tendance à s'élaborer dans les pays chauds. C'est à cause de la résonance morphique de tous les chameaux, dont l'expression dédaigneuse et la fameuse lippe boudeuse découlent naturellement de leur capacité à résoudre les équations du second degré.

On ne se rend pas souvent compte, malgré leur bosse, que les chameaux ont une disposition innée pour les hautes études mathématiques, en particulier dans le domaine de la balistique. Il s'agit là d'une évolution commandée par la survie de l'espèce, au même titre que la coordination œil-main de l'homme, le camouflage du caméléon et la célèbre faculté du dauphin à sauver des nageurs de la noyade des fois que d'autres humains le verraient les trancher en deux d'un coup de dents et feraient des commentaires désobligeants.

Le fait est que les chameaux sont bien plus intelligents que les dauphins[1]. Tellement plus futés qu'ils ont vite compris une chose : la moindre des précautions à prendre pour tout animal intelligent, s'il ne veut pas voir ses descendants passer beaucoup de temps sur une table avec des électrodes fichées dans le cerveau, ni coller des mines sur le fond des bateaux, ni supporter la protection insistante de zoologistes condescendants, c'est de s'assurer que les humains ne découvrent pas ses capacités intellectuelles. Aussi ont-ils depuis longtemps jeté leur dévolu sur un mode de vie qui leur procure, au prix d'un certain nombre de fardeaux à porter et de coups de bâton à endurer, le

1. Ne vous fiez jamais à une espèce qui sourit tout le temps. Ça cache quelque chose.

manger et les soins nécessaires, sans oublier des occasions de cracher dans l'œil d'un homme et de s'en tirer à bon compte.

Et ce chameau-ci, aboutissement de millions d'années d'une évolution sélective pour produire une créature capable de compter les grains de sable qu'elle foule, de fermer les naseaux à volonté et de survivre des jours et des jours sans eau sous un soleil cuisant, ce chameau, donc, s'appelait Sale-Bête.

Il était, de fait, le plus grand mathématicien du monde.

Sale-Bête réfléchissait : On dirait qu'on a affaire à une instabilité dimensionnelle croissante, oscillant à première vue de zéro à près de quarante-cinq degrés. Intéressant, ça. Je me demande ce qui l'a provoquée. Soit *v* égal à 3. Soit *tau* égal à *khi*/4. *Mâchemâchemâche.* Soit *kappa/y* un ordre de tenseur différentiel Bestiau-Puant[1] à quatre coefficients de spin imaginaires...

Ptorothée lui flanqua un coup de sandale sur la tête. « Allez ! Remue-toi ! » brailla-t-elle. Sale-Bête songeait : Donc *H* à la puissance utile est égal à *v/s. Mâchemâchemâche.* Par conséquent, en notation hypersyllogique...

Teppic tourna la tête. Les curieuses distorsions du paysage avaient l'air de se calmer, et Dios...

Dios sortait à grands pas du palais ; il avait réussi à dénicher plusieurs gardes dont la peur de désobéir l'emportait sur la terreur que leur inspirait le monde mystérieusement déformé.

Sale-Bête continuait de ruminer stoïquement... *Mâchemâchemache*, ce qui nous donne une oscillation décroissante remarquable. Quelle en serait la période ? Soit *x* la période. *Mâchemâchemâche.* Soit *t* le temps. Soit la période initiale...

Ptorothée lui tressautait sur le cou et le frappait durement des talons ; n'importe quel anthropoïde mâle en aurait hurlé à la lune et se serait cogné la tête contre les murs.

1. Réputé le plus grand chameau mathématicien de tous les temps, il inventa les maths d'un espace à huit dimensions tandis qu'il était couché, naseaux fermés, dans une violente tempête de sable.

« Il ne veut pas bouger ! Vous ne pouvez donc pas lui taper dessus ? »

Teppic abattit la main de toutes ses forces sur la peau de Sale-Bête, ce qui souleva un nuage de poussière et lui engourdit les doigts. C'était comme taper sur un sac rempli de portemanteaux.

« Allez », marmonna-t-il.

Dios leva une main.

« Halte, au nom du roi ! » cria-t-il.

Une flèche se ficha avec un bruit sourd dans la bosse de Sale-Bête.

... égal à une récurrence de 6,3. Je réduis. Ce qui nous donne... *ouille*... 314 secondes...

Sale-Bête tourna son long cou vers l'arrière. Ses gros sourcils broussailleux s'arquèrent, accusateurs, tandis que ses yeux jaunes s'étrécissaient pour déterminer la position du grand prêtre. Il mit provisoirement de côté son passionnant problème et ressortit les bonnes vieilles formules que sa race avait élaborées une éternité plus tôt :

Soit une distance de douze mètres cinquante. Soit une vitesse du vent égale à 2. Vecteur 1,8. *Mâche.* Soit une glutinosité égale à 7...

Teppic sortit un couteau de jet.

Dios prit une inspiration profonde. Il va ordonner de nous tirer dessus, se dit Teppic. En mon propre nom, dans mon propre royaume, je vais me faire abattre.

... Angle 2,5. *Mâche.* Feu.

Ce fut une bordée magnifique. Le glaviot du bol alimentaire eut une trajectoire et un effet admirables, et atteignit son but avec le bruit de... le bruit d'une livre d'herbe à demi digérée s'écrasant sur un visage. Un bruit qu'on ne peut comparer à rien d'autre.

Le silence qui suivit donnait l'impression d'une ovation debout.

Le paysage se remit à se déformer. Il ne fallait pas moisir dans le coin. Sale-Bête baissa les yeux sur ses pattes antérieures.

Soient des pattes égales à quatre...

Il prit lourdement sa course. Les chameaux possèdent apparemment davantage de genoux que les autres quadrupèdes, et Sale-Bête courait comme une machine à vapeur, avec force mouvements perpendiculaires au sens de la marche sur fond de symphonie digestive tonitruante.

« Quel crétin d'animal, marmonna Ptorothée alors qu'ils s'éloignaient en cahotant du palais, mais on dirait qu'il a fini par comprendre. »

... taux de répétition invariable de 3,5/z. Qu'est-ce qu'elle raconte ? Quel-Crétin vit à Tsort...

Quand bien même elles se baladaient dans tous les sens, comme articulées par un élastique défectueux, les pattes de Sale-Bête couvraient beaucoup de terrain. Déjà elles dévoraient l'espace et la terre battue des rues endormies de la ville.

« Ça recommence, non ? s'écria Ptorothée. Je vais fermer les yeux. »

Teppic approuva de la tête. Les maisons autour d'eux, aussi chaudes que de la brique réfractaire, reprenaient leur danse du miroir au ralenti, et la route se soulevait et redescendait comme aucune terre ferme n'en a le droit.

« C'est comme la mer, dit-il.

— Moi, je préfère le sucré, fit Ptorothée d'un ton sans réplique.

— Je veux dire la mer. L'océan. Vous savez. Les vagues.

— J'en ai entendu parler. Est-ce qu'on nous poursuit ? »

Teppic se retourna sur sa selle. « Je n'en ai pas l'impression. On dirait que... »

D'où il se trouvait, il voyait au-delà de la longue masse trapue du palais et au-delà du fleuve jusqu'à la Grande Pyramide. Elle était presque cachée dans des nuages sombres, mais ce qu'il en distinguait était complètement farfelu. Il lui connaissait quatre côtés, et il en comptait huit.

Son image était floue, comme si elle se déplaçait de part et d'autre du point de netteté, un jeu que Teppic qualifia instinctivement de dangereux de la part de plusieurs millions de tonnes de rocher. Il se sentit un besoin pressant de s'en éloigner le plus possible. Même une créature aussi bornée que leur monture avait l'air de le sentir elle aussi.

Sale-Bête réfléchissait : ... Delta carré. Donc, la pression dimensionnelle *k* entraînera une transformation à quatre-vingt-dix degrés en *Chi* (16/*x*/pu) *t* pour tout faisceau *K* de trois invariables. Ou quatre minutes, plus ou moins dix secondes...

Le chameau baissa les yeux sur les gros coussinets de ses pieds.

Soit une vitesse égale à *galop*.

« Comment vous avez réussi ça ? demanda Teppic.

— Ce n'est pas moi ! C'est lui tout seul ! Accrochez-vous ! »

Plus facile à dire qu'à faire. Teppic avait sellé l'animal mais négligé de le harnacher. Ptorothée, elle, disposait de pleines poignées de poils de chameau auxquels se tenir. Lui n'avait que de pleines poignées de Ptorothée. Partout où il essayait de placer les mains il tombait sur de la chair souple et chaude. Rien au cours de ses longues études ne l'y avait préparé, alors que pour Ptorothée c'était manifestement tout le contraire. Ses longs cheveux lui fouettaient la figure et dégageaient un parfum rare et aguichant[1].

« Ça va ? cria-t-il par-dessus le bruit du vent.

— Je m'accroche avec les cuisses !

— Pas facile !

— Question d'entraînement ! »

Pour galoper, les chameaux lancent les pieds aussi loin d'eux que possible puis courent pour les rattraper. Les articulations de ses genoux claquant comme des castagnettes, Sale-Bête tricota des pattes à l'assaut de la route en pente douce qui sortait de la vallée et moulina le long de la gorge étroite qui menait, sous d'imposantes falaises calcaires, vers le désert au-delà.

Derrière eux, torturée hors de toute proportion par la marée inexorable de la géométrie, incapable de décharger son fardeau temporel, la Grande Pyramide se mit à hurler, se souleva du sol puis, dans un sifflement d'air, imprima

1. Un effet obtenu en distillant les testicules d'une petite espèce d'ours arboricole avec du vomi de baleine, à quoi on ajoute des pétales de roses. Probable que Teppic ne se serait pas senti mieux s'il l'avait su.

à sa masse un mouvement que rien ni personne n'aurait entravé, pivota en grinçant de quatre-vingt-dix degrés exactement et fit quelque chose contre nature au tissu de l'espace et du temps.

Sale-Bête filait à toute allure dans la gorge, le cou tendu de tout son long, ses puissants naseaux évasés comme des réacteurs d'avion.

« Il est mort de trouille ! brailla Ptorothée. Les animaux sentent toujours ces choses-là !

— Quelles choses ?

— Les feux de forêt, tout ça !

— On n'a pas d'arbres !

— Ben, les inondations, alors... tout ça ! Ils ont un drôle d'instinct naturel ! »

... *Phi** 1 700 [u/*v*]. Latéral *e*/*v*. Égale une tranche de sept à douze...

Le vacarme s'abattit sur eux. Il était aussi silencieux qu'une boule de pissenlit réussissant un carreau mais il avait de la *pression*. Il leur roula dessus, étouffant comme du velours, écœurant comme du cervelas malaxé.

Puis il disparut.

Sale-Bête se remit au pas, une procédure compliquée qui nécessitait d'envoyer des instructions précises à chacune des pattes l'une après l'autre.

Il y eut une impression de relâchement, un sentiment de tension qui retombe.

Sale-Bête s'arrêta. Dans les premières lueurs de l'aube à naître il avait repéré un massif de syphacias épineux qui poussaient parmi les rochers en bordure de la piste.

... angle gauche. *X* égale 37. *Y* égale 19. *Z* égale 43. *Mordre...*

Le calme s'installa. Il n'y eut plus d'autre bruit que les éructations de l'appareil digestif du camélidé et les lointains gazouillis d'une chouette du désert.

Ptorothée se laissa glisser de son perchoir et se reçut maladroitement par terre. « Mon derrière, annonça-t-elle au désert en général, n'est qu'une grosse boursouflure. »

Teppic sauta de la selle et, moitié courant, moitié titubant, gravit l'éboulis à côté du chemin, puis il traversa au petit trot le plateau calcaire crevassé jusqu'à ce qu'il embrasse tout le panorama de la vallée.

Elle n'était plus là.

Il faisait encore noir quand Aneth le maître embaumeur se réveilla, le corps tout vibrant de l'impression que quelque chose clochait. Il se coula hors du lit, s'habilla en vitesse puis écarta le rideau qui tenait lieu de porte.

La nuit était douce et veloutée. Derrière les stridulations des insectes il y avait un autre bruit, comme de la friture, un léger grésillement à la limite de l'audible.

C'était peut-être ça qui l'avait réveillé.

Le fond de l'air était chaud et humide. Des volutes de brume s'élevaient du fleuve, et...

Les pyramides ne jetaient pas leurs feux.

Il avait grandi dans cette même maison : elle appartenait à la famille des maîtres embaumeurs depuis des millénaires, et il avait vu les pyramides s'embraser si souvent qu'il ne les remarquait plus, pas plus qu'il ne remarquait sa propre respiration. Mais à présent elles restaient obscures et silencieuses, et le silence hurlait, et l'obscurité aveuglait.

Mais il y avait pire. Ses yeux horrifiés fixèrent le ciel vide au-dessus de la nécropole ; ils virent les étoiles et à quoi elles étaient accrochées.

Aneth fut terrifié. Puis, réflexion faite, il eut honte de lui. Après tout, se dit-il, on m'a toujours dit que c'était comme ça. C'est l'évidence même. C'est la première fois que je le vois comme il faut, voilà tout.

Voilà tout. Je me sens mieux, maintenant ?

Non.

Il pivota et dévala la rue dans un claquement de sandales jusqu'à la maison qui abritait Gern et sa famille nombreuse. Il tira l'apprenti récalcitrant de la natte de couchage communautaire, l'entraîna dans la rue, lui tourna la figure vers le ciel et souffla : « Dis-moi ce que tu vois ! »

Gern plissa les yeux.

« J'vois les étoiles, maître, répondit-il.

— Sur quoi elles sont, petit ? »

Gern se détendit un peu. « Facile, maître. Tout le

monde sait qu'elles sont sur le corps de la déesse Nept pliée en deux pour... Oh, bordel de merde.

— Tu la vois, toi aussi ?

— Oh, maman », gémit Gern en se laissant tomber à genoux.

Aneth hocha la tête. Il avait de la religion. C'était un grand réconfort de connaître la présence des dieux. Mais d'y être confronté l'enchantait beaucoup moins.

À cause d'un corps de femme arqué au-dessus des cieux, légèrement bleuté, légèrement indistinct à la lumière des étoiles pâles.

Elle était gigantesque, ses mensurations interstellaires. La zone d'ombre entre ses seins galactiques formait une nébuleuse noire, la courbe de son ventre un immense remous de gaz rougeoyants, son nombril l'incandescence bouillonnante et obscure où naissaient de nouvelles étoiles. Elle ne soutenait pas le ciel. Elle *était* le ciel.

Son visage démesuré à l'air triste, tourné vers le monde, au-dessus de l'horizon côté sens direct, regardait directement Aneth. Et Aneth s'apercevait que rien n'ébranle autant une croyance que de voir clairement et distinctement l'objet de cette croyance. Voir, contrairement à la sagesse populaire, n'est pas croire. C'est là que s'arrête la croyance parce qu'on n'a plus besoin d'elle.

« Oh, putain », gémit Gern.

Aneth lui tapa sur le bras.

« Arrête ça, dit-il. Et viens avec moi.

— Oh, maître, qu'est-ce qu'on va faire ? »

Aneth regarda la ville endormie autour de lui. Il n'en avait pas la moindre idée.

« On va rentrer au palais, dit-il d'un ton ferme. C'est sûrement un effet du... du... du noir. De toute façon, le soleil va se lever tout à l'heure. »

Il partit à grands pas en regrettant de ne pouvoir changer sa place avec celle de Gern et manifester ne serait-ce qu'un soupçon de terreur bredouillante. L'apprenti le suivit à la vitesse d'une limace au galop.

« J'vois des ombres devant les étoiles, maître ! Vous les voyez, maître ? Autour du bord du monde, maître !

— Rien que de la brume, petit », fit Aneth qui gardait

résolument les yeux braqués devant lui et observait une attitude digne comme il sied au gardien de la Porte Gauche de la Loge du Natron et détenteur de plusieurs médailles en travaux d'aiguille.

« Là, dit-il. Tu vois, Gern, le soleil se lève. »

Ils s'arrêtèrent pour le regarder.

Puis Gern gémit, tout doucement.

Dans le ciel, très lentement, montait une grosse boule de feu. Poussée par un bousier plus grand que des mondes.

LIVRE III

Le livre du nouveau fils

Le soleil se leva et, comme il n'y avait plus de Vieux Royaume, ce n'était qu'une simple boule de gaz en fusion. La nuit violette du désert s'évaporait sous son éclat aveuglant de lampe à souder. Les lézards se précipitèrent dans les anfractuosités des rochers. Sale-Bête s'installa dans l'ombre clairsemée de ce qui restait des buissons de syphacias, considéra d'un air hautain le paysage, puis se mit à ruminer et à calculer des racines carrées en base sept.

Teppic et Ptorothée finirent par trouver l'ombre d'un surplomb calcaire et s'y réfugièrent pour contempler les vagues de chaleur qui montaient en tremblotant des rochers.

« Je ne comprends pas, dit Ptorothée. Vous avez regardé partout ?

— C'est un pays ! Ça ne disparaît pas comme ça dans un trou !

— Il est où, alors ? » fit Ptorothée d'un ton égal.

Teppic grogna. La chaleur cognait comme un marteau mais il sortit de son abri et arpenta les rochers comme si quatre cent cinquante kilomètres carrés pouvaient se cacher derrière un buisson ou sous un caillou.

Le fait était là : la piste plongeait entre les falaises mais remontait presque aussitôt et se poursuivait à travers les dunes dans ce qui était manifestement le territoire de Tsort. Il avait reconnu un sphinx érodé par le vent qu'on avait érigé comme borne de démarcation ; la légende prétendait qu'il rôdait à la frontière en période de crise grave nationale, mais pour quelle raison ? la légende en question n'en était pas sûre.

Il savait qu'ils avaient galopé jusqu'au territoire d'Éphèbe. Son regard aurait dû survoler entre les deux pays la vallée fertile du Jolh parsemée de pyramides.

Ça faisait une heure qu'il la cherchait.

C'était inexplicable. Inquiétant. Et aussi très gênant.

Il s'abrita les yeux des mains et inspecta pour la millième fois le paysage silencieux cuit par le soleil. Il bougea la tête. Et vit le Jolhimôme.

L'image traversa son champ de vision le temps d'un éclair. Il ramena les yeux en arrière et la revit, une fulgurance de couleur brumeuse qui disparut dès qu'il se concentra sur elle.

Quelques minutes plus tard, Ptorothée, qui l'observait d'un œil inquiet depuis son abri, le vit se mettre à quatre pattes. Lorsqu'il entreprit de retourner des pierres, elle décida qu'il avait passé assez de temps au soleil.

D'une secousse, il se débarrassa de la main qu'elle lui posait sur l'épaule et fit un geste impatient.

« Je l'ai retrouvé ! »

Il tira un couteau de sa chaussure et donna des petits coups aux cailloux.

« Où ça ?

— Ici ! »

Elle lui posa des doigts pleins de bagues sur le front.

« Oh, oui, dit-elle. Je vois. Oui. Bon. Maintenant je crois que vous feriez mieux de revenir à l'ombre.

— Non, je ne blague pas ! Ici ! Regardez ! »

Elle s'accroupit et fixa la roche pour lui faire plaisir.

« Il y a une fissure, dit-elle, indécise.

— Observez-la, vous voulez bien ? Faut tourner la tête et regarder plus ou moins du coin de l'œil. » La dague de Teppic claqua dans la fissure qui n'était rien de plus qu'un sillon léger sur la roche.

« Ben, elle va loin, fit Ptorothée en fixant la surface brûlante.

— Depuis la deuxième cataracte jusqu'au delta. Si vous vous cachez l'œil d'une main, c'est plus facile. S'il vous plaît, essayez. S'il vous plaît ! »

Elle se mit une main hésitante sur l'œil et loucha docilement sur la roche.

« Ça ne donne rien, finit-elle par dire, je ne... *J'le voiiiis...* »

Elle resta un instant sans bouger puis se jeta de côté sur les cailloux. Teppic cessa de vouloir enfoncer la dague dans la fissure et rampa jusqu'à elle.

« J'étais tout au bord ! gémit-elle.

— Vous l'avez vu ? » dit-il avec espoir.

Elle fit oui de la tête puis, très prudemment, elle se mit debout et recula.

« Est-ce que vous avez eu l'impression que vos yeux se retournaient à l'envers ? demanda Teppic.

— Oui, répondit Ptorothée avec froideur. Je peux récupérer mes bracelets, s'il vous plaît ?

— Quoi ?

— Mes bracelets. Vous les avez mis dans votre poche. Je les veux, s'il vous plaît. »

Teppic haussa les épaules et fouilla dans son sac. Les bracelets étaient surtout en cuivre incrusté de quelques éclats d'émail. Ici et là, les artisans avaient essayé, sans grand succès, d'obtenir un effet original avec des bouts de fil métallique torsadés et de gros morceaux de verre coloré. Elle les prit et les enfila.

« Ils ont une signification occulte ? fit-il.

— Ça veut dire quoi : occulte ? demanda-t-elle distraitement.

— Oh. Vous en avez besoin pour quoi, alors ?

— Je vous l'ai dit. Je ne me sens pas correctement habillée sans eux. »

Teppic haussa les épaules et retourna remuer son couteau dans la fissure.

« Pourquoi vous faites ça ? » demanda-t-elle. Il s'arrêta pour réfléchir.

« Je ne sais pas, répondit-il. Mais vous avez vu la vallée, n'est-ce pas ?

— Oui.

— Et alors ?

— Alors quoi ? »

Teppic roula des yeux. « Vous n'avez pas trouvé ça un

peu... ben, bizarre ? Tout un pays qui disparaît, comme qui dirait ? Bon sang, ça ne se voit pas tous les jours, nom des dieux !

— Comment je saurais, moi ? Je ne suis encore jamais sortie de la vallée. Je ne sais pas à quoi elle ressemble vue du dehors. Et ne jurez pas. »

Teppic secoua la tête. « Je crois que je vais aller m'allonger à l'ombre, dit-il. Ou ce qu'il en reste. » En effet, la lumière cuivrée du soleil consumait les ombres. Il tituba sur les rochers et regarda fixement la jeune femme.

« Toute la vallée s'est refermée, parvint-il enfin à dire. Tous ces gens...

— J'ai vu des feux de cuisine, fit Ptorothée qui s'effondra près de lui.

— Ç'a un rapport avec la pyramide. Elle avait l'air très bizarre juste avant qu'on s'en aille. C'est une histoire de magie, ou de géométrie, un truc comme ça. Comment on peut revenir, d'après vous ?

— Je ne veux pas y retourner. Pour quoi faire ? Je suis bonne pour les crocodiles, moi. Je n'y retourne pas si c'est uniquement pour les crocodiles.

— Hum. Je pourrais peut-être vous accorder le pardon, quelque chose comme ça.

— Ah oui, fit Ptorothée en s'examinant les ongles. C'est vrai, vous êtes le roi, vous avez dit.

— Je suis le roi, parfaitement ! C'est mon royaume là-b... — Teppic ne sut trop dans quelle direction pointer son doigt — quelque part par là. J'en suis le roi.

— Vous ne ressemblez pas au roi.

— Pourquoi donc ?

— Il portait un masque d'or.

— C'était moi !

— Alors vous avez ordonné de me jeter aux crocodiles ?

— Oui ! Enfin, non. » Teppic hésita. « Je veux dire, le roi l'a ordonné. Pas moi. D'une certaine façon. En tout cas, c'est moi qui vous ai sauvée, ajouta-t-il bravement.

— Là, d'accord. Mais si vous êtes le roi, vous êtes aussi un dieu. Vous ne vous conduisez pas vraiment comme un dieu en ce moment.

— Ah ? Bon. Euh... » Teppic hésita encore. Le prosaïsme de Ptorothée exigeait de tourner huit fois ses phrases dans sa bouche avant de les livrer au monde.

« Je suis en principe efficace pour faire lever le soleil, dit-il. Je ne sais pas comment je m'y prends, remarquez. Et pour les rivières. Si vous voulez des inondations, ça, je sais faire, je suis votre homme. Votre dieu, je veux dire. »

Il se tut car une idée lui vint soudain.

« Je me demande ce qui se passe là-bas sans moi ? » fit-il.

Ptorothée se mit debout et entreprit de descendre vers la gorge.

« Vous allez où ? »

Elle se retourna. « Dites, monsieur le roi, le dieu, l'assassin ou ce que vous voulez, vous pouvez faire de l'eau ?

— Quoi ? Vous voulez que je fasse pipi ? Ici ?

— Pour boire, je veux dire. Il y a peut-être une rivière cachée dans cette fissure, mais comment l'atteindre, hein ? Alors faut aller en chercher ailleurs. C'est tellement simple, il me semble que même les rois devraient comprendre ça. »

Il se hâta à sa suite et descendit l'éboulis pour rejoindre Sale-Bête. Couché, la tête et le cou aplatis par terre, le chameau agitait les oreilles dans la chaleur et appliquait paresseusement la théorie des intervalles transitoires de Brute-Épaisse à une série de nombres cissoïdes prometteurs. Ptorothée lui décocha un coup de pied irrité.

« Vous savez où il y a de l'eau, vous, alors ? » fit Teppic.

... e/27. Dix-sept kilomètres...

Ptorothée lança au jeune homme un regard mauvais bordé de khôl. « Vous voulez dire que vous, vous ne savez pas ? Vous vouliez m'emmener dans le désert et vous ne savez pas où trouver de l'eau ?

— Ben, je comptais plus ou moins en emporter avec moi !

— Vous n'y avez même pas pensé !

— Dites donc, vous n'avez pas le droit de me parler comme ça ! Je suis un roi ! » Teppic marqua un temps.

« Vous avez parfaitement raison, reprit-il. Je n'y ai jamais pensé. Là d'où je viens, il flotte presque tous les jours. Pardon. »

Les sourcils de Ptorothée se froncèrent. « Qui c'est qui flotte presque tous les jours ? fit-elle.

— Non, je veux dire : il pleut. Flotter, c'est pareil que pleuvoir.

— Pleuvoir ?

— Mais si, vous savez bien. De l'eau très fine qui tombe du ciel ?

— C'est idiot, une idée pareille. Vous venez d'où, exactement ? »

Teppic eut l'air malheureux. « Je viens d'Ankh-Morpork. Mais je suis parti d'ici. » Il considéra la piste sur sa longueur. D'où il se trouvait, quand on savait ce qu'on cherchait, on ne distinguait qu'une étroite fissure qui courait à travers les rochers. Elle escaladait les falaises de chaque côté, nouvel accroc vertical de l'épaisseur d'un trait qui contenait tout un royaume fluvial et sept mille ans d'histoire.

Il avait détesté chaque minute de son séjour dans ce pays. Et maintenant il se retrouvait à la porte. Et maintenant il voulait y retourner parce qu'il ne le pouvait plus.

Il s'en approcha nonchalamment et se colla une main sur un œil. En bougeant brusquement la tête comme il fallait...

L'image passa brièvement dans son champ de vision avant de disparaître. Il fit d'autres tentatives mais ne la revit pas.

Et si je repoussais les cailloux ? Non, songea-t-il, c'est idiot. Une ligne. On n'entre pas dans une ligne. Une ligne n'a pas d'épaisseur. C'est un fait géométrique bien connu.

Il entendit Ptorothée s'approcher derrière lui ; l'instant suivant elle lui posait les mains sur le cou. L'espace d'une seconde il se demanda comment elle connaissait la Prise de Mort de Catharti, mais déjà les paumes de la jeune femme lui massaient les muscles et les tensions de Teppic fondaient sous les caresses des doigts experts comme du gras sous un couteau passé à la flamme. Il frissonna tandis qu'il se décontractait.

« C'est agréable, dit-il.

— On est formées à ça. Vos tendons sont tout noués, on dirait des balles de ping-pong sur une ficelle. »

Teppic s'affaissa avec reconnaissance sur un des gros rochers qui jonchaient le pied de la falaise et laissa le rythme des mains de Ptorothée le soulager des problèmes de la nuit.

« Je ne sais pas quoi faire, murmura-t-il. Oui, c'est bon.

— Être servante, ça ne consiste pas seulement à peler du raisin, dit Ptorothée. La première leçon qu'on apprend, c'est que le moment est mal choisi de proposer au maître le congrès du Renard et de la Figue-caque après une dure journée. Qui vous oblige à faire quelque chose ?

— Je me sens responsable. » Teppic changea de position comme un chat.

« Si vous savez où trouver un tympanon, je peux vous jouer un air relaxant, dit Ptorothée. Je suis allée jusqu'au *Pique-nique des goblins* dans le livre I.

— Comprenez, un roi ne doit pas laisser son royaume s'évanouir comme ça.

— Les autres filles arrivent à faire des accords et tout, rêvassa Ptorothée en massant les épaules de Teppic. Mais le vieux roi disait toujours qu'il aimait mieux m'entendre, moi. Il disait que ça lui remontait le moral.

— Comprenez, on va l'appeler le Royaume Perdu, fit Teppic d'un air endormi. De quoi je vais avoir l'air ? je vous le demande.

— Il disait qu'il aimait bien m'entendre chanter aussi. Tout le monde prétend que ça ressemble à une bande de vautours qui viennent de trouver un âne crevé.

— Comprenez, roi d'un royaume perdu. Ce serait affreux. Faut que je le ramène. »

Sale-Bête tourna lentement sa grosse tête pour suivre le vol d'une mouche à viande ; tout au fond de son cerveau de petites colonnes de chiffres rouges clignotèrent, détaillant vecteurs, vitesse, élévation. La conversation des êtres humains l'intéressait rarement, mais il lui vint à l'esprit que les hommes et les femmes s'entendaient mieux quand aucun n'écoutait vraiment ce que racontait l'autre. C'était beaucoup plus simple chez les chameaux.

Teppic gardait les yeux fixés sur la ligne dans la roche. La géométrie. C'était ça.

« Faut aller à Éphèbe, décida-t-il. Ils s'y connaissent en géométrie même s'ils ont des idées complètement farfelues. Mais les idées farfelues, c'est ce qu'il me faut en ce moment.

— Pourquoi vous portez tous ces couteaux et ces machins ? Je veux dire, c'est indispensable ?

— Hmm ? Pardon ?

— Tous ces couteaux ? Pourquoi ? »

Teppic réfléchit. « J'imagine que je ne me sens pas vraiment habillé sans, répondit-il.

— Oh. »

Ptorothée chercha consciencieusement un nouveau sujet de conversation. Amener des sujets-de-conversation-divertissants faisait aussi partie des devoirs d'une servante. Une matière où elle n'avait jamais vraiment brillé. Les autres filles disposaient d'un éventail étonnant qui allait des amours des crocodiles aux spéculations sur la vie dans l'autre monde. Elle avait du mal à se renouveler après les considérations sur le temps qu'il fait.

« Bon, fit-elle. Vous avez tué des tas de gens, j'imagine ?

— Hmm ?

— Comme assassin, je veux dire. On vous paye pour tuer des gens. Vous en avez tué beaucoup ?... Vous savez que vous contractez terriblement vos muscles du dos ?

— Je ne crois pas que je doive parler de ça.

— Je veux savoir. S'il faut qu'on traverse le désert ensemble et tout. Plus d'une centaine ?

— Juste ciel, non.

— Ben alors, moins de cinquante ? »

Teppic se retourna sur lui-même.

« Écoutez, même les assassins les plus célèbres n'ont jamais tué plus de trente personnes dans toute leur vie, dit-il.

— Moins de vingt, alors ?

— Oui.

— Moins de dix ?

— Je crois qu'il vaudrait mieux parler d'un nombre entre zéro et dix.

— Comme ça je sais. Ces choses-là, c'est important. »

Ils revinrent sans se presser vers Sale-Bête. Mais maintenant c'était Teppic qui avait l'air préoccupé.

« Cette histoire de colloque... fit-il.

— De congrès, le corrigea Ptorothée.

— Vous... euh... plus de cinquante ?

— Il existe un autre nom pour cette catégorie de femmes, dit Ptorothée, mais sans trop lui en vouloir.

— Pardon. Moins de dix ?

— Disons... un nombre entre zéro et dix. »

Sale-Bête cracha. Six mètres plus loin la mouche à viande fut proprement fauchée en plein vol et plaquée contre le rocher voisin.

« C'est étonnant comment ils font ça, je trouve, dit Teppic. L'instinct animal, j'imagine. »

Sale-Bête lui lança un regard méprisant par-dessous ses cils à balayer les dunes et songea :

... Soit z = ei0. *Mâchemâchemâche.* Alors dz = ie [i0] ; d0 = izd0 ou d0 = dz/iz...

Ptaclusp, toujours en chemise de nuit, errait sans but parmi les décombres au pied de la pyramide.

Elle bourdonnait comme une turbine. Ptaclusp ignorait pourquoi, il ignorait tout de la prodigieuse dépense d'énergie qui avait faussé les dimensions à quatre-vingt-dix degrés et les retenait contre des pressions terribles, mais au moins les bouleversements temporels inquiétants semblaient avoir cessé. Il y avait moins de fistons à se promener qu'avant ; à la vérité, il aurait bien aimé en trouver un ou deux.

Ce qu'il trouva en premier, ce fut la pierre de faîte brisée en morceaux, dont le revêtement en électrum s'écaillait. Dans sa chute de la pyramide, elle avait heurté la statue de Bitos le dieu à tête de vautour et l'avait pliée en deux en lui donnant une expression de vague surprise.

Une plainte faible le poussa à déblayer les débris d'une tente. Il déchira la toile épaisse et déterra IIb qui le regarda en clignant des yeux dans la lumière grisâtre.

« Ça n'a pas marché, papa ! gémit-il. On l'avait

presque montée là-haut, et alors on a eu l'impression que tout se tordait ! »

L'entrepreneur dégagea un espar de la jambe de son fils.

« Rien de cassé ? fit-il doucement.

— Des bleus, c'est tout, je pense. » Le jeune architecte s'assit en grimaçant et tendit le cou autour de lui.

« Où il est, Deux-za ? Il se tenait un peu plus haut que moi, pas loin du sommet...

— Je l'ai trouvé », répondit Ptaclusp.

Les architectes n'ont pas la réputation de relever les nuances subtiles lourdes de sens, mais IIb sentit le plomb dans la voix de son père.

« Il n'est pas mort, hein ? murmura-t-il.

— Je ne crois pas. Je ne suis pas sûr. Il est vivant. Sauf que... il se déplace... il se déplace... Non, vaudrait mieux que tu viennes voir. Je crois qu'il lui est arrivé un machin quantique. »

Sale-Bête cheminait à environ 1,247 mètre par seconde et calculait des coordonnées conjuguées complexes, histoire de meubler son ennui, tandis que le sable craquait sous ses pieds larges comme des assiettes.

Leur manque de doigts avait aussi fortement stimulé le développement intellectuel des chameaux. Les compétences mathématiques humaines ont toujours été freinées par une tendance instinctive, devant un problème particulièrement ardu comme des trinômes ou des différentielles paramétriques, à compter des doigts. Les chameaux, eux, ont dès le départ compté des *nombres.*

Le désert a également joué un rôle important. Les distractions y sont rares. Les chameaux, en ce qui les concerne, ont un système pour accroître puissamment l'intellect : n'avoir pas grand-chose à faire ni rien pour le faire.

Sale-Bête parvint au sommet d'une dune, promena un œil approbateur sur les ondulations de sable devant lui et se mit à penser en logarithmes.

« C'est comment, Éphèbe ? demanda Ptorothée.

— Je ne sais pas. Gouverné par un tyran.

— J'espère qu'on ne va pas le rencontrer, alors. »

Teppic secoua la tête. « Vous faites fausse route, dit-il. Ils ont un nouveau tyran tous les cinq ans et ils lui font d'abord un truc... — il hésita — Je crois que ça s'appelle une *élision*.

— Comme on fait aux matous, aux taureaux, tout ça ?

— Euh...

— Vous savez bien. Pour qu'ils arrêtent de se battre et qu'ils soient plus paisibles. »

Teppic grimaça. « Pour être honnête, je ne suis pas sûr. Mais je ne crois pas. Ils se servent d'un truc, il me semble que ça s'appelle une "mocracie", et ça veut dire que tout le monde dans le pays peut décider du nouveau tyran. Un homme, une... » Il marqua un temps. Les leçons d'histoire politique lui semblaient remonter à très loin et elles abordaient des concepts dont on n'avait jamais entendu parler dans le Jolhimôme, pas plus qu'à Ankh-Morpork en l'occurrence. Il se lança quand même. « Un homme, une voix.

— Une voix ? Même les muets ?

— Non, une voix, c'est comme un... un veto, je crois.

— C'est lui qui pratique l'élision, alors ? »

Il haussa les épaules. Pourquoi pas ? pour ce qu'il en savait. « En tout cas, tout le monde peut le faire. Ils en sont très fiers. Tout le monde a... — il hésita encore, certain maintenant de patauger — a droit au veto. Sauf les femmes, évidemment. Et puis les enfants. Et les criminels. Et les esclaves. Et les simples d'esprit. Et les gens d'origine étrangère. Et puis ceux qu'on désapprouve pour... euh... diverses raisons. Et des tas d'autres. Mais sinon, tout le monde. C'est une civilisation très éclairée. »

Ptorothée réfléchit un instant.

« Et c'est une mocracie, c'est ça ?

— Ils l'ont inventée à Éphèbe, vous savez, dit Teppic, sentant obscurément que c'était une idée à défendre.

— J'imagine qu'ils ont eu du mal à l'exporter », rétorqua Ptorothée d'un ton ferme.

Le soleil n'était pas seulement une boule d'excréments

ardents qu'un scarabée géant poussait dans le ciel. C'était aussi un bateau. Tout dépendait comment on le regardait.

Sa lumière n'était pas bonne, plutôt fade, comme de l'eau restée plusieurs semaines dans un verre. Elle ne dispensait aucune joie. Elle éclairait mais n'avait pas de vie ; elle rappelait davantage un grand clair de lune que la clarté du jour.

Mais Ptaclusp s'inquiétait bien plus de son fils.

« Tu sais ce qui lui arrive ? » demanda-t-il.

Son autre fils mordit son style, l'air malheureux. Sa main lui faisait mal. Il avait voulu toucher son frère, et la secousse crépitante lui avait arraché la peau des doigts.

« Possible, répondit-il.

— Tu peux le guérir ?

— Je ne crois pas.

— C'est quoi, alors ?

— Voilà, papa. Quand on était sur la pyramide... Enfin, quand elle n'arrivait pas à s'embraser... Tu vois, je suis sûr qu'elle a tourné sur elle-même... Le temps, tu vois, c'est juste une autre dimension... Hum. »

Ptaclusp roula des yeux. « Épargne-moi ton charabia d'architecte, mon garçon, dit-il. Qu'est-ce qui lui arrive ?

— Je crois qu'il est dimensionnellement mal ajusté, papa. Pour lui, le temps et l'espace se sont un peu emmêlés les pinceaux. C'est pour ça qu'il se déplace tout le temps de côté, en biais. »

Ptaclusp IIb fit un petit sourire courageux à son père.

« Il a *toujours* biaisé », fit observer Ptaclusp.

Son fils soupira. « Oui, papa. Mais c'est normal. Tous les comptables font ça. Maintenant il le fait parce que c'est... ben... c'est comme le temps qui passe. »

Ptaclusp fronça les sourcils. Dériver doucement de côté n'était pas la seule singularité de IIa. En plus, il était plat. Non pas plat comme une carte, avec un recto, un verso et un bord, mais plat dans toutes les directions.

« Il me rappelle tout à fait les personnages des fresques, dit-il. Elle est où, sa profondeur, si c'est comme ça qu'on dit ?

— Dans le temps, je crois bien, répondit IIb d'un ton d'impuissance. Dans le nôtre, pas dans le sien. »

Ptaclusp fit le tour de son fils et nota que la platitude le suivait. Il se gratta le menton.

« Donc il se déplace dans le temps, c'est ça ? fit-il lentement.

— Possible, oui.

— Tu crois qu'on pourrait le persuader de revenir tranquillement en arrière de quelques mois pour nous recommander de ne pas bâtir cette saloperie de pyramide ?

— Il ne peut pas communiquer, papa.

— Ça ne fait pas un grand changement, alors. » Ptaclusp s'assit sur les gravats, la tête dans les mains. Voilà le résultat. Un fils normal et idiot, un autre épais comme une ombre. Et quel genre d'existence attendait le pauvre gamin raplapla ? Sa vie durant il servirait à ouvrir des serrures, à nettoyer la glace des pare-brise, et il dormirait à peu de frais dans les presses à pantalons des chambres d'hôtel[1]. La faculté de passer sous les portes et de lire des livres sans les ouvrir lui serait une bien maigre compensation.

IIa dérivait de côté, simple silhouette découpée sur le paysage.

« On ne peut rien faire ? demanda Ptaclusp. Le rouler proprement, je ne sais pas, moi ? »

IIb haussa les épaules. « On pourrait lui mettre un obstacle en travers du chemin. Ce serait peut-être une bonne idée. Ça empêcherait que quelque chose de pire lui arrive parce que... euh... ça n'aurait pas le temps d'arriver. Je pense. »

Ils poussèrent la statue pliée en deux de Bitos, le dieu à tête de vautour, sur la trajectoire de l'aplati. Au bout d'une ou deux minutes le déplacement sans heurt de IIa l'amena contre l'obstacle. Une grosse étincelle bleue jaillit qui fondit un morceau de la statue, mais le mouvement s'arrêta.

1. Il s'agit là bien entendu d'une interprétation libre, vu que Ptaclusp ignore le sens des mots « glace », « pare-brise » et « chambre d'hôtel » ; il est cependant intéressant de noter que « tortillement-aigle-aigle-vase-ligne ondulée-canard » se traduit littéralement par « presse pour enveloppes de jambes barbares ».

« Pourquoi des étincelles ? fit Ptaclusp.

— C'est un peu comme un embrasement, je pense. »

Ptaclusp n'était pas parvenu à la position qu'il occupait aujourd'hui... non, correction, qu'il occupait la veille au soir, sans repérer les bons côtés des situations les plus invraisemblables.

« Il va faire des économies de vêtements, remarqua-t-il lentement. Je veux dire, il n'aura qu'à les peindre sur lui.

— Tu n'as pas bien compris le problème, je crois, papa », fit IIb d'un air las. Il s'assit près de son père et contempla le palais de l'autre côté du fleuve.

« Il se passe quelque chose là-bas, dit Ptaclusp. Tu crois qu'ils ont remarqué, pour la pyramide ?

— Ça ne m'étonnerait pas. Elle a pivoté de quatre-vingt-dix degrés, après tout. »

Ptaclusp regarda par-dessus son épaule et hocha lentement la tête.

« Marrant, ça, fit-il. Un peu d'instabilité dans la structure.

— Papa, c'est une pyramide ! On aurait dû la faire s'embraser ! Je te l'ai dit, pourtant ! Les forces en jeu... ben... elles sont trop... »

Une ombre les recouvrit. Ils regardèrent autour d'eux. Ils regardèrent en l'air. Ils regardèrent un peu mieux en l'air.

« Oh, bon sang, lâcha Ptaclusp. C'est Bitos, le dieu à tête de vautour... »

La ville d'Éphèbe s'étendait devant eux, poème classique de marbre blanc qui se prélassait autour de son rocher devant une baie d'un bleu étincelant...

« C'est quoi, ça ? demanda Ptorothée après avoir observé le panorama d'un œil critique.

— La mer, répondit Teppic. J'en ai déjà parlé, rappelez-vous. Les vagues, tout ça.

— Vous avez dit que c'était tout vert et que ça bougeait beaucoup.

— Des fois, oui.

— Hmm. » Au ton de sa voix, elle ne devait pas trouver la mer à son goût, mais elle n'eut pas le temps d'expliquer pourquoi : ils perçurent des éclats de colère. Qui venaient de derrière une dune voisine.

Il y avait un écriteau sur la dune.

Il disait en plusieurs langues : CENTRE D'ESSAIS AXIOMIQUES.

Et en dessous, en caractères légèrement plus petits : DANGER : POSTULATS NON RÉSOLUS.

Tandis qu'ils le lisaient, ou plutôt tandis que Teppic le lisait et que Ptorothée ne le lisait pas, ils entendirent une corde vibrer derrière la dune ; suivit un petit claquement sec, puis une flèche fendit l'air en sifflant. Sale-Bête lui jeta un rapide coup d'œil avant de tourner la tête et de fixer un tout petit carré de sable un peu plus loin.

Une seconde plus tard la flèche s'y enfonça avec un bruit sourd.

Puis l'animal vérifia le poids que soutenaient ses pieds et opéra un petit calcul qui révéla que deux personnes avaient été soustraites de son dos. D'autres calculs lui apprirent qu'elles avaient été ajoutées à la dune.

« Pourquoi vous avez fait ça ? cracha Ptorothée en même temps que du sable.

— On nous a tiré dessus !

— Moi, je ne crois pas. Je veux dire, personne ne sait qu'on est là, hein ? Ce n'était pas la peine de me bousculer comme ça. »

Teppic en convint, un peu à contrecœur, et grimpa avec prudence la surface glissante de la dune. Les voix se disputaient à nouveau :

« *Abandonner ?*

— *On n'a pas les bons paramètres, voilà.*

— *Peuchère, je le sais bien ce qu'on n'a pas, moi.*

— *Et c'est quoi, je te prie ?*

— *On n'a plus de ces saloperies de tortues. Voilà ce qu'on n'a pas.* »

Teppic passa tout doucement la tête au-dessus de la dune.

Il vit un grand espace dégagé, entouré d'alignements complexes de jalons et de drapeaux. Il y avait un ou deux édifices constitués en grande partie de cages, et plusieurs autres constructions intriquées qu'il ne put reconnaître.

Au centre se trouvaient deux hommes : un petit gros rougeaud et un grand maigre à l'air vaguement autoritaire. Ils étaient habillés de draps. Un groupe d'esclaves, pas très habillés ceux-là, les entouraient. L'un d'eux tenait un arc.

Plusieurs autres tenaient des tortues sur des bâtons. Elles faisaient pitié à voir, on aurait dit des sucettes à la tortue.

« En tout cas, c'est cruel, dit le grand maigre. Pauvres petites bêtes. Té, elles me font peine avec leurs petites pattes qui gigotent.

— C'est logiquement impossible que la flèche les atteigne ! » Le petit gros leva les mains au ciel. « Elle ne devrait pas ! Vous me fournissez sûrement des mauvaises tortues, ajouta-t-il d'un ton accusateur. Faudrait essayer avec des tortues plus rapides.

— Ou des flèches plus lentes ?

— Hé bé, peut-être bien. »

Teppic eut conscience d'une légère bousculade à côté de son menton. Une petite tortue passait près de lui à toute allure. Sa carapace portait plusieurs traces de ricochets.

« On va essayer une dernière fois, décida le petit gros. Il se tourna vers les esclaves : Té, vous tous... Allez me la chercher, cette tortue. »

Le petit reptile lança à Teppic un regard à la fois de prière et d'espoir. Le jeune homme le considéra, puis il le souleva doucement et le fourra derrière un caillou.

Il se laissa glisser en arrière jusqu'à Ptorothée en bas de la dune.

« Il se passe des choses vraiment bizarres de l'autre côté, dit-il. Ils tirent des flèches sur des tortues.

— Pourquoi ?

— Allez savoir. Ils ont l'air de croire que les tortues devraient pouvoir aller plus vite.

— Quoi ? Plus vite qu'une flèche ?

— Comme je vous dis. Vraiment bizarre. Vous, vous restez ici. Je sifflerai s'il n'y a pas de danger et que vous pouvez venir.

— Vous ferez quoi s'il y en a, du danger ?

— Je crierai. »

Il regrimpa la dune puis, après s'être brossé les vêtements du plus de sable possible, il se releva et agita son chapeau en direction du groupe. Une flèche le lui arracha des mains.

« Boudie, fit le petit gros. Pardon ! »

Il se précipita sur le sable piétiné pour rejoindre Teppic qui contemplait ses doigts endoloris.

« C'est parti tout seul, haleta-t-il. Mille excuses, j'ai oublié qu'il y avait une flèche. Qu'est-ce que vous allez penser de moi ? »

Teppic prit une profonde inspiration.

« Je m'appelle Xénon, hoqueta le petit gros sans lui laisser le temps de parler. Vous êtes blessé ? On a mis des panneaux pour prévenir, j'en suis sûr. Vous avez traversé le désert ? Vous devez avoir soif. Vous voulez boire ? Vous êtes qui ? Vous n'auriez pas vu une tortue là-haut, des fois ? Rapides, ces bestioles, elles s'esbignent à une de ces vitesses, pas moyen de les arrêter, ces saletés. »

Teppic se dégonfla de nouveau.

« Les tortues ? fit-il. Vous parlez de ces trucs, là, les cailloux à pattes ?

— C'est ça, c'est ça, répondit Xénon. Vous les quittez des yeux une seconde et *vraoum* !

— Vraoum ? » répéta Teppic. Il connaissait les tortues. Il y en avait dans le Vieux Royaume. On pouvait les qualifier entre autres de végétariennes, patientes, réfléchies, voire de maniaques sexuelles extrêmement assidues et obstinées, mais jamais à ce jour de rapides. L'adjectif « rapide » s'associe facilement aux tortues parce qu'elles ne le sont pas.

« Vous êtes sûr ? reprit-il.

— Vé, c'est l'animal le plus rapide[1] de toute la face

1. Pour quiconque ne dispose pas d'un tel système de référence logique, l'animal le plus rapide* du Disque est le puzuma ambigu, névrosé au dernier degré, qui se déplace si vite qu'il approche réellement la vitesse de la lumière dans le champ magique discal. Ce qui veut dire que si vous voyez un puzuma, il n'est pas là. La plupart des puzumas mâles meurent jeunes d'une défaillance grave de la cheville due au fait qu'ils courent très vite derrière des femelles qui ne sont pas là et, bien sûr, qu'ils atteignent une masse suicidaire conformément à la théorie de la relativité. Les

du Disque, la tortue commune, fit Xénon qui eut tout de même la délicatesse de prendre un air fuyant. Logiquement, j'entends », ajouta-t-il.

Le grand maigre fit un signe de tête à Teppic.

« Ne fais pas attention à lui, mon garçon. Il cherche seulement à se couvrir à cause de l'incident de la semaine dernière.

— La tortue a bel et bien battu le lièvre, fit Xénon d'un air boudeur.

— Le lièvre était bel et bien mort, répliqua le grand maigre avec patience. Parce que tu lui as lâché une flèche dessus.

— Je visais la tortue. Tu sais, quand on veut combiner deux expériences, réduire le temps de recherche qui coûte si cher, utiliser au maximum... » Xénon agita son arc où une nouvelle flèche était encochée.

« Excusez-moi, fit Teppic. Vous ne pourriez pas le poser une minute ? Mon amie et moi, on vient de loin et on aimerait bien ne plus se faire tirer dessus. »

Les deux hommes n'avaient pas l'air dangereux, se disait-il, et il le croyait presque.

Il siffla. En réponse au signal, Ptorothée apparut après avoir fait le tour de la dune en conduisant Sale-Bête. Teppic doutait que son costume eût la moindre poche, mais elle avait trouvé moyen de rectifier son maquillage, de se remettre du khôl aux yeux et de se relever les cheveux. Elle ondula vers le groupe comme un serpent pris dans un dérapage, décidée à frapper les étrangers de tout l'impact de sa personnalité. Elle tenait aussi un objet dans l'autre main.

autres meurent du principe d'incertitude de Heisenberg, vu qu'il leur est impossible de savoir qui et où ils sont en même temps, et la perte intermittente de concentration que le phénomène engendre implique que le puzuma n'a conscience de son identité qu'au repos — d'ordinaire à une quinzaine de mètres dans les débris de la montagne qu'il vient de percuter à une vitesse quasi luminique. On raconte que le puzuma a environ la taille du léopard, une robe plutôt unique à carreaux bleus et blancs, même si les spécimens que les sages et les philosophes du Disque ont découverts les ont poussés à déclarer qu'à l'état naturel le puzuma est plat, très mince et mort.

* L'insecte le plus rapide est l'anobion .303, une sorte de ver lisant. Il s'est développé dans les bibliothèques magiques où il faut manger très vite pour éviter de subir les effets des radiations thaumiques. Un anobion .303 adulte peut dévorer une étagère de livres si vite qu'il en rebondit sur le mur.

« Elle a retrouvé la tortue ! fit Xénon. Bravo ! »

Le reptile rentra aussitôt dans sa carapace. Les yeux de Ptorothée fulgurèrent. Elle n'avait pas grand-chose au monde en dehors d'elle-même et n'appréciait pas qu'on salue en elle une vulgaire porteuse de testudinidés.

Le grand maigre soupira. « Tu sais, Xénon, dit-il, je ne peux pas m'empêcher de penser que tu comprends mal cette histoire de tortue et de flèche. »

Le petit gros lui lança un regard noir.

« L'ennui avec toi, Ibid, c'est que tu te prends pour la plus grande putain d'autorité en tout. »

Les dieux du Vieux Royaume se réveillaient.

La foi est une force. Une force faible, comparée à celle de la gravitation ; quand il s'agit de déplacer des montagnes, la gravitation gagne à tous les coups. Mais néanmoins la foi existe, et maintenant que le Vieux Royaume était refermé sur lui-même, qu'il flottait débarrassé du reste de l'univers, qu'il dérivait loin du consensus général qu'on affuble du nom de réalité, la puissance de la foi se faisait sentir.

Durant sept mille ans, le peuple du Jolhimôme avait cru en ses dieux.

Maintenant ses dieux existaient. Et il avait droit, comme qui dirait, à toute la bande.

Ainsi le peuple du Vieux Royaume apprenait par exemple que Vut, le dieu du Soir à tête de chien, a bien meilleure allure en peinture sur un pot que lorsqu'il titube dans la rue sur ses soixante-dix pattes en grognant et en dégageant une odeur infecte.

Assis dans la salle du trône, le masque d'or sur les genoux, Dios fixait l'obscurité dehors. Les prêtres de rang inférieur groupés près de la porte prirent enfin leur courage à deux mains et vinrent vers lui avec autant d'entrain qu'à l'approche d'un lion rugissant. Nul ne s'inquiète davantage des manifestations physiques réelles d'un dieu que ses prêtres ; c'est comme recevoir la visite inopinée d'un polyvalent.

Seul Koomi resta un peu à l'écart des autres. Il réfléchissait dur. Des pensées curieuses et originales s'amassaient le long de circuits neuraux rarement fréquentés et partaient dans des directions inimaginables. Il voulait voir où elles aboutissaient.

« Ô Dios, murmura le grand prêtre de Ket, le dieu de la Justice à tête d'ibis, quels sont les ordres du roi ? Les dieux sillonnent le pays, ils se battent et détruisent des maisons, ô Dios. Où est le roi ? Qu'attend-il de nous ?

— Oui-da », fit le grand prêtre de Scrab, le pousseur de la boule du Soleil. Il sentit qu'on en attendait davantage de sa part. « En vérité, ajouta-t-il. Votre Seigneurie aura remarqué que le soleil vacille parce que tous les dieux du Soleil se battent pour se l'arracher et... — il frotta des pieds par terre — le saint Scrab a opéré une retraite stratégique et... euh... il a fait un atterrissage forcé sur la ville de Hort. Un certain nombre de bâtiments ont arrêté sa chute.

— Et à juste titre, fit le grand prêtre de Thrrp, le conducteur du char du Soleil. Car, tout le monde le sait, c'est mon maître le vrai dieu du... »

Ses paroles moururent.

Dios tremblait, il se balançait lentement d'avant en arrière. Ses yeux fixaient le vide. Ses mains serraient le masque assez fort pour laisser des empreintes de doigts dans l'or, et ses lèvres formaient sans un son les mots du rituel de la Deuxième Heure auquel on se livrait depuis des millénaires à ce moment précis.

« Je crois que c'est le choc, fit un prêtre. Vous savez, il est tellement ancré dans ses habitudes. »

Les autres s'empressèrent de montrer qu'il y avait au moins un sujet sur lequel ils pouvaient donner des conseils.

« Allez lui chercher un verre d'eau.

— Mettez-lui un sac en papier sur la tête.

— Sacrifiez un poulet sous son nez. »

Il y eut un sifflement aigu, la déflagration lointaine d'une explosion et un long chuintement. Quelques vrilles de vapeur s'insinuèrent en se tordant dans la salle.

Les prêtres se ruèrent au balcon, laissant Dios à son état de choc déconcertant, et découvrirent que la foule autour du palais fixait le ciel.

« À ce qu'il semble, fit le grand prêtre de Cephut, dieu de la Coutellerie, qui se sentait capable d'un avis plus serein sur la situation présente, Thrrp a commis la faute et s'est fait intercepter par un tacle surprise de Jeht, le timonier de l'Orbe Solaire. »

Un bourdonnement s'éleva au loin, comme si plusieurs millions de mouches bleues paniquées décollaient, et une immense forme sombre survola le palais.

« Mais, poursuivit le prêtre de Cephut, Scrab revient... oui, il prend de la hauteur... Jeht ne l'a pas encore vu, il se rapproche en toute confiance du zénith... Et voici Sessifet, déesse de l'Après-Midi ! Ça, c'est une surprise ! Une surprise de taille ! Une jeune déesse qui n'a pas encore fait ses preuves mais, ma parole, ça promet, c'est une action incroyable, mes eunuques et messieurs, et... oui... Scrab a commis la faute ! Il a commis la faute !... »

Les ombres dansèrent et tournoyèrent sur les pierres du balcon.

« ... Et... mais qu'est-ce qui se passe ? Les dieux vétérans, ils coopèrent, il n'y a pas d'autre mot, contre les nouveaux venus effrontés ! Mais la jeune Sessifet, quel cran, elle s'accroche, elle exploite la faiblesse... elle est passée !... et maintenant elle se détache, elle prend de la distance, Gil et Scrab sont apparemment aux prises, le ciel est dégagé devant elle et, oui, oui !... c'est le midi ! Midi ! Midi ! »

Silence. Le prêtre eut conscience que tout le monde le regardait.

Puis quelqu'un demanda : « Pourquoi vous braillez dans ce jonc ?

— Pardon. Je ne sais pas ce qui m'a pris. »

La prêtresse de Sarduk, déesse des Cavernes, grogna.

« Et si l'un d'eux l'avait laissé tomber ? jeta-t-elle sèchement.

— Mais... Mais... — il déglutit — ce n'est pas possible, hein ? Pas vraiment ? On a dû tous manger un truc, ou on est restés trop longtemps au soleil, ou autre chose. Parce que... enfin quoi, tout le monde sait que les dieux ne sont pas... Je veux dire, le soleil, c'est une grosse boule de gaz en fusion, non ? Qui tourne tous les jours autour du monde, et... et... et les dieux... enfin, vous savez bien, les gens ont un gros besoin de croire, comprenez-moi... »

Koomi, malgré les pensées perfides qui lui bourdonnaient dans la tête, eut l'esprit plus vif que ses collègues.

« Attrapez-le, les gars ! » s'écria-t-il.

Quatre prêtres saisirent le malheureux adorateur de la coutellerie par les bras et les jambes, l'entraînèrent à toute vitesse sur les dalles jusqu'au bord du balcon et l'expédièrent par-dessus le parapet dans les eaux boueuses du Jolh.

Il remonta à la surface en crachouillant.

« Pourquoi vous avez fait ça ? demanda-t-il. Vous savez tous que j'ai raison. Aucun de vous ne... »

Les eaux du Jolh s'ouvrirent sur des mâchoires paresseuses, et le prêtre disparut au moment même où la gigantesque forme ailée de Scrab bourdonnait, menaçante, au-dessus du palais avant de s'éloigner dans un ronflement vers les montagnes.

Koomi s'épongea le front.

« On l'a échappé belle », dit-il. Ses collègues approuvèrent du chef, les yeux fixés sur les rides qui s'estompaient dans l'eau. Le doute sincère n'avait soudain plus sa place au Jolhimôme. Le doute sincère était un bon moyen de se faire pincer et arracher les membres.

« Euh... fit l'un, Cephut ne va pas être très content, quand même, vous ne croyez pas ?

— Salut à toi, Cephut », lancèrent-ils en chœur. Au cas où.

« Je ne vois pas pourquoi, grommela un vieux prêtre au dernier rang. Un foutu artisan de couteaux et de fourchettes. »

Ils se saisirent du vieux qui continuait de protester et le balancèrent dans le fleuve.

« Salut à toi... — ils marquèrent un temps — Il était le grand prêtre de qui, au fait ?

— Bunu, le dieu des chèvres à tête de chèvre ? Sûrement, non ?

— Salut à toi, Bunu, sûrement », braillèrent-ils d'une seule voix tandis que les crocodiles sacrés rappliquaient comme des sous-marins.

Koomi leva les mains d'un air implorant. On dit que l'homme est le fruit des circonstances. Lui relevait de l'espèce que produisent des circonstances tortueuses et désagréables, et sous son crâne chauve certaines conclusions commençaient à se dégager, comme restées emprisonnées dans la pierre des années durant. Il ne savait pas encore très bien en quoi elles consistaient, ces conclusions, mais elles avaient en gros pour objets les dieux, le nouvel âge, la nécessité d'une main ferme pour tenir la barre et peut-être l'enfournage de Dios dans le premier crocodile venu. Cette simple pensée l'emplit d'un plaisir défendu.

« Frères ! s'écria-t-il.

— Si je peux me permettre... fit la prêtresse de Sarduk.

— Et sœurs...

— Je te remercie.

— ... réjouissons-nous ! » Les prêtres rassemblés observaient un silence total. Une démarche aussi hardie, ils n'y avaient encore jamais songé. Et Koomi, au vu de leurs visages levés vers lui, se sentit parcouru d'un frisson tel qu'il n'en avait jamais connu. Ils étaient malades de trouille et ils attendaient qu'il leur dise — oui, lui —, qu'il leur dise quoi faire.

« Oui-da ! reprit-il. Or donc, en vérité, l'heure des dieux...

— ... et des déesses...

— ... oui, et des déesses, est à portée de main. Euh... »

Et ensuite ? Qu'est-ce qu'il allait leur dire de faire, en fin de compte ? Puis il songea : aucune importance. Suffit d'avoir de l'assurance. Le vieux Dios les poussait toujours, il n'essayait jamais de les conduire. Sans lui, ils errent sans but comme des moutons.

« Et, chers frères — et chères sœurs, bien entendu —, nous devons nous demander... nous devons nous demander... nous, euh... oui. » Sa voix s'enfla encore d'une assurance nouvelle. « Oui, nous devons nous demander pourquoi les dieux sont à portée de main. Assurément, c'est parce que nous manquons de ferveur dans notre vénération, nous avons, euh... nous avons désiré des idoles. »

Les prêtres échangèrent des regards. Ah bon ? On s'y est pris comment, au fait ?

« Et, oui... et les sacrifices ? Il fut un temps où un sacrifice, c'était un sacrifice et non des tripotages avec une poule et des fleurs. »

Des quintes de toux s'élevèrent dans l'auditoire.

« Vous voulez parler des servantes, là ? hasarda un prêtre.

— Hum.

— Et aussi des jeunes novices, bien sûr », se reprit en hâte le prêtre. Sarduk était une des plus anciennes déesses dont les adoratrices s'adonnaient à des actes inavouables dans les bosquets sacrés ; de l'imaginer en balade dans la nature, du sang jusqu'aux coudes, les larmes lui vinrent aux yeux.

Le cœur de Koomi battait fort. « Ben quoi, pourquoi pas ? fit-il. Tout allait mieux en ce temps-là, non ?

— Mais, euh... je croyais qu'on avait arrêté ces trucs-là. Le déclin de la population et ainsi de suite. »

Il y eut un éclaboussement monstrueux dans le fleuve. Tzut, le dieu à tête de serpent du Haut-Jolh, fit surface et regarda gravement les prêtres rassemblés. Puis Fhez, le dieu à tête de crocodile du Bas-Jolh, émergea près de lui et tenta d'un coup de dents fougueux de lui arracher la tête. Tous deux plongèrent dans une pluie d'embruns et un petit raz de marée qui passa par-dessus le balcon.

« Ah, mais peut-être que justement la population a décliné parce qu'on a arrêté de sacrifier des vierges... des deux sexes, s'empressa d'ajouter Koomi. Est-ce que vous y avez déjà pensé ? »

Ils y pensèrent. Et ils y repensèrent.

« Je ne crois pas que le roi serait d'accord... fit prudemment un prêtre.

— Le roi ? cria Koomi. Où il est, le roi ? Montrez-moi le roi ! Demandez à Dios où il est, le roi ! »

Il y eut un choc sourd à ses pieds. Il baissa des yeux horrifiés tandis que le masque d'or rebondissait et roulait vers les prêtres. Ils s'égaillèrent en vitesse comme des quilles.

Dios pénétra à grands pas dans la lumière du soleil en litige, la figure grise de fureur.

« Le roi est mort », dit-il.

Koomi chancela sous la seule force de sa colère mais se reprit magnifiquement.

« Alors son successeur... commença-t-il.

— Il n'y a pas de successeur », le coupa Dios. Il leva la tête vers le ciel. Peu de gens peuvent contempler directement le soleil, mais sous le regard venimeux de Dios même l'astre du jour aurait bronché et se serait détourné. Les yeux de Dios visaient le long de son épouvantable nez comme une paire de télémètres.

« Venir ici comme s'ils étaient chez eux, dit-il à la cantonade. Comment osent-ils ? »

La bouche de Koomi s'ouvrit toute grande. Il voulut protester, mais un regard d'un kilowatt le réduisit au silence.

Il chercha un appui auprès du groupe des prêtres, lesquels étaient très occupés à s'examiner les ongles ou à fixer obstinément un point en l'air. Le message était clair. Qu'il se débrouille tout seul. Mais si par hasard il gagnait la bataille entre sa volonté et celle de Dios, on ne manquerait pas de l'entourer et de lui assurer qu'on l'avait toujours soutenu.

« Ils sont chez eux, quand même, marmonna-t-il.

— Quoi ?

— Ils, euh... ils sont bien chez eux, Dios », répéta Koomi. Il donna libre cours à son humeur. « Ce sont ces saletés de dieux, Dios !

— Ce sont nos dieux à nous, siffla le grand prêtre. Nous ne sommes pas leurs sujets. Ce sont mes dieux à moi, et ils vont apprendre à faire ce qu'on leur demande ! »

Koomi ne résista pas à l'assaut frontal. C'était impossible de soutenir ce regard de saphir, impossible de résister au nez en hache de guerre, et surtout personne n'avait la moindre chance d'entamer l'armure de vertu terrifiante de Dios.

« Mais... » parvint-il à articuler.

Dios le fit taire d'une main tremblante.

« Ils n'ont pas le droit ! dit-il. Je ne leur ai pas donné d'ordre ! Ils n'ont pas le droit !

— Alors, qu'est-ce que vous allez faire ? » demanda Koomi.

Les mains de Dios s'ouvraient et se refermaient par à-coups. Il se sentait comme un royaliste — un bon royaliste, du genre qui découpe les photos de tous les membres de la famille royale pour les coller dans un album, un royaliste qui ne supporte pas qu'on leur jette la pierre, ils font si bien leur travail sans pouvoir répondre aux critiques —, comme un royaliste, donc, qui verrait soudain la famille régnante débarquer dans son salon et se mettre à le réaménager. Il mourait d'envie de retourner à la nécropole, d'y retrouver la fraîcheur silencieuse au milieu de ses vieux amis et d'y faire un somme rapide après lequel il réfléchirait beaucoup plus clairement...

Le cœur de Koomi bondit dans sa poitrine. Le malaise de Dios dénotait une fissure dans laquelle, avec les précautions de rigueur, on pouvait enfoncer un coin. Mais pas question de se servir d'un marteau. De front, Dios était capable de mater le monde.

Le vieux prêtre tremblait encore. « Je ne me permets pas de leur dire comment mener leurs affaires dans le Ci-dessous, fit-il. Qu'ils s'abstiennent donc de me dire comment diriger mon royaume. »

Koomi mit sous le coude cette déclaration séditieuse en attendant de l'étudier de plus près et tapota doucement le dos du grand prêtre.

« Vous avez raison, évidemment. » Les yeux de Dios pivotèrent.

« Ah bon ? fit-il, l'air soupçonneux.

— J'en suis sûr, en tant que ministre du roi vous trouverez une solution. Vous avez notre soutien total, ô Dios. » Koomi agita une main en l'air en direction des prêtres qui approuvèrent de tout cœur. Quand on ne pouvait pas se fier aux rois ni aux dieux, on pouvait toujours compter sur Dios. Tous jusqu'au dernier, ils préféraient la colère aléatoire des dieux à une réprimande de Dios. Le grand prêtre leur inspirait une terreur on ne peut plus humaine et concrète dont aucune entité surnaturelle ne serait jamais capable. Dios allait arranger ça.

« Et nous refusons d'écouter les rumeurs farfelues qui

courent sur la disparition du roi. Il s'agit sans nul doute d'exagérations ridicules sans le moindre fondement », ajouta Koomi.

Les prêtres opinèrent tandis que dans chacun de leurs cerveaux une toute petite rumeur déroulait sa queue.

« Quelles rumeurs ? fit Dios du coin de la bouche.

— Alors éclaire-nous, maître, sur la voie que nous devons maintenant suivre », conclut Koomi.

Dios vacilla.

Il ne savait que faire. Pour lui, c'était une expérience nouvelle. Un *changement.*

Tout ce qu'il trouva, et qui s'imposa à son esprit, ce fut les paroles du rituel de la Troisième Heure auquel il se livrait tous les jours au même instant depuis... depuis combien de temps ? Depuis longtemps, trop longtemps ! Et depuis longtemps aussi il aurait dû prendre un repos éternel, mais ce n'était jamais le bon moment, il n'y avait jamais personne de compétent, ils se seraient sentis perdus sans lui, le royaume se serait effondré, il aurait fait faux bond à tout le monde, alors il traversait le fleuve... Il jurait à chaque fois que c'était la dernière, mais il y en avait toujours une autre dès lors que le froid gagnait ses membres, et les décennies s'étaient... allongées. Et aujourd'hui, à l'heure où son royaume avait besoin de lui, les paroles d'un rituel s'inscrivaient toutes seules dans les circuits de son cerveau et gênaient toute tentative de réflexion.

« Euh... » fit-il.

Sale-Bête mâchait allégrement. Teppic l'avait attaché trop près d'un olivier qui, du coup, essuyait un élagage en règle. De temps en temps le chameau s'arrêtait, jetait un coup d'œil en l'air aux mouettes qui tournoyaient partout au-dessus de la cité d'Éphèbe et les arrosait d'une salve brève mais mortelle de noyaux d'olives.

Il remâchait en outre dans sa tête un nouveau concept intéressant en physique thau-dimensionnelle qui unifiait le temps, l'espace, le magnétisme, la gravité et, pour une raison inconnue, les brocolis. De temps en temps il produisait des bruits comme de lointaines explosions de carrière, preuve que tous ses estomacs fonctionnaient à la perfection.

Assise sous l'arbre, Ptorothée donnait à manger des feuilles de vigne à la tortue.

La chaleur grésillait sur les murs blancs de la taverne, mais, songea Teppic, quelle différence avec le Vieux Royaume ! Dans son pays, même la chaleur était vieille ; l'air y avait une odeur de moisi, il manquait de vie, il oppressait comme un étau, il sentait les siècles bouillis. Ici, la brise marine l'allégeait. Les cristaux de sel le relevaient. Il charriait des arômes toniques de vin ; davantage que des arômes, d'ailleurs, parce que Xénon en était déjà à sa deuxième amphore. C'était le genre de coin où la nature se retroussait les manches pour donner le meilleur d'elle-même.

« Mais je ne comprends toujours pas votre histoire de tortue », dit-il avec une certaine difficulté. Il venait de goûter à sa première gorgée de vin d'Éphèbe qui lui avait comme verni le fond de la gorge.

« C'très simple, attaqua Xénon. Té, suppose que ce noyau d'olive, il soye la flèche et... — il chercha au hasard autour de lui — et cette mouette assommée la tortue, d'accord ? Bon, quand tu la tires, la flèche, elle va d'ici à la moue... à la tortue, d'accord ?

— Oui, je crois, mais...

— Mais, à ce moment-là, la moue... la tortue, elle est un peu plus loin, non ? D'accord ?

— Oui, je crois », fut forcé de reconnaître Teppic. Xénon lui lança un regard de triomphe.

« Donc, la flèche doit parcourir une distance supplémentaire, hé, forcément, jusqu'au point où se trouve la tortue. Pendant ce temps, la tortue, elle a vol... progressé, pas beaucoup, je te l'accorde, mais ça suffit. Pas vrai ? Donc, la flèche doit continuer encore un peu plus loin, mais en réalité, au moment où elle arrive là où la tortue se trouve maintenant, la tortue n'y est plus. Donc, si la tortue continue d'avancer, la flèche ne l'atteindra jamais. Elle s'en rapprochera de plus en plus mais elle ne l'atteindra jamais. C.Q.F.D.

— Vous avez raison, alors ? demanda machinalement Teppic.

— Nan, fit Ibid d'un ton glacial. Une dizaine de brochettes de tortues sont là pour prouver qu'il a tort. L'ennui avec mon collègue, c'est qu'il ne connaît pas la différence entre un postulat et une métaphore de l'existence humaine. Ou un trou dans la terre.

— Hier, la flèche ne l'a pas rejointe, rétorqua sèchement Xénon.

— Oui, j'étais là. Tu as à peine bandé l'arc. Je t'ai vu. »

Ils recommencèrent à se chamailler.

Teppic contempla le vin dans sa chope. Ces hommes sont des philosophes, songea-t-il. Ils le lui avaient dit. Ils devaient donc avoir des cerveaux assez vastes pour contenir des idées sur lesquelles personne ne s'arrêterait plus de cinq secondes. Sur le chemin de la taverne Xénon lui avait expliqué, par exemple, pourquoi il était logiquement impossible de tomber d'un arbre.

Teppic avait raconté la disparition du Royaume, sans révéler toutefois le poste qu'il y occupait. Il manquait d'expérience dans ce domaine, mais il avait la nette impression que les rois dépossédés de leur royaume risquaient d'être mal vus dans les pays voisins. Il en avait connu deux ou trois dans ce cas à Ankh-Morpork, des souverains détrônés qui avaient fui leur pays soudain insalubre pour le sein accueillant d'Ankh en n'emportant rien d'autre que les vêtements qu'ils avaient sur le dos et quelques charretées de joyaux. La cité, bien entendu, acceptait tous ceux — sans distinction de race, de couleur, de rang ni de confession — qui avaient de l'argent à jeter par les fenêtres, mais l'inhumation de monarques en excédent représentait tout de même une source régulière de travail pour la Guilde des Assassins. Il se trouvait toujours quelqu'un dans leur royaume désireux de s'assurer que les monarques déposés ne remontent pas sur le trône. La règle générale était : un jour prince héritier, le lendemain prince qu'on sort ; ou mieux : dauphin aujourd'hui, défunt demain.

« Je crois qu'il s'est fait prendre dans la géométrie, dit-il avec espoir. Il paraît que vous êtes très bons en géométrie dans votre pays. Vous pouvez peut-être me dire comment revenir.

— Bé, la géométrie, ce n'est pas mon fort, dit Ibid. Comme tu le sais sûrement.

— Pardon ?

— Tu n'as pas lu mes *Principes d'un gouvernement idéal* ?

— Je crains que non.

— Ni mon *Discours sur l'inéluctabilité historique* ?

— Non. »

Ibid eut l'air déconfit. « Oh, fit-il.

— Ibid est une autorité reconnue en tout, déclara Xénon. Sauf en géométrie. Et en décoration d'intérieur. Et aussi en logique élémentaire. » Ibid lui lança un regard noir.

« Et vous, alors ? » demanda Teppic.

Xénon vida sa chope jusqu'à la dernière goutte. « J'suis davantage dans les tests de résistance des axiomes, dit-il. Le collègue qu'il te faut, c'est Phtagonal. Un gars qu'a l'esprit très aigu et qui verra ton problème sous le bon angle. »

Il fut interrompu par un martèlement de sabots. Des cavaliers passaient devant la taverne à bride abattue pour monter les rues pavées et tortueuses de la ville. Ils avaient l'air tout excités.

Ibid retira une mouette étourdie de son vin et la posa sur la table. Il avait la mine songeuse.

« Si le Vieux Royaume a vraiment disparu... commença-t-il.

— Il a vraiment disparu, oui, fit Teppic d'un ton ferme. C'est difficile de se tromper sur une chose pareille, quand même.

— Alors ça veut dire que notre frontière est concourante avec celle de Tsort, dit-il d'un ton solennel.

— Pardon ?

— Il n'y a plus rien entre nous, expliqua le philosophe. Oh, boudie. Ça veut dire qu'on va être forcés de faire la guerre.

— Pourquoi ? »

Ibid ouvrit la bouche, s'arrêta et se tourna vers Xénon. « Pourquoi forcés de faire la guerre ?

— Impératif historique, répondit Xénon.

— Ah, oui. Je savais que c'était quelque chose dans le genre. On ne peut pas y échapper, j'en ai peur. C'est désolant, mais c'est comme ça. »

Un autre martèlement de sabots retentit et un autre groupe de cavaliers déboucha à l'angle de la rue ; cette fois ils se dirigeaient vers le pied de la colline. Ils portaient les hauts casques à plumet des soldats éphébiens et poussaient des cris enthousiastes.

Ibid s'installa plus confortablement sur le banc et joignit les mains.

« Les hommes du tyran, dit-il alors que la troupe franchissait au galop les portes de la ville pour s'enfoncer dans le désert. Il les envoie vérifier, peuchère. »

Teppic connaissait évidemment l'inimitié qui opposait Éphèbe à Tsort. Le Vieux Royaume en avait largement profité, en assurant aux marchands des deux bords un petit coin discret où traiter leurs affaires. Il tambourina des doigts sur la table.

« Ça fait des milliers d'années que vous ne vous êtes pas battus. Vous étiez des tout petits pays en ce temps-là. Ça donnait une échauffourée, sans plus. Maintenant vous êtes de grandes nations. Il pourrait y avoir des victimes. Ça ne vous tracasse pas ?

— C'est une question de fierté, répondit Ibid, mais on sentait un soupçon d'incertitude dans sa voix. On n'a pas beaucoup le choix, je crois.

— C'était à cause de cette foutue vache de bois ou je n'sais quoi, fit Xénon. Jamais ils ne nous l'ont pardonnée, cette histoire-là.

— Si on ne les attaque pas en premier, eux le feront.

— C'vrai. Alors vaut mieux riposter sans leur laisser le temps de frapper. »

Les deux philosophes se regardèrent, mal à l'aise.

« D'un autre côté, dit Ibid, la guerre empêche de penser sainement.

— Ça, c'est juste, convint Xénon. Surtout les morts. »

Suivit un silence embarrassé, que seuls troublaient la voix de Ptorothée qui chantait pour la tortue et les cris réguliers des mouettes touchées en plein vol.

« Quel jour on est ? demanda Ibid.

— Mardi, répondit Teppic.

— Je crois, reprit Ibid, que ce serait une bonne idée de venir au symposium. Il se tient tous les mardis, ajouta-t-il. Tous les grands esprits d'Éphèbe y seront. Tout ça mérite réflexion. »

Il jeta un coup d'œil à Ptorothée.

« Mais, reprit-il, la jeune dame ne peut pas y assister, naturellement. Les femmes sont absolument interdites. Elles ont le cerveau qui chauffe. »

Le roi Teppicymon XXVII ouvrit les yeux. Fait drôlement noir là-dedans, songea-t-il.

Il s'aperçut qu'il entendait battre son propre cœur, mais assourdi, comme éloigné.

Et alors la mémoire lui revint.

Il était vivant. À nouveau vivant. Mais cette fois en pièces détachées.

Il avait plus ou moins cru qu'on allait le rassembler une fois dans l'autre monde, comme les maquettes de Grinjer.

Ressaisis-toi, mon vieux, se dit-il.

C'est à toi de te reprendre en mains.

Bon, songea-t-il. Il y avait au moins six jarres. Donc mes yeux se trouvent dans l'une d'elles. L'idéal, ce serait de dégager le couvercle pour voir de quoi il retourne.

Pour ça, il faut que je me serve de mes bras, de mes jambes et de mes doigts.

L'affaire s'annonce délicate.

Il leva timidement la main, les articulations raides, et toucha quelque chose de lourd. Il sentit qu'il pourrait le bouger ; il redressa donc maladroitement l'autre bras et poussa.

Il entendit un choc sourd à quelque distance et eut la nette impression d'un espace dégagé au-dessus de lui. Il s'assit dans un long craquement.

Les parois du cercueil de cérémonie l'enserraient toujours, mais à sa grande surprise il découvrit qu'un lent mouvement du bras suffisait pour s'en débarrasser comme s'il s'agissait de feuilles de papier. Sûrement la saumure et le rembourrage, se dit-il. Ça donne du poids.

Il gagna à tâtons le bord du bloc « opératoire », descendit ses jambes lourdes par terre et, après une pause pour souffler un peu, par habitude, il fit ses premiers pas titubants de nouveau-né chez les non-morts.

Il est extrêmement difficile de marcher avec les jambes pleines de paille quand le cerveau qui les commande se trouve dans un pot à trois mètres de là, mais il réussit à atteindre le mur et le suivit jusqu'à ce qu'un fracas lui apprenne qu'il était arrivé à l'étagère où trônaient les vases canopes. Il tripota le couvercle du premier et plongea doucement la main à l'intérieur.

Ce doit être le cerveau, songea-t-il, hystérique, parce que la semoule, ça ne bloblote pas autant. Je reprends mes esprits, haha.

Il visita deux autres vases et une explosion de lumière lui apprit qu'il avait trouvé le bon, celui qui contenait ses yeux. Il vit sa propre main bandelettée descendre, grossir démesurément, les ramasser et les remonter avec précaution.

Il me semble que j'ai récupéré le plus important, se dit-il. Le reste peut attendre. Quand j'aurai faim, peut-être, et ainsi de suite.

Il se retourna et s'aperçut qu'il n'était pas seul. Aneth et Gern le regardaient. Pour se tasser davantage dans l'angle le plus éloigné de la salle, il leur aurait fallu une épine dorsale triangulaire.

« Ah. Holà, braves gens, fit le roi, conscient de sa voix légèrement caverneuse. J'en connais si long sur vous que j'aimerais vous serrer la main. » Il baissa les yeux. « Seulement, elles sont plutôt pleines pour l'instant, ajouta-t-il.

— Gkkk, fit Gern.

— Vous ne pourriez pas me reconstituer un peu, des fois ? demanda le roi en se tournant vers Aneth. Vos points de suture m'ont l'air de bien tenir, au fait. Compliments, mon vieux. »

Une fierté toute professionnelle perça la barrière de terreur d'Aneth. « Vous vivez ? hasarda-t-il.

— C'était bien prévu comme ça, non ? » répliqua le roi.

Aneth hocha la tête. Oui, certainement. Il avait toujours cru que ça se passait ainsi. Seulement, il ne s'attendait pas à ce que ça arrive pour de bon. Mais c'était arrivé, et les premières paroles du roi, enfin, presque les premières, avaient été en l'honneur de son travail de couture. Sa poitrine s'enfla. Personne à la Guilde n'avait jamais reçu les félicitations d'un client.

« Tiens, fit-il à Gern dont les omoplates cherchaient avec insistance à traverser le mur. Écoute un peu ce qu'on dit à ton maître. »

Le roi marqua un temps. Il commençait à croire que quelque chose clochait. Évidemment, l'autre monde était comme le monde normal, mais en mieux, et il paraissait logique d'y trouver des serviteurs et le reste. Mais il lui ressemblait quand même beaucoup trop. Il était à peu près sûr qu'Aneth et Gern n'auraient pas dû s'y trouver déjà. D'ailleurs, à sa connaissance, les gens du commun bénéficiaient de leur propre au-delà où ils se sentaient plus à l'aise, où ils pouvaient se mêler à leurs semblables sans avoir l'impression de gêner, de ne pas être dans leur milieu social.

« Dites, fit-il, je n'ai peut-être pas tout saisi. Vous n'êtes pas morts, hein ? »

Aneth ne répondit pas tout de suite. Il n'était pas très sûr de la réponse, certains phénomènes qu'il avait vus aujourd'hui le faisaient douter. Mais finalement, force lui fut de reconnaître qu'il devait être en vie.

« Qu'est-ce qui se passe, alors ? demanda le roi.

— On ne sait pas, ô roi, fit Aneth. Vraiment. Tout s'est réalisé, ô source des eaux !

— Qu'est-ce qui s'est réalisé ?

— Tout !

— Tout ?

— Le soleil, ô seigneur. Et les dieux ! Ah là là, les dieux ! Ils sont partout, ô maître du ciel !

— On est entrés par-derrière, dit Gern qui était tombé à genoux. Pardonnez-nous, ô seigneur de justice qui êtes revenu dispenser votre grande sagesse et tout. Je vous demande pardon pour Gwlenda et moi, on a succombé à chaispasquoi, un moment de folle passion, on a pas pu se retenir. Et puis, c'est moi... »

Aneth le réduisit du geste à un silence dévot.

« Excusez-moi, fit-il à la momie royale. Mais est-ce qu'on ne pourrait pas discuter loin des oreilles du petit ? D'homme à...

— Cadavre ? proposa le roi dans un effort pour le mettre à l'aise. Mais certainement. »

Ils se rendirent sans se presser à l'autre bout de la salle.

« Faut dire, ô gracieux roi de... commença Aneth dans un chuchotement de conspirateur.

— Je crois que nous pouvons nous dispenser de tout ce tralala, le coupa tout net le roi. Les morts ne font pas de manières. "Roi" suffira largement.

— Faut dire... roi, alors, reprit Aneth qu'un tel traitement sur un pied d'égalité fit légèrement frissonner, le jeune Gern s'imagine que tout est de sa faute. Je lui ai dit et répété que les dieux ne feraient pas tant d'histoires pour un gamin que la croissance démange, si vous me suivez. » Il marqua un temps, puis ajouta prudemment : « Ils n'en feraient pas, hein ?

— Je ne le crois pas une seconde, répliqua sèchement le roi. Autrement, on les aurait toujours sur le dos.

— C'est ce que je lui ai dit, fit Aneth avec un grand soulagement. C'est un bon garçon, monsieur, seulement, sa m'man, elle a de drôles d'idées sur la religion. On les aurait toujours sur le dos, ce sont mes propres termes. Je vous serais très reconnaissant si vous pouviez lui en toucher un mot, monsieur, vous savez, histoire de le tranquilliser...

— J'en serais ravi », fit obligeamment le roi.

Aneth se glissa plus près.

« Faut dire, monsieur... ces dieux, monsieur, ils ne vont pas bien. On les a observés, monsieur. En tout cas, moi, j'ai regardé. J'ai grimpé sur le toit. Pas Gern, il s'est caché sous l'établi. Ils ne vont pas bien, monsieur !

— Qu'est-ce qui ne va pas ?

— Ben, ils sont là, monsieur ! Ça n'est pas normal, hein ? Qu'ils soient vraiment là, je veux dire. Ils se baladent partout, ils se battent entre eux et ils crient sur les gens. » Il jeta un coup d'œil de droite et de gauche avant de poursuivre : « De vous à moi, monsieur, ils ne m'ont pas l'air très futés. »

Le roi hocha la tête. « Que font les prêtres, à ce sujet ? demanda-t-il.

— Je les ai vus qui se jetaient les uns les autres dans le fleuve, monsieur. »

Le roi hocha une fois de plus la tête. « Une bonne chose, dit-il. Ils reviennent enfin à la raison.

— Vous savez ce que je pense, monsieur ? reprit Aneth d'un air sérieux. Toutes nos croyances se réalisent. Et j'ai entendu parler d'autre chose, monsieur. Ce matin — si c'était bien ce matin, vous comprenez, parce que le soleil est partout, monsieur, et ce n'est pas le bon —, ce matin, donc, des soldats ont voulu prendre la route d'Éphèbe, monsieur, et vous savez ce qu'ils ont découvert ?

— Qu'est-ce qu'ils ont découvert ?

— La route qui devait les mener à Éphèbe les a ramenés ! » Aneth fit un pas en arrière pour mieux illustrer le caractère sérieux de la révélation. « Ils étaient arrivés dans les rochers, et tout d'un coup ils se sont retrouvés sur le chemin de Tsort. Comme si la route revenait sur elle-même. On est enfermés, monsieur. Enfermés avec nos dieux. »

Et moi, je suis enfermé dans mon corps, songea le roi. Toutes nos croyances se réalisent ? Et nos croyances ne sont pas ce que nous croyons.

C'est-à-dire, nous pensons croire que les dieux sont sages, justes et puissants, mais ce que nous croyons réellement, c'est qu'ils sont comme un père après une dure journée. Et nous pensons croire que l'autre monde est une espèce de paradis, mais ce que nous croyons réellement, c'est que le paradis est ici, que nous l'avons en nous, dans notre corps, et moi j'y suis, et je ne vais jamais en sortir. Jamais, jamais.

« Qu'est-ce qu'il en dit, mon fils ? » demanda-t-il.

Aneth toussa. D'une toux qui ne présageait rien de bon. Les Espagnols se servent d'un point d'interrogation renversé pour prévenir qu'on va entendre une question ; cette toux était du genre à prévenir qu'on va entendre un chant funèbre.

« Je ne sais pas comment vous annoncer ça, monsieur.

— Vas-y, parle, mon vieux.

— Monsieur, on dit qu'il est mort, monsieur. On dit qu'il s'est tué et qu'il s'est enfui.

— Qu'il s'est tué ?

— Navré, monsieur.

— Et qu'il s'est enfui après ?

— À dos de chameau, à ce qu'on dit.

— Nous avons une après-vie animée dans notre famille, non ? remarqua sèchement le roi.

— Vous demande pardon, monsieur ?

— Je veux dire : on pourrait estimer que les deux choses s'excluent mutuellement. »

La figure d'Aneth eut la délicatesse de se vider de toute expression.

« J'entends : elles ne peuvent être vraies toutes les deux, expliqua le roi.

— Hum.

— Oui, d'accord, mais moi, je suis un cas à part, fit le roi d'un ton irrité. Dans ce royaume, on croit qu'on vit après la mort seulement si on a été momif... »

Il n'alla pas plus loin.

C'était une pensée trop horrible. Il s'y arrêta pourtant un moment.

Puis il lança : « Il faut faire quelque chose.

— Pour votre fils, monsieur ? demanda Aneth.

— Laissons donc mon fils où il est, il n'est pas mort, je le saurais, lâcha sèchement le roi. Il peut se débrouiller tout seul, c'est mon fils. Ce sont mes ancêtres qui m'inquiètent.

— Mais ils sont morts... » commença Aneth.

On a déjà signalé qu'Aneth manquait d'imagination. Dans son travail, le manque d'imagination était essentiel. Mais son esprit avait des yeux qui s'ouvrirent sur un panorama de pyramides échelonnées le long du fleuve, ainsi que des oreilles qui fondirent en piqué, virèrent et traversèrent des portes massives qu'aucun voleur n'aurait forcées.

Et elles entendirent les grattements.

Et elles entendirent les martèlements.

Et elles entendirent les cris assourdis.

Le roi posa une main bandelettée sur ses épaules tremblantes.

« Je vous sais à votre affaire avec une aiguille. Aneth, fit-il. Dites-moi... qu'est-ce que vous valez avec une masse ? »

Copolymère, le plus grand conteur de toute l'histoire du monde, se carra sur son siège et offrit un visage rayonnant aux plus grands esprits du Disque attablés dans la salle à manger.

Teppic avait enrichi son stock de connaissances d'un iota : « symposium » voulait dire collation à la fourchette.

« Bon, fit Copolymère avant de se lancer dans l'histoire des guerres tsortiennes.

» Bé, vous voyez, ce qui s'est passé, c'est qu'il l'avait ramenée, elle, dans son pays à lui, et que son père à elle — pas le vieux roi, celui d'avant, celui qui s'appelait chaispasquoi, il avait marié une fille du côté d'Élarhib, elle louchait, c'était quoi le nom de cette fille déjà ? ça commençait par un P. Ou un L. Un des deux, en tout cas. Son père, il avait une île dans la baie, là-bas. Papylos, je crois. Non, je raconte des bêtises, c'était Crinix. Bref, le roi, l'autre roi, j'entends, il a levé une armée et ils ont... Élénor, voilà. Elle avait une loucherie, vous savez. Mais plutôt jolie, à ce qu'il paraît. Quand je dis marié, je pense que je n'ai pas à vous mettre les points sur les i. Comprenez, ça n'était pas très officiel. Hum. Donc, il y a eu le cheval de bois, et une fois entrés... Est-ce que je vous ai parlé du cheval ? C'était un cheval. Je suis à peu près sûr que c'était un cheval. Ou alors un poulet. Je ne vais même plus me rappeler mon nom, si ça continue ! C'était une idée de Trucmuche, là, celui avec la boiterie. La boiterie dans la jambe, je veux dire. Est-ce que je vous ai parlé de lui ? Il y avait eu ce combat. Non, ça, c'était l'autre, je crois. Oui. Enfin, bref, ce cochon de bois, une sacrée bonne idée, ils l'ont fait en bidule. J'ai le mot sur le bout de la langue. En bois, voilà. Mais ça, c'était plus tard, vous voyez. Le combat ! J'allais oublier le combat. Oui. Qué beau combat. Tout le monde, il tapait sur les boucliers en criant. L'armure de machin, elle brillait comme une armure brillante. Ce combat-là, il valait le coup d'œil. Entre Bidule, pas celui qu'avait la boiterie mais l'autre, chaispusqui, le rouquin. Vous savez bien. Grand type, avec un cheveu sur la langue. Attendez, je me souviens, il venait d'une autre île. Pas lui. L'autre, celui qui boitait. Il ne voulait pas partir, il racontait qu'il était fada. Évidemment, il était bel et bien fada, pas de doute. Je veux dire, une vache de bois ! Comme a dit Machin, là, le roi, non, pas ce roi-là, l'autre, quand il a vu la chèvre, il a dit : "Ils me font peur, les Éphébiens, surtout quand ils sont assez dingues pour laisser de foutus grands bestiaux de bois devant la porte, vous parlez d'un culot, ils doivent nous croire nés d'hier, flanquez-moi le feu à ça", et comme de bien entendu, Machin s'était faufilé par-derrière et avait passé tout le monde au fil de l'épée, histoire de rigoler. Est-ce que je vous ai dit qu'elle avait une loucherie ? On la trouvait belle, mais il faut de tout pour faire un monde. Oui. Bref, ça s'est passé de cette façon-là. Et alors, comme de juste, Machin — je crois qu'il s'appelait Mélycanus, il boitait —, il a voulu rentrer chez lui, enfin, c'était normal, ils étaient là depuis des années, il n'était plus tout jeune. C'est pour ça qu'il a imaginé le coup du bidule de bois. Oui. Mais je me suis trompé, Lavaelous, c'était celui connu pour son genou. Pour un beau combat, té, c'était un beau combat, je vous le garantis. »

Il se tut, content de lui.

« Un beau combat », marmonna-t-il avant de sombrer dans le sommeil, un léger sourire aux lèvres.

Teppic prit conscience qu'il avait la bouche grande ouverte. Il la referma. Autour de la table, plusieurs convives s'essuyaient les yeux.

« Magique, fit Xénon, tout bonnement magique. Chaque mot est un gland sur le baldaquin du temps.

— Cette façon qu'il a de se rappeler le moindre petit détail. Une précision qu'on a peine à croire », murmura Ibid.

Teppic parcourut la tablée du regard, puis donna un léger coup de coude à Xénon, son voisin. « Qui sont-ils, tous ces gens ? demanda-t-il.

— Hé bé... Ibid, tu connais déjà. Et Copolymère. Là-bas, c'est Iésope, le plus grand fabuliste du monde. Et lui, c'est Antiphone, le plus grand auteur de comédies du monde.

— Il est où, Phtagonal ? » voulut savoir Teppic. Xénon pointa le doigt vers l'autre bout de la table, où un convive à l'air triste et qui buvait sec essayait de déterminer l'angle entre deux petits pains. « Je te présenterai tout à l'heure », dit-il.

Teppic fit le tour des crânes chauves et des longues barbes blanches, apparemment les signes distinctifs de la fonction. Le crâne chauve et la barbe blanche semblaient indiquer que tout ce qui se situait entre les deux débordait de sagesse. La seule exception, c'était Antiphone qui avait l'air sculpté dans du saindoux.

Ce sont de grands esprits, se dit-il. Des hommes qui cherchent à comprendre comment s'agence le monde, non par la magie ni par la religion, mais qui glissent le cerveau dans les fissures qu'ils trouvent et qui essayent de les écarter en faisant levier.

Ibid tapa sur la table pour réclamer le silence.

« Le tyran appelle à la guerre contre Tsort, dit-il. Alors, réfléchissons au rôle de la guerre dans la république idéale. Il nous faudrait...

— Excuse-moi, tu pourrais me passer le céleri ? demanda Iésope. Merci.

— ... la république idéale, je disais, fondée sur les lois essentielles qui régissent...

— Et le sel. Tu l'as près de ton coude.

— ... les lois essentielles, donc, qui régissent tous les hommes. Ceci dit, il est vrai, sans le moindre doute, que la guerre... Tu ne pourrais pas arrêter ça, s'il te plaît ?

— C'est le céleri, fit Iésope en croquant de bon cœur. On ne peut pas faire autrement avec le céleri. »

Xénon jeta un regard méfiant sur ce qu'il avait au bout de sa fourchette.

« Dites, c'est du calmar, ça, fit-il. Té, je n'ai pas demandé de calmar, moi. Qui c'est qui a commandé du calmar ?

— ... sans le moindre doute, répéta Ibid en élevant la voix, sans le moindre doute, je vous le dis...

— Je crois que ça, c'est le couscous à l'agneau, fit Antiphone.

— C'est à toi, le calmar ?

— J'ai commandé une marida et des dolmades.

— C'est moi qui ai commandé l'agneau. Tu veux bien me le passer ?

— Je ne me souviens pas qu'on ait réclamé tout ce pain à l'ail, dit Xénon.

— Écoutez, certains d'entre nous s'évertuent à mettre sur pied un concept philosophique, railla Ibid. Surtout, on ne vous dérange pas, j'espère ? »

Quelqu'un lui lança un bout de pain.

Teppic regarda ce qu'il avait, lui, sur sa fourchette. Les fruits de mer étaient inconnus dans le Royaume, et ce qu'il examinait avait trop de valvules et de ventouses pour le rassurer. Il souleva une feuille de vigne bouillie avec une extrême prudence et fut certain de voir quelque chose détaler derrière une olive.

Ah. Encore un détail à se rappeler. Les Éphébiens faisaient du vin à partir de tout ce qu'ils pouvaient mettre dans un seau et mangeaient tout ce qui ne pouvait pas en sortir.

Il poussa de-ci, de-là les morceaux dans son assiette. Certains résistèrent.

Et les philosophes qui ne s'écoutent pas entre eux. Et qui sortent sans arrêt du sujet. C'est sans doute ça, la mocracie en action.

Un petit pain rebondit devant lui. Oh, mais c'est qu'ils s'excitent drôlement.

Il remarqua un petit homme tout maigre assis en face qui mâchait d'un air compassé un tentacule anonyme. En dehors de Phtagonal le géomètre, qui calculait à présent mélancoliquement le rayon de son assiette, c'était le seul à ne pas exprimer sa pensée à pleins poumons. De temps en temps il prenait de petites notes sur un bout de parchemin qu'il glissait ensuite dans sa toge.

Teppic se pencha. Plus loin à la table, encouragé par les noyaux d'olives et les pains qui volaient régulièrement, Iésope se lança dans une longue fable à propos d'un renard, d'une dinde, d'une oie et d'un loup qui pariaient à qui resterait le plus longtemps sous l'eau avec de gros poids attachés aux pieds.

« Excusez-moi, fit Teppic qui dut hausser la voix par-dessus le tumulte. Vous êtes qui, vous ? »

Le petit bonhomme lui lança un regard timide. Il avait de très grandes oreilles. Sous un certain éclairage, on aurait pu le prendre pour un cruchon tout en long.

« Je suis Endos, dit-il.

— Pourquoi vous ne philosophez pas ? »

Endos découpa un mollusque étrange.

« Bé, je ne suis pas philosophe, dit-il.

— Alors, un auteur comique, quelque chose comme ça ?

— Non plus, je le crains. Je suis auditeur. Endos l'Auditeur, c'est sous ce nom qu'on me connaît.

— C'est fascinant, dit machinalement Teppic. Ça consiste en quoi ?

— Té, à écouter.

— À écouter, c'est tout ?

— C'est pour ça qu'on me paye. Des fois je hoche la tête. Ou je souris. Ou alors je hoche la tête et je souris en même temps. Pour encourager ceux que j'écoute, tu comprends. Ils aiment bien ça. »

Teppic sentit qu'on requérait de lui un commentaire à ce stade de la discussion. « Boudie », fit-il.

L'homme le gratifia d'un hochement de tête encourageant et d'un sourire qui donnait à penser qu'il n'existait pour lui à cet instant rien au monde de plus foncièrement captivant que d'écouter la conversation de Teppic. Ça tenait à ses oreilles. D'immenses trous noirs auriculaires qui imploraient qu'on les comble de mots. Teppic se sentit une envie irrésistible de tout lui raconter sur sa vie, ses espoirs, ses rêves...

« J'imagine, dit-il, qu'on vous paye très cher. »

Endos lui fit un sourire engageant.

« Est-ce que vous avez souvent entendu Copolymère raconter son histoire ? »

Endos hocha la tête et sourit, mais une ombre douloureuse lui passa au fond des yeux.

« Au bout d'un moment, dit Teppic, une couche dure de protection doit se former sur les tympans, non ? »

Endos hocha la tête. « Continue », le pressa-t-il.

Teppic jeta un coup d'œil du côté de Phtagonal qui traçait sans entrain des angles droits dans sa taramasalata.

« J'aimerais beaucoup rester vous écouter m'écouter toute la journée, dit-il. Mais il y a quelqu'un là-bas que je voudrais rencontrer.

— Étonnant », fit Endos qui prit une note brève et porta son attention vers une conversation un peu plus loin à la table. Un philosophe venait d'affirmer que si la vérité c'était la beauté, la beauté n'était pas nécessairement la vérité, et une dispute éclatait. Endos écouta de toutes ses oreilles[1].

Teppic longea nonchalamment la table jusqu'à la place qu'occupait un Phtagonal à l'air toujours aussi malheureux, qui pour l'heure lorgnait d'un œil méfiant sous la croûte d'une tourte.

Teppic regarda par-dessus son épaule.

« J'ai cru voir bouger là-dedans, dit-il.

— Té, fit le géomètre en débouchant une amphore avec les dents. Le mystérieux jeune homme en noir du royaume perdu.

— J'espérais que vous pourriez m'aider à le retrouver. Il paraît que vous avez des idées qui sortent de l'ordinaire à Éphèbe.

— C'était à prévoir », dit Phtagonal. Il sortit un compas des replis de sa robe et mesura la tourte, la mine songeuse. « C'est une constante, tu crois ? Décourageant, comme concept.

— Pardon ? fit Teppic.

— La circonférence, elle se divise par le diamètre, tu vois. Ça devrait donner trois. C'est ce qu'on croirait, pas vrai ? Mais est-ce que ça donne trois ? Non. Trois virgule un, quatre, un et une ribambelle d'autres chiffres. Des saloperies de chiffres qui n'en finissent pas. Et pourtant,

1. Le rôle des auditeurs reste très méconnu. Il est pourtant notoire que la plupart des gens n'écoutent pas. Ils mettent à profit le temps où l'autre parle pour réfléchir à ce qu'ils vont dire ensuite. Les cultures orales ont toujours vénéré les vrais auditeurs, d'autant plus prisés qu'ils étaient rares ; des bardes ou des poètes, on en trouve à la pelle, mais on trouve difficilement un bon auditeur, du moins deux fois de suite le même.

que j'aime à faire connaître ce nombre utile aux sages ! C'est pour moi une œuvre pie. Un nombre pie, je dirais même. Mais est-ce que tu sais à quel point ça m'escagasse ?

— J'imagine que ça doit drôlement vous escagasser, compatit poliment Teppic.

— Exact. Ça veut dire que le Créateur, il s'est servi d'une mauvaise espèce de cercle. Ça ne donne même pas un chiffre rond ! Trois virgule cinq, encore, on comprendrait. Ou même trois virgule trois. Ça ressemblerait à quelque chose. » Il fixa la tourte d'un œil morose.

« Excusez-moi, vous avez dit quelque chose comme quoi c'était à prévoir ?

— Quoi ? fit Phtagonal depuis les profondeurs de son accablement. Une œuvre pie ! ajouta-t-il.

— Qu'est-ce qui était à prévoir ? lui souffla Teppic.

— On ne rigole pas avec la géométrie, collègue. Les pyramides ? C'est dangereux, ces trucs-là. Les ennuis assurés. J'veux dire... — Phtagonal tendit une main hésitante vers sa coupe de vin — combien de temps encore est-ce qu'ils se figuraient construire des pyramides de plus en plus grosses ? J'veux dire, elle vient d'où, la puissance, à leur avis ? J'veux dire... — il eut un hoquet — t'es déjà entré dedans, non ? Tu n'as jamais remarqué comme tout paraît lent ?

— Oh, oui, répondit tout net Teppic.

— C'est parce que le temps est aspiré, t'vois ? Les pyramides. Il faut qu'elles s'en débarrassent par une décharge. L'embrasement, qu'ils appellent ça. Ils trouvent ça joli ! C'est leur temps qu'elles brûlent !

— Tout ce que je sais, c'est que l'air y sent comme s'il avait bouilli dans une chaussette. Et rien ne change vraiment, même si c'est différent.

— Exact, dit Phtagonal. La raison, c'est le passé. Ils utilisent et réutilisent le temps passé, sans arrêt. Les pyramides absorbent tout le temps neuf. Et si on ne laisse pas les pyramides se décharger, hé bé, la puissance accumulée... » Il s'interrompit. « J'imagine, reprit-il, qu'elle s'échappe le long d'un machin, une fracture. Dans l'espace.

— J'y étais, avant que le royaume, euh... s'en aille, dit Teppic. J'ai cru voir bouger la grande pyramide.

— Té, pardi. L'a dû faire tourner les dimensions de quatre-vingt-dix degrés, dit Phtagonal avec l'assurance du poivrot soûl perdu.

— Vous voulez dire que la longueur devient la hauteur et la hauteur la largeur ? »

Phtagonal agita un doigt qu'il contrôlait mal.

« Nonnonnon, fit-il. La longueur c'est la hauteur, la hauteur la profondeur, la profondeur c'est la largeur et la largeur... — il rota — c'est le temps. C't'une aut' dissenmion, t'vois ? Y en a quatre, de ces saloperies. Le temps, il en fait partie. À quatre-vingt-dix machins par rapport aux trois autres. Degrés, voilà. Seulement, seulement, ça n'peut pas exister comme ça dans not' monde, alors toute la région est contrainte comme qui dirait d'aller faire un p'tit tour ailleurs, t'vois ? Sinon, on aurait des gens qui vieilliraient rien qu'en marchant de travers. » Il contempla d'un air triste le fond de sa coupe. « Et à chaque anniversaire on prendrait un kilomètre de plus », ajouta-t-il.

Teppic le regarda, atterré.

« Té, c'est ça, le temps et l'espace, poursuivit Phtagonal. On risque de les triturer dans tous les sens si on n'fait pas attention. Trois virgule un, quatre, un. T'appelles ça comment, toi, un nombre pareil ?

— Ç'a l'air horrible, fit Teppic.

— Tout juste. Quelque part... — Phtagonal commençait à vaciller sur son banc — quelque part y a quelqu'un qu'a bâti un univers avec une valeur décente de... de... — ses yeux se voilèrent — de mon nombre pie. Pas avec tous ces chiffres qui n'en finissent jamais, quelle espèce de...

— Je voulais parler des gens qui vieillissent rien qu'en marchant !

— J'sais pas trop, remarque. On pourrait r'brousser chemin tranquillement et revenir à ses dix-huit ans. Ou continuer plus loin et voir de quoi on aura l'air à soixante-dix. Mais s'déplacer dans la largeur, c'est ça qui serait difficile. »

Phtagonal sourit bêtement puis, tout doucement, bascula dans son dîner, dont une partie s'écarta de sa trajectoire[1].

Teppic prit conscience que le chahut philosophique ambiant s'était un peu calmé. Il passa la tablée en revue et repéra Ibid.

« Ça ne marchera pas, disait Ibid. Le tyran, il ne nous écoutera pas. Et le peuple non plus. Par ailleurs... — il lança un coup d'œil à Antiphone — nous ne sommes pas tous du même avis sur la question.

— Ces fichus Tsortiens ont besoin d'une bonne leçon, dit durement Antiphone. Il n'y a pas la place pour deux grandes puissances sur ce continent. De fichus sales types, en tout cas, tout ça parce qu'on leur a enlevé leur reine. L'ardeur de la jeunesse, l'amour triomphera... »

Copolymère se réveilla.

« Tu te trompes, remarqua-t-il avec douceur. S'il y a eu la Grande Guerre, c'est parce qu'ils nous ont volé notre reine à nous. C'était quoi son nom, déjà, son visage a lancé mille chameaux sur... Belle, avec un nom de pomme, non, de poire. Ça commençait par un A, un T ou un...

— Ils ont fait ça? s'écria Antiphone. Qué salauds!

— J'en suis à peu près sûr », dit Copolymère.

Teppic s'affaissa et se tourna vers Endos l'Auditeur, lequel se consacrait toujours à son dîner, l'air décidé à ne pas gâcher sa digestion.

« Endos? »

L'auditeur reposa son couteau et sa fourchette de chaque côté de son assiette.

« Oui?

— Ils sont tous complètement fous, non? fit Teppic d'une voix lasse.

— C'est extrêmement intéressant, dit Endos. Continue. » Il plongea une main timide dans sa toge et ramena

1. Il se trompait. La nature a horreur des anomalies dimensionnelles, aussi les range-t-elle à part pour n'inquiéter personne. La nature, pour tout dire, a horreur de tas de choses, citons entre autres les aspirateurs, les bateaux du nom de *la Marie Céleste* et les clés de mandrin de perceuse électrique.

un bout de parchemin qu'il poussa doucement vers Teppic.

« C'est quoi ?

— Hé bé, ma facture. Cinq minutes d'audition attentive. La plupart de mes clients reçoivent des relevés mensuels, mais j'ai cru comprendre que tu partais demain matin ? »

Teppic abandonna. Il s'éloigna à pas lents de la table et passa dans la fraîcheur du jardin qui entourait la citadelle d'Éphèbe. Des statues en marbre blanc d'anciens Éphébiens s'acquittant d'exploits héroïques sans le moindre vêtement dépassaient dans la verdure, auxquelles se mêlaient ici et là des représentations de divinités. On avait du mal à les différencier des autres. Teppic n'ignorait pas que Dios jugeait sévèrement les Éphébiens dont les dieux avaient la même apparence que les hommes. Si les dieux ressemblent à tout le monde, disait-il, les fidèles ne savent plus quelle attitude prendre envers eux.

Teppic, lui, trouvait l'idée plutôt bonne. Selon la légende, les dieux éphébiens vivaient tout comme les humains, sauf qu'ils se servaient de leurs attributs divins pour réaliser ce que les humains n'avaient pas le courage de faire. L'un des coups favoris des dieux en question, se souvint Teppic, c'était de se changer en animal pour gagner les faveurs des Éphébiennes de haut rang. L'un d'eux s'était même soi-disant changé en pluie d'or pour conquérir sa belle. Il y avait de quoi se poser des questions piquantes sur l'ordinaire de la vie nocturne dans la cité raffinée d'Éphèbe.

Il trouva Ptorothée assise sous un peuplier ; elle nourrissait la tortue. Il jeta un regard méfiant à la bestiole, au cas où il s'agirait d'un dieu qui voudrait faire le malin. Elle n'avait pas l'air d'un dieu. Ou alors, c'était un comédien consommé.

La jeune femme lui donnait à manger une feuille de laitue.

« Mignonne petite ptortue, dit-elle, puis elle leva les yeux. Oh, c'est vous, fit-elle sèchement.

— Vous n'avez pas raté grand-chose, dit Teppic en se laissant tomber sur l'herbe. Une vraie bande de cinglés. Quand je suis parti, ils cassaient les assiettes.

— C'est ptraditionnel à la fin des repas éphébiens. »

Teppic réfléchit. « Pourquoi pas avant ? demanda-t-il.

— Et ensuite ils vont sans doute danser au son du bourzuki, ajouta Ptorothée. Je crois que c'est une espèce de chien. »

Teppic s'assit, la tête dans les mains.

« Je dois dire que vous parlez bien l'éphébien.

— Merci. C'est ptrès gentil.

— Une petite trace d'accent, tout de même.

— Les langues, ça fait partie du ptravail. Et ma grand-mère disait qu'une ptrace d'accent étranger, c'est plus fascinant.

— On apprenait ça, nous aussi. Un assassin doit toujours rester légèrement étranger, où qu'il se trouve. Moi, de ce côté-là, je suis drôlement bon », ajouta Teppic d'un ton amer.

Elle entreprit de lui masser le cou.

« Je suis descendue au port, dit-elle. J'ai vu de ces choses comme des gros radeaux, vous savez, des chameaux des mers...

— Des vaisseaux, fit Teppic.

— Et ils vont partout. On peut aller où on veut, dormir où on veut. Le monde nous ptend les draps. »

Teppic lui parla de la théorie de Phtagonal. Elle n'eut pas l'air surprise.

« Comme une vieille mare où n'entre aucune eau fraîche, observa-t-elle. Ptout le monde va et vient dans la même vieille flaque. Ptout le ptemps qu'on vit a déjà été vécu. Ça doit ressembler à une eau de bain où d'autres se sont lavés.

— Je vais y retourner. »

Les doigts experts de la jeune femme cessèrent de lui pétrir les muscles.

« On pourrait aller n'importe où, répéta-t-elle. On a chacun un métier, on pourrait vendre le chameau. Vous pourriez me montrer la ville d'Ankh-Morpork. Elle m'a l'air intéressante. »

Teppic se demanda quel effet Ankh-Morpork aurait sur Ptorothée. Ensuite il se demanda quel effet la jeune femme aurait sur la ville. Elle était indiscutablement... en plein épanouissement. Dans le Vieux Royaume, elle n'avait apparemment jamais eu d'autre idée personnelle que le choix de la prochaine grappe à peler, mais depuis son départ, elle avait l'air différente. Son menton était le même, toujours petit et, il devait le reconnaître, tout à fait charmant. Mais, pour une quelconque raison, on le remarquait davantage. Avant, elle baissait les yeux pour s'adresser à lui. Elle regardait encore ailleurs en lui parlant, mais c'était désormais parce qu'elle pensait à autre chose.

Il s'aperçut qu'il tenait à lui rappeler, discrètement, poliment, sans insister le moins du monde, qu'il était roi. Mais il sentit qu'elle prétendrait n'avoir pas entendu — pourriez-vous répéter s'il vous plaît ? — et que si elle le regardait il n'y arriverait pas.

« Allez-y si vous voulez, dit-il. Vous vous débrouillerez sans peine. Je peux vous donner des noms et des adresses.

— Et vous, alors ?

— J'ai peur de ce qui se passe au pays, dit Teppic. Je dois tenter quelque chose.

— C'est impossible. À quoi bon ? Même si vous ne voulez pas faire l'assassin, il reste des ptas de métiers à votre disposition. D'ailleurs, vous l'avez dit, d'après le philosophe on ne peut plus retourner là-bas. Je déteste les pyramides.

— Il y a sûrement des gens qui vous sont chers ? »

Ptorothée haussa les épaules. « S'ils sont morts, je n'y peux rien. Et s'ils sont vivants, je n'y peux rien non plus. Alors... »

Teppic la considéra avec une espèce d'admiration horrifiée. C'était un résumé parfait de la situation. Lui ne pouvait pas se résoudre à raisonner comme ça. Son corps était parti sept ans, mais son sang coulait dans le Royaume depuis mille fois plus longtemps. Bien sûr, il avait voulu s'en échapper, mais ce n'était pas pareil. Le Royaume aurait toujours été là. Quand bien même il n'y serait pas retourné de toute sa vie, le Royaume aurait toujours fait office d'une sorte d'ancre.

« Ça me rend tellement malade, dit-il. Je regrette.

Voilà tout. Y retourner ne serait-ce que cinq minutes, juste pour dire, ben... que je ne reviens pas. Ça suffirait. C'est sûrement de ma faute.

— Mais il n'y a pas moyen d'y retourner ! Vous allez ptraîner votre misère comme ces rois détrônés dont vous m'avez parlé. Vous savez, ceux avec des capes râpées et qui mendient ptoujours pour manger avec beaucoup de distinction. Il n'y a rien de plus inutile qu'un roi sans royaume, vous avez dit. Réfléchissez-y. »

Ils déambulèrent dans le soleil couchant par les artères de la cité, en direction du port. Toutes les rues de la ville menaient au port.

On installait justement une torche dans le phare, l'une des Sept Merveilles au Moins du Monde, construit par Phtagonal selon la Règle d'Or et les Cinq Principes Esthétiques. Malheureusement on l'avait édifié à un mauvais emplacement, afin qu'il ne gâche pas la vue du port, mais les marins s'accordaient à dire que c'était un beau phare et que ça leur donnait de quoi s'occuper les yeux le temps qu'on les dégage des rochers.

En bas, le port grouillait de bateaux. Teppic et Ptorothée se faufilèrent entre des cageots et des ballots avant d'atteindre la longue jetée incurvée qui séparait les eaux calmes des vagues agitées de l'océan. Au-dessus, le phare brillait et lançait ses feux.

Ces bateaux-là devaient aller dans des pays dont il avait à peine entendu parler, il le savait. Les Éphébiens étaient de grands commerçants. Il pouvait revenir à Ankh, mettre à profit son diplôme, et alors le monde s'offrirait à lui, lui ouvrirait ses draps, et s'il le fallait il ne manquerait pas de couteaux pour les ouvrir.

Ptorothée glissa une main dans la sienne.

Et finies ces histoires de mariage avec des membres de la famille. Les mois passés dans le Jolhimôme lui semblaient déjà un rêve, un de ces rêves récurrents dont on se demande si on arrivera un jour à se débarrasser et qui font de l'insomnie une perspective agréable. Alors qu'il y avait ici un avenir qui se déroulait devant lui comme un tapis.

Ce qu'il fallait en un tel moment, c'était un signe, un

genre de manuel d'utilisation. L'ennui avec la vie, c'est qu'on n'a jamais l'occasion de répéter avant de jouer pour de bon. On ne...

« Bon sang ? C'est Teppic, non ? »

La voix s'adressait à lui au niveau de ses chevilles. Une tête émergea du bord du quai, bientôt suivie d'un corps. Un corps très richement vêtu, pour lequel on n'avait pas regardé à la dépense question pierres précieuses, fourrures, soies et dentelles, du moment qu'elles étaient noires.

C'était Chidder.

« Qu'est-ce qu'il fait maintenant ? » demanda Ptaclusp.

Son fils passa prudemment les yeux par-dessus les décombres d'un pilier et observa Bitos, le dieu à tête de vautour.

« Il renifle, répondit-il. J'ai l'impression qu'il aime bien la statue. Franchement, papa, qu'est-ce qui t'a pris d'acheter un truc pareil ?

— Ça faisait partie d'un lot. Je croyais que cet article marcherait.

— Auprès de qui ?

— Ben, ça lui plaît, à lui. »

Ptaclusp IIb risqua un autre coup d'œil en direction de la monstruosité décharnée qui continuait de sautiller parmi les ruines.

« Dis-lui qu'il pourra l'avoir s'il s'en va, suggéra-t-il. Dis-lui qu'il pourra l'avoir au prix coûtant. »

Ptaclusp grimaça. « Avec une remise, plutôt, dit-il. Un rabais spécial pour nos clients surnaturels. »

Il leva les yeux et fixa le ciel. Depuis leur cachette dans les ruines du chantier, tandis que la Grande Pyramide leur bourdonnait toujours dans le dos comme une centrale électrique, ils avaient bénéficié d'une vue imprenable sur le débarquement des dieux. D'abord, Ptaclusp les avait considérés avec une certaine sérénité. Les dieux allaient être de bons clients, ils avaient toujours envie de temples et de statues, il pourrait traiter directement avec eux, sans passer par les intermédiaires.

Puis l'idée lui vint qu'un dieu, pour peu que l'article ne

le satisfasse pas — la plâtrerie pas exactement aux spécifications ou un coin de temple un peu bas à cause de sables mouvants inopinés —, ne vient pas exiger à cor et à cri de voir le patron. Non. Un dieu sait parfaitement où vous trouver et il n'y va pas par quatre chemins. En outre, les dieux font des mauvais payeurs notoires. Les hommes aussi, bien entendu, mais ils n'espèrent pas vraiment qu'on meure avant de régler leur compte.

Le regard de Ptaclusp se tourna vers son autre fils, simple silhouette peinte qui se découpait devant la statue, à la bouche figée dans un O étonné, et il prit une décision.

« J'en ai marre des pyramides, dit-il. Pense à me le rappeler, fiston. Si jamais on s'en sort, plus de pyramides. On s'est trop encroûtés dans nos habitudes. Il est temps de nous diversifier, à mon avis.

— Ça fait une éternité que je te le répète, papa ! Je te l'ai déjà dit, deux ou trois bons aqueducs, ce serait formidable...

— Oui, oui, je me souviens. Oui, des aqueducs. Avec plein d'arches et de machins. D'accord. Seulement je ne me rappelle pas où tu m'as dit qu'il fallait mettre le cercueil.

— Papa !

— Ne fais pas attention à moi, fiston. Je crois que je deviens fou. »

Sinon je n'aurais pas vu une momie et deux types là-bas, en train de porter de grosses masses de forgeron...

Oui, c'était bien Chidder.

Et Chidder avait un bateau.

Teppic savait que plus loin sur la côte vivait le Sériph d'Al Khali dans le fabuleux palais de Rhoxie qu'un génie, disait-on, avait bâti en une nuit et dont la splendeur légendaire appartenait au mythe[1]. L'*Anonyme*, c'était un Rhoxie flottant, mais en plus typé encore. Son constructeur n'avait pas lésiné sur la peinture dorée — un dingo d'or, sûrement —, les colonnes en spirale et les tentures

1. On le connaissait donc sous le nom familier de la Djinnerie.

coûteuses pour qu'il ressemble moins à un bateau qu'à un boudoir après une collision avec un théâtre d'un goût plus que douteux.

En réalité, il fallait l'œil d'un assassin à l'affût du détail caché pour remarquer que les dehors tapageurs innocents masquaient l'aérodynamisme de la coque, et que même en ajoutant le volume de la cabine aux cales il restait encore beaucoup d'espace inexpliqué. L'eau se ridait étrangement autour de ce que Ptorothée appelait le bout pointu, mais il aurait été parfaitement ridicule de suspecter un navire aussi manifestement marchand de dissimuler un éperon sous la ligne de flottaison, ou d'imaginer qu'il suffisait de cinq minutes de travail à la hache pour transformer cet alcazar lourdaud en un bâtiment capable non seulement d'échapper à presque tout ce qui tenait la mer, mais aussi de faire amèrement regretter aux rares inconscients plus rapides que lui de l'avoir rattrapé.

« Très impressionnant, dit Teppic.

— Que de la frime, fit Chidder.

— Oui. Je vois ça.

— Je veux dire, on est des pauvres marchands. »

Teppic hocha la tête. « L'expression habituelle, c'est : “pauvres mais honnêtes marchands”. »

Chidder se fendit d'un sourire commercial. « Oh, je crois qu'on en restera pour l'instant à “pauvres”. Et toi, alors, comment tu vas ? Aux dernières nouvelles, tu partais jouer au roi dans un coin dont personne n'a jamais entendu parler. Et qui est cette délicieuse jeune dame ?

— Elle s'ap... commença Teppic.

— Ptorothée, répondit Ptorothée.

— C'est une serv... commença Teppic.

— Sûrement une princesse royale, fit Chidder d'une voix suave. Rien ne me ferait plus plaisir si elle, ou plutôt si tous les deux, vous acceptiez de dîner ce soir avec moi. Une humble pitance de marin, j'en ai peur, mais on se débrouillera, on se débrouillera.

— Pas de la cuisine éphébienne, hein ?

— Biscuit de mer, bœuf salé, ce genre-là », répondit Chidder sans quitter Ptorothée des yeux. Il ne regardait qu'elle depuis l'arrivée à bord de la jeune femme.

Puis il éclata de rire. C'était le bon vieux rire de Chidder, pas franchement dépourvu d'humour, mais sous le contrôle évident des centres cérébraux supérieurs

« Quelle coïncidence incroyable ! dit-il. Et nous qui devons appareiller demain à l'aube. Est-ce que je peux vous proposer des vêtements de rechange ? Vous m'avez tous les deux l'air plutôt... euh... crottés par votre voyage.

— Des vêtements rudes de marin, j'imagine, fit Teppic. Comme il convient à un humble marchand, corrige-moi si je me trompe ? »

Teppic fut installé dans une petite cabine meublée avec tant de minutie et de goût qu'on aurait dit un œuf serti de pierres précieuses ; sur le lit s'étalait ce qu'on trouvait de mieux en manière de vêtements sur le pourtour de la mer Circulaire. D'accord, tous avaient apparemment déjà servi, mais on les avait soigneusement lavés et adroitement reprisés, si bien que les coups d'épée se remarquaient à peine. Il promena un regard songeur sur les crochets fixés à la cloison et sur de légères traces dans le bois : divers objets y avaient été suspendus et retirés à la hâte.

Il sortit dans le couloir étroit et tomba sur Ptorothée. Elle avait opté pour une robe rouge de cour, le dernier cri à Ankh-Morpork dix ans plus tôt, à manches bouffantes, fortement étayée par en dessous, à la collerette comme une meule.

Teppic apprit quelque chose : quelques bandes de gaze et métrages de soie peuvent parfaitement rendre encore plus désirables les femmes qui s'en recouvrent complètement du cou jusqu'aux chevilles. Elle tourna sur elle-même, à titre d'essai.

« Il y en a plein d'autres pareilles là-dedans. C'est comme ça que s'habillent les femmes d'Ankh-Morpork ? On a l'impression de porter une maison. Vous parlez d'une suée qu'on attrape là-dessous.

— Écoutez, pour Chidder... fit Teppic sans plus attendre. Je veux dire, c'est un chic type et tout, mais...

— Il est très gentil, ça oui, reconnut-elle.

— Bon. Oui. D'accord, admit Teppic, au désespoir. C'est un vieux copain.

— C'est bien, ça. »

Un membre d'équipage se matérialisa au bout du couloir et les fit entrer avec force courbettes dans la grande cabine ; son allure de vieux serviteur pâtissait quand même de l'entrelacs de cicatrices qui lui couvrait la tête et des quelques tatouages auprès desquels les illustrations du *Palais aux volets clos* ressemblaient à des schémas d'étagères à monter soi-même. Ce qu'il arrivait à en faire rien qu'en bandant ses biceps avait de quoi tenir des heures durant de pleines tavernes du port en haleine, et il ne se doutait pas qu'il allait vivre dans quelques minutes seulement le pire moment de son existence.

« Ça, ça fait plaisir », déclara Chidder en versant du vin. Il fit un signe de tête au tatoué. « Tu peux servir la soupe, Alfonz, ajouta-t-il.

— Dis, Chiddy, tu n'es pas un pirate, quand même ? demanda Teppic, très inquiet.

— C'est ça qui te tracasse ? » Chidder se fendit de son sourire nonchalant.

Ce n'était pas le seul tracas de Teppic, mais celui qui avait manœuvré pour se placer en pole position. Il opina.

« Non, on n'est pas des pirates. C'est juste qu'on préfère, euh... éviter autant que possible la paperasserie. Tu comprends ? Ça nous embête de laisser aux gens tout le souci de connaître nos activités.

— Oui, mais tous ces vêtements...

— Ah. On s'est fait pas mal de fois *attaquer* par des pirates. C'est pour ça que Père a voulu construire l'*Anonyme*. Ça les surprend toujours. Et ça reste parfaitement moral. On récupère leur bateau, leur butin, et s'il y a des prisonniers, on les sauve et on leur offre de les ramener chez eux à des tarifs compétitifs.

— Vous en faites quoi, des pirates ? »

Chidder lança un regard du côté d'Alfonz.

« Ça dépend des perspectives d'emploi, répondit-il. Père dit toujours qu'il faut tendre la main à celui qui traverse une mauvaise passe. Sous certaines conditions, bien sûr. C'est comment, le boulot de roi ? »

Teppic lui raconta. Chidder écouta avec grande attention en faisant tourner le vin dans son verre.

« Alors c'est ça, fit-il enfin. On a entendu dire qu'il allait y avoir une guerre. C'est pour ça qu'on prend la mer avant le lever du jour.

— Je te comprends.

— Non, je veux dire pour mettre en place les échanges commerciaux. Avec les deux bords, naturellement, parce qu'il faut rester strictement impartial. Les armes qu'on fabrique sur ce continent sont franchement révoltantes. Carrément dangereuses. Tu devrais venir avec nous, toi aussi. Tu es quelqu'un d'important.

— Je ne me suis jamais senti aussi peu important qu'en ce moment », dit Teppic d'un air abattu.

Chidder le regarda avec étonnement.

« Tu es roi, tout de même ! fit-il.

— Ben, oui, mais...

— D'un pays qui, techniquement, existe toujours, mais n'est pas vraiment accessible aux simples mortels ?

— Hélas.

— Et tu peux promulguer des lois sur... disons, la monnaie et les taxes, oui ?

— Je pense, mais...

— Et tu ne te trouves pas important ? Bon sang, Tep, nos comptables pourraient sûrement imaginer une quinzaine de moyens différents de... Tiens, j'ai les mains moites rien que d'y penser. Père demandera sans doute qu'on déménage nos bureaux là-bas, dans un premier temps.

— Chidder, je t'ai expliqué. Tu es au courant. Personne ne peut y retourner.

— Ça ne fait rien.

— Ça ne fait rien ?

— Non, parce qu'on installera notre principale succursale à Ankh et qu'on payera nos taxes là où se trouve ton pays. On a juste besoin d'une adresse officielle dans... je ne sais pas, moi, l'avenue des Pyramides, n'importe quoi. Suis mon conseil et ne cède sur rien tant que Père ne t'aura pas donné un siège au conseil. Tu es de sang royal, de toute façon, ça impressionne toujours... »

Chidder continua son bavardage. Teppic sentit la chaleur monter dans ses vêtements.

Alors c'est comme ça. On perd son royaume, il prend davantage de valeur parce qu'il devient un paradis fiscal, on prend un siège au conseil, quoi que ça veuille dire, et le tour est joué.

Ptorothée désamorça la situation en agrippant le bras d'Alfonz au moment où il servait le faisan.

« Le congrès du Chien Affectueux et des Deux Petits Biscuits ! s'exclama-t-elle en examinant le tatouage compliqué. On ne voit plus guère ça de nos jours. C'est drôlement bien exécuté ! On distingue même le yaourt. »

Alfonz se figea, puis il s'empourpra. Le rouge qui envahissait la grosse tête balafrée rappelait un lever de soleil sur une chaîne de montagnes.

« Vous avez quoi, sur l'autre bras ? »

Alfonz, dont l'allure donnait à penser qu'il avait été bélier dans un précédent emploi, marmonna quelque chose et, tout timide, lui montra l'autre avant-bras.

« C'pas vraiment pour les dames », chuchota-t-il.

Ptorothée écarta les poils drus comme un explorateur enthousiaste tandis que Chidder la fixait, bouche bée.

« Oh, je la connais, celle-là, laissa-t-elle tomber comme un couperet. C'est tiré des *130 jours de Pseadopolis*. C'est physiquement impossible. » Elle lâcha le bras et revint à son repas. Au bout d'un moment, elle leva les yeux sur Teppic et Chidder.

« Ne vous occupez pas de moi, lança-t-elle. Continuez.

— Alfonz, va passer une chemise correcte, s'il te plaît », ordonna Chidder d'une voix rauque.

Alfonz se retira à reculons sans quitter son bras du regard.

« Hum. Qu'est-ce que je... euh... disais ? fit Chidder. Pardon. Perdu le fil. Hum. Encore un peu de vin, Tep ? »

Non seulement Ptorothée coupait le fil des idées, mais elle le court-circuitait, faisait disjoncter le compteur et sauter la centrale qui l'alimentait. Aussi le dîner se passa-t-il en pâté de bœuf, pêches fraîches, oursins confits et bavardages décousus sur le bon vieux temps à la Guilde. Un bon vieux temps qui datait de trois mois. Ça paraissait toute une vie. Trois mois dans le Vieux Royaume, c'était effectivement toute une vie.

Au bout d'un moment Ptorothée bâilla et regagna sa cabine, laissant les deux amis seuls en compagnie d'une nouvelle bouteille de vin. Chidder la regarda partir dans un silence à la fois respectueux et intimidé.

« Il y en a beaucoup d'autres dans son genre chez toi ? demanda-t-il.

— Je ne sais pas, admit Teppic. Possible. D'habitude elles restent allongées un peu partout à peler du raisin ou agiter des éventails.

— Elle est incroyable. Elle va faire un malheur à Ankh, tu sais. Avec une silhouette pareille et le tempérament qu'elle... — il hésita — Est-ce qu'elle... ? Je veux dire, elle et toi, vous... ?

— Non, fit Teppic.

— Elle est très séduisante.

— Oui.

— Un genre de croisement entre une danseuse sacrée et une scie a ruban. »

Ils prirent leurs verres et montèrent sur le pont où quelques lumières de la ville pâlissaient contre la brillance des étoiles. L'eau était d'un calme plat, presque d'huile.

La tête de Teppic commençait doucement à lui tourner. Le désert, le soleil, les deux couches de vernis du *retsina* éphébien qui lui tapissaient l'estomac et une bouteille de vin se coalisaient pour lui passer les synapses à tabac.

« J'dois dire, parvint-il à articuler, appuyé sur le bastingage, que tu t'débrouilles plutôt bien.

— On fait aller, fit Chidder. Le commerce, c'est intéressant. Créer des marchés, tu vois. Les passes d'armes de la compétition dans le secteur privé. Tu devrais te joindre à nous, mon vieux. C'est l'avenir, d'après mon père. Sans mages ni rois, mais avec des gens entreprenants qui ont les moyens de les engager. Sans vouloir t'offenser, tu comprends.

— N'reste plus qu'nous, fit Teppic à son verre de vin. Plus qu'nous de tout l'royaume. Elle, moi et un chameau qui pue le vieux tapis. Un royaume ancien, perdu.

— Une veine, c'était pas un neuf. Au moins il aura fait un peu d'usage.

— Tu n'sais pas ce que c'est. C'est comme une grande

pyramide. Mais la tête en bas, t'vois ? L'histoire, les ancêtres, le peuple, tout converge vers moi comme dans un entonnoir. Tout en bas. »

Il s'effondra sur un rouleau de cordages tandis que Chidder lui retendait la bouteille et disait : « Ça fait réfléchir, hein ? Toutes ces cités et ces royaumes perdus. Comme Ee dans le Grand Nef. Des pays entiers disparus. Quelque part ailleurs. Peut-être qu'ils ont fait les idiots avec la géométrie, qu'est-ce que tu en dis ? »

Teppic ronflait.

Au bout d'un moment, Chidder vacilla en avant, lâcha la bouteille vide par-dessus bord — elle fit un plouf, et pendant quelques secondes un filet de bulles troubla le calme plat — puis il rejoignit son lit en titubant.

Teppic rêvait.

Et dans son rêve il se trouvait en hauteur, mais il manquait de stabilité parce qu'il se tenait en équilibre sur les épaules de son père et de sa mère, sous eux il reconnaissait ses grands-parents, et encore plus bas ses ancêtres qui s'étageaient à perte de vue dans une — oui, parfaitement — dans une immense *pyramide* humaine dont la base disparaissait dans des nuages.

Il entendait monter jusqu'à lui le bourdonnement des ordres et des consignes qu'on lui criait.

Si tu ne fais rien, nous n'aurons jamais existé.

« Ce n'est qu'un rêve », dit-il, et il en sortit pour entrer dans un palais où un petit bonhomme basané, en pagne, mangeait des figues assis sur un banc.

« Évidemment que c'est un rêve, dit le petit bonhomme. Le monde, c'est le rêve du Créateur. Il n'y a que des rêves, différentes sortes de rêves. Ils sont censés te dire des choses. Par exemple : ne mange pas de homard au dessert le soir. Des trucs dans ce genre-là. Tu as fait celui avec les sept vaches ?

— Oui », répondit Teppic en regardant autour de lui. Pas mal, l'architecture qu'il rêvait. « Il y en avait une qui jouait du trombone.

— De mon temps elle fumait un cigare. Un rêve ancestral bien connu, celui-là.

— Il veut dire quoi ? »

Le petit bonhomme se retira un grain d'entre les dents.

« Aucune idée, répondit-il. Je donnerais mon bras droit pour le savoir. Au fait, c'est la première fois qu'on se rencontre, j'ai l'impression. Je suis Kaloteh. J'ai fondé ce royaume. Tu rêves une bonne figue.

— Vous aussi, je vous rêve ?

— Pour sûr. J'avais un vocabulaire de huit cents mots, alors franchement, tu crois que je parlerais aussi bien ? Si tu espères de bons conseils ancestraux, oublie ça. Tu fais un rêve. Je ne peux rien te dire que tu ne saches déjà.

— C'est vous, le fondateur ?

— C'est moi.

— Je... je vous voyais autrement.

— Comment ça ?

— Ben... la statue... »

Kaloteh agita une main impatiente.

« C'est pour se faire bien voir, justement. Enfin, quoi, regarde-moi. Est-ce que j'ai l'air d'un patriarche ? »

Teppic le jaugea d'un œil critique. « Pas dans ce pagne, reconnut-il. Il fait plutôt... euh... dépenaillé.

— Il peut encore me durer des années.

— Remarquez, j'imagine que c'est tout ce que vous avez eu le temps d'emporter quand vous avez fui la persécution », dit Teppic, désireux de montrer une nature compréhensive.

Kaloteh prit une autre figue et lui lança un regard en coin. « C'était quoi, cette histoire, déjà ?

— Vous étiez persécuté, c'est pour ça que vous avez fui dans le désert.

— Oh, oui. Tu as raison. Pour sûr. Persécuté à cause de mes convictions.

— C'est terrible. »

Kaloteh cracha. « Pour sûr. J'avais la conviction que les gens à qui j'avais vendu des chameaux avec des dents en plâtre ne le remarqueraient pas avant que je sois loin de la ville. »

Il fallut un petit moment à la révélation pour s'enfoncer dans le crâne de Teppic, mais elle y parvint avec tout l'aplomb d'un bloc de béton dans des sables mouvants.

« Vous êtes un escroc ? fit Teppic.

— Ben... escroc, c'est un vilain mot, tu vois ce que je veux dire ? répliqua le petit ancêtre. Je préfère entrepreneur. J'étais en avance sur mon temps, voilà l'ennui.

— Et vous étiez en fuite ? demanda faiblement Teppic.

— Ça n'aurait pas été une bonne idée de moisir dans le coin.

— "Or Kaloteh le chamelier se perdit dans le désert, et c'est alors que s'ouvrit devant lui, comme un don des dieux, une vallée où coulait le lait et le miel", récita Teppic d'une voix caverneuse. Puis il ajouta : J'ai toujours pensé que ça devait être drôlement poisseux.

— Oui, j'étais là, crevant de soif, les chameaux faisaient un boucan monstre, ils braillaient pour avoir de l'eau, et tout d'un coup, bing : une putain de vallée, avec un grand fleuve, des massifs de roseaux, des hippopotames et tout le tremblement. Surgie de nulle part. J'ai failli me faire piétiner dans la débandade.

— Non ! lança Teppic. Ce n'est pas comme ça. Les dieux de la vallée ont eu pitié de vous et vous ont montré le chemin, non ? » Il se tut, surpris du ton implorant de sa propre voix.

Kaloteh ricana. « Ah, oui ? Et je suis tombé par hasard en plein désert sur une vallée de cent cinquante kilomètres que tout le monde avait ratée jusque-là. Facile à rater, ça, une vallée fluviale de cent cinquante kilomètres en plein désert, hein ? Mais à chameau donné on ne regarde pas les dents, tu comprends, alors j'ai eu tôt fait d'aller chercher ma famille et le reste des gars. Je n'ai jamais regardé en arrière.

— Il n'y avait rien, et d'un seul coup la vallée est apparue ?

— Tout juste. Dur à avaler, hein ?

— Non, fit Teppic. Non. Pas vraiment. »

Kaloteh le poussa d'un doigt ratatiné. « Je me suis toujours dit que c'étaient les chameaux qui avaient fait le coup, remarqua-t-il. J'ai toujours cru qu'ils l'avaient comme qui dirait fait venir, comme si elle était là mais pas vraiment et qu'il suffisait d'un tout petit effort pour qu'elle devienne réelle. Drôles de bestiaux, les chameaux.

— Je sais.

— Plus bizarres que les dieux. Quelque chose te tracasse ?

— Pardon, mais tout ça, ça me fait un choc. Je veux dire, je croyais qu'on était vraiment royaux. Je veux dire, plus royaux que n'importe qui. »

Kaloteh retira un grain de figue d'entre deux chicots noircis ; vu qu'ils se trouvaient dans sa bouche, ce devaient être ses dents. Puis il cracha.

« C'est toi que ça regarde », dit-il avant de disparaître.

Teppic marcha dans la nécropole ; les pyramides dessinaient une ligne en dents de scie dans la nuit. Le ciel était le corps courbé d'une femme, et les dieux se dressaient ici et là sur l'horizon. Ils ne ressemblaient pas aux dieux qu'on peignait sur les murs depuis des millénaires. Ils avaient l'air pires. Plus vieux que le Temps. Après tout, les dieux ne se mêlent presque jamais des affaires des hommes. Mais d'autres s'en chargent, c'est bien connu.

« Qu'est-ce que je peux faire ? Je ne suis qu'humain », dit-il tout haut.

Quelqu'un répliqua : *Pas complètement.*

Teppic se réveilla au milieu des piaillements des mouettes.

Alfonz, en chemise à manches longues et l'air décidé à ne plus jamais la retirer, aidait plusieurs hommes à larguer une voile de l'*Anonyme*. Il baissa le regard sur Teppic dans son lit de cordages et lui fit un signe de tête.

Le bateau avançait. Teppic s'assit et vit le quai d'Éphèbe s'éloigner doucement, silencieusement, dans la lumière grise du petit matin.

Il se mit tant bien que mal debout, gémit, s'étreignit le crâne, prit son élan et plongea par-dessus bord.

Hémé Krona, propriétaire de l'écurie Chamoccase, fit lentement le tour de Sale-Bête en fredonnant. Il examina les genoux de l'animal. Il donna un coup de pied, pour voir, dans une des pattes. D'un mouvement vif qui prit Sale-Bête complètement par surprise, il lui ouvrit d'un coup sec la gueule pour observer de près ses grandes dents jaunes puis s'écarta d'un bond.

Il ramena une planche de bois d'un tas dans un angle, trempa un pinceau dans un pot de peinture noire et, après un moment de réflexion, écrivit soigneusement : PREMIÈRE MAIN.

Il réfléchit encore un peu et ajouta : PEU DE KILOMAÎTRE.

Il peignait BON COURREUR lorsque Teppic entra en titubant et s'appuya, hors d'haleine, à l'encadrement de la porte. Des flaques d'eau se formèrent à ses pieds.

« Je viens pour mon chameau », dit-il.

Krona soupira.

« Hier soir, vous m'avez dit que vous repassiez dans une heure. Vous me devez une journée entière de pension, d'accord ? En plus je lui ai fait un nettoyage, j'ai vérifié les pieds, la révision complète ; il broutait, vous savez. Ça vous fera cinq *cercs,* d'accord, émir ?

— Ah. » Teppic se tapota la poche.

« Écoutez, dit-il. Je suis parti de chez moi un peu vite, vous voyez. Je ne crois pas avoir de liquide sur moi.

— Très bien, émir. » Krona reporta son attention sur sa planche. « Comment vous écrivez GARANTI DES ÂNÉES ?

— Je vous ferai porter l'argent sans faute », dit Teppic.

Krona lui fit le sourire méprisant de qui a tout vu dans sa vie — des ânes à la carcasse bricolée, des éléphants aux défenses en plâtre, des méharis à la bosse fixée à la colle — et de qui connaît les profondeurs purulentes de l'âme humaine quand il s'agit d'affaires.

« À d'autres, rajah, dit-il. Ça prend pas. »

Teppic farfouilla dans sa tunique. « Je peux vous donner ce couteau de grande valeur », proposa-t-il.

Krona lui jeta un bref coup d'œil et renifla.

« Désolé, pacha. Pas question. Pas de fric, pas de chameau.

— Je pourrais vous le donner la pointe d'abord », fit Teppic au désespoir, tout en sachant que cette simple menace le ferait exclure de la Guilde. Il avait aussi conscience que ça ne valait pas grand-chose comme menace. Les menaces n'étaient pas au programme de l'école de la Guilde.

Alors que Krona avait à sa disposition, assis sur des bottes de paille au fond des écuries, deux costauds qui commençaient justement à s'intéresser à la discussion. On aurait dit les frères aînés d'Alfonz.

On trouve ce genre de particuliers dans tous les dépôts de véhicules du multivers. Ce ne sont jamais vraiment des palefreniers, des mécanos, des clients ni des employés. Leur fonction reste toujours mal définie. Ils mâchouillent en douce des brins de paille ou fument des cigarettes. S'il arrive que des journaux traînent dans le coin, ils les lisent, ou du moins regardent les images.

Ils décidèrent d'observer Teppic de près. L'un ramassa deux briques et les fit sauter dans ses mains.

« Vous êtes jeune, ça se voit, fit aimablement Krona. Vous démarrez dans la vie, émir. Vous n'voulez pas faire d'histoires. » Il avança.

La grosse tête hirsute de Sale-Bête se tourna pour le regarder. Tout au fond de son cerveau des colonnes de petits chiffres se remirent à défiler de bas en haut en ronronnant.

« Écoutez, je regrette, mais il faut que je récupère mon chameau, dit Teppic. C'est une question de vie ou de mort ! »

Krona agita une main à l'intention des deux parasites.

Sale-Bête lui balança une ruade. Le chameau avait des idées très précises sur les individus qui lui fourraient la main dans la bouche. D'un autre côté, il avait vu les briques, et tous les chameaux savent ce que ça veut dire, deux briques. Ce fut une bonne ruade, puissante, les orteils bien écartés, lente mais en apparence seulement. Elle souleva Krona de terre et le projeta avec précision dans un tas fumant de balayures dignes des écuries d'Augias.

Teppic se décolla du mur, courut, empoigna le pelage poussiéreux de Sale-Bête et lui atterrit lourdement sur le cou.

« Je regrette beaucoup, dit-il au peu qu'il distinguait de Krona. Je vais vraiment vous faire envoyer de l'argent. »

Sale-Bête, pendant ce temps, valsait sur place. Les compagnons de Krona restaient à distance respectable de ses pieds comme des assiettes qui fendaient l'air en vrombissant.

Teppic se pencha vers une oreille agitée de mouvements désordonnés.

« On rentre chez nous », souffla-t-il.

Ils avaient choisi au hasard la première pyramide. Le roi examina le cartouche sur la porte.

« *Bénie soit la reine Far-re-ptah,* lut respectueusement Aneth, *souveraine des Cieux, seigneurie du Jolh, maîtresse de...*

— Mamie Neuneu, fit le roi. Elle fera l'affaire. » Il regarda leurs figures ahuries. « C'est comme ça que je l'appelais quand j'étais petit. Je n'arrivais pas à prononcer Far-re-ptah, vous comprenez. Bon, allez-y. Ne restez pas comme ça, bouche bée. Abattez-moi cette porte. »

Gern souleva le marteau, l'air hésitant.

« C'est une pyramide, maître, en appela-t-il à Aneth. On est pas censés les ouvrir.

— Qu'est-ce que tu proposes alors, mon gars ? fit le roi. Qu'on glisse un couteau de table dans la fente et qu'on secoue la lame ?

— Vas-y, Gern, dit Aneth. Tout ira bien. »

Gern haussa les épaules, se cracha dans des mains déjà moites de terreur et balança le marteau.

« Encore », fit le roi.

Le grand bloc de pierre retentit sous les coups de marteau, mais c'était du granit, il tenait bon. Quelques écailles de mortier voltigèrent, puis les échos revinrent en rebondissant d'un bord à l'autre des avenues mortes de la nécropole.

« Encore. »

Les biceps de Gern jouèrent comme des tortues dans la graisse.

Cette fois un bruit sourd répondit au loin, comme si un lourd couvercle s'écrasait par terre.

Ils s'immobilisèrent, silencieux, pour écouter un raclement de pieds à l'intérieur de la pyramide.

« Je lui en redonne un coup, sire ? » demanda Gern. Ils lui firent tous deux signe de se taire.

Le raclement se rapprocha.

Puis la pierre bougea. Elle se coinça une fois ou deux mais elle bougea quand même, lentement, elle pivota sur le côté si bien qu'un trait d'ombre noire apparut. Aneth distingua une forme plus sombre dans les ténèbres.

« Oui ? fit la forme.

— C'est moi, mamie », répondit le roi.

L'ombre ne bougea pas.

« Quoi, le petit Nunuche ? » fit-elle d'un ton soupçonneux.

Le roi évita de regarder la figure d'Aneth.

« C'est ça, mamie. On vient te sortir.

— Qui sont ces gens ? demanda l'ombre avec humeur. Je n'ai rien, jeune homme, dit-elle à Gern. Je ne garde pas d'argent dans la pyramide et vous pouvez poser ce marteau, ça ne me fait pas peur.

— Ce sont des serviteurs, mamie, répondit le roi.

— Ils ont des pièces d'identité ? marmonna la vieille dame.

— Moi, je les identifie, mamie. On est venus te sortir.

— J'ai cogné pendant des heures », dit la défunte reine en émergeant dans la lumière du soleil. Elle ressemblait en tous points au roi, sauf que ses bandelettes étaient plus grises et poussiéreuses. « Finalement, j'ai été obligée d'aller m'allonger. On n'intéresse plus personne quand on est mort. Et on va où, là ?

— Faire sortir les autres, dit le roi.

— Une sacrée bonne idée. » La vieille reine le suivit d'un même pas titubant.

« Alors c'est ça, l'autre monde, hein ? fit-elle. Guère mieux que le premier. » Elle envoya sèchement un coup de coude à Gern. « Toi aussi, tu es mort, jeune homme ?

— Non, m'dame, répondit Gern de la voix courageuse mais tremblotante d'un funambule au-dessus des abîmes de la folie.

— Ça ne vaut pas le coup. Moi, je te le dis.

— Oui, m'dame. »

Le roi se dirigea de sa démarche traînante sur l'antique pavage jusqu'à la pyramide suivante.

« Je la connais, celle-là, dit la reine. Elle était là de

mon temps. Le roi Ashk-ur-men-tep. Troisième empire. C'est pour quoi faire, le marteau, jeune homme ?

— S'il vous plaît, m'dame, faut que je cogne sur la porte, m'dame, répondit Gern.

— Pas la peine de frapper. Il est toujours là.

— Mon assistant veut dire : pour faire sauter les sceaux, m'dame, intervint Aneth dans un souci de plaire.

— Vous êtes qui, vous ? demanda la reine.

— Je m'appelle Aneth, ô reine. Maître embaumeur.

— Oh, embaumeur, vraiment ? J'ai quelques points à revoir.

— Ce sera un honneur et un privilège, ô reine.

— Oui. Sûrement, dit-elle avant de se tourner dans un grincement vers Gern. Vas-y, jeune homme, mets-en un bon coup ! »

Ainsi encouragé, Gern abattit à toute vitesse le marteau en un large arc de cercle. L'outil vola devant le nez d'Aneth dans un bruit de perdrix et mit le sceau en pièces.

Ce qui sortit de la pyramide, une fois la poussière retombée, n'était pas habillé à la dernière mode. Les bandelettes étaient brunes, elles s'effilochaient et, remarqua Aneth avec une inquiétude toute professionnelle, elles commençaient déjà à s'user aux coudes. Lorsque l'être parla, ils eurent l'impression d'entendre s'ouvrir de vieux cercueils.

« Je me suys resveillé, dit-il. Et il n'y avait auscune lumyère. C'est l'austre monde, icy ?

— On dirait bien que non, répondit la reine.

— Alors, c'est tout ?

— Ça ne vaut guère le coup de mourir, hein ? »

L'ancien roi hocha la tête, mais doucement, comme s'il craignait qu'elle tombe.

« Il faut fayre quelque chose », dit-il.

Il se tourna du côté de la Grande Pyramide et tendit ce qui avait autrefois été un bras.

« Quy repose là-bas ? demanda-t-il.

— C'est la mienne, dit Teppicymon qui s'avança en titubant. Je ne crois pas que nous nous connaissons, je n'ai pas encore été enseveli, mon fils l'a bâtie pour moi. Je n'étais pas d'accord avec ça, vous pouvez me croire.

— C'est une chose terryble, fit l'ancien roi. J'ay senty qu'on la bâtyssait. Même dans le sommeyl de la mort, je l'ay senty. Elle est assez grande pour enterrer le monsde.

— Moi, je voulais me faire immerger dans l'océan, dit Teppicymon. Je hais les pyramides.

— Non, fit Ashk-ur-men-tep.

— Excusez-moi, mais si, insista poliment le roi.

— Mais non. Ce que vous éprousvez en ce moment, c'est une légère aversyon. Quand vous serez resté allongé mylle ans dans l'une d'elles, alors vous commencerez à savoyr ce qu'est la hayne. »

Teppicymon frissonna.

« La mer, dit-il. Ça, c'est bien. On se dissout. »

Ils se mirent en route vers la pyramide suivante. Gern conduisait la marche ; on lisait sur sa figure comme dans un livre ouvert, un livre écrit tard le soir par un romancier qui trouve l'inspiration sur ordonnance. Aneth le suivait. Il bombait la poitrine. Il avait toujours espéré faire son chemin dans le monde, et voilà qu'aujourd'hui il marchait avec des rois.

Pardon. Qu'il *titubait* avec des rois.

C'était encore une belle journée dans le désert. On y avait toujours de belles journées, si par là on entend une température de four et du sable sur lequel on pourrait griller des châtaignes.

Sale-Bête courait vite, surtout pour laisser ses pieds le moins longtemps possible en contact avec le sol. L'espace d'un instant, alors qu'ils gravissaient cahin-caha les collines extérieures de l'oasis plantée d'oliviers et bigarrée de champs cultivés autour d'Éphèbe, Teppic crut reconnaître l'*Anonyme* dans un tout petit point sur la mer d'azur. Mais ce n'était peut-être qu'un reflet sur une vague.

Puis il passa la crête et entra dans un monde de jaune et de terre de Sienne. Des arbres rabougris résistèrent quelque temps contre le sable, mais le sable l'emporta et poursuivit sa marche triomphale en avant, dune après dune.

Le désert n'était pas seulement chaud, il était silencieux. Il n'y avait pas d'oiseaux, aucun de ces susurrements que produisent des créatures organiques vivantes qui s'activent. La nuit on entendait peut-être les plaintes des insectes, mais ils s'étaient enfouis profond dans le sable pour échapper aux brûlures du jour. Le sable jaune et le ciel jaune lui aussi formaient une chambre sourde dans laquelle le souffle de Sale-Bête retentissait comme une machine à vapeur.

Teppic avait beaucoup appris depuis sa première sortie du Vieux Royaume, et il allait apprendre une chose de plus. Tous les experts reconnaissent que pour traverser la fournaise du désert, c'est une bonne idée de porter un chapeau.

Sale-Bête adopta le trot paresseux que tout bon chameau de course peut conserver des heures durant.

Au bout de trois ou quatre kilomètres, Teppic aperçut une colonne de poussière derrière la dune suivante. Ils finirent par rattraper le gros de l'armée éphébienne, qui avançait en cadence autour d'une demi-douzaine d'éléphants de combat et dont les plumets se balançaient dans la brise d'étuve. Par principe, ils poussèrent des vivats au passage de Teppic.

Des éléphants de combat ! Teppic gémit. Tsort aussi se servait d'éléphants de combat. Les pachydermes étaient à la mode ces temps-ci. Ils ne valaient pas grand-chose sauf pour piétiner leurs propres troupes lorsqu'ils paniquaient, ce qui arrivait inévitablement, aussi les grands esprits militaires des deux camps y avaient-ils remédié en élevant de plus gros spécimens. Les éléphants étaient impressionnants.

Pour une raison inconnue, plusieurs traînaient d'immenses chariots remplis de bois de construction.

Teppic poursuivit sa course cahotante tandis que le soleil escaladait la voûte céleste et, chose inhabituelle, que des taches bleues et violettes commençaient à se déplacer doucement à l'horizon en tournoyant sur elles-mêmes.

Il se passait autre chose de curieux. Le chameau avait l'air de trotter dans le ciel. Il y avait peut-être un rapport avec les tintements dans ses oreilles.

Fallait-il s'arrêter ? Mais dans ce cas sa monture risquait de tomber...

Midi était passé depuis longtemps lorsque Sale-Bête pénétra en chancelant dans l'ombre surchauffée de l'affleurement calcaire qui marquait jadis la frontière de la Vallée et qu'il s'écroula lentement dans le sable. Teppic dégringola par terre.

Un détachement d'Éphébiens regardait à courte distance un nombre tout à fait identique de Tsortiens postés en face. De temps en temps, pour faire bien, un soldat brandissait une lance.

Lorsque Teppic ouvrit les yeux, ce fut pour voir les masques de bronze effrayants de soldats éphébiens penchés sur lui, le regard interrogateur. Leurs bouches de métal étaient figées en d'affreux rictus dédaigneux. Leurs sourcils luisants se tordaient d'une colère noire.

« Té, il revient à lui, sergent », fit l'un d'eux.

Une face métallique comme la fureur des éléments s'approcha, emplit le champ de vision de Teppic.

« On est sorti sans son chapeau, hé, pitchoun ? fit-elle d'une voix joyeuse qui résonna bizarrement sous le métal. On était pressé de se frotter à l'ennemi, c'est ça ? »

Le ciel tournoya autour de Teppic, mais une pensée gigota dans la poêle à frire de son cerveau, prit le contrôle de ses cordes vocales et croassa : « Le chameau !

— On devrait t'mettre au trou pour l'avoir traité comme ça, le réprimanda le sergent en agitant un doigt. J'en ai jamais vu dans un état pareil.

— Ne le laissez pas boire ! » Teppic s'assit droit comme un piquet ; sous son crâne des gongs géants carillonnèrent et des feux d'artifice incandescents, façon artillerie lourde, éclatèrent. Les têtes casquées se tournèrent les unes vers les autres.

« Boudie, il doit en vouloir à mort aux chameaux », dit un soldat. Teppic se mit debout tant bien que mal et tituba sur le sable jusqu'à Sale-Bête, lequel s'efforçait de résoudre l'équation complexe qui lui permettrait de se relever. La langue lui pendait de la bouche et il ne se sentait pas bien.

Un chameau en détresse ne se replie pas sur lui-même.

Il ne traîne pas dans les bars à siroter des verres en solitaire. Il n'appelle pas de vieux copains au téléphone pour leur pleurnicher dans l'oreille. Il ne rumine pas des idées noires, n'écrit pas de longs poèmes sur la Vie, si moche quand on l'envisage d'une chambre meublée. Il ignore l'angoisse existentielle.

Tout ce dont dispose un chameau, c'est une paire de poumons de format industriel et une voix comme un troupeau d'ânes qu'on massacrerait à la tronçonneuse.

Teppic s'avança dans le vacarme. Sale-Bête dressa la tête, il la tourna d'un côté puis de l'autre, triangula. Il roula follement des yeux tout en donnant l'impression, à la manière typique des chameaux, de regarder le jeune homme avec les narines.

Il cracha.

Il *essaya* de cracher.

Teppic lui attrapa le licou et tira dessus.

« Allez, sale bête, dit-il. Il y a de l'eau. Tu la sens. Tout ce que tu as à faire, c'est de trouver comment y aller ! »

Il se tourna vers les soldats rassemblés. Ils le fixaient d'un air ahuri, sauf ceux qui n'avaient pas ôté leur casque et le fixaient d'un air férocement métallique.

Teppic arracha une outre à l'un des hommes, retira le bouchon et la vida par terre devant le museau contracté du chameau. « Il y a un fleuve ici, souffla-t-il. Tu sais où il est, tout ce que tu as à faire, c'est d'y aller ! »

Les soldats jetèrent des regards nerveux alentour. Plusieurs Tsortiens aussi, qui s'étaient doucement avancés pour voir ce qui se passait.

Sale-Bête se releva, les genoux tremblants, et se mit à tourner en rond. Teppic se cramponna.

... Soit *d* égal à 4, songeait désespérément le chameau. Soit *a.d* égal à 90. Soit non-*d* égal à 45...

« Il me faut un bâton ! s'écria Teppic en tourbillonnant devant le sergent. Ils ne comprennent rien tant qu'on ne les frappe pas avec un bâton ; pour un chameau, c'est comme de la ponctuation !

— Une épée, ça irait ?

— Non ! »

Le sergent hésita, puis il tendit sa lance.

Teppic l'attrapa du côté du fer, chercha son équilibre et l'abattit promptement sur le flanc du dromadaire en soulevant un nuage de poussière et de poils.

Sale-Bête s'arrêta. Ses oreilles pivotèrent comme des antennes radar. Il fixa la paroi rocheuse en roulant des yeux. Puis, alors que Teppic agrippait une poignée de poils et se hissait sur lui, le chameau partit au trot.

... Penser *fractal*...

« Hé, tu fonces en plein... » commença le sergent.

Suivit un silence. Qui dura longtemps.

Le sergent remua, mal à l'aise. Puis son regard se tourna plus loin vers les Tsortiens et croisa celui de leur chef. D'un accord tacite, typique de tous les centurions et sergents du monde, ils marchèrent l'un vers l'autre le long des rochers et s'arrêtèrent près de la fissure à peine visible dans la paroi.

Le sergent tsortien passa la main dessus.

« On s'attendrait à trouver... j'sais pas, moi, des poils de chameau, quelque chose, dit-il.

— Ou bien du sang, fit l'Éphébien.

— À mon avis, c'est un d'ces phénomènes inexplicables.

— Oh. Hé bé, alors, ça va. »

Les deux hommes contemplèrent la pierre un moment.

« Comme un mirage, reprit le Tsortien avec obligeance.

— Un truc dans le genre, vouais.

— J'ai aussi cru entendre une mouette.

— Dingue, hé ? Y en a pas dans le coin. »

Le Tsortien toussa poliment et regarda ses hommes en retrait. Puis il se pencha plus près.

« Le gros de vos troupes va pas tarder, j'imagine », dit-il.

L'Éphébien se rapprocha encore un peu et parla du coin de la bouche, pendant que ses yeux continuaient de se passionner pour le spectacle des rochers.

« Tout juste, répondit-il. Et le gros des vôtres aussi, si j'peux m'permettre ?

— Oui. J'imagine qu'il va falloir vous massacrer si les nôtres arrivent les premiers.

— Pareil comme pour nous, ça m'étonnerait pas. Mais on y peut rien.

— C'est comme ça, quoi », reconnut le Tsortien.

L'autre hocha la tête. « Un drôle de monde, quand on y pense.

— Ça, tu l'as dit. » Le sergent tsortien desserra un peu son plastron, heureux de ne plus être en plein soleil. « Les rations, ça va, chez vous ? demanda-t-il.

— Oh, tu sais. Faut pas trop râler.

— Comme chez nous, tout pareil.

— Quand on râle, ça d'vient plus pire.

— Tout comme nous. Dis, vous auriez pas des figues, des fois ? J'grignoterais bien une figue, moi.

— J'regrette.

— J'demande juste comme ça.

— On a plein de dattes, si ça te dit.

— En dattes, on a c'qu'y faut, merci.

— J'regrette. »

Les deux hommes restèrent un moment silencieux, perdus dans leurs pensées. Puis l'Éphébien remit son casque et le Tsortien rectifia sa ceinture.

« Bon, ben...

— Bon, ben... »

Ils redressèrent les épaules, relevèrent le menton et repartirent au pas. Un instant plus tard ils effectuèrent un demi-tour impeccable et, sur une ombre de sourire embarrassé, rejoignirent leurs positions respectives.

LIVRE IV

Le livre des 101 choix possibles pour un garçon

Teppic s'était attendu à...

... à quoi ?

Peut-être à de la chair qui s'écrase en éclaboussures sur le rocher. Peut-être, à l'extrême rigueur, au spectacle du Vieux Royaume sous ses yeux.

Il ne s'était pas attendu à de la brume humide et glaciale.

La science sait désormais qu'il existe beaucoup plus de dimensions que les quatre traditionnelles. D'après les scientifiques, les autres dimensions n'affectent normalement pas le monde parce qu'elles sont toutes petites et se recourbent sur elles-mêmes ; de même, puisqu'il est fractal, le réel se replie en grande partie sur soi. Ce qui signifie ou bien que l'univers recèle plus de merveilles qu'on puisse espérer en comprendre ou bien, plus vraisemblable, que les scientifiques inventent au fur et à mesure.

Mais le multivers abonde en petites dimensionnettes, aires de jeux de la création où des êtres sortis de l'imagination peuvent s'amuser sans se faire renverser par les poids lourds du réel. Parfois, lorsqu'ils s'égarent par des brèches dans cet univers-ci, ils l'affectent en donnant lieu à des mythes, des légendes et des inculpations d'ivresse publique.

C'était dans l'une de ces dimensions que Sale-Bête, par une légère erreur de calcul, venait d'entrer au petit trot.

La légende ne se trompait pas de beaucoup. Le Sphinx se tapissait bel et bien en marge du Royaume. Elle n'avait seulement pas précisé de quel type de marge elle parlait.

Le Sphinx est une créature irréelle. Il existe uniquement comme produit de l'imagination. Il est bien connu que dans un univers infini tout ce qu'on peut imaginer existe forcément quelque part, et comme il s'agit en majorité d'êtres indignes d'un espace-temps bien ordonné, on les refoule dans une dimension annexe. Ce qui explique en partie le mauvais caractère chronique du Sphinx, mais quoi de plus normal pour une créature formée d'un corps de lion, d'un buste de femme et des ailes d'un aigle que de souffrir d'une crise d'identité et de se mettre en colère pour un oui pour un non ?

Aussi avait-il mis au point l'Énigme.

L'Énigme procurait au Sphinx, au gré des dimensions, beaucoup de distractions et d'innombrables repas.

Teppic ignorait ces détails tandis qu'il menait Sale-Bête dans les tourbillons de brume, mais les os qu'il écrasait au passage suffisaient à lui mettre la puce à l'oreille.

Des tas de gens étaient morts ici. Il était raisonnable de penser que les derniers en date avaient vu les restes de leurs prédécesseurs et qu'ils avaient par conséquent continué en redoublant de prudence. Et ça n'avait pas marché.

Inutile d'avancer à pas de loup, donc. En outre, certains rochers qui surgissaient dans la brume avaient des formes très angoissantes. Celui-là, par exemple, il ressemblait exactement à...

« Halte », lança le Sphinx.

Le silence ne fut plus rompu que par la brume qui dégouttait et le bruit de succion régulier de Sale-Bête qui s'efforçait d'extraire l'humidité de l'atmosphère.

« Vous êtes un sphinx, déclara Teppic.

— *Le* Sphinx, corrigea le Sphinx.

— Bon sang. On a plein de statues de vous chez nous. » Teppic leva les yeux, puis les leva encore plus haut.

« Je vous voyais plus petit, ajouta-t-il.

— Tremble, mortel. Car tu es en présence de la sagesse et de l'horreur. » Le Sphinx battit des paupières. « Elles sont bien, ces statues ?

— Elles ne vous rendent pas justice, répondit Teppic sans mentir.

— Ah bon, vous croyez ? Souvent, on me rate le nez. Mon profil droit, c'est le meilleur, il paraît, et... » Le Sphinx s'aperçut qu'il s'écartait de son sujet. Il toussa avec sérieux.

« Avant que je te laisse passer, ô mortel, il te faut répondre à mon énigme.

— Pourquoi ? fit Teppic.

— Comment ? »

Le Sphinx le regarda en cillant. Il n'avait pas été programmé pour ce genre de situation.

« Pourquoi ? Pourquoi ? Parce que. Euh... parce que... attendez, oui, parce que sinon je vous arrache la tête. Oui, je crois que c'est ça.

— D'accord. Voyons cette énigme, alors. »

Le Sphinx s'éclaircit la gorge dans un bruit de camion vide effectuant une marche arrière dans une carrière.

« Qu'est-ce qui marche sur quatre pieds le matin, sur deux pieds à midi et sur trois pieds le soir ? » demanda le Sphinx d'un air suffisant.

Teppic réfléchit.

« Celle-là, elle est dure, dit-il enfin.

— La plus dure.

— Hum.

— Vous ne trouverez jamais.

— Ah.

— Est-ce que vous pourriez vous déshabiller pendant que vous cherchez ? Les frusques, ça m'agace les dents.

— Il n'y aurait pas une espèce d'animal dont les pattes repoussent après qu'on...

— Vous faites fausse route, dit le Sphinx en sortant ses griffes.

— Oh.

— Vous n'avez pas la moindre idée, hein ?

— Je continue de réfléchir.

— Vous ne trouverez jamais.

— Vous avez raison. » Teppic ne quittait pas les griffes des yeux. Ce n'est pas vraiment une bête de combat, se rassura-t-il, il est pourvu de trop d'attributs, c'est évident. D'ailleurs, ses seins vont le gêner, même si ce n'est pas le cas de son cerveau.

« La réponse, c'est : l'homme, fit le Sphinx. Dites, évitez de vous débattre, s'il vous plaît, ça libère des produits chimiques désagréables dans le sang. »

Teppic recula pour esquiver un coup de patte. « Minute, minute, fit-il. Comment ça : l'homme ?

— Facile. Un bébé se déplace à quatre pattes le matin, se tient sur ses deux jambes à midi, et le soir un vieillard marche avec une canne. Pas mal, hein ? »

Teppic se mordit la lèvre. « Vous voulez dire en *une seule journée ?* » demanda-t-il d'un air de doute.

Il y eut un long silence embarrassant.

« C'est un trucmachin, une figure de style, expliqua le Sphinx avec irritation en lançant un autre coup de patte.

— Non, non, écoutez, attendez une minute. Je voudrais qu'on soit bien clairs là-dessus, d'accord ? Je veux dire : c'est normal, non ?

— Il n'y a rien qui cloche avec l'énigme. Drôlement bonne, comme énigme. Ça fait cinquante ans que je la sers, depuis tout lionceau. » Il réfléchit un instant. « Oisillon, corrigea-t-il.

— C'est une bonne énigme, concéda Teppic d'un ton apaisant. Très profonde. Très prenante. Toute la condition humaine en quelques mots. Mais vous admettrez que tout ça n'arrive pas à un seul individu en une seule journée, hein ?

— Ben... non, reconnut le Sphinx. Mais ça coule de source dans le contexte. Toutes les énigmes contiennent un élément d'analogie dramatique, ajouta-t-il, l'air d'avoir entendu l'expression longtemps auparavant et de l'avoir trouvée bonne, quoique pas au point d'oublier d'en dévorer l'auteur.

— Oui, *mais*, fit Teppic qui s'accroupit et nettoya un carré de sable humide, est-ce que la métaphore à une cohérence interne ? Disons, par exemple, que l'espérance de vie moyenne est de soixante-dix ans, d'accord ?

— D'accord, admit le Sphinx du ton mal assuré du citoyen qui a fait entrer un représentant et voit se profiler un avenir où il va devoir souscrire une assurance-vie.

— Bon. Très bien. Alors midi correspond à trente-cinq ans, je n'ai pas raison? Maintenant, compte tenu que la plupart des enfants font leurs premiers pas vers un an, la référence aux quatre pieds est parfaitement inadéquate, vous ne croyez pas? Je veux dire, le plus gros de la matinée se passe sur deux jambes. Selon votre analogie... — il s'arrêta le temps d'effectuer quelques calculs à l'aide d'un fémur qui se trouvait là — une vingtaine de minutes seulement après zéro heure, disons une demi-heure tout au plus, se passent sur quatre pattes. Je n'ai pas raison? Honnêtement?

— Ben...

— De même, on ne marcherait pas avec une canne à six heures du soir parce qu'on n'aurait que... euh... cinquante-deux ans, énonça Teppic en gribouillant furieusement. En fait, on n'aurait pas franchement besoin d'aide pour se tenir debout avant au moins neuf heures et demie, d'après moi. Ceci en supposant que toute une vie s'écoule en un seul jour, ce qui est, je crois l'avoir déjà fait remarquer, parfaitement ridicule. Je regrette : le principe est valable, mais l'énigme ne colle pas.

— Ben... refit le Sphinx mais avec irritation cette fois, je ne vois pas ce que je peux y faire. C'est la seule que je connaisse. Je n'en ai jamais eu besoin d'autres.

— Il suffit de la modifier un peu, c'est tout.

— Comment ça?

— Faites-la un peu plus réaliste.

— Hmm. » Le Sphinx se gratta la crinière avec une griffe. « D'accord, reprit-il sans grande assurance. J'imagine que je pourrais demander : Qu'est-ce qui marche sur quatre pieds...

— Métaphoriquement parlant, l'interrompit Teppic.

— Sur quatre pieds, métaphoriquement parlant, convint le Sphinx, pendant environ...

— Vingt minutes, on a dit, je crois.

— ... d'accord, très bien, pendant vingt minutes le matin, sur deux pieds...

— Mais moi, je crois qu'appeler ça le matin, c'est un peu tiré par les cheveux, fit Teppic. C'est juste après minuit. Je veux dire, techniquement c'est bien le matin, mais au sens strict c'est encore la nuit, qu'est-ce que vous en pensez ? »

Une ombre de panique s'étendit et figea le visage du Sphinx.

« Qu'est-ce que vous, vous en pensez ?

— Voyons où nous en sommes, d'accord ? Qu'est-ce qui, métaphoriquement parlant, marche sur quatre pieds juste après minuit, sur deux pieds pendant le plus gros de la journée...

— ... sauf accident, fit le Sphinx d'un air pathétique, soucieux de montrer qu'il apportait sa contribution.

— Très bien, sur deux pieds sauf accident jusqu'à l'heure du dîner au moins, après quoi sur trois pieds...

— J'ai connu des gens qui s'aidaient de deux cannes, dit le Sphinx avec obligeance.

— D'accord. Qu'est-ce que vous dites de : après quoi sur deux pieds ou avec toutes les aides prothétiques de son choix ? »

Le Sphinx réfléchit à la question.

« Ou-uii, dit-il gravement. On dirait que ça couvre tous les cas de figure.

— Alors ? fit Teppic.

— Alors quoi ?

— Alors, la réponse ? »

Le Sphinx posa sur lui un regard glacial puis découvrit ses crocs.

« Oh, non. Vous ne me coincerez pas comme ça. Vous me prenez pour un imbécile ? C'est à vous de me donner la réponse.

— Ah, la barbe, fit Teppic.

— Vous avez cru m'avoir, hein ?

— Pardon.

— Vous avez cru pouvoir m'embrouiller, hein ? » Le Sphinx eut un grand sourire.

« Ça valait le coup d'essayer, dit Teppic.

— Je vous comprends. Alors, c'est quoi, la réponse ? »

Teppic se gratta le nez.

« Aucune idée, fit-il. À moins... — mais je dis ça à tout hasard, vous comprenez — à moins que ce soit : un homme. »

Le Sphinx lui jeta un regard mauvais.

« Vous êtes déjà venu, c'est ça ? dit-il d'un ton accusateur.

— Non.

— Alors quelqu'un a parlé, hein ?

— Qui aurait pu parler ? Est-ce que quelqu'un a déjà trouvé la solution de l'énigme ?

— Non !

— Alors, vous voyez. Personne n'a pu parler, pas vrai ? »

Les griffes du Sphinx grattèrent avec humeur le rocher.

« Je suppose que je dois vous laisser passer, dans ce cas, grommela-t-il.

— Merci.

— Vous me feriez plaisir en ne répétant la réponse à personne, je vous prie, ajouta le Sphinx avec froideur. Je ne voudrais pas en priver les autres. »

Teppic grimpa tant bien que mal sur un rocher puis sur Sale-Bête. « Ne vous en faites pas pour ça », dit-il en éperonnant le chameau. Il ne put s'empêcher de noter que le Sphinx remuait les lèvres en silence, comme s'il essayait de comprendre quelque chose.

Sale-Bête n'avait couvert qu'une vingtaine de mètres lorsqu'un rugissement de rage éclata dans son dos. Pour une fois l'animal oublia l'étiquette qui lui imposait d'attendre un coup de bâton avant d'entreprendre quoi que ce soit. Ses quatre pieds s'écrasèrent sur le sable et poussèrent.

Ce coup-ci, il ne fit pas d'erreur dans ses calculs.

Les prêtres perdaient la raison.

Non parce que les dieux leur désobéissaient. Parce que les dieux les *ignoraient.*

D'accord, les dieux les avaient toujours ignorés. Il faut beaucoup de talent pour persuader un dieu d'obéir, et les prêtres ne doivent pas garder les deux pieds dans la même sandale. Par exemple, quand on pousse un rocher du haut d'une falaise, une requête rapide auprès des dieux pour qu'il tombe jusqu'en bas reçoit à coup sûr un écho favorable. De la même manière, les dieux garantissent le coucher du soleil et l'apparition des étoiles. Ils acceptent de bonne grâce toute pétition leur demandant de veiller à ce que les palmiers poussent les racines dans le sol et les feuilles au sommet. Dans l'ensemble, le prêtre qui se soucie de ce genre de détails s'assure un fort pourcentage de réussite.

Pourtant, c'est une chose de savoir que les dieux vous ignorent quand ils restent à distance, à l'abri des regards, et une autre de les voir se balader dans la nature. Il y a de quoi se sentir ridicule.

« Pourquoi est-ce qu'ils n'écoutent pas ? » geignait le grand prêtre de Teg, le dieu à tête de cheval de l'Agriculture. Il était en larmes. La dernière fois qu'on avait vu Teg, il arrachait du blé en riant bêtement, assis dans un champ.

Les autres grands prêtres n'allaient pas mieux. Les rituels consacrés par le temps avaient empli le palais d'une fumée bleue douceâtre et grillé assez de bestiaux pour affronter une famine, mais les dieux s'installaient dans le Vieux Royaume en propriétaires, et la population ne comptait pas plus que des insectes.

La foule attendait toujours devant le palais. La religion avait dirigé le royaume pendant près de sept mille ans. Derrière les yeux de chaque prêtre à son poste se dessinait l'image claire de ce qui arriverait si jamais le peuple s'avisait, l'espace d'un instant, qu'elle ne dirigeait plus rien.

« Alors, Dios, dit Koomi, on se tourne vers vous. Que voulez-vous qu'on fasse ? »

Assis sur les marches du trône, Dios gardait les yeux rivés par terre, la mine sombre. Les dieux n'écoutaient pas. Ça, il le savait. Il le savait mieux que personne. Mais ça n'avait pas eu d'importance jusqu'à ce jour. On faisait comme si et on donnait la réponse. L'important, c'était le rituel, pas les dieux. Les dieux étaient là pour tenir lieu de mégaphones, sinon le peuple écouterait qui ?

Tandis qu'il s'efforçait de réfléchir clairement, ses mains effectuèrent les gestes du rituel de la Septième Heure, obéissant à des instructions neurales aussi rigides et inaltérables que des cristaux.

« Vous avez tout essayé ? demanda-t-il.

— Tout ce que vous nous avez conseillé de faire, ô Dios », répondit Koomi.

Il attendit que la plupart des prêtres le regardent puis, d'une voix plus forte, il poursuivit : « Si le roi était là, il intercéderait pour nous. »

Ses yeux croisèrent ceux de la prêtresse de Sarduk. Il n'avait pas eu de discussion avec elle ; pour discuter de quoi, d'ailleurs ? Mais il avait dans l'idée qu'elle épousait... pardon, qu'elle partageait son point de vue. Elle n'aimait pas beaucoup Dios, mais elle avait moins peur de lui que les autres.

« Le roi est mort, je vous l'ai déjà dit, trancha Dios.

— Oui, nous vous avons entendu. Cependant, il n'y a pas de corps, semble-t-il, ô Dios. Néanmoins, nous vous croyons, car c'est le grand Dios qui parle, et nous ne prêtons aucune attention aux ragots. »

Les prêtres restaient silencieux. Des ragots, en plus ? On avait déjà parlé de rumeurs, non ? Sûr, quelque chose clochait.

« C'est souvent arrivé dans le passé, intervint la prêtresse. Quand le Royaume était menacé ou que le fleuve ne sortait pas de son lit, le roi allait intercéder auprès des dieux. On *l'envoyait* intercéder auprès des dieux. »

L'accent de satisfaction dans sa voix laissait clairement entendre qu'il s'agissait d'un aller simple.

Koomi frissonna de plaisir et d'horreur. Oh, oui. Ça, c'était le bon temps. Certains pays appliquaient le système du roi sacrificiel, il y avait longtemps. Quelques années de festins et de règne, et puis *clac*... place à une nouvelle administration.

« En période de crise, peut-être qu'un ministre d'État de haut rang suffirait », poursuivit-elle.

Dios releva la tête ; son visage reflétait la souffrance que lui causaient ses tendons.

« Je vois, fit-il. Et ce serait quel grand prêtre, alors ?
— Les dieux choisiraient, dit Koomi.
— J'en suis sûr, dit amèrement Dios. J'ai quelques doutes sur la sagesse de leur choix.
— Les morts peuvent parler aux dieux dans l'autre monde, fit observer la prêtresse.
— Mais les dieux sont tous *ici* », répliqua Dios en luttant contre les élancements dans ses jambes qui leur rappelaient avec insistance qu'au même instant elles auraient dû arpenter le couloir central pour aller superviser le rite du Sous-Céleste. Son corps réclamait à grands cris de retrouver le réconfort de l'autre côté du fleuve. Et une fois de l'autre côté, de ne jamais revenir... Comme toujours.

« En l'absence du roi, c'est le grand prêtre qui assume ses fonctions. Ce n'est pas vrai, Dios ? » fit Koomi.

C'était vrai. C'était écrit. On ne pouvait pas le réécrire, une fois que c'était écrit. C'était même lui qui l'avait écrit. Il y avait longtemps.

Dios baissa la tête. C'était pire que la plomberie, pire que tout. Et pourtant, et pourtant... traverser le fleuve... « Bon, très bien. J'ai une dernière requête à formuler, une seule.
— Oui ? » La voix de Koomi était mieux timbrée désormais, déjà la voix d'un grand prêtre.

« Je voudrais qu'on m'ensevelisse dans... » commença Dios, mais il fut interrompu par les murmures des prêtres qui avaient vue sur l'autre rive du fleuve. Tous les yeux se tournèrent vers la berge lointaine d'un noir d'encre.

Les légions des rois du Jolhimôme étaient en marche.

Ils titubaient, mais ils couvraient rapidement du terrain. Il y en avait des pelotons entiers, des bataillons. Ils n'avaient plus besoin du marteau de Gern.

« C'est le vinaigre, fit le roi tandis qu'ils regardaient une demi-douzaine d'ancêtres arracher comme une seule momie un sceau de son logement. Ça fortifie. »

Certains des plus anciens, débordants d'enthousiasme, s'attaquaient directement aux pyramides et parvenaient même à soulever des blocs à bout de bras. Le roi les comprenait. C'était horrible d'être mort, de se savoir mort et de rester enfermé dans le noir.

Jamais on ne me mettra dans un de ces machins, jura-t-il.

Ils finirent par arriver, telle une marée, devant une autre pyramide, petite, basse, sombre, à demi dissimulée dans le sable accumulé. L'assemblage des blocs, des rochers grossièrement équarris, ne méritait pas le nom de maçonnerie. Sa construction remontait à bien avant que le Royaume attrape le tour de main pour les pyramides. Ça ne valait guère mieux qu'un tas.

Le sceau de la porte affichait, tracés à coups maladroits, profonds et anguleux, les hiéroglyphes du royaume d'Ur : KALOTEH M'A FAIT BÂTIR. LE PREMIER.

Plusieurs ancêtres s'attroupèrent autour.

« Oh, crénom, fit le roi. Là, ça va peut-être trop loin.

— Le Premier, chuchota Aneth. Le Premier du Royaume. Il n'y avait personne d'autre ici que des hippopotames et des crocodiles. De l'intérieur de cette pyramide, soixante-dix siècles nous contemplent. Plus vieux que tout...

— Oui, oui, d'accord, fit Teppicymon. Pas la peine de s'emballer. C'était un homme comme nous tous.

— "Et Kaloteh le chamelier regarda la vallée..." commença Aneth.

— Au bout de sept myl ans, il aura encore envye de la regarder, lança de but en blanc Ashk-ur-men-tep.

— Quand même, fit le roi. Ça ne me paraît pas du tout...

— Les morts sont aygaux, le coupa Ashk-ur-men-tep. Toi, jeune homme, fays-le sortyr.

— Qui, moi ? fit Gern. Mais c'était le Prem...

— Oui, ça, on connaît déjà, dit Teppicymon. Vas-y. Tout le monde s'impatiente. Lui aussi, j'imagine. »

Gern roula des yeux et leva son marteau. Au moment où il allait l'abattre en sifflant sur le sceau, Aneth se précipita, et à cause de lui Gern se mit à danser follement de droite et de gauche pour éviter, dans un effort qui lui mit l'aine à rude épreuve, d'enfoncer l'outil dans le crâne de son maître.

« C'est ouvert ! s'écria Aneth. Regardez ! Le sceau bouge tout seul !

— Vous voulez dyre qu'il est sorty ? »

Teppicymon s'approcha en vacillant et posa la main sur la porte de la pyramide. Elle bougea sans difficulté. Puis il inspecta la pierre en dessous. La pyramide avait beau être en ruine et à moitié ensevelie, quelqu'un avait pris soin de dégager un chemin jusqu'à elle. Et la pierre était bien usée, comme par le passage de pieds nombreux.

Par définition, ce n'était pas une condition normale pour une pyramide. Une fois qu'on était dedans, on était dedans, et ça s'arrêtait là.

Les momies examinèrent l'entrée usée par la fréquentation et, de surprise, échangèrent des grincements. Une très vieille, qui avait du mal à rester entière, lâcha un bruit comme une vrillette qui vient enfin de conquérir un arbre pourri.

« Qu'est-ce qu'il a dit ? » demanda Teppicymon.

La momie d'Ashk-ur-men-tep traduisit. « Il a dyt que les lyeux hantés, ça luy fayt froid dans le dos », croassa-t-elle.

Le défunt roi hocha la tête. « Je vais entrer jeter un coup d'œil. Vous, là, les deux vivants, vous m'accompagnez. »

La figure d'Aneth s'allongea.

« Oh, allez, mon vieux, fit sèchement Teppicymon en poussant la porte. Regardez, je n'ai pas peur, moi. Faites preuve d'un peu de courage. Comme tout le monde.

— Mais il nous faut de la lumière », protesta Aneth.

Les momies les plus proches titubèrent vivement en arrière lorsque Gern sortit timidement un briquet à amadou de sa poche.

« Il nous faut quelque chose à allumer », fit Aneth. Les momies marmonnèrent et reculèrent encore dans un raclement de pieds.

« Il y a des torches ici, dit Teppicymon d'une voix légèrement assourdie. Et tiens-les loin de moi, mon gars. »

C'était une petite pyramide, sans labyrinthe, sans

pièges, pourvue d'un unique couloir ascendant. En tremblant, inquiets à tout instant de voir des horreurs innommables leur sauter dessus, les embaumeurs suivirent le roi dans une petite chambre carrée qui sentait le sable. Le plafond était noir de suie.

Il n'y avait pas de sarcophage à l'intérieur, pas de cercueil, pas de terreur nommable ni innommable. Par terre, au centre, se dressait un bloc de pierre sur lequel reposaient une couverture et un oreiller.

Ni l'un ni l'autre n'avait l'air particulièrement ancien. C'était presque décevant.

Gern tendit le cou pour inspecter les lieux.

« Pas mal du tout, dit-il. Confortable.

— Non, dit Aneth.

— Hé, maître roi, regardez ça, dit Gern en courant vers un mur. Regardez, on a gribouillé des trucs. Regardez tous ces petits traits partout sur le mur.

— Et sur ce mur aussi, dit le roi, et par terre. Quelqu'un a compté. Chaque groupe de dix est barré, vous voyez. Quelqu'un a compté quelque chose. Il y en avait beaucoup. » Il recula.

« C'était quoi ? demanda Aneth en regardant derrière lui.

— Très curieux », fit le roi. Il se pencha. « On distingue à peine les inscriptions en dessous.

— Vous arrivez à les lire, roi ? dit Gern en manifestant un enthousiasme qu'Aneth jugeait superflu.

— Non. C'est un dialecte très ancien. Je n'arrive pas à reconnaître un seul foutu hiéroglyphe. À mon avis, il ne reste personne de vivant capable aujourd'hui de lire ça.

— Dommage, fit Gern.

— C'est vrai », reconnut le roi qui soupira. Ils gardèrent un silence morose.

« Peut-être qu'on pourrait demander à un mort ? lança Gern.

— Hum. Gern », fit Aneth en reculant.

Le roi flanqua une claque dans le dos de l'apprenti, ce qui le propulsa en avant.

« Une sacrée bonne idée, ça ! s'exclama-t-il. On va

aller chercher un des très vieux ancêtres. Oh. » Il s'affaissa. « Ça ne marchera pas. Personne ne le comprendra...

— Gern ! dit Aneth dont les yeux s'écarquillèrent.

— Non, pas de problème, roi, fit Gern qui goûtait sa toute nouvelle liberté de pensée, parce que, voilà, ils se comprennent tous d'une génération à l'autre, tout ce qu'on a à faire, c'est les mettre en ordre.

— Malin, mon gars. Malin, ça, dit le roi.

— *Gern !* »

Le roi et l'apprenti regardèrent Aneth avec étonnement..

« Vous allez bien, maître ? demanda Gern. Vous êtes tout pâle.

— La t... bégaya Aneth, pétrifié de terreur.

— La quoi, maître ?

— La t... Regarde la t...

— Il faudrait qu'il s'allonge, dit le roi. Ces gens-là, je les connais. Le genre artiste. Toujours tendus. »

Aneth prit une profonde inspiration.

« *Regarde la putain de torche, Gern !* » hurla-t-il.

Ils regardèrent.

Sans façon, ses cendres noires se changeant en paille sèche, la torche brûlait à l'envers.

Le Vieux Royaume s'étendait devant Teppic et il donnait une impression d'irréalité.

Le jeune homme considéra Sale-Bête qui s'était plongé le museau dans une source au bord du chemin et faisait le même bruit que la dernière goutte dans un verre de milkshake[1]. Sale-Bête avait l'air bien réel, lui. Rien de tel qu'un chameau pour avoir l'air concret. Mais le paysage manquait de conviction, comme s'il n'avait pas encore vraiment décidé d'être là ou non.

Sauf la Grande Pyramide. Elle se tapissait à quelque distance, aussi réelle que l'épingle qui fixe un papillon à une planche. Elle trouvait moyen d'avoir l'air extrême-

1. Vous savez bien. Celle que la paille n'atteint jamais.

ment concrète, comme si elle absorbait toute la consistance du paysage alentour.

Bon, il était arrivé. Où ça ? il ne savait pas trop.

Comment tue-t-on une pyramide ?

Et qu'est-ce qui se passe après ?

Il partait de l'hypothèse que tout reprendrait d'un coup sa place. Dans le courant du temps remis en circulation dans le Vieux Royaume.

Il observa un moment les dieux, se demanda ce dont il pouvait bien s'agir et pourquoi il n'y attachait pas d'importance. Ils n'avaient pas plus de réalité que le pays qu'ils arpentaient dans l'accomplissement de tâches mystérieuses. Le monde n'était rien de plus qu'un rêve. Teppic n'éprouvait aucune surprise. Si sept vaches grasses étaient passées devant lui, il ne leur aurait accordé aucune attention.

Il remonta sur Sale-Bête et fit descendre la route à l'animal qui clapotait doucement. Les champs offraient le spectacle de la dévastation.

Le soleil disparaissait enfin ; les dieux du soir et de la nuit l'emportaient sur ceux de la lumière, mais le combat avait été long, et quand on songeait à tout ce qui allait arriver maintenant à l'astre — mangé par des déesses, transporté par bateau sous le monde et ainsi de suite — il y avait peu de chances pour qu'on le retrouve un jour.

Teppic ne vit personne lorsqu'il pénétra dans la cour des écuries. Sale-Bête regagna tranquillement sa stalle de son pas feutré et tira délicatement sur un bouchon de foin. Il étudiait un point intéressant dans les distributions bivariantes.

Teppic lui tapota le flanc, ce qui souleva un nouveau nuage, et gravit le large escalier qui menait au palais proprement dit. Il n'y avait toujours pas de gardes, pas de serviteurs non plus. Pas âme qui vive.

Il entra discrètement dans son palais comme un voleur en plein jour et passa par l'officine d'Aneth. Elle était vide, et on aurait dit qu'un cambrioleur aux goûts très particuliers venait de la visiter. Quant à la salle du trône, elle sentait comme une cuisine d'où, vu le spectacle qu'elle offrait, les marmitons seraient partis en catastrophe.

Le masque d'or des rois du Jolhimôme, légèrement déformé, avait roulé dans un angle. Il le ramassa et, méfiant, le gratta avec un de ses couteaux. L'or s'écailla pour laisser apparaître une surface brillante gris argent.

Il s'en doutait. Il n'y avait pas tant d'or que ça dans le pays. Le masque pesait comme du plomb parce que, justement, c'était du plomb. Il se demanda s'il avait jamais été d'or massif, quel ancêtre l'avait trafiqué et combien il avait payé de pyramides. Il était sûrement très symbolique de quelque chose. Voire symbolique de rien du tout. Seulement symbolique en lui-même.

Un chat sacré se cachait sous le trône. Il aplatit les oreilles et cracha lorsque Teppic baissa la main pour le caresser. De ce côté-là, au moins, ça n'avait pas trop changé.

Toujours personne. Il se rendit sans bruit au balcon.

Toute la population était là, masse silencieuse aux yeux fixés sur la rive opposée du fleuve dans la lumière déclinante et grise. Tandis que Teppic regardait, une flottille de bateaux et de bacs s'éloigna de la berge la plus proche.

On aurait dû construire des ponts, se dit-il. Mais on prétendait que ce serait enchaîner le fleuve.

Il se laissa tomber en souplesse par-dessus la balustrade sur la terre battue et marcha vers la foule.

Et toute la puissance de la foi populaire le pénétra d'un coup.

Le peuple du Jolhimôme nourrissait peut-être des opinions divergentes sur les dieux, mais sa foi dans les rois restait indéfectible depuis des millénaires. Pour Teppic, c'était comme marcher dans une cuve d'alcool. Il la sentit l'envahir jusqu'à lui faire grésiller le bout des doigts, lui monter dans le corps jusqu'à jaillir dans son cerveau ; elle lui apportait non pas l'omnipotence mais le sentiment de l'omnipotence, celui très fort que, même s'il ne savait pas vraiment tout, il avait jadis tout su et le saurait encore.

Il avait déjà vécu cette expérience à Ankh, lorsque le

divin l'avait visité. Mais ce n'était alors qu'une lueur fugitive. Aujourd'hui le phénomène bénéficiait de la toute-puissance d'une foi réelle.

Il baissa les yeux en entendant un bruissement sous lui, et il vit des pousses vertes sortir du sable sec autour de ses pieds.

Merde alors, songea-t-il, je suis vraiment un dieu.

Ça pourrait être très gênant.

Il se fraya un chemin à coups d'épaules dans la cohue jusqu'au bord du fleuve et fit halte au milieu d'un carré de blé de plus en plus fourni. Lorsqu'ils comprirent, les badauds les plus proches tombèrent à genoux, et un cercle de sujets qui s'écroulaient respectueusement s'élargit depuis Teppic comme un rond dans l'eau.

Mais je n'ai jamais voulu ça ! Je voulais seulement aider les gens à vivre plus heureux, avec de la plomberie. Je voulais qu'on fasse quelque chose pour réhabiliter les quartiers pauvres. Je voulais seulement les mettre à l'aise et leur demander si leur vie leur plaisait. Je pensais que des écoles seraient une bonne idée, comme ça ils ne s'aplatiraient plus par terre devant personne, ils cesseraient d'adorer quelqu'un uniquement parce qu'il a le pied vert.

Et je voulais faire quelque chose sur le plan de l'architecture...

À mesure que la lumière s'écoulait du ciel comme de l'acier qui se refroidit, la pyramide paraissait encore grandir. S'il avait fallu exprimer par un dessin l'idée de masse, on n'aurait rien trouvé de mieux que la pyramide. Un grand nombre de silhouettes l'entouraient, impossibles à identifier dans la lumière grisâtre.

Teppic fit des yeux le tour de la foule prostrée et finit par repérer un uniforme de la garde du palais.

« Vous, mon vieux, debout », ordonna-t-il.

L'homme lui jeta un regard apeuré mais se releva docilement sur des jambes flageolantes.

« Qu'est-ce qui se passe, ici ?

— Ô roi, qui êtes le seigneur de...

— On n'a pas le temps, je crois, dit Teppic. Je sais qui je suis, je veux savoir ce qui se passe.

— Ô roi, on a vu les morts marcher ! Les prêtres sont partis leur parler.

— Les *morts* marcher ?

— Affirmatif, ô roi.

— Oh. Bon, merci. C'était très succinct. Pas instructif, mais succinct. Est-ce qu'il y a des bateaux dans le coin ?

— Les prêtres les ont tous pris, ô roi. »

Teppic put le constater lui-même. Les jetées près du palais, d'ordinaire noires d'embarcations, étaient à présent désertes. Alors qu'il considérait l'eau du fleuve, deux yeux et un long museau crevèrent la surface pour lui rappeler que nager dans le Jolh était aussi facile que clouer du brouillard à un mur.

Il se tourna vers la foule. Tout le monde le regardait, dans l'expectative, convaincu qu'il saurait quoi faire.

Il reporta les yeux sur le fleuve, tendit les mains en avant, les pressa l'une contre l'autre, puis les écarta doucement.

Il y eut un bruit de succion mouillée, et les eaux du Jolh s'ouvrirent devant lui. Un soupir monta de la foule, mais son étonnement ne fut rien comparé à celui d'une dizaine de crocodiles qui se retrouvèrent à vouloir brasser trois mètres de vide.

Teppic dévala la berge et fonça sur la vase épaisse en faisant des bonds de côté pour éviter les coups de queues sauvages des sauriens qui retombaient pesamment sur le lit du fleuve.

Le Jolh le surplombait comme deux murailles kaki, si bien qu'il courait dans une ruelle humide et sombre. Ici et là il voyait des fragments d'os, des vieux boucliers, des morceaux de lances, des membrures de bateaux. Il enjambait et contournait les débris des siècles.

Devant lui, un gros mâle se propulsa distraitement hors de la muraille liquide, pédala follement dans le vide et s'écrasa dans la vase. Teppic lui courut lourdement sur le museau et continua sur sa lancée.

Dans son dos, quelques citoyens à l'esprit plus vif, à la vue des reptiles hébétés sous eux, se mirent à chercher des cailloux. Les crocodiles étaient les maîtres incontestés du fleuve depuis des temps immémoriaux, mais s'il était possible de se rattraper un peu en l'espace de quelques minutes, ça valait certainement la peine d'essayer.

Le bruit des monstres du fleuve qui entamaient leur long voyage vers le pays des sacs à main éclata derrière Teppic au moment où il gravissait en barbotant la rive opposée.

Une file d'ancêtres s'étirait à travers la chambre, le long du couloir sombre et dehors sur le sable. Un bruissement de chuchotements circulait dans les deux sens, sec comme celui du vent dans du vieux papier.

Aneth gisait sur le sable et Gern lui agitait un linge sous le nez. « C'qu'ils font ? murmura-t-il.

— Ils lisent l'inscription. Vous devriez voir ça, maître ! Celui qui lit, c'est presque...

— Oui, oui, d'accord, fit Aneth en se relevant avec peine.

— Il a plus de six mille ans ! Son petit-fils écoute ce qu'il dit, il le répète à son petit-fils à lui, qui le répète à son petit-f...

— Oui, oui, d'acc...

— "Et-Kaloteh-dit-alors-au-Premier : Que-pouvons-nous-Te-Donner, Toi-Qui-Nous-as-Montré-la-Voie", récita Teppicymon[1] qui se trouvait en bout de ligne. "Et-le-Premier-Parlit, et-Il-Parlit-en-ces-Termes : Bâtissez-moi-une-Pyramide, Où-je-pourrai-Reposer, et-Bâtissez-la-de-ces-Dimensions, les-Dimensions-Correctes. Et-Ainsi-Fut-il-Fait, et-le-Nom-du-Premier-était..." »

Mais il n'y eut pas de nom. Rien qu'un caquetage de voix fortes, de disputes et de jurons archaïques qui courut le long de la file d'ancêtres desséchés comme une traînée de poudre. Jusqu'à ce qu'il parvienne à Teppicymon, lequel sauta en l'air.

1. Mais pas tout de suite, évidemment, parce que tout message se transforme en cours de route, que certains ancêtres n'avaient pas une élocution parfaite et que d'autres, dans l'intention de rendre service, complétaient ce qu'ils estimaient des mots manquants. Le premier message que reçut Teppicymon commençait par : « Déculottée, Édith a l'air d'un pommier. »

Le sergent éphébien, qui transpirait tranquillement à l'ombre, aperçut ce qu'il prévoyait à moitié et craignait complètement. Une colonne de poussière s'élevait à l'horizon.

Le gros de l'armée tsortienne arrivait la première.

Il se mit debout, adressa un hochement de tête professionnel à son homologue d'en face et fixa les deux poignées d'hommes sous ses ordres.

« Il me faut un messager pour porter... euh... un message à la ville », dit-il. Une forêt de mains jaillit. Le sergent soupira et désigna le jeune Téléprompteur, à qui, il le savait, manquait beaucoup sa maman.

« Cours comme le vent, fit-il. Mais je pense que ce n'est pas la peine de te le préciser, hé ? Et puis... et puis... »

Ses lèvres bougeaient silencieusement tandis que le soleil récurait les rochers du défilé étroit et brûlant et que quelques insectes bourdonnaient dans les broussailles. Son éducation n'avait pas prévu de cours sur les Dernières Paroles Célèbres.

Il leva les yeux en direction de la ville mère.

« Va dire aux Éphébiens... » commença-t-il.

Les soldats attendirent.

« Quoi ? demanda Téléprompteur au bout d'un moment. Va leur dire quoi ? »

Le sergent se détendit, on aurait dit un ballon qui se vidait.

« Va leur dire : Qu'est-ce qui vous a retenus ? » À l'horizon tout proche une autre colonne de poussière avançait.

Voilà qui était mieux. S'il devait y avoir un massacre, autant que les deux camps en profitent.

La cité des morts s'étendait devant Teppic. Après Ankh-Morpork — autant dire son inverse exact, où même la literie vivait — c'était sans doute la plus grande ville du Disque ; nulle part il n'existait de rues aussi belles, d'architecture aussi majestueuse et grandiose.

En termes de population, la nécropole devançait les

autres villes du Vieux Royaume, mais ses habitants ne sortaient guère et il n'y avait rien d'ouvert le samedi soir.

Jusqu'à ce jour.

En ce jour elle grouillait de monde.

Depuis le sommet d'un obélisque rongé par le vent, Teppic regardait les armées grises et brunes, voire verdâtres, des défunts qui défilaient sous lui. Les rois avaient fait preuve d'un esprit démocratique. Après avoir vidé les pyramides, ils s'étaient intéressés par bataillons entiers aux tombes mineures, et la nécropole avait désormais ses marchands, ses nobles et même ses artisans. Mais de toute façon, on n'avait aucun moyen de les différencier.

Ils se dirigeaient comme un seul cadavre vers la Grande Pyramide. Elle se détachait tel un furoncle au-dessus des constructions plus anciennes et plus petites. Ils avaient tous l'air très en colère après quelque chose.

Teppic se laissa tomber en douceur sur le large toit plat d'un mastaba, trotta jusqu'à l'autre bout, sauta sur un sphinx ornemental voisin — non sans un instant d'inquiétude, mais celui-là avait l'air parfaitement inerte — où il n'était plus qu'à un lancer de grappin des niveaux inférieurs d'une pyramide à degrés.

La lumière rasante du soleil mauvais coucheur transperçait le paysage silencieux tandis qu'il bondissait d'un monument à l'autre, qu'il zigzaguait loin au-dessus de l'armée à la progression traînante.

Derrière lui, des pousses végétales apparaissaient fugitivement dans les vieilles pierres; elles les crevassaient légèrement, puis se desséchaient et mouraient.

Voilà pour quoi tu as été formé, disait son sang qui lui picotait sous la peau. Même Méricet ne pourrait pas te sacquer pour ça. Filer dans l'obscurité au-dessus d'une ville silencieuse, courir comme un chat, trouver des prises qui auraient découragé un gecko... et enfin le but : une victime.

D'accord, il s'agissait d'une pyramide de plusieurs milliards de tonnes, et jusqu'à présent le plus gros client d'une inhumation avait été Patricio, le Despote de

Quirm de cent cinquante kilos. Un obélisque monumental dont les bas-reliefs relataient les exploits d'un roi disparu quatre mille ans plus tôt et qui aurait parfaitement rempli son rôle si le sable poussé par le vent n'en avait pas effacé le nom depuis longtemps, cet obélisque fut pour Teppic une échelle fort commode du sommet de laquelle il lui suffit de lancer adroitement un grappin qui se logea entre les doigts tendus d'un monarque oublié pour pouvoir gagner le toit d'une tombe le long du fil en arc de cercle.

Courant, grimpant, suspendu en l'air, enfonçant des pitons dans les monuments funéraires, Teppic progressait.

Les tout petits points lumineux des feux de camp au milieu des roches calcaires balisaient les positions des armées en présence. Malgré l'hostilité profonde et traditionnelle que se vouaient les deux empires, ils respectaient l'ancienne coutume : on ne fait pas la guerre de nuit, durant les moissons ni par temps de pluie. La guerre est chose importante, on la réserve pour des occasions exceptionnelles. S'y jeter tête baissée, c'est donner dans la pantalonnade.

Dans le crépuscule, des deux côtés de la ligne de démarcation, montaient des bruits de menuiserie en pleine activité.

On dit les généraux toujours disposés à refaire indéfiniment la dernière guerre. Des milliers d'années s'étaient écoulées depuis le précédent conflit entre Tsort et Éphèbe, mais les généraux ont de la mémoire et cette fois ils se tenaient prêts.

Des deux côtés, des chevaux de bois prenaient forme.

« Il est parti, dit Ptaclusp IIb qui redescendit en glissant sur le tas de décombres.

— Pas trop tôt, fit son père. Aide-moi à plier ton frère. Tu es sûr que ça ne va pas lui faire de mal ?

— Ben, si on fait attention, ça l'empêchera de se déplacer dans le temps, c'est-à-dire dans la largeur pour nous. Alors, si le temps ne passe pas pour lui, rien ne peut lui faire de mal. »

Ptaclusp songea au passé, quand la construction d'une pyramide consistait simplement à empiler des blocs les uns sur les autres et à se rappeler que plus on monte moins on en met. Aujourd'hui, il fallait qu'il plie son fils.

« Bon, fit-il sans conviction. Allons-y, alors. » Il escalada petit à petit les débris et pointa le nez au sommet du monticule à l'instant où l'avant-garde des morts tournait à l'angle de la petite pyramide la plus proche.

Sa première pensée fut : ça y est, ils viennent réclamer.

Il avait fait de son mieux. Ce n'était pas toujours facile de bâtir dans les limites d'un budget. Peut-être que les linteaux ne correspondaient pas tous aux plans, peut-être que la qualité des plâtres n'était pas toujours à la hauteur, mais...

Ils ne viennent quand même pas tous se plaindre. Pas aussi nombreux.

Ptaclusp IIb grimpa jusqu'à lui. Il resta bouche bée.

« D'où est-ce qu'ils viennent tous ? demanda-t-il.

— C'est toi l'expert. Tu vas me le dire.

— Ils sont *morts ?* »

Ptaclusp observa attentivement quelques-uns des marcheurs qui approchaient.

« S'ils ne sont pas morts, il y en a qui sont bien malades, répondit-il.

— Taillons-nous !

— Pour aller où ? En haut de la pyramide ? »

La Grande Pyramide, derrière eux, les dominait de toute sa hauteur, emplissait l'espace de ses pulsations. Ptaclusp la contempla.

« Qu'est-ce qui va se passer ce soir ? fit-il.

— Quoi ?

— Ben, est-ce qu'elle va refaire... son truc ? »

IIb le regarda fixement.

« Chaispas.

— Tu peux savoir ?

— Faut attendre pour ça. Je ne suis même pas sûr de ce qu'elle a déjà fait.

— Ça va nous plaire, tu crois ?
— M'étonnerait, p'pa. Oh, bon sang.
— Quoi, encore ?
— Regarde là-bas. »

Dans le sillage de Koomi, comme une queue de comète, les prêtres se dirigeaient vers les morts en marche.

Il faisait noir et chaud à l'intérieur du cheval. Il y avait aussi beaucoup de monde.

Ils attendaient, en nage.

Le jeune Téléprompteur bégaya : « Il va se passer quoi maintenant, sergent ? »

Le sergent bougea un pied timide. L'atmosphère ambiante aurait rendu une sardine claustrophobe.

« Hé bé, petit, ils vont nous découvrir, tu vois, et ils seront tellement impressionnés qu'ils vont nous tirer jusque chez eux, et après, quand il fera nuit, on sautera dehors et on se les passera au fil de l'épée. Ou on se leur passera l'épée au fil du corps. L'un ou l'autre. Et après, on pillera la ville, on brûlera les murs et on répandra du sel par terre. Tu te rappelles, mon gars, je t'ai montré, vendredi.
— Oh. »

Des gouttes tombaient d'une vingtaine de fronts. Plusieurs hommes qui voulaient écrire à leur famille déplaçaient leur style dans une cire sur le point de fondre.

« Et après, il va se passer quoi, sergent ?
— Hé bé, mon gars, après on va rentrer chez nous en héros, peuchère.
— Oh. »

Les vieux briscards fixaient sans broncher les flancs de bois. Téléprompteur remua, mal à l'aise, autre chose le travaillait encore.

« Ma m'man, elle m'a dit de revenir avec mon bouclier, ou alors dessus, sergent, fit-il.
— Bravo, mon gars. C'est comme ça qu'il faut réagir.
— Mais tout ira bien. Pas vrai, sergent ? »

Le regard du sergent se perdit dans l'obscurité fétide.

Au bout d'un moment, quelqu'un se mit à jouer de l'harmonica.

Ptaclusp détourna à demi la tête du spectacle, et une voix près de son oreille demanda : « C'est vous le constructeur de pyramides, non ? »

Une autre silhouette les avait rejoints dans leur abri, un inconnu tout de noir vêtu, tellement silencieux qu'auprès de lui un chat aurait eu l'air d'un homme-orchestre.

Ptaclusp fit oui de la tête, incapable de parler. Il avait eu assez d'émotions pour un seul jour.

« Alors, éteignez-la. Éteignez-la tout de suite. »

Ptaclusp se pencha.

« Vous êtes qui ? fit-il.

— Je m'appelle Teppic.

— Quoi, comme le roi ?

— Oui. Comme le roi. Maintenant, arrêtez-la.

— C'est une pyramide ! On ne peut pas éteindre une pyramide ! dit IIb.

— Ben, faites-la s'embraser, alors.

— On a essayé hier soir. » IIb pointa un doigt vers la pierre de faîte détruite. « Déplie Deux-za, p'pa. »

Teppic observa le frère raplapla.

« C'est une espèce d'affiche, non ? » dit-il enfin.

IIb baissa les yeux. Teppic le vit faire et l'imita : il se trouvait jusqu'aux chevilles dans des pousses vertes.

« Pardon, fit-il. Je n'arrive pas à m'en débarrasser, on dirait.

— Des fois, c'est affreux, fit frénétiquement IIb. J'en sais quelque chose, une fois j'ai eu une verrue et pas moyen de la faire partir. »

Teppic s'accroupit près de la pierre fendue.

« Ce truc, fit-il, en quoi il est important ? Je veux dire, il est recouvert de métal. Pourquoi ?

— Il faut un bout pointu pour l'embrasement, répondit IIb.

— C'est tout ? C'est de l'or, non ?

— De l'électrum. Alliage d'or et d'argent. Il faut que la pierre de faîte soit en électrum. »

Teppic décolla la feuille métallique.

« Il n'y a pas que du métal, constata-t-il avec douceur.

— Oui. C'est vrai, fit Ptaclusp. On s'est aperçus... euh... qu'une simple feuille, ça marche aussi bien.

— Vous n'auriez pas pu prendre quelque chose de moins cher ? Comme de l'acier ? »

Ptaclusp eut un ricanement méprisant. La journée n'avait pas été bonne, le bon sens n'était plus qu'un lointain souvenir, mais certains faits restaient des faits certains.

« Ça ne tiendrait pas plus d'un an ou deux. Avec la rosée et tout. La pointe y passerait. Tiendrait pas plus de deux ou trois cents embrasements. »

Teppic pencha la tête contre la pyramide. Elle était froide et elle bourdonnait. Il crut entendre, sous la pulsation, une faible tonalité qui montait.

La pyramide se dressait au-dessus de lui, imposante. IIb aurait pu lui expliquer que c'était parce que ses faces accusaient une pente à 56° exactement, et parce qu'un effet connu sous le nom de « fruit » la faisait paraître encore plus grande que nature. Il aurait aussi certainement employé des termes comme « perspective » et « hauteur virtuelle ».

Le marbre noir était lisse comme du verre. Les maçons avaient bien travaillé. Les interstices entre chaque pan glacé étaient à peine assez larges pour qu'on y introduise un couteau. Mais assez larges quand même.

« Et rien qu'une fois ? » fit Teppic.

Koomi se rongeait les ongles comme un malade.

« Le feu, dit-il. Ça les arrêterait, ça. Ils sont très inflammables. Ou alors l'eau. Ils se dissoudraient sûrement.

— Il y en avait qui détruisaient les pyramides, fit le grand prêtre de Juf, le dieu à tête de cobra de papyrus.

— Ceux qui reviennent d'entre les morts, faut toujours qu'ils soient de mauvaise humeur », dit un autre prêtre.

Koomi observait l'armée qui s'approchait, en proie à un ahurissement croissant.

« Où est Dios ? » lança-t-il.

On poussa le vieux prêtre au premier rang.

« Qu'est-ce que je vais leur dire ? » demanda Koomi.

Il serait inexact d'affirmer que Dios sourit. Il sentait rarement qu'on attendait ce type de réaction de sa part. Mais ses lèvres se plissèrent aux commissures et ses yeux se fermèrent à demi.

« Vous pourriez leur dire, fit-il, que des temps nouveaux exigent des hommes nouveaux. Vous pourriez leur dire qu'il est temps de laisser la place à des jeunes aux idées neuves. Vous pourriez leur dire qu'ils sont passés de mode. Vous pourriez leur dire tout ça.

— Ils vont me tuer !

— Je me demande s'ils tiennent tellement à votre compagnie éternelle.

— Vous êtes encore grand prêtre !

— Pourquoi vous ne leur parlez pas ? fit Dios. N'oubliez pas de leur signaler qu'ils auront beau crier et résister, on va les entraîner dans le siècle du Cobra. » Il tendit le bourdon à Koomi. « Si c'est bien comme ça qu'on appelle ce siècle », ajouta-t-il.

Koomi sentit les regards de ses collègues des deux sexes posés sur lui. Il s'éclaircit la gorge, rectifia sa robe et se tourna face aux momies.

Elles psalmodiaient quelque chose, un seul mot, répété à l'infini. Un mot qu'il n'arrivait pas à bien saisir mais qui les avait visiblement plongées dans une rage folle.

Il brandit le bourdon, et les serpents sculptés dans le bois eurent l'air anormalement vivants dans la lumière chiche.

Les dieux du Disque — et il s'agit ici des grands dieux consensuels qui résident vraiment à Dunmanifestine, leur Walhalla pavillonnaire juché sur la montagne centrale excessivement haute du monde, où ils passent leur temps à observer les singeries ridicules des mortels et à organiser des pétitions contre l'arrivée massive des Géants des Glaces, responsables de la chute des cours de l'immobilier dans les régions célestes —, les dieux du Disque, disions-nous, ont toujours éprouvé de la fascination pour l'incroyable aptitude de l'humanité à prononcer exactement les mauvaises paroles au mauvais moment.

Il n'est pas ici question d'erreurs bénignes dans le genre : « Il n'y a aucun danger », ou « Celui qui grogne ne mord pas », mais de petites phrases toutes simples qu'on lance dans des situations difficiles avec le même effet qu'une barre d'acier dans les paliers d'une machine à vapeur de 660 mégawatts tournant à 3000 tours-minute.

Et les connaisseurs du penchant de l'homme à mettre ses extrémités inférieures dans le récipient de son déjeuner sont tous d'accord : quand on ouvrira les enveloppes des juges, la superbe réplique de Hoot Koomi — « Hors d'ici, fantômes fétides » — pourra prétendre au titre de salut le plus crétin de tous les temps.

Le premier rang d'ancêtres s'arrêta, puis fit encore un pas sous la pression des suivants.

Le roi Teppicymon XXVII, que ses vingt-six prédécesseurs avaient d'un commun accord désigné comme porte-parole, s'avança tout seul en titubant et souleva un Koomi tremblant par les bras. « Qu'est-ce que vous avez dit ? »

Les yeux de Koomi roulèrent dans leurs orbites. Sa bouche s'ouvrit et se referma, mais sa voix décida sagement de ne pas franchir ses lèvres.

Teppicymon colla sa figure bandelettée sous le nez pointu de l'ecclésiastique.

« Je me souviens de vous, gronda-t-il. Je vous ai vu faire des ronds de jambe dans tous les coins. Un vilain coco, pour sûr, que je m'étais dit. »

Il promena un regard noir sur les autres.

« Tous des prêtres, hein ? Z'êtes venus vous excuser, c'est ça ? *Il est où, Dios ?* »

Les ancêtres se poussèrent en avant en marmonnant. Quand on est mort depuis des siècles, on n'est guère enclin à se montrer généreux envers ceux qui vous ont promis de bons moments dans l'au-delà. Il y eut une bousculade au milieu de la foule lorsque le roi Psamnut-kha, qui avait passé cinq millénaires sans autre panorama que le dessous d'un couvercle, fut maîtrisé par des collègues plus jeunes.

Teppicymon ramena les yeux sur Koomi, lequel n'était allé nulle part. « Fantômes fétides, hein ? dit-il.

— Euh... fit Koomi.

— Posez-le. » Dios retira doucement le bourdon des doigts dociles de Koomi. « Je suis Dios, le grand prêtre. Pourquoi vous êtes ici ? »

C'était une voix parfaitement calme et raisonnable, où perçait une autorité soucieuse mais indubitable. Une voix que les pharaons de Jolhimôme entendaient depuis des millénaires, une voix qui régulait les jours, prescrivait les rituels, découpait le temps en segments parfaitement usinés, interprétait les desseins des dieux envers les hommes. C'était le ton de l'autorité, il remuait d'antiques souvenirs chez les ancêtres qui prirent un air gêné et frottèrent leurs pieds par terre.

Un jeune pharaon tituba en avant.

« Espèce de salaud, croassa-t-il. Tu nous as fait la toilette des morts et puis tu nous as enfermés, un par un, pendant que toi, tu continuais ta petite vie. Tout le monde croyait que ton nom se transmettait d'un grand prêtre à l'autre, mais c'était toujours toi. Tu as quel âge, Dios ? »

Silence. Personne ne bougeait. Une petite brise soulevait un peu de poussière.

Dios soupira.

« Je ne l'ai pas voulu, dit-il. Il y avait tant à faire. Jamais assez d'heures dans la journée. Je vous assure, je ne me rendais pas compte. Je croyais que je me reposais, sans plus. Je ne me doutais de rien, j'étais conscient des rituels qui passaient, pas des années.

— On vit longtemps dans ta famille, hein ? » ironisa Teppicymon.

Dios le regarda fixement, ses lèvres bougeaient toutes seules. « Ma famille, dit-il enfin d'une voix plus douce que son aboiement habituel. Ma famille. Oui. J'ai dû avoir une famille, pas vrai ? Mais, vous voyez, je ne m'en souviens pas. C'est la mémoire qui s'en va en premier. Bizarrement, les pyramides n'ont pas l'air de la préserver.

— C'est bien de Dios qu'on parle, le gardien des apostilles de l'histoire ? fit Teppicymon.

— Ah. » Le grand prêtre sourit. « La mémoire s'échappe de la tête. Mais elle reste tout autour de moi. Sur les rouleaux de papyrus, dans les livres.

— Ça, c'est l'histoire du Royaume, mon vieux !

— Oui. Ma mémoire. »

Le roi se détendit un peu. Une fascination mêlée d'horreur défaisait le nœud de rage qui l'étreignait.

« Tu as quel âge ? demanda-t-il.

— Je crois... sept mille ans. Mais parfois j'ai l'impression d'en avoir plus.

— *Vraiment* sept mille ans ?

— Oui, répondit Dios.

— Comment peut-on supporter ça ? »

Dios haussa les épaules.

« Même pendant sept mille ans, on ne vit qu'un jour à la fois », dit-il.

Lentement, au prix de plusieurs grimaces, il se baissa sur un genou et leva son bourdon dans des mains tremblantes.

« Ô rois, dit-il, je n'ai jamais existé que pour servir. »

Suivit une longue pause, extrêmement gênante.

« On va détruire les pyramides, intervint Far-re-ptah en se frayant un chemin jusqu'au premier rang.

— Vous allez détruire le Royaume, répliqua Dios. Je ne peux pas le permettre.

— *Vous ne pouvez pas le permettre ?*

— Non. Que serons-nous sans les pyramides ?

— En ce qui nous concerne, nous autres, les morts, dit Far-re-ptah, on sera libres.

— Mais le Royaume ne sera plus qu'un petit pays parmi les autres, fit Dios, et les ancêtres horrifiés virent des larmes dans ses yeux. Tout ce qui nous tient à cœur, vous allez l'envoyer dériver dans le temps. L'incertitude. Rien pour le guider. *Le changement.*

— Alors il peut tenter le coup, décida Teppicymon. Écarte-toi, Dios. »

Dios brandit son bourdon. Les serpents se déroulèrent et sifflèrent en direction du roi.

« Ne bougez pas », dit le grand prêtre.

Un éclair sombre crépita parmi les ancêtres. Dios regarda le bourdon d'un air étonné ; il n'avait encore jamais fait ça. Mais sept millénaires de prêtres avaient cru au fond d'eux-mêmes que le bourdon de Dios pouvait régenter ce monde-ci et l'autre.

Dans le brusque silence qui s'ensuivit, on entendit le léger tintement, très haut, d'un couteau qu'on coinçait entre deux plaques de marbre noir.

La pyramide palpitait sous Teppic, et le marbre était aussi glissant que de la glace. La pente ne l'aidait pas autant qu'il l'avait cru.

Le truc, se dit-il, c'est de ne pas regarder en l'air ni en bas, mais droit devant, dans le marbre, de diviser la hauteur invraisemblable en autant d'étapes faciles à franchir. Tout comme le temps. C'est comme ça qu'on survit à l'infini, on l'élimine en le fractionnant en petits bouts.

Il eut conscience de cris sous lui et jeta un bref coup d'œil par-dessus son épaule. Il avait à peine gravi un tiers de la hauteur, mais il voyait la foule de l'autre côté du fleuve, masse grise mouchetée des taches pâles des visages levés. Plus près, l'armée blême des morts, face au petit groupe gris des prêtres mené par Dios. Il y avait de la dispute dans l'air, semblait-il.

Le soleil touchait l'horizon.

Il leva la main, localisa l'interstice suivant, trouva une prise...

Dios repéra la tête de Ptaclusp qui pointait son nez par-dessus les débris et il envoya deux prêtres le chercher. Ils le ramenèrent, suivis de IIb, son frère soigneusement plié sous le bras.

« Qu'est-ce qu'il fait, le gamin ? demanda Dios.

— Ô Dios, il a dit qu'il allait faire embraser la pyramide, répondit Ptaclusp.

— Comment peut-il y arriver ?

— Ô Dios, il a dit qu'il allait coiffer la pyramide avant le coucher du soleil.

— C'est possible ? » demanda Dios en se tournant vers l'architecte. IIb hésita.

« Peut-être, dit-il.

— Et qu'est-ce qui va se passer ? On va retourner dans le monde normal ?

— Ben, ça dépend si l'effet dimensionnel progresse par paliers, comme qui dirait, et se stabilise à chaque niveau, ou si, au contraire, la pyramide agit comme un morceau de caoutchouc sous tension... »

Il bafouilla avant de se taire sous l'intensité du regard de Dios.

« Je ne sais pas, avoua-t-il.

— Retourner dans le monde normal, fit Dios. Ce n'est pas notre monde. Notre monde, c'est la Vallée. Un monde d'ordre. Les hommes ont besoin d'ordre. »

Il pointa son bourdon.

« C'est mon fils ! s'écria Teppicymon. Je te défends de lui faire quoi que ce soit ! C'est le roi ! »

Les rangs des ancêtres vacillèrent, mais le charme ne fut pas rompu.

« Euh... Dios », hasarda Koomi.

Dios se retourna, les sourcils levés.

« Vous avez parlé ? dit-il.

— Euh... si c'est vraiment le roi, euh... je... enfin, on pense que vous pourriez peut-être le laisser faire. Hum... Vous ne trouvez pas que ce serait une bonne idée ? »

Le bourdon de Dios se cabra, et les prêtres sentirent les doigts glacés de la prudence leur geler les membres.

« J'ai donné ma vie pour le Royaume, déclara le grand prêtre. Je l'ai donnée et redonnée. Tout ce qui existe, c'est moi qui l'ai créé. Je ne peux pas laisser tomber maintenant. »

C'est alors qu'il vit les dieux.

Teppic se hissa encore de cinquante centimètres puis descendit doucement la main pour dégager un couteau du marbre. Ça ne marcherait pas. L'escalade au couteau ne convenait que pour des passages courts et délicats ; de toute façon elle était mal vue car elle laissait supposer qu'on s'était trompé de route. Elle ne convenait pas pour ce type d'exercice, à moins d'avoir des couteaux en nombre illimité.

Il jeta un nouveau coup d'œil par-dessus son épaule tandis que des ombres hachurées dansaient sur le flanc de la pyramide.

Surgissant du coucher du soleil où ils s'étaient livrés à leurs éternelles chamailleries, les dieux refaisaient surface.

Ils traversaient de leur démarche chancelante les champs et les massifs de roseaux et se dirigeaient droit sur la pyramide. Tout stupides qu'ils étaient, ils comprenaient de quoi il retournait. Peut-être même qu'ils comprenaient ce que tentait Teppic. Difficile d'être sûr, avec leurs têtes de ménagerie, mais on les sentait sérieusement en rogne.

« Est-ce qu'ils vont vous obéir, Dios ? fit le roi. Est-ce que vous allez leur dire que le monde ne devrait jamais changer ? »

Dios leva les yeux vers les créatures qui pataugeaient dans le fleuve et se bousculaient. Trop de dents, trop de langues pendantes. Les éléments humains de leur anatomie muaient et disparaissaient. Un dieu de la Justice à tête de lion — Put, Dios se souvint de son nom — se servait de ses écailles comme d'un fléau pour frapper un dieu du fleuve. Chefet, le dieu à tête de chien de la Ferronnerie, grondait et attaquait ses congénères au hasard à coups de marteau ; Chefet, songea Dios, le dieu qu'il avait créé pour servir d'exemple aux hommes dans l'art du fil de fer, du filigrane et de la finesse.

Tout avait bien marché, pourtant. Il avait pris une peuplade du désert et lui avait montré tout ce qu'il se rappelait des arts de la civilisation et des secrets des pyramides. Il avait alors eu besoin des dieux.

Un seul ennui avec les dieux : dès qu'ils ont assez de fidèles pour croire en eux, ils se mettent à exister. Et ce qui se met à exister ne correspond pas au modèle initialement désiré.

Chefet, Chefet, songea Dios. L'orfèvre-bijoutier, le

tisserand du métal. Maintenant il est sorti de nos têtes, et voyez comme ses ongles se transforment en griffes...

Ce n'est pas du tout comme ça que je l'ai imaginé.

« Arrête-toi, lança-t-il. Je t'ordonne de t'arrêter ! Tu vas m'obéir. C'est moi qui t'ai créé ! »

Ils ignorent aussi la gratitude.

Le roi Teppicymon sentit le pouvoir autour de lui s'affaiblir tandis que Dios consacrait toute son attention à des questions de dogme. Il vit la toute petite silhouette à mi-chemin du sommet de la pyramide, il la vit chanceler.

Les autres ancêtres la virent aussi et, comme un seul cadavre, ils n'hésitèrent plus. Dios pouvait attendre.

Ça, c'était la famille.

Teppic entendit le claquement sec du manche qui se brisait sous son pied, glissa un peu et se retrouva suspendu par une main. Il lui restait encore un couteau planté au-dessus de lui, mais... non, inutile d'y penser. Hors de portée. En tout état de cause, il se sentait les bras comme des bouts de corde mouillée. Mais s'il se laissait glisser bras et jambes écartés, il arriverait peut-être à freiner suffisamment la chute...

Il baissa le regard et vit les grimpeurs monter vers lui, comme une marée qui déferlait vers le haut.

Les ancêtres s'élevaient sans bruit sur le flanc de la pyramide, comme des plantes grimpantes, chaque nouvelle rangée prenait position sur les épaules de la génération précédente, que les plus jeunes escaladaient à leur tour. Des mains décharnées saisirent Teppic lorsque la vague d'édifiscaladeurs le submergea, et il se sentit tantôt poussé, tantôt tiré vers le haut de la pente. Des voix comme des grincements de sarcophages lui emplirent les oreilles, geignant des encouragements.

« Bravo, petit, gémit une momie décrépite en le hissant à bras-le-corps sur ses épaules. Tu me fais penser à ce que j'étais de mon vivant. À toi, fiston.

— Je le tiens, fit le cadavre au-dessus qui souleva sans peine Teppic sur un bras tendu. Un bel esprit de famille, mon gars. Tu as le bonjour de ton arrière-

arrière-arrière-grand-oncle, mais ça m'étonnerait que tu me reconnaisses. Chaud là-haut ! »

D'autres ancêtres dépassaient Teppic tandis qu'il montait de main en main. Des doigts antiques aussi durs que l'acier l'étreignaient et le halaient.

La pyramide s'étrécissait.

Tout en bas, Ptaclusp regardait la scène d'un air songeur.

« Quelle main-d'œuvre, fit-il. Je veux dire, ceux du dessous supportent tout le poids !

— P'pa, dit IIb, je crois qu'on ferait mieux de nous sauver en vitesse. Les dieux se rapprochent.

— Tu crois qu'on pourrait les employer ? fit Ptaclusp en l'ignorant. Ils sont morts, ils ne demanderont sans doute pas de gros salaires, et...

— P'pa !

— ... se construirait plus ou moins toute seule...

— Tu as dit plus de pyramides, p'pa. Plus jamais, tu as dit. Allez, viens ! »

Teppic parvint au sommet en s'aidant des pieds et des mains, soutenu par les deux derniers ancêtres. L'un était son père.

« Je ne crois pas que tu connaisses ton arrière-grand-mère », dit-il en indiquant la silhouette bandelettée plus petite qui hocha gentiment la tête à l'adresse de Teppic. Le jeune homme ouvrit la bouche.

« On n'a pas le temps, dit-elle. C'est très bien, ce que tu fais. »

Il jeta un coup d'œil au soleil ; en vieux professionnel, l'astre choisit cet instant pour basculer de l'autre côté de l'horizon. Les dieux avaient traversé le fleuve — seule leur tendance à se pousser et se bousculer entre eux avait ralenti leur progression — et ils titubaient parmi les bâtiments de la nécropole. Plusieurs s'étaient attroupés près de Dios.

Les ancêtres se laissèrent tomber, glissèrent en bas de la pyramide aussi vite qu'ils l'avaient escaladée, abandonnant Teppic tout seul sur quelques décimètres carrés de pierre.

Deux étoiles apparurent.

Le jeune homme vit à ses pieds les formes blanches des ancêtres se hâter pour des raisons sans doute personnelles, titubant à une vitesse surprenante vers le large ruban du fleuve.

Les dieux se désintéressèrent de Dios, cet étrange petit humain à la voix cassée armé d'un bâton. Le dieu le plus proche, un machin à tête de crocodile, déboucha d'une démarche saccadée sur la place devant la pyramide, leva la tête et tendit une patte vers Teppic. Lequel se fouilla en quête d'un couteau, en se demandant quel modèle convenait aux dieux...

Et le long du Jolh les pyramides commencèrent à décharger dans un embrasement vacillant leur maigre réserve de temps accumulé.

Prêtres et ancêtres prirent la fuite lorsque la terre se mit à trembler. Même les dieux eurent l'air désorientés.

IIb empoigna son père par le bras et l'entraîna de force.

« Viens ! lui hurla-t-il dans l'oreille. Faut pas rester dans le coin quand elles se déchargent ! Sinon, c'est sur un cintre qu'on va te mettre au lit ! »

Autour d'eux plusieurs autres pyramides s'embrasèrent, lancèrent de tout petits feux nasillards à peine visibles dans les derniers reflets du couchant.

« P'pa ! Faut qu'on s'en aille, je te dis ! »

Ptaclusp fut traîné en arrière sur le dallage ; il ne quittait pas des yeux la lourde masse de la Grande Pyramide.

« Il y a encore quelqu'un là-bas, regarde », dit-il, et il pointa un doigt vers une silhouette seule sur la place.

IIb scruta la pénombre.

« Rien que Dios, le grand prêtre, précisa-t-il. J'imagine qu'il a une idée derrière la tête, vaut mieux éviter de se mêler des affaires des prêtres, et maintenant tu viens, oui ou non ? »

Le dieu à tête de crocodile tourna son museau d'un côté puis de l'autre et s'efforça d'accommoder sur Teppic sans l'avantage de la vision binoculaire. De près, son corps était légèrement transparent, comme si un dessinateur en avait tracé les contours mais s'était lassé avant d'ombrer l'intérieur. Il marcha sur une petite tombe et la réduisit en miettes.

Une patte comme une flottille de canoës armés de griffes plana au-dessus de Teppic. La pyramide trembla et la pierre sous ses pieds dégagea de la chaleur, mais elle ne manifesta aucune intention de s'embraser.

La patte descendit. Teppic tomba sur un genou et, en désespoir de cause, brandit le couteau des deux mains au-dessus de sa tête.

La lumière étincela à la pointe de la lame, et c'est alors que la Grande Pyramide s'embrasa.

Elle commença dans un silence absolu, projeta à la verticale un trait de feu aveuglant qui changea l'ensemble du royaume en un enchevêtrement d'ombres noires et de lumière blanche, un feu capable de transformer les observateurs non seulement en statues de sel mais en service à condiments complet. Elle explosa à la façon d'un pissenlit qui se déploie, aussi muette que la lumière des étoiles, aussi blessante qu'une supernova.

La nécropole baignait dans cette chose inouïe depuis quelques secondes lorsque le son vint enfin : un son à s'insinuer jusque dans les os, à s'infiltrer dans la moindre cellule du corps et à chercher non sans succès à la retourner comme un gant. Un son trop puissant pour qu'on le qualifie de bruit. Il existe en effet un son tellement puissant qu'on ne peut pas l'entendre, et c'était celui-là.

Il finit par daigner descendre la gamme cosmique pour devenir modestement le bruit le plus retentissant jamais perçu par les oreilles qui le subirent.

Le bruit cessa, et l'espace s'emplit du tintement métallique et sourd du silence qui retombe brusquement. La lumière disparut, et des images résiduelles bleues et violettes transpercèrent la nuit. Ce n'était pas le silence ni l'obscurité qui suivent une conclusion, mais une pause, comme le moment d'équilibre où le ballon lancé en l'air perd de sa vitesse, où les lois de la pesanteur ne se sont pas encore signalées à son attention, et où il s'imagine, l'espace d'un instant, que le pire est passé.

Cette fois-ci, il y eut en guise d'annonce un sifflement strident qui fusa du ciel dégagé et un tourbillon qui devint une lueur, une flamme, puis un embrasement ; lequel chut en grésillant, pénétra dans la pyramide, s'enfonça dans la masse de marbre noir. Des doigts comme des éclairs jaillirent en crépitant et s'échouèrent sur les tombes plus petites tout autour, si bien que des serpents de feu blanc sinuèrent de pyramide en pyramide dans la nécropole et que l'atmosphère se mit à empester la pierre brûlée.

Au milieu de la tempête de feu, la Grande Pyramide parut se soulever de quelques centimètres, sur un faisceau incandescent, et pivoter de quatre-vingt-dix degrés. Il devait sûrement s'agir de cette forme d'illusion d'optique qui se produit *même quand personne ne regarde.*

Puis, avec une lenteur trompeuse et une grande dignité, elle explosa.

Le terme est certainement trop grossier. Voici ce qu'elle fit : elle se brisa lourdement en morceaux de la taille de bâtiments entiers qui se séparèrent les uns des autres et se dispersèrent sereinement au-dessus de la nécropole. Plusieurs heurtèrent d'autres pyramides auxquelles ils causèrent de gros dégâts d'une manière indolente, distraite, puis rebondirent en silence pour s'écraser derrière une petite montagne de gravats.

C'est à cet instant seulement que survint la déflagration. Elle dura longtemps.

Le Royaume baignait dans un nuage de poussière grise.

Ptaclusp se mit péniblement debout, avança doucement à tâtons et buta dans quelqu'un. Il frissonna à la pensée des spécimens qu'il avait vus en vadrouille dans les parages ces derniers temps, mais il avait du mal à réfléchir, comme après un coup sur la tête...

« C'est toi, mon gars ? hasarda-t-il.

— C'est toi, p'pa ?

— Oui.

— C'est moi, p'pa.

— J'en suis bien content, fiston.
— Tu vois quelque chose ?
— Non. Le brouillard complet.
— Les dieux soient loués, j'ai cru que c'était moi.
— C'est bien toi, non ? Tu l'as dit.
— Oui, p'pa.
— Ton frère, ça va ?
— Je l'ai mis à l'abri dans ma poche, p'pa.
— Bon. Pourvu qu'il ne lui soit rien arrivé. »

Ils progressèrent centimètre par centimètre, gravirent péniblement des blocs de maçonnerie qu'ils distinguaient à peine.

« Quelque chose a explosé, p'pa, dit lentement IIb. Je crois que c'était la pyramide. »

Ptaclusp se frotta le sommet du crâne, là où deux tonnes de roche volante avaient failli, à un cheveu près, le qualifier pour une de ses propres pyramides. « D'après moi, c'est ce ciment douteux qu'on a acheté à Merco l'Éphébien...

— À mon avis, c'était un peu plus grave qu'un linteau litigieux, p'pa. À mon avis, c'était même beaucoup plus grave.

— Ça m'a plutôt fait l'effet d'un trucmachin, trop de sable...

— Je crois que tu devrais trouver un coin où t'asseoir, p'pa, dit IIb aussi gentiment que possible. Tiens, je te confie Deux-za. Ne le lâche pas. »

Il continua tout seul, escalada un bloc qui avait tout l'air de marbre noir. Ce qu'il voulait, c'était un prêtre. Il fallait bien qu'ils servent à quelque chose, et le moment lui paraissait bienvenu. Pour trouver le réconfort, ou peut-être, se disait-il obscurément, pour leur cogner la tête avec un caillou.

Mais il tomba sur quelqu'un qui toussait à quatre pattes. IIb aida le quidam à se relever — c'était bel et bien un quidam, il avait un instant craint que ce ne soit pas humain — et l'installa sur un autre bloc de... oui, de marbre, sûrement.

« Vous êtes prêtre ? demanda-t-il en farfouillant dans les gravats.

— Je suis Aneth. Chef embaumeur, marmonna la silhouette.

— Ptaclusp IIb, archi... » Il pressentit alors que les architectes n'allaient pas être très populaires dans le pays pendant un moment, aussi rectifia-t-il : « Je suis ingénieur. Vous allez bien ?

— Sais pas. Qu'est-ce qui s'est passé ?

— Je crois que la pyramide a explosé, le renseigna spontanément IIb.

— On est morts ?

— Je ne pense pas. Vous marchez et vous parlez, après tout. »

Aneth frissonna. « Ça ne veut rien dire, croyez-moi. C'est quoi, un ingénieur ?

— Oh, quelqu'un qui construit des aqueducs, répondit vite IIb. C'est le truc à la mode, vous savez. »

Aneth se mit debout, un peu flageolant.

« Faut que je trouve à boire, dit-il. Allons au fleuve. »

Ils trouvèrent d'abord Teppic.

Il s'accrochait à un petit bout de pyramide tronquée qui avait creusé un cratère de bonne taille à l'atterrissage.

« Je le connais, dit IIb. C'est le gars qui était en haut de la pyramide. C'est absurde, comment il a pu survivre à ça ?

— Et pourquoi il y a du blé qui pousse partout ? s'étonna Aneth.

— Je veux dire, il se produit peut-être une espèce de phénomène quand on se trouve au centre de l'embrasement, un truc comme ça, pensa tout haut IIb. Une zone de non-turbulence ou autre chose, comme au milieu d'un tourbillon... » Il tendit instinctivement la main vers sa tablette de cire, puis s'arrêta. L'homme n'est pas censé comprendre les affaires dont il se mêle. « Il est mort ? demanda-t-il.

— Ne me regardez pas », fit Aneth en reculant. Il avait passé en revue les autres métiers qui s'offraient maintenant à lui. Tapissier, en voilà un qui le tentait bien. Au moins, les fauteuils ne se lèvent pas pour décamper une fois qu'on les a empaillés.

IIb se pencha sur le corps. « Regardez ce qu'il tient dans la main, dit-il en dépliant doucement les doigts. Un morceau de métal fondu. Pourquoi il garde ça ? »

... Teppic rêvait.

Il vit sept vaches grasses et sept vaches maigres, et l'une d'elles faisait du vélo.

Il vit des chameaux qui chantaient, et la chanson redressa les plis de la réalité.

Il vit un doigt écrire sur le mur d'une pyramide : *Sortir, c'est facile. Revenir exige (suite sur l'autre mur)...*

Il passa l'angle de la pyramide, et le doigt termina : ... *un effort de volonté, parce que c'est beaucoup plus dur. Merci.*

Teppic réfléchit et se dit qu'il lui restait encore une chose à faire. Il n'avait jamais su comment procéder jusqu'à ce jour, mais il voyait à présent qu'il ne s'agissait que de nombres, disposés dans un ordre particulier. Toute la magie se réduit à une façon de décrire le monde avec des mots que le monde ne peut pas ignorer.

Il grogna sous l'effort.

Il y eut un bref moment d'accélération.

Aneth et IIb regardèrent autour d'eux : de longs rayons lumineux étincelaient dans la brume et la poussière, changeaient le paysage en vieil or.

Et le soleil se leva.

Le sergent ouvrit prudemment le panneau dans le ventre du cheval. Il constata que la rafale de piques à laquelle il s'attendait ne venait pas et il ordonna à Téléprompteur de faire tomber l'échelle de corde, puis il la descendit et parcourut des yeux le désert frisquet du petit matin.

La nouvelle recrue le suivit et se mit à sautiller sur place d'une sandale sur l'autre, à cause du sable qui lui gelait les pieds à cette heure mais les frirait à celle du déjeuner.

« Là-bas, fit le sergent, le doigt pointé, té, tu vois les lignes tsortiennes, petit ?

— Moi, ça m'a l'air d'un rang de chevaux de bois, sergent, fit Téléprompteur. Celui du bout est à bascule.

— Celui des officiers. Huh. Ces Tsortiens, ils nous prennent pour des demeurés. » Le sergent tapa des semelles pour ramener un peu de vie dans ses jambes, prit quelques inspirations d'air frais et revint à l'échelle. « Viens, mon gars, dit-il.

— Pourquoi faut qu'on remonte ? »

Le sergent s'arrêta, le pied sur un échelon de corde.

« Sers-toi de ta cervelle, petit. Ils vont pas venir chercher nos chevaux si on reste dehors, hé ? Ça tombe sous le sens.

— Vous êtes sûrs qu'ils vont venir, alors ? » demanda Téléprompteur. Le sergent le regarda de travers.

« Écoute, soldat, dit-il, les ceusses assez fadas pour croire qu'on va ramener des chevaux pleins de soldats chez nous sont sûrement assez couillons pour ramener les nôtres chez eux. C.Q.F.D.

— C.Q.F.D., sergent ?

— Ça veut dire : remonte-moi cette putain d'échelle, pitchoun. »

Téléprompteur salua. « Je demande d'abord la permission d'être excusé, sergent.

— Excusé de quoi ?

— Excusé tout court, sergent, fit Téléprompteur, une ombre de désespoir dans la voix. J'veux dire, on est un peu à l'étroit dans le cheval, sergent, si vous voyez ce que j'veux dire.

— Va te falloir un peu plus de force de caractère si tu tiens à rester dans l'infanterie à cheval, petit. Tu sais ça ?

— Oui, sergent, répondit Téléprompteur d'un air misérable.

— J'te donne une minute.

— Merci, sergent. »

Une fois le panneau refermé au-dessus de sa tête, Téléprompteur se faufila jusqu'à l'une des pattes massives du cheval et lui fit subir un traitement auquel elle n'était pas destinée.

Et ce fut pendant qu'il regardait droit devant, les yeux vagues, perdu dans cette contemplation parfaitement zen typique de ces moments intenses, que se produisit un petit *plop* et que toute une vallée fluviale s'ouvrit sous son nez.

Des choses pareilles ne devraient pas arriver aux distraits. Tenus, qui plus est, de laver eux-mêmes leur uniforme.

Une brise marine balaya le Royaume, elle souffla, ou plutôt rugit littéralement des effluves de sel, de coquillages et de littoral baigné de soleil. Quelques oiseaux de mer désorientés tournoyèrent au-dessus de la nécropole où le vent s'engouffrait parmi les bâtiments effondrés et recouvrait de sable les monuments élevés à la mémoire des anciens rois, et les oiseaux en disaient plus long d'une simple contraction intestinale que toutes les déclarations d'Ozymandias.

Le vent apportait un soupçon de fraîcheur, nullement désagréable. Les habitants sortis réparer les dégâts causés par les dieux éprouvèrent le besoin de lui offrir leur visage, à la façon des poissons dans un étang qui se tournent vers un afflux d'eau fraîche et claire.

Personne ne travaillait dans la nécropole. La plupart des pyramides avaient fait sauter leurs niveaux supérieurs et continuaient de fumer doucement comme des volcans récemment éteints. Ici et là gisaient des blocs de marbre noir. L'un d'eux avait décapité une jolie statue de Bitos, le dieu à tête de vautour.

Les ancêtres avaient disparu. Personne ne se proposait d'aller à leur recherche.

Vers la mi-journée, un bateau remonta le Jolh toutes voiles dehors. C'était un bateau à l'apparence trompeuse. Il donnait l'impression de se vautrer comme un gros hippopotame sans défense, mais il suffisait de l'observer quelques instants pour s'apercevoir qu'il avançait aussi à très grande vitesse. Il jeta l'ancre en face du palais.

Un instant plus tard, il mit un canot à l'eau.

Assis sur son trône, Teppic regardait le Royaume se reconstruire, comme un miroir brisé dont on recolle les morceaux et qui réfléchit la même vieille lumière de façon nouvelle et inattendue.

Personne ne savait vraiment à la suite de quoi il occupait le trône, mais personne d'autre non plus n'avait la moindre envie de prendre sa place et c'était un soulagement d'entendre des ordres donnés d'une voix claire et assurée. Étonnant à quels ordres le peuple accepte d'obéir dès lors qu'on les donne d'une voix claire et assurée.

Et puis donner des ordres l'empêchait de penser. Comme par exemple à ce qui allait arriver ensuite. En tout cas, les dieux étaient retournés à leur non-existence — du coup c'était beaucoup plus facile de croire en eux — et l'herbe ne lui poussait plus sous les pieds.

Peut-être que je peux reconstruire le royaume, se dit-il. Mais pour le mener où ? Si seulement on retrouvait Dios ! Il savait toujours quoi faire, Dios, il avait ça de bien.

Un garde se fraya un passage dans la foule grouillante des prêtres et des nobles. « Excusez-moi, Votre Sire, fit-il. Un marchand veut vous voir. Il dit que c'est urgent.

— Pas maintenant, mon vieux. Des représentants des armées éphébienne et tsortienne ont audience dans une heure, et j'ai beaucoup à faire avant. Je ne peux pas m'amuser à recevoir tous les marchands de passage. Il vend quoi, au fait ?

— Des tapis, Votre Sire.

— *Des tapis ?* »

C'était Chidder, la figure fendue d'un sourire en moitié de pastèque, suivi de plusieurs membres d'équipage. Il remonta la grand-salle en passant en revue les fresques et les tentures. Connaissant Chidder, il devait sûrement les évaluer. Autant dire qu'arrivé devant le trône il soulignait déjà le total d'un double trait.

« Coquet, dit-il, emballant dans ces deux malheureuses syllabes des millénaires d'agglutination architecturale. Tu ne devineras jamais ce qui nous est arrivé ; on longeait la côte et tout d'un coup on est tombés sur ce fleuve. Que des falaises, et la minute d'après : un fleuve. Drôle de truc, je me suis dit. Je parie que ce bon vieux Teppic se trouve quelque part dans le coin, en amont.

— Où est Ptorothée ?

— Je savais que tu te plaignais de ne pas avoir tes aises chez toi, alors on t'a apporté ce tapis.

— J'ai dit : où est Ptorothée ? »

L'équipage s'écarta ; il ne resta plus qu'un Alfonz tout sourire qui trancha les ficelles autour du tapis et lui donna une secousse énergique.

Le tapis se déploya aussitôt par terre dans une rafale de moutons, de mites et enfin de Ptorothée qui continua de rouler et dont la tête vint heurter la chaussure de Teppic.

Il l'aida à se relever et s'efforça de lui retirer des moutons des cheveux tandis qu'elle vacillait, tout étourdie. Elle l'ignora pour se tourner vers Chidder, rouge de fureur et de sous-oxygénation.

« J'aurais pu mourir là-dedans ! brailla-t-elle. Je n'aurais pas été la première, vu l'odeur ! Sans parler de la chaleur !

— Ç'avait marché pour la reine Machintruc, vous avez dit, Ram-Dam-Hourra ou je ne sais qui, fit Chidder. Faut pas m'en vouloir, chez nous un collier ou une babiole, c'est ce qu'on offre d'habitude.

— Je parie qu'elle avait un tapis correct, elle, fit sèchement Ptorothée. Pas un machin qui a traîné dans une saleté de cale pendant six mois.

— Estimez-vous heureuse qu'on en avait un, dit Chidder avec douceur. C'était une idée à vous.

— Huh », lâcha Ptorothée.

Elle se tourna vers Teppic. « Salut, dit-elle. Je voulais vous faire une surprise originale.

— C'est réussi, répliqua Teppic avec ferveur. Très réussi. »

Chidder était allongé sur une banquette dans la vaste véranda du palais, tandis que trois servantes se relayaient pour lui peler des raisins. Un pichet de bière rafraîchissait à l'ombre. Le jeune homme souriait aimablement.

Sur une couverture voisine, lui aussi allongé mais sur le ventre, Alfonz se sentait terriblement gêné. La maîtresse des femmes avait découvert, outre les tatouages de ses avant-bras, qu'il arborait sur le dos un véritable catalogue illustré de pratiques exotiques, et elle avait demandé aux filles de venir parfaire leur éducation. Il grimaçait de temps en temps quand elle insistait avec sa baguette sur des détails particulièrement intéressants, et il enfonçait ses doigts bien profond dans ses grandes oreilles balafrées pour ne plus entendre les gloussements.

À l'autre bout de la véranda, dans un coin où on les laissait seuls par accord tacite, Teppic était assis en compagnie de Ptorothée. Les choses n'allaient pas trop bien.

« Tout est différent, dit-il. Je ne vais pas être roi.

— Vous *êtes* le roi, répliqua-t-elle. Vous ne pouvez rien y changer.

— Si. Je peux abdiquer. C'est très simple. Si je ne suis pas vraiment le roi, alors je peux m'en aller quand ça me chante. Si je suis bien le roi, alors la parole royale est sans appel et j'abdique. Si on peut changer de sexe par décret, on peut sûrement changer de rang. Ils trouveront bien un parent pour faire le boulot. Je dois en avoir des douzaines.

— Le *boulot* ? De toute façon, il n'y a que votre tantine, vous avez dit. »

Teppic se renfrogna. Tout bien réfléchi, tante Clephptah-re n'était pas le monarque idéal pour un royaume à l'aube d'un nouveau départ. Elle avait des avis bien arrêtés sur tout un tas de sujets, mais les trois quarts du temps ils impliquaient d'écorcher vifs ceux qu'elle désapprouvait. Et pour commencer, la plupart de ses concitoyens de moins de trente-cinq ans.

« Ben, quelqu'un d'autre alors, dit-il. Ça ne devrait pas être difficile, on a toujours eu plus de nobles qu'il n'était vraiment nécessaire. Suffit d'en trouver un qui fait le rêve des vaches.

— Oh, celui des vaches grasses et des vaches maigres ? demanda Ptorothée.

— Oui. C'est comme qui dirait ancestral.

— C'est une vraie calamité, ce rêve-là, ça, je le sais.

Il y a toujours une des vaches qui sourit et qui joue du vilebrophone.

— Moi, ça m'a l'air d'un trombone.

— C'est un vilebrophone de cérémonie, si vous regardez bien.

— Bah, j'imagine que chacun le voit à sa façon. Je ne crois pas que ce soit important. » Il soupira et s'intéressa au déchargement de l'*Anonyme*. On aurait dit que le bateau débarquait plus de matelas de plumes que prévu, et plusieurs débardeurs qui descendaient d'un air nonchalant la passerelle, l'air de réfléchir à autre chose, portaient des boîtes à outils et des bouts de tuyaux.

« À mon avis, vous allez avoir du mal, reprit Ptorothée. Vous ne pouvez pas dire : "Tous ceux qui rêvent de vaches, un pas en avant s'il vous plaît." Vous vendriez la mèche.

— Je ne vais tout de même pas attendre que quelqu'un m'en parle d'abord, hein ? fit-il sèchement. Il y a combien de chances pour qu'on vienne me dire : "Hé, j'ai fait un drôle de rêve avec des vaches cette nuit" ? En dehors de vous, bien sûr. »

Ils se regardèrent, l'œil rond.

« Et c'est ma sœur ? » fit Teppic.

Les prêtres opinèrent. Il revenait à Koomi de l'exprimer par des mots. Il venait de passer dix minutes à consulter les archives avec la maîtresse des femmes.

« Sa mère était, euh... la favorite de feu votre père, dit-il. Il s'est beaucoup intéressé à son éducation, comme vous savez, et, euh... il semble que... oui. C'est peut-être votre tante, évidemment. Les concubines ne sont pas très douées pour la paperasserie. Mais plus probablement votre sœur. »

Ptorothée le regarda, les yeux pleins de larmes.

« Ça ne fait pas de différence, hein ? » chuchota-t-elle.

Teppic se contempla les chaussures.

« Si, répondit-il. Je crois que ça en fait une, oui. » Il leva les yeux sur elle. « Mais vous... tu peux être reine », ajouta-t-il. Il posa un regard noir sur les prêtres. « N'est-ce pas ? » lança-t-il d'un ton ferme.

Les grands prêtres se considérèrent entre eux. Puis ils considérèrent Ptorothée, toute seulette, les épaules agitées de tremblements. Petite, formée au palais, habituée à recevoir des ordres... Ils se tournèrent vers Koomi.

« Elle serait idéale », dit-il. Il y eut un murmure d'approbations soudain sans réserves.

« Alors voilà », dit Teppic d'un air consolateur.

Elle le fustigea des yeux. Il recula.

« Je vais donc m'en aller, reprit-il, je n'ai pas de bagages à faire, c'est parfait.

— Comme ça ? fit-elle. Et c'est tout ? Tu n'as rien d'autre à dire ? »

Il hésita, à mi-chemin de la porte. Tu pourrais rester, songea-t-il. Mais ça ne marcherait pas. Ça se terminerait en affreux gâchis ; vous finiriez sûrement par partager le royaume entre vous deux. Ce n'est pas parce que le destin vous jette dans les bras l'un de l'autre qu'il a raison. De toute façon, tu n'es plus le même, tu es déjà sorti d'ici.

« Les chameaux sont plus importants que les pyramides, dit-il lentement. C'est une chose qu'il faudrait toujours se rappeler. »

Il prit ses jambes à son cou tandis qu'elle cherchait un projectile à lancer.

Le soleil atteignit le plein midi sans l'aide d'aucun scarabée, et Koomi voltigeait autour du trône comme Bitos, le dieu à tête de vautour.

« Votre Majesté sera bien aise de confirmer mon accession au rang de grand prêtre, dit-il.

— Quoi ? » Ptorothée, assise, se tenait le menton dans la main. Elle agita l'autre dans sa direction. « Oh. Oui. D'accord. Très bien.

— Nous n'avons, hélas, trouvé aucune trace de Dios. Nous pensons qu'il se tenait tout près de la Grande Pyramide quand elle... s'est embrasée. »

Ptorothée avait les yeux dans le vague. « Continuez », fit-elle.

Koomi prit un air avantageux. « Les préparatifs du couronnement officiel vont demander un certain temps, dit-il en saisissant le masque d'or. Toutefois, Votre Gracieuseté sera bien aise de porter à présent le masque de l'autorité, car il reste beaucoup d'affaires d'État à régler. »

Elle lorgna le masque.

« Je refuse de porter ça », dit-elle tout net.

Koomi sourit. « Votre Majesté sera bien aise de porter le masque de l'autorité, répéta-t-il.

— Non. »

Le sourire de Koomi se craquela sur les bords tandis qu'il s'efforçait d'appréhender ce nouveau concept. Il était sûr que Dios n'avait jamais eu ce type de problème à résoudre.

Il le surmonta en le contournant, en biaisant. Le biaisage lui avait rendu de signalés services tout au long de sa vie ; il n'allait pas l'abandonner maintenant. Il posa délicatement le masque sur un tabouret.

« C'est la première heure, dit-il. Votre Majesté va vouloir conduire le rituel de l'Ibis, puis accorder gracieusement une audience aux chefs militaires des armées tsortienne et éphébienne. Toutes deux demandent la permission de traverser le royaume. Votre Majesté va le leur interdire. À la deuxième heure, il... »

Ptorothée tambourinait des doigts sur les bras du trône. Puis elle prit une profonde inspiration. « Je vais prendre un bain », annonça-t-elle.

Koomi vacilla légèrement.

« C'est la première heure, répéta-t-il, incapable de trouver autre chose à dire. Votre Majesté va vouloir conduire...

— Koomi ?

— Oui, ô noble reine ?

— La ferme.

— ... le rituel de l'Ibis... gémit Koomi.

— Je suis sûre que vous êtes capable de vous en charger tout seul. Vous m'avez l'air d'un homme qui fait les choses tout seul ou je ne m'y connais pas, ajouta-t-elle aigrement.

— ... Les chefs des armées...

— *Dites-leur*... commença Ptorothée avant de s'arrêter. Dites-leur, reprit-elle, qu'ils peuvent tous les deux traverser. Pas un plutôt que l'autre, compris ? Tous les deux.

— Mais... — le cerveau de Koomi combla enfin son retard sur les oreilles — ça veut dire qu'ils vont chacun se retrouver de l'autre côté.

— Tant mieux. Et après ça vous passerez commande de chameaux. Il y a un marchand à Éphèbe avec un bon cheptel. Vérifiez d'abord les dents. Oh, et ensuite vous demanderez au capitaine de l'*Anonyme* de venir me voir. Il a commencé à m'expliquer ce qu'est un “port franc”.

— Pendant votre bain, ô reine ? » s'étonna faiblement Koomi. Il ne pouvait s'empêcher de remarquer, à présent, combien la voix de la jeune femme changeait à chaque nouvelle phrase, à mesure que le vernis de l'éducation fondait sous le chalumeau de l'hérédité.

« Il n'y a aucun mal à ça, répliqua-t-elle d'un ton sec. Et occupez-vous de la plomberie. On dirait que la mode est aux tuyaux.

— Pour le lait d'ânesse ? fit Koomi, perdu dans le désert[1] corps et biens.

— La ferme, Koomi.

— Oui, ô reine », fit Koomi d'une voix misérable.

Il voulait le changement. Seulement, il voulait aussi que tout reste pareil.

Le soleil descendit sur l'horizon sans aide d'aucune sorte. Pour certains, la journée s'avérait plutôt bonne.

La lumière rougeoyante éclaira les trois membres mâles de la dynastie Ptaclusp, alors qu'ils étudiaient les plans d'un...

« Ça s'appelle un pont, dit IIb.

— C'est comme un aqueduc, non ? fit Ptaclusp.

— À l'envers, comme qui dirait, rectifia IIb. L'eau passe dessous et les gens dessus.

— Oh. Le r... la reine ne va pas aimer ça, dit Pta-

1. Dans une civilisation moins aride, on aurait employé l'expression « en mer ».

clusp. La famille royale a toujours refusé qu'on entrave le fleuve sacré avec des digues, des barrages, tous ces machins-là. »

IIb eut un large sourire triomphant. « C'est elle qui l'a proposé. Et elle a aimablement demandé de prévoir des affûts d'où les gens lâcheraient des cailloux sur les crocodiles.

— Elle a demandé ça ?

— De gros cailloux pointus, elle a dit.

— Ma parole », fit Ptaclusp. Il se tourna vers son autre fils. « Tu es sûr que ça va ? lui lança-t-il.

— Tout va bien, p'pa, répondit IIa.

— C'est que tu n'as pas posé de questions sur le prix que ça allait coûter. Je me suis dit que peut-être tu te sentais encore à pl... encore patraque.

— La reine a eu la bonté de me demander de jeter un coup d'œil aux finances royales. D'après elle, les prêtres ne savent pas additionner. » Ses récentes expériences ne lui avaient pas laissé d'autre séquelle qu'une tendance profitable à penser à quatre-vingt-dix degrés de tout le monde, aussi affichait-il une figure rayonnante pendant que son cerveau élaborait des tarifs douaniers, des droits d'amarrage et un système complexe de taxe sur la valeur ajoutée qui allait sous peu donner aux marchands aventuriers d'Ankh-Morpork un choc désagréable.

Ptaclusp songeait à tous les kilomètres de Jolh vierge, entièrement dépourvus de ponts. Et on trouvait désormais quantité de blocs de pierre déjà taillés dans le coin, par millions de tonnes. Et, allez donc savoir, peut-être que sur certains de ces ponts il y aurait une petite place pour une ou deux statues. Il avait exactement l'article qu'il fallait.

Il passa les bras sur les épaules de ses fils.

« Les gars, dit-il fièrement, ça m'a l'air très quantique, tout ça. »

Le soleil couchant éclairait aussi Aneth et Gern, quoique en faisant un détour par le puits de lumière des cuisines du palais. Les deux hommes avaient atterri là sans raison particulière. Mais rester seuls dans la salle d'embaumement, ils trouvaient ça trop déprimant.

Le personnel de cuisine s'affairait autour d'eux, sensible à l'air de tristesse impénétrable qui enveloppait les deux embaumeurs. Leur travail n'avait jamais vraiment favorisé les relations sociales, et les embaumeurs ne se faisaient pas facilement des amis. De toute façon, il y avait le banquet du couronnement à préparer.

Assis au milieu de l'effervescence, ils se penchaient sur l'avenir et sur un pichet de bière.

« Je pense, dit Gern, que Gwlenda pourra parler à son père.

— C'est ça, mon gars, fit Aneth d'une voix lasse. Il y a de l'avenir là-dedans. On aura toujours besoin d'ail.

— Un truc vachement chiant, l'ail, oui ! lança Gern avec une véhémence inhabituelle. On voit jamais personne. C'est ça que j'aimais dans notre boulot. Tout le temps des têtes nouvelles.

— Plus de pyramides, fit Aneth sans rancœur. C'est ce qu'elle a dit. Vous avez fait du bon travail, maître Aneth, elle a dit, mais je vais forcer ce pays, qu'il le veuille ou non, à entrer dans le siècle du Gros Rat.

— Du Cobra, rectifia Gern.

— Quoi ?

— Le siècle du Cobra. Pas du Gros Rat.

— N'importe », fit Aneth avec irritation. Il contempla d'un air malheureux l'intérieur de sa chope. C'était ça, l'ennui, aujourd'hui, se disait-il. Fallait d'abord se rappeler dans quel siècle on était.

Il lança un regard noir à un plateau de canapés. C'était la mode, ces temps-ci. Tout le monde trouvait à bricoler...

Il prit une olive, la tourna et la retourna dans ses doigts.

« J'dirais pas la même chose de notre ancien travail, remarquez, reprit Gern en vidant le pichet, mais je parie que vous, vous en étiez fier, maître... enfin, Aneth. Vous savez, quand toutes vos coutures tenaient bien. »

Aneth, sans quitter l'olive des yeux, porta rêveusement une main à sa ceinture et saisit un de ses tout petits couteaux réservés aux tâches délicates.

« Je disais donc, vous devez vous sentir drôlement embêté de vous retrouver au chômage », fit Gern.

Aneth pivota sur place pour obtenir davantage de lumière et respira fortement tandis qu'il se concentrait.

« Mais vous vous en remettrez, dit Gern. L'important, c'est d'éviter que ça vous tracasse...

— Pose ce noyau quelque part, fit Aneth.

— Pardon ?

— Pose ce noyau quelque part. »

Gern haussa les épaules et lui prit le noyau des doigts.

« Bien, fit Aneth, la voix soudain frémissante et résolue. Maintenant, passe-moi un morceau de piment rouge... »

Et le soleil brilla sur le delta, cette petite infinité de bouquets de roseaux et de berges vaseuses où le Jolh déposait le limon du continent. Des échassiers s'adonnaient à leurs courbettes, en quête de nourriture dans le dédale vert des végétaux, et des milliards de moucherons zigzaguants dansaient au-dessus de l'eau saumâtre. Ici, au moins, le temps s'était toujours écoulé au gré du delta qui insufflait deux fois par jour l'onde neuve et froide de la marée.

D'ailleurs, elle montait, la marée, et ses premières vaguelettes frangées d'écume s'infiltraient entre les roseaux.

Ici et là, d'antiques bandelettes détrempées se déroulaient, ondoyaient un instant comme des serpents hors d'âge puis, sans plus de chichis, se dissolvaient.

« C'EST TOUT À FAIT IRRÉGULIER.

— *Pardon. Ce n'est pas de notre faute.*

— VOUS ÊTES COMBIEN ?

— *Plus de mille trois cents, j'en ai peur.*

— BON, TRÈS BIEN. FAITES LA QUEUE, S'IL VOUS PLAÎT. »

Sale-Bête regardait son râtelier vide de foin.

Le râtelier représentait un sous-ordre dans l'ensemble

« foin », comprenant des valeurs arbitraires entre zéro et K.

Il ne contenait pas de foin. Il pouvait parfaitement avoir une valeur négative de foin, mais à ventre affamé la différence entre pas de foin et moins *n* foin n'offre pas grand intérêt.

Il avait beau prendre le problème par n'importe quel bout, il obtenait toujours la même réponse. C'était une équation d'une simplicité classique. Elle avait une certaine élégance raffinée qu'il n'était pas pour l'heure en mesure d'apprécier.

Sale-Bête se sentait maltraité et floué. Rien de franchement exceptionnel là-dedans, pourtant, c'est une humeur normale chez un chameau. Il s'agenouilla avec patience pendant que Teppic remplissait les sacoches de selle.

« On évitera Éphèbe, dit ouvertement Teppic à l'animal. On va remonter de l'autre côté de la mer Circulaire, peut-être pousser jusqu'à Quirm, ou même franchir les montagnes du Bélier. Les pays, ça ne manque pas. Et si on cherchait des villes perdues, hein ? Je suis sûr que ça te plairait. »

C'est une erreur de vouloir dérider les chameaux. Autant lâcher des meringues dans un trou noir.

La porte à l'autre bout de l'écurie s'ouvrit à la volée. C'était un prêtre. Il avait l'air drôlement agité. Les prêtres n'arrêtaient pas de courir aujourd'hui, ils n'étaient pas habitués à ça.

« Euh... commença-t-il. Sa Majesté vous ordonne de ne pas quitter le royaume. »

Il toussa.

« Il y a une réponse ? » demanda-t-il.

Teppic réfléchit. « Non, répondit-il. Je ne crois pas.

— Alors je vais lui dire que vous passerez la voir tout à l'heure, d'accord ? fit le prêtre d'une voix pleine d'espoir.

— Non.

— C'est bien joli, pour vous, de dire ça », fit avec aigreur le prêtre avant de s'éclipser.

Il fut remplacé quelques minutes plus tard par Koomi, la figure toute rouge.

« Sa Majesté vous prie de ne pas quitter le royaume. »

Teppic grimpa sur le dos de Sale-Bête et lui donna de petits coups de bâton.

« Elle ne rigole pas, dit Koomi.

— J'en suis sûr.

— Elle aurait pu vous jeter aux crocodiles sacrés, vous savez.

— Je n'en ai pas vu beaucoup aujourd'hui. Comment vont-ils ? » fit Teppic en donnant un autre coup à sa monture.

Il sortit à dos de chameau dans la lumière acérée du jour et enfila les rues en terre battue que le temps avait rendue plus dure que la pierre. Elles grouillaient de monde. Et tout le monde l'ignorait.

C'était une sensation merveilleuse.

Il suivit la route jusqu'à la frontière et ne s'arrêta qu'une fois en haut de l'escarpement, le dos à l'étendue de la vallée. Un vent chaud soufflait du désert et agitait les buissons de syphacias tandis qu'il attachait Sale-Bête à l'ombre, grimpait un peu plus loin dans les rochers et contemplait le pays qu'il venait de quitter.

Une vieille vallée, si vieille qu'on aurait pu la croire antérieure au reste du monde qu'elle avait ensuite regardé se former autour d'elle. Teppic s'allongea, la tête sur les bras.

Évidemment, elle s'était vieillie toute seule. Elle s'était privée d'avenir pendant des millénaires. Aujourd'hui le changement lui tombait dessus comme un mur sur un œuf.

Les dimensions devaient être plus compliquées qu'on se l'imaginait. Le temps aussi, sûrement. Et aussi les gens, même si les gens étaient davantage prévisibles.

Il regarda une colonne de poussière s'élever à l'extérieur du palais, se frayer un chemin à travers la ville, à travers l'étroite mosaïque des champs, disparaître un instant dans un bouquet de palmiers près de l'escarpement puis réapparaître au pied de la pente. Bien avant de le distinguer, il savait qu'un char roulait quelque part dans le nuage de sable.

Il glissa à bas des rochers et s'accroupit patiemment

en bordure de route. Le char finit par passer en bringuebalant, s'arrêta un peu plus loin, effectua un demi-tour délicat dans l'espace étroit et revint à grand bruit.

« Qu'est-ce que tu vas faire ? » s'écria Ptorothée en se penchant par-dessus la barre d'appui.

Teppic s'inclina.

« Et pas de trucs comme ça ! cracha-t-elle.

— Ça ne te plaît pas d'être roi ? »

Elle hésita. « Si, dit-elle. Ça me plaît...

— Évidemment, tiens. Tu as ça dans le sang. Dans le temps on se battait comme des tigres. Frère contre sœur, oncle contre cousin. Affreux.

— Mais tu n'es pas obligé de partir ! J'ai besoin de toi, moi !

— Tu as des conseillers, fit Teppic avec douceur.

— Ce n'est pas ce que je veux dire, répliqua-t-elle sèchement. D'ailleurs, je n'ai que Koomi, et il n'est pas bon.

— Tu as de la chance. Moi, j'avais Dios, et lui, il était bon. Koomi sera bien mieux, tu apprendras beaucoup en n'écoutant pas ce qu'il dit. Tu peux aller loin avec des conseillers incompétents. Et puis Chidder te donnera un coup de main, j'en suis sûr. Il déborde d'idées. »

Elle rougit. « Il m'en a proposé quelques-unes sur le bateau.

— Alors, tu vois. Je savais que tous les deux, vous alliez vous entendre comme larrons en foire. Rires, chansons, tout le monde qui roule sous la table...

— Et tu vas redevenir un assassin, c'est ça ? ricana-t-elle.

— Je ne crois pas. J'ai inhumé une pyramide, un panthéon et tout l'ancien royaume. Ça vaut peut-être la peine que j'essaye autre chose. Au fait, tu n'aurais pas vu des petites pousses vertes sortir de terre partout où tu passes, des fois ?

— Non. C'est idiot, une idée pareille. »

Teppic se détendit. C'était vraiment fini, alors. « Ne laisse pas l'herbe te pousser sous les pieds, c'est ça l'important. Et tu n'as pas vu non plus de mouettes dans le coin ?

— Il y en a des tas aujourd'hui, tu n'as pas remarqué ?

— Si. Une bonne chose, je crois. »

Sale-Bête les regarda discuter encore un peu, tenir le genre de conversation longuette et décousue que deux individus de sexe opposé engagent quand ils ont autre chose en tête. C'était beaucoup plus facile avec les chameaux, la femelle n'avait qu'à s'assurer de la méthodologie du mâle.

Puis ils échangèrent un baiser très chaste, pour autant que puissent en juger les dromadaires. Ils avaient pris une décision.

Sale-Bête se désintéressa alors des jeunes gens et décida, pour sa part, de remanger son déjeuner.

Au commencement...

Le calme régnait dans la vallée. Le fleuve, aux berges toujours indomptées, musardait, languissant, dans les bouquets de joncs et de papyrus. Des ibis barbotaient dans les hauts-fonds ; au milieu du courant, les hippopotames plongeaient et faisaient surface lentement, comme des œufs dans du vinaigre.

Seuls troublaient le silence uligineux le « plouf » régulier d'un poisson ou les lamentations d'un crocodile.

Dios resta un moment étendu dans la vase. Il ne savait pas vraiment comment il était arrivé là, ni pourquoi ses robes étaient pour moitié arrachées, pour moitié roussies. Il se rappelait vaguement un bruit assourdissant et une impression de très grande vitesse tout en restant sur place. Pour l'heure, il ne voulait pas de réponses. Les réponses menaient à des questions, et les questions ne menaient jamais personne nulle part. Les questions gâchaient tout. La vase était fraîche et apaisante et il ne voulait rien savoir d'autre pour le moment.

Le soleil se coucha. Divers rôdeurs nocturnes s'aventurèrent près de Dios, mais quelque instinct animal les retint : les ennuis qu'ils allaient s'attirer ne valaient pas la peine de lui arracher la jambe.

Le soleil se leva de nouveau. Les hérons craquetèrent.

La brume se dévida entre les étangs, se volatilisa à mesure que le ciel passait du bleu au bronze tout neuf.

Et pour Dios le temps s'écoula dans sa magnifique banalité jusqu'à ce qu'un bruit étranger s'empare du silence et lui fasse l'équivalent de le débiter en petits morceaux avec un couteau à pain rouillé.

C'était un bruit, en vérité, qui évoquait un âne qu'on aurait découpé à la tronçonneuse. Sur le plan sonore, il était à la mélodie ce qu'une barquette de dattes est au moto-cross de compétition. Pourtant, alors que d'autres voix le rejoignaient, semblables quoique différentes, dans toutes sortes de tonalités éclatées et de timbres disloqués, il exerçait un charme étrange. Séduisant. Attirant. Aspirant, aurait-on dit.

Le bruit gagna un plateau en une seule note pure formée d'une succession de discordances, puis, en une fraction de seconde, les voix se séparèrent, chacune le long d'un vecteur...

L'air frémit, le soleil tremblota.

Une douzaine de chameaux efflanqués, couverts de poussière, apparurent sur les collines au loin et coururent vers l'eau. Des oiseaux jaillirent des roseaux. Des sauriens à la traîne s'éclipsèrent en douceur des bancs de sable. Une minute plus tard, la berge n'était plus que boue malaxée sous les pieds des bêtes aux genoux cagneux qui se bousculaient, le nez dans l'eau.

Dios s'assit et vit son bourdon gisant dans la vase. Il était un peu brûlé, mais quand même intact, et Dios s'aperçut d'un détail qu'il n'avait curieusement jamais remarqué avant. Avant ? Il y avait eu un avant ? Assurément, il y avait eu un rêve, quelque chose comme un rêve...

Chaque serpent se mordait la queue.

En bas de la pente derrière les chameaux, une petite silhouette brune dont la famille en haillons se traînait à sa suite agitait un bâton à méhari. Il crevait visiblement de chaud et avait l'air complètement ahuri.

Il avait l'air, en vérité, d'un homme qui avait besoin de bons conseils et d'une main sûre pour le guider.

Les yeux de Dios revinrent au bourdon. Le bourdon

exprimait quelque chose de très important, il le savait. Mais il n'arrivait pas à se rappeler quoi. Tout ce qu'il se rappelait, c'est qu'il était extrêmement lourd, et en même temps difficile à lâcher. *Très* difficile à lâcher. Mieux vaut ne pas le prendre, se dit-il.

Ou alors le prendre un instant seulement, le temps d'expliquer ce que sont les dieux et pourquoi les pyramides sont si importantes. Après, il pourrait le lâcher, sûrement.

En soupirant, ramenant ce qu'il restait de ses robes autour de lui pour se donner un peu de dignité, s'aidant du bourdon pour ne pas tomber, Dios partit à la rencontre de l'homme.

AINSI PREND FIN
« PYRAMIDES »,
SEPTIÈME LIVRE DES
ANNALES DU DISQUE-MONDE.

TABLE

Faites de nouvelles découvertes sur

www.pocket.fr

- Des 1ers chapitres à télécharger
- Les dernières parutions
- Toute l'actualité des auteurs
- Des jeux-concours

POCKET

Il y a toujours
un **Pocket** à découvrir

Achevé d'imprimer sur les presses de

BUSSIÈRE

GROUPE CPI

à Saint-Amand-Montrond (Cher)
en novembre 2007

POCKET - 12, avenue d'Italie - 75627 Paris Cedex 13

— N° d'imp. : 71715. —
Dépôt légal : avril 2000.
Suite du premier tirage : novembre 2007.

Imprimé en France